KB136516

티모시 아처의 환생

The Transmigration of Timothy Archer

THE TRANSMIGRATION OF TIMOTHY ARCHER

필립 K. 딕 걸작선

티모시 아처의 환생
The Transmigration of Timothy Archer

♦

이은선 옮김

폴라북스

◗ 차례

그를 위한 송가

아, 벤!
그대의 손님인 우리가
어떻게 혹은 언제
태양과 사냥개와
세 박자의 선율 속에 펼쳐지는
서정적인 축제에서 만날까.
우리 같은 무리들이
이성을 잃지 않고 우아하게 취할 수 있는 그곳에서.
그러나 그대의 시가
고기보다 훌륭하고 흥겨운 와인보다 훌륭해.

나의 벤이여
돌아오라.
아니면 우리에게
그대의 넘치는 지혜를 선사해주오.
그것을 현명하게
관리하는 법도 가르쳐주오.
그대의 재능을 허투루 낭비하지 않게.
그 값진 보물이 사라져버리면
그만한 지혜의 보고를
다시는 볼 수 없을 테니.

—로버트 헤릭, 1648

베어풋은 소살리토에 있는 하우스보트에서 맨발로 세미나를 진행한다. 그는 100달러를 내면 우리가 이 세상에 태어난 이유를 알려준다고 했다. 샌드위치도 제공되지만 나는 그날 별로 배가 고프지 않았다. 존 레논이 방금 전에 살해됐고, 나는 우리가 이 세상에 태어난 이유를 이미 알고 있다. 내가 태어난 이유는 어떤 계획이 있어서가 아니라 저 위에서 어떤 착오가 벌어지면 내가 가장 사랑하는 사람들을 빼앗길 수 있다는 사실을 깨닫기 위해서였다.

나는 혼다 시빅을 유료 주차장에 세우고 가만히 앉아서 라디오를 들었다. 이미 모든 방송국에서 온갖 비틀스 노래를 내보내고 있었다. 젠장. 나는 속으로 중얼거렸다. 제퍼슨 아처의 부인으로 살던 60년대로 돌아간 듯한 기분이잖아.

"5번 게이트가 어디예요?" 나는 지나가던 두 히피에게 물었다.

둘 다 대꾸가 없었다. 그들도 존 레논의 사망 소식을 들은 걸까? 내가 이 와중에 아라비아의 신비주의나 수피즘*이나 그 밖에 에드거 베어풋이 버클리의 KPFA에서 일주일에 한 번씩 진행하는 라디오 프로그램에서 지껄인 이야기에 관심을 가진들 그게 다 무슨 소용일까. 수피교도들은 행복한 종족이다. 그들은 신이 본질적으로 전능하고 지혜로운 존재라기보다 아름다운 존재라고 가르친다. 이것이야말로 유대교도나 기독교도는 듣도 보도 못한 완전히 새로운 발상이다. 내게도 새롭긴 마찬가지다. 나는 지금도 버클리의 텔레그래프 대로에 있는 레코드 가게에서 일을 하고, 제프와 결혼하면서 산 주택의 집값을 분납하느라 허덕이고 있다. 그 집은 내 것이 되었고, 제프는 빈손으로 떠났다. 그의 일대기를 한마디로 요약하면 그렇다.

제정신이 박힌 인간들 중에서 아라비아의 신비주의에 관심 있는 사람이 과연 몇이나 될까? 나는 차 문을 잠그고 줄줄이 늘어선 보트들을 향해 걸어가며 자문해보았다. 가뜩이나 날씨도 이렇게 좋은데. 하지만 아무러면 어떤가. 나는 이미 리처드슨 다리를 건너고 번지르르한 리치몬드를 관통해 수많은 공장들을 지나온 것을. 만灣은 아름답다. 리처드슨 다리에서는 경찰이 시간을 잰다. 사람들이 언제 통행료를 내고 언제 마린 카운티 쪽에서 다리를 빠져나가는지 기록을 한다. 그래서 마린 카운티에 너무 일찍 도착하면 통행료를 많이 내야 한다.

---

* 이슬람교 내에서 신비주의를 신봉하는 분파.

나는 비틀스를 좋아해본 역사가 없다. 제프가 〈러버 소울〉*을 집에 들고 왔을 때도 진부하다고 말했다. 그때 우리의 결혼생활은 금이 가고 있었다. 〈미셸〉을 날이면 날마다 귀에 딱지가 앉도록 들으면서부터. 아마 1966년 무렵이었을 것이다. 베이지역 사람들은 비틀스의 앨범을 기준으로 주요 사건이 벌어진 시점을 기억했다. 제프와 내가 헤어지기 전해에 폴 매카트니의 첫 번째 솔로 앨범이 출시됐다. 그래서 나는 〈테디 보이〉**를 들으면 늘 눈물이 난다. 내가 혼자 살기 시작한 무렵의 곡이기 때문이다. 혼자 사는 것은 절대 추천할 만한 일이 못 된다. 제프는 마지막 순간까지 반전운동에 뜻을 두고 살았다. 나는 반전운동에서 발을 빼고 차라리 잊어버리는 게 더 나을 KPFA의 바로크 음악을 들었다. 그러다 에드거 베어풋의 방송을 접하게되었다. 처음에 나는 그가 자기만의 세계에 푹 빠져 있고 대오각성을 할 때마다 두 살 난 아이처럼 기뻐하며 특유의 그 조그만 목소리로 속삭이는 변태 같은 인간이라고 생각했다. 베이지역에서 나만 그렇게 생각하는 게 아니었다. 하지만 KPFA에서 베어풋의 강연 테이프를 밤늦게 방송하기 시작하자, 나는 생각을 바꾸어 그걸 들으며 잠을 청했다. 잠이 들락 말락 한 상태에서 들으면 그 단조로운 목소리로 이어지는 강연이 말이 되는 것처럼 느껴졌기 때문이다. 예전에 몇몇 사람들이 말하길, 베이지역에서 1973년 무렵에 방송된 모든 프로그램에는 화성인

* Rubber Soul. 1965년 발표된 비틀즈의 6번째 앨범.
** 폴 매카트니의 첫 번째 솔로 앨범에 수록된 곡이다.

11

들이 보내는 메시지가 숨어 있었다고 한다. 내가 들었던 베어풋의 강연에도 그런 메시지가 들어 있었던 것 같다. "당신은 좋은 사람이고, 어느 누구도 당신의 인생을 결정할 수 없습니다." 아무튼 잠드는 데 걸리는 시간이 점점 더 짧아졌다. 제프를 잊을 수 있었고 그가 죽었을 때 사라진 빛도 잊을 수 있었다. 다만 이따금 어떤 사건, 주로 유니버시티 대로에 있는 협동조합에서 벌어졌던 위험한 상황이 불쑥 생각날 때는 있었다. 제프는 협동조합에서 종종 싸움에 휘말리곤 했는데, 사실 나는 그걸 재미있다고 생각했다.

에드거 베어풋의 멋진 하우스보트와 연결된 널판 쪽으로 걸어가는데, 이제는 존 레논 암살 사건을 기준으로 오늘의 세미나를 기억하겠구나 싶었다. 내 기준에서 이 두 가지 사건은 완벽하게 연결된 하나였다. 참 희한한 방식으로 세상을 파악하게 됐네. 나는 속으로 중얼거렸다. 집에 가서 넘버*나 피워. 깨달음을 운운하는 힘없는 목소리는 잊어버려. 지금은 총의 시대야. 깨달음을 얻었건 못 얻었건 네가 할 수 있는 일은 아무것도 없어. 너는 UC 버클리에서 문학을 전공한 레코드 가게 점원이야. 어렴풋이 「재림」 중 일부분이 생각난다. "선한 자들은 확신이 없는 반면…… 어떤 사나운 짐승이…… 베들레헴을 향해 구부정하니 걸어오는 것일까?" 학교에서 예이츠를 주제로 시험을 보았을 때 나는 A-를 받았다. 그 정도로 훌륭한 학생이었

---

* number. 주인공이 피우는 마리화나를 지칭하는 말. 남편인 제프와 사용하는 일종의 암호 같은 개념이다.

다. 예전에는 치즈를 먹고 염소젖을 마시며 하루 종일 방바닥에 앉아서 어마어마하게 긴 소설의 주제를 음미하며 읽을 수 있었다. 내가 안 읽은 장편소설이 없을 정도였다. 나는 UC 버클리를 졸업하고 버클리에 살고 있다. 『잃어버린 시간을 찾아서』도 읽었는데, 내용이 하나도 생각나지 않는다. 흔한 말로 머릿속으로 들어오자마자 나가버렸다. 신청한 도서가 나오고 내 번호가 뜨길 기다리며 도서관에서 보낸 숱한 세월은 부질없는 시간이었다. 아마 대부분의 사람들이 그럴 것이다.

하지만 좀 더 깊이 생각하면서 살았던 행복한 날들의 기억은 대체로 선명하다. 그때 우리는 우리에게 주어진 임무를 정확히 알고 있었다. 닉슨 정권은 사라져야 했다. 우리는 목적의식을 가지고 있었고, 아무도 그것을 후회하지 않는다. 제프 아처는 죽었다. 존 레논도 오늘부로 죽은 사람이 되었다. 상당히 거대한 무언가가 지나가기라도 한 것처럼 다른 죽은 사람들도 길을 따라 누워 있다. 신은 본질적으로 아름답다고 믿는 수피교도들 덕분에 나는 행복해질지도 모른다. 그래서 내가 지금 이 사치스러운 하우스보트와 연결된 널판을 씩씩하게 걷고 있는 걸 거다. 계획대로 이루어져 이 세상의 모든 애처로운 죽음에 의미가 부여되고, 그 의미가 기쁨으로 바뀔 수 있도록.

소름이 끼칠 만큼 비쩍 마르고 마약 중독자인 내 친구 조를 닮은 아이가 나를 가로막았다. "표 주세요."

"이거 말이니?" 나는 100달러를 입금하고 베어풋에게 받은 카드를 핸드백에서 꺼냈다. 캘리포니아에서는 슈퍼마켓에서

완두콩을 사는 것처럼 크기와 무게 단위로 깨달음을 살 수 있다. 깨달음 2킬로그램 주세요. 아니, 5킬로그램어치가 좋겠어요. 저는 깨달음이 아주 많이 부족하거든요.

"보트 뒤쪽으로 가세요." 비쩍 마른 아이가 말했다.

"좋은 하루!" 내가 말했다.

에드거 베어풋을 처음 본 사람은 이렇게 생각한다. 자동차 변속기 고치는 사람이로구나. 그는 키가 168센티미터쯤 되는데, 몸무게가 워낙 많이 나가서 햄버거와 같은 정크푸드로 연명하는 듯한 인상을 풍긴다. 머리는 대머리다. 옷차림은 지금 이 시대, 이곳과 전혀 어울리지 않는다. 기다란 모직 외투와 너무나 평범한 갈색 바지, 파란색 면 셔츠를 입고 있는데…… 신발은 비싸 보인다. 목에 단 저 물건은 넥타이라고 부를 수 있을지 모르겠다. 사람들이 교수형에 처하려다 너무 무거워서 포기한 것 아닐까? 밧줄이 끊어지자 그냥 그 차림으로 계속 일을 하고 있는 게 아닐까? 깨달음과 생존이 혼재하는 거지. 나는 자리에 앉으며 속으로 중얼거렸다. 싸구려 접이의자인데, 벌써 몇 명이 여기저기 앉아 있었다. 대부분 젊은 사람들이었다. 내 남편은 죽었고, 시아버지도 죽었다. 시아버지의 정부 역시 바르비투르산염*을 한 병 다 마시고 무덤 속에서 영면을 취하고 있다. 소기의 목적을 달성한 셈이다. 마치 체스 게임 같다. 주교와 함께 스러진, 주교의 개인 활동비에서 생활비를 원조받던

---

* 일종의 진통제, 최면제.

14

금발의 노르웨이 여인. 체스 게임 그리고 불법 행위. 요즘도 시절이 하 수상하지만 예전에는 더 그랬다.

앞에 서 있던 에드거 베어풋이 뒤쪽 사람들더러 앞쪽으로 와서 앉으라고 손짓했다. 나는 담배에 불을 붙이면 어떻게 될까 궁금했다. 한번은 아쉬람*에서 베다** 강연이 끝났을 때 내가 담배에 불을 붙인 적이 있었다. 혐오스러워하는 사람들의 시선이 나에게로 쏟아졌고, 누가 내 옆구리를 쿡 찔렀다. 내가 높으신 분들을 자극한 것이다. 그런데 이상한 점은 그 높으신 분들도 죽을 때는 평범한 사람들과 똑같다는 것이다. 티모시 아처 주교도 체중으로 보나 몸집으로 보나 위엄이 차고 넘쳤건만 결국엔 별수 없었다. 지금은 남들처럼 땅속에 묻혀 있다. 영혼이 어쩌고저쩌고하더니 개뿔. 그는 예수를 탐구했다. 아니, 좀 더 정확히 말하면 예수 뒤에 숨어 있는 진실을 탐구했다. 사이비로 만족했더라면 지금까지 살아 있었을 텐데. 이건 고민해봐야 할 문제다. 거짓을 믿는 못난 사람들은 살아남아서 이야기를 한다. 그들은 사해 사막에서 운명을 달리하지 않았다. 하지만 우리 시대의 가장 유명했던 주교는 예수를 의심한 죄로 된통 당했다. 여기에 교훈이 담겨 있다. 그러니까 어쩌면 나도 이미 깨달음을 얻은 건지 모른다. 의심을 하면 안 된다는 것을 이미 알고 있으니 말이다. 나는 차를 타고 집에서 1만 6000킬로미터 떨어져 있는 황무지로 나설 때 코카콜라 두 병만 들고 가선 안

---

* 힌두교 교육이나 훈련을 받는 곳.
** 고대 인도의 성전聖典.

된다는 것도 알고 있다. 마치 샌프란시스코 시내를 돌아다닐 때처럼 주유소에서 주는 지도 하나 달랑 들고 가면 안 된다는 것도. 포츠머스 광장이 어디 있는지 알아보러 나서는 것은 괜찮지만, 2200년 동안 베일에 가려져 있던 기독교의 진정한 출처가 어디인지 추적에 나서는 것은 괜찮지 않은 일이다.

집에 가서 넘버나 피워야겠다. 나는 속으로 중얼거렸다. 이건 시간 낭비다. 존 레논이 죽은 순간부터 모든 게 시간 낭비가 되어버렸다. 그의 죽음을 놓고 슬퍼하는 것까지. 나는 사순절때 더 이상 슬퍼하지 않는다. 즉 이제는 죽은 사람들을 더 이상 애도하지 않는다.

베어풋이 사람들을 향해 손짓을 써가며 강연을 시작했다. 나는 그가 하는 말을 건성으로 들었다. 유명한 표현을 빌리자면 오래도록 기억하지 않았다.* 이런 세미나에 100달러를 내다니 밥통 같으니라고. 우리는 돈을 낸 쪽이고, 우리 앞에 서 있는 저 남자는 돈을 낚아챈 쪽이니 저 남자가 똑똑한 인간이다. 이런 식으로 지능을 판별하는 것이다. 돈을 내는 쪽이 어느 쪽인가에 따라. 이걸 가르치자. 수피교도와 기독교도, 특히 개인 활동비를 운용하는 미국성공회 주교들을 교육시키는 거다. 100달러 선불이에요, 팀. 주교를 '팀'이라고 부르는 광경을 상상해보라. 교황을 '조지' 아니면 『이상한 나라의 앨리스』에 나오는 도마뱀처럼 '빌'이라고 부르는 것과 마찬가지다. 내가 기억하기로 빌은 굴뚝을 타고 집으로 들어갔는데, 다른 사람들은 잘 모르는

---

* 에이브러햄 링컨이 게티즈버그 연설에서 사용한 표현.

부분이다. 베어풋이 지금 하는 이야기처럼 아무도 귀담아듣지 않고 오래도록 기억하지 않는 부분이다.

베어풋이 말했다. "삶 속의 죽음과 죽음 속의 삶. 음과 양처럼 연속적으로 이루어진 두 가지 양상이죠. 두 개의 얼굴. 아서 케스틀러*의 표현을 빌리자면 '홀론'이라고 하겠습니다. 『야누스』**를 꼭 읽어보세요. 우리는 저마다 즐겁게 춤을 추며 다른 이로 변해갑니다. 크리슈나*** 신이 우리 안에서, 우리와 더불어 춤을 추고 있습니다. 우리는 모두 시간의 틀 안에서 태어난 크리슈나입니다. 그것이 그분의 진정한 형상, 일반적인 형상입니다. 모든 인간과…… 모든 것을 파괴하는 자. 그것이 그분의 궁극적인 모습입니다." 그는 행복에 겨운 표정으로 우리를 향해 웃었다.

이런 헛소리가 용서받을 수 있는 곳은 베이지역밖에 없을 거라는 생각이 들었다. 두 살배기가 우리를 앉혀놓고 일장연설을 펼치고 있다. 망할, 이 무슨 바보 같은 짓이람! 나는 해묵은 염증을 느꼈다. 버클리에서 갈고 닦은, 제프가 애용했던 표현인 극단적인 혐오감을 느꼈다. 온갖 사소한 일에 분노하는 것이 그의 취미생활이었다. 반면 나의 취미생활은 헛소리를 참고 견디는 것이다. 금전적인 피해를 감수해가며.

나는 죽음이 소름 끼치도록 무섭다는 생각이 들었다. 나는

---

* 헝가리 태생의 영국 소설가.
** 케스틀러가 1978년에 출간한 책.
*** 인도에서 가장 널리 숭배되고 사랑받는 신 중 하나. 3대 신 중 비슈누의 열 명의 화신 중 하나로 『마하바라타』에 등장하지만 본래 독립적인 신이라고 한다.

죽음 때문에 무너졌다. 모든 인간을 파괴하는 크리슈나 신이 아니라 내 친구들을 파괴한 죽음 때문에. 내 친구들만 골라서 빼앗아가고 나머지는 건드리지도 않은 그 녀석 때문에. 망할 놈의 죽음. 내가 사랑하는 사람들만 노렸지. 그들의 어리석음을 이용해 활개를 쳤지. 바보 같은 사람들을 악용한 못된 녀석. '상냥한 죽음'을 나불거린 에밀리 디킨슨*은 개똥철학자다. 죽음이 상냥할 수 있다니 구역질 나는 발상이다. 그녀는 이스트쇼어 고속도로에서 벌어진 6중 추돌사고를 한 번도 보지 못한 모양이다. 예술은 신학처럼 모든 게 골고루 들어 있는 사기극이다. 아래층에서 사람들이 서로 싸우고 있는데 나는 참고도서에서 신을 찾고 있다. 신의 존재론적인 증명, 아니면 더 바람직하게는 신에 반박할 수 있는 실질적인 반론. 하지만 책에는 그런 항목이 없다. 이 사실을 일찌감치 알았더라면 많은 도움이 됐을 텐데. 존재론적이고 경험론적인 시각에서 어리석은 짓에 반박하는 과거와 현대의 반론들(상식이 바로 이런 것이다). 공부에 단점이 있다면 시간이 오래 걸린다는 거다. 좋은 시절을 다 바쳐 공부를 마치고 나면 차라리 은행에 취직할걸 하고 후회하게 된다. 은행원들도 그런 게 궁금할까? 오늘의 최저 대출 금리가 몇 퍼센트인지가 궁금하겠지. 은행원은 사해 사막에 갈 때 연막탄과 물통과 야전식과 칼을 챙길지 모른다. 예전에 저지른 바보짓을 상기시키는 십자가를 들고 가지는 않을 것이다. 이스트쇼어 고속도로에서 모든 이를 파괴하고 내 희망까지 파

---

* 뉴잉글랜드의 신비주의자라고 불린 미국의 서정시인.

괴한 자, 다른 짓을 저지를 때도 행운이 따르길. 지금까지 다른 신들이 보기에 감탄할 만한 짓만 저질렀던 것처럼.

이게 웬 허풍인지 모르겠다. 이런 식으로 울화통을 터트리는 건 배설이다. 베이지역의 지적인 동네 사람들과 어울리다 보니 전염이 됐다. 나는 잘난 척 수수께끼 같은 말을 하면서 생각한다. 나는 인간이 아니라 자기 자신을 향해 훈계를 늘어놓는 목소리다. 그보다 더 심각하게는 들으면서 말을 한다. 컴퓨터 업계에서 GIGO(garbage in garbage out)라고 하는 것처럼 쓰레기가 들어가면 쓰레기가 나올 수밖에 없다. 이제 자리에서 일어나 베어풋 씨에게 의미 없는 질문을 하고, 그가 완벽한 답변을 늘어놓는 동안 집으로 돌아가야겠다. 그래야 그는 승리하고 나는 여기서 나갈 수 있다. 우리 둘이 윈-윈 할 수 있다. 그는 나를 모른다. 나도 그를 모른다. 아는 것이라고는 설교 투의 목소리뿐이다. 그 목소리가 이미 내 머릿속을 스치며 관통하고 있는데 이것은 시작에 불과하다. 수많은 강연 중에서 첫 번째에 불과하다. 설교 투의 헛소리……. 어느 시트콤에서 아처 집안사람들을 모시는 흑인 충복의 이름에나 어울리겠다. "센텐셔스*, 이리로 쌩하니 오라니까 내 말 안 들려?" 이 남자가 의미심장하게 장황한 이야기를 늘어놓고 있다. 크리슈나 님과 인간이 어떤 식으로 죽는가 하는 것인데, 이야말로 내가 개인적인 경험으로 인해 중요시하게 된 주제다. 워낙 친숙한 주제라 익히 알고 있어야 마땅한데. 오래전에 내 인생에 나타나 앞으로 영

* sententious. 영어로 '설교 투'라는 뜻.

19

원히 사라지지 않을 주제인데.

예전에 우리 앞으로 된 조그맣고 오래된 농가가 한 채 있었다. 토스터 전원을 꽂으면 전기가 나가는 곳이었다. 비가 오면 부엌 천장에 달린 전구에서 빗물이 떨어졌다. 비가 새는 것을 막으려고 제프가 어쩌다 한 번씩 커피 깡통에 담긴 까만 타르 비슷한 것을 지붕에 발랐다. 돈이 없어서 190그램짜리 종이는 살 형편이 못 됐다. 타르는 전혀 효과가 없었다. 우리 농가는 주변의 다른 집들과 잘 어울렸다. 드와이트 도로 인근 산파블로 대로의 버클리 아파트 단지에 있었던 집이 그랬듯이. 이 농가의 장점이라면 제프와 둘이서 배드 럭 레스토랑까지 걸어가 프레드 힐을 볼 수 있다는 것이었다. 프레드 힐은 배드 럭 레스토랑 주인으로 직접 샐러드를 만들고 무료로 그림 전시회를 열어주기도 했는데, 혹자의 말로는 KGB 요원이라고 한다. 그래서 몇 년 전에 그가 베이지역에 등장했을 때 이 지역의 당원들은 하나같이 겁에 질려 옴짝달싹도 하지 못했다. 소련 살인청부업자가 근처에 살고 있다는 일종의 경고였으니 말이다. 게다가 누가 당원이고 누가 아닌지도 파악하고 있는 살인청부업자라니! 열혈 당원들 사이에서 공포 분위기가 조성되었지만, 다른 사람들은 전혀 신경 쓰지 않았다. 평범한 사람들 속에서 양에 해당하는 독실한 신자를 골라내는 최후의 심판과 비슷했달까. 최후의 심판과 유일하게 다른 점은 벌벌 떤 쪽이 양들이었다는 사실이다.

가난에 대한 환상이 버클리 전역에 축제 분위기를 선사했고 여기에 정치·경제적으로 상황이 악화돼 이 나라가 붕괴할지 모른다는 희망이 곁들여졌다. 이것이 운동권의 이론이었다. 너무나 엄청난 재난이 들이닥쳐 책임이 있는 사람이건 없는 사람이건 똑같이 파멸할 거라고 했다. 예전에도 우리는 지금처럼 완전히 정신이 나간 족속이었다. 아는 게 많아야 미칠 수 있는 법이다. 예컨대 실성하지 않고서는 딸 이름을 거너릴*이라고 지을 수 없는 것처럼 말이다. UC 버클리 영문과에서 배우기를, 글로브 극장**의 후원자들은 정신병을 재미있게 여겼다고 한다. 하지만 요즘 사람들은 재미없어한다. 셰익스피어가 고국에서는 위대한 예술가일지 몰라도 여기에서는 누구누구 등장, 하는 어려운 작품을 쓴 작가일 뿐이다. 그게 뭐 대수라고. 원고 여백에 코 파는 사람이나 그려놓고. 우리는 그런 작품을 보기 위해 이 강연처럼 거금을 들여왔다. 그렇게 오랫동안 돈 없이 살았으면 나도 정신 차렸어야 하는 건데. 자위본능을 좀 더 연마했어야 하는 건데.

나는 캘리포니아 교구의 티모시 아처 주교와 그의 정부, 그리고 그의 아들이자 집주인이자 형식적인 가장이었던 내 남편과 알고 지냈던 마지막 생존자다. 누군가는 살아남아야 하는 법이다. 셋 다 세상에 둘도 없이 멍청한 파르지팔***처럼 그렇게 자진해서 죽음을 선택하지 않았더라면 좋았을 텐데.

---

* 셰익스피어의 『리어왕』에 등장하는 가식적이고 욕심 많은 리어왕의 큰딸.
** 1599년부터 셰익스피어의 연극을 공연한 런던의 유명한 극장.
*** 중세 유럽의 아서 왕 전설에서 성배를 찾아 나선 기사. 바그너가 작곡한 동명의 오페라 주인공으로도 유명하다.

02

제인 메리언 선생님께

　편집자로 일하는 친구와 작가로 일하는 친구, 이렇게 두 명이 이틀 간격으로 똑같은 말을 하며 『그린 커버』를 추천하더군요. 현대 문학계가 어떤 식으로 돌아가는지 알고 싶으면 선생님의 작품을 반드시 알고 있어야 한다면서요. 표제작이 최고라고, 그것부터 읽는 게 좋다는 이야기를 듣고 책을 사서 집으로 돌아왔는데, 알고 보니 거기서 팀 아처를 다루셨더군요. 그런데 그 작품을 읽고 나자 제가 아는 팀 아처가 홀연 되살아나면서 즐거움이 아니라 어마어마한 고통이 저를 엄습했습니다. 저는 UC 버클리에서 영문학을 전공하기는 했지만 작가가 아니라 그의 이야기를 글로 옮길 자신이 없습니다. 유려한 그의 말솜

씨를 혹시라도 재현할 수 있을까 싶어, 습작 삼아 그와 나누는 가상의 대화를 끼적여본 적은 있습니다. 할 수는 있었지만 지금의 팀처럼 '죽은' 문장이더군요.

　제가 그렇게 열렬한 신자는 못 되다 보니 예전처럼 교인들을 자주 만나지는 않지만, 그래도 가끔 그가 어떤 사람이었느냐고 묻는 이들이 있습니다. 제 남편 제프가 그분의 아들이었으니 개인적으로 가까운 사이였죠. 우리는 신학을 주제로 종종 대화를 나누었어요. 제프가 스스로 목숨을 끊었을 때에도 저는 샌프란시스코 공항으로 팀과 키어스틴을 마중 나갔었죠. 그때 팀은 다마스쿠스 문서*의 공식 역자를 만나려고 잠깐 영국에 다녀오는 길이었는데, 예수는 사기꾼이고 사두가이파**가 진짜라고 난생 처음으로 믿기 시작한 시점이었어요. 저한테 이 소식을 신도들에게 어떤 식으로 전하면 좋겠느냐고 묻더군요. 그 무렵으로 말할 것 같으면 샌타바버라 사건이 터지기 전이었어요. 키어스틴이 그에게 받은 샌프란시스코 텐더로인 지구의 평범한 아파트에 살고 있던 때였죠. 그 집에 드나들 수 있었던 사람은 몇 명 안 됐어요. 제프하고 저는 당연히 출입이 가능했지만요. 제프가 처음으로 자기 아버지에게 저를 소개했던 때가 생각나는군요. 그때 팀은 저에게 다가와 "나는 팀 아처라고 한다"라고 했어요. 당신이 주교라는 말은 하지 않았어요. 주교 반지는 끼고 있었지만.

---

* 고대 에세네파 유대인들이 남긴 중요한 문서.

** 서기 70년에 2차 예루살렘 성전이 파괴되기 전, 약 2세기 동안 번성했던 유대교 제사장 분파.

키어스틴이 자살했다는 전화를 맨 처음 받은 사람은 저였어요. 자살한 제프 생각에 아직도 괴로워하고 있을 때였는데, 그 자리에 우두커니 서서 키어스틴이 "떠나버렸다"라고 전하는 팀의 말을 듣고 있어야 하다니. 키어스틴을 많이 좋아했던 남동생이 제 눈에 들어오더군요. 남동생은 그때 발사나무로 된 SPAD 13 전투기 모형을 조립하고 있었는데, 전화를 한 사람이 팀인 건 알고 있었어요. 이제는 키어스틴마저 제프의 뒤를 따라 저세상 사람이 되었다는 것은 몰랐지만.

팀은 제 주변의 어느 누구와도 달랐어요. 무엇이든 믿을 준비가 되어 있었고, 새로운 믿음이 생기면 당장 행동으로 옮기는 분이었죠. 그러다 다른 걸 믿게 되면 또 거기에 따라 행동했고요. 예를 들면 심각한 정신병을 앓던 키어스틴의 아들이 어떤 영매의 치료를 받고 나았다고 굳게 믿는 식이었어요. 한번은 텔레비전에서 방영되는 데이비드 프로스트*와의 인터뷰를 보고 있는데, 알고 보니 그분이 저와 제프 이야기를 하고 있더군요. 그런데 실제 상황과 전혀 동떨어진 이야기였어요. 제프도 텔레비전을 같이 보고 있었는데, 아버지가 자기 이야기를 하는 줄 모르더군요. 팀은 중세의 실재론자처럼 말이 진짜라고 생각했어요. 말로 옮기면 무엇이든 명실상부한 진실이 된다고요. 그 때문에 목숨을 잃은 거예요. 그가 세상을 떠났을 때 저는 이스라엘에 없었지만, 마치 샌프란시스코 시내를 돌아보기라도 하는 양 주유소에서 받은 지도를 보며 사막으로 나섰을

---

* 영국의 유명한 기자, 작가, 언론인.

그의 모습이 눈에 선했어요. 지도에 몇 킬로미터를 가면 A라는 곳이 나온다고 되어 있으니 몇 킬로미터를 가면 A에 도착하겠거니 생각하며 차를 몰고 출발했겠죠. 지도에 그렇다고 되어 있으니까요. 그는 기독교 교리라면 모든 구절을 의심하면서 종이에 적힌 거라면 뭐든 믿는 분이었어요.

하지만 그의 면모를 가장 단적으로 보여주는 사례를 꼽으라면 버클리에서 벌어졌던 사건이 떠오르네요. 제프와 저는 그날 어느 시간, 어느 길모퉁이에서 팀을 만나기로 되어 있었어요. 팀이 차를 몰고 늦게 도착했는데, 머리끝까지 화가 난 주유소 직원이 그 뒤를 쫓아오고 있지 뭐예요. 팀이 그 주유소에서 기름을 넣고 나서 후진을 하다 주유 펌프를 타고 넘어 박살 냈는데, 우리하고 만나기로 한 약속 시간에 늦었기 때문에 그대로 내달렸던 거예요.

"손님 때문에 우리 펌프가 망가졌잖아요!" 주유소 직원이 숨을 헐떡이며 흥분한 목소리로 고함을 질렀죠. "그대로 내빼다니 경찰을 부를 수도 있어요. 여기까지 손님을 쫓아서 달려왔다고요."

저는 팀이 잔뜩 화가 난 이 남자에게 뭐라고 할지 궁금했어요. 계급의 사다리에서 팀은 제일 꼭대기를 차지하고 있었고 이 남자는 말단에 해당했으니까요. 자신이 전 세계적으로 유명한 캘리포니아 교구의 주교이고, 마틴 루서 킹 목사, 로버트 케네디와 친구 사이이며, 지금은 평상복을 입고 있지만 얼마나 대단한 위인인지 아느냐고 할 건지 궁금했어요. 그런데 팀은 아무 말도 않고 공손하게 사과를 하더군요. 잠시 후 주유소 직원은 상대방이 밝은색으로 칠한 커다란 쇠 주유 펌프가 어떤 건지도 모르는 사람이라는 것을 알아차렸죠. 말 그대로 딴 세상에 사는 사람인 것을요. 팀과 키어스틴은 딴 세상을 '저쪽'이라고 불렀는데, 결국 저쪽에서 그들을 한 명씩 끌고 갔죠. 처음에는 제프를, 그 다음에는 키어스틴을, 마지막으로는 필연적으로 팀까지.

저는 가끔 팀이 아직 살아 있지만 저쪽 세상에 살고 있을 뿐이라고 혼자 중얼거려요. 돈 매클린이 〈빈센트〉에서 그걸 이런 식으로 표현했잖아요. "이 세상은 당신처럼 아름다운 사람에게 어울리지 않아." 팀도 그랬을 거예요. 이 세상은 단 한 번도 그에게 현실로 다가온 적이 없었으니 그에게 알맞은 세상이 아니었던 거죠. 그는 어딘가에서 착오가 생긴 것을 무의식적으로 알고 있었던 거예요.

저는 팀을 생각하면 이런 구절이 떠올라요.

지금도 나는 꿈을 꾼다네
즐거운 나의 노래로 넘쳐 나는 이슬 맺힌 풀밭을
그가 유령처럼 거니는 꿈을

예이츠가 한 말이죠.

팀을 다룬 작품 감사해요. 하지만 잠시나마 부활한 그를 만났더니 가슴이 아리네요. 그런 역할을 하다니, 문학작품의 위대함은 이런 식으로 측정하는 건가 봐요.

올더스 헉슬리의 소설에 이런 장면이 등장하죠? 어떤 사람이 누군가에게 전화를 걸어 신이 난 목소리로 외쳐요. "신이 존재한다는 사실을 수학적으로 증명할 방법을 알아냈어!" 팀이었다면 바로 다음 날, 첫 번째 명제와 상충하는 두 번째 명제를 발견하고, 금세 두 번째 명제를 믿어버렸을 거예요. 꽃밭에서 저마다 다른 꽃송이가 새롭게 등장할 때마다 지금까지 본 꽃들은 깡그리 잊어버린 채 번번이 즐거워하는 식인 거죠. 그는 친구들에게 절대적으로 의리를 지켰어요. 친구들만은 잊어버리지 않았어요. 그에게는 친구들이 영원한 꽃이었던 셈이죠.

그런데 메리언 선생님, 희한하게 저는 남편보다 그분이 더 그리워요. 저에게 있어 그분은 일종의 이미지로 이루어져 있기 때문일까요? 모르겠어요. 작가인 선생님께서 알려주세요.

앤젤 아처 드림

나는 뉴욕 문단에서 작가로 활약하며 유수의 여러 잡지에 단편을 기고하는 제인 메리언에게 이런 편지를 썼다. 답장은 기대하지 않았고 예상했던 대로 답장은 없었다. 내 편지를 받은 출판사에서 읽어보고 그냥 던져버렸을 수도 있다. 나는 사실 메리언이 팀에 대해 쓴 글을 읽고 분노를 참을 수가 없었다. 온전히 제삼자를 통해 얻은 정보를 바탕으로 쓴 글이었다. 팀에 대해 전혀 알지도 못하면서 글을 쓴 것이다. 메리언은 '경우에 따라 친구를 저버리는 때도 있었다'라는 식으로 팀을 묘사했다. 팀은 평생 친구를 저버린 적이 없었건만!

제프와 나는 그날 중요한 일 때문에 주교와 만나기로 되어 있었다. 공적으로는 물론이고 사적으로도 중요한 일 때문이었다. 베이지역의 여성해방운동협회 대표를 맡고 있는 내 친구 키어스틴 룬드보그와 아처 주교 간의 만남을 주선하기로 했던 것이다. 여성해방운동협회에서는 팀에게 무보수로 강연을 부탁하고 싶어 했다. 그래서 주교의 며느리인 내가 동원됐다. 두 말하면 잔소리지만 팀은 어떤 상황인지 전혀 몰랐다. 그도 그럴 것이 제프와 내가 아무런 언질도 주지 않았던 것이다. 팀은 그저 말로만 듣던 배드 럭 레스토랑에서 우리와 함께 식사를 하는 줄 알았다. 밥값은 팀이 내는 것으로 되어 있었다. 그 당시에 제프와 나는 돈이 없었다. 새턱 가의 법률사무소에서 타이피스트로 일하는 내가 이른바 가장이었는데, 법률사무소는 온갖 저항운동에 적극적으로 관여하는 두 명의 버클리 출신이 운영하는 곳이었다. 그들은 마약사범의 변호를 맡았다. 회사 이름은 '반스 앤드 글리슨 법률사무소 겸 향초숍'이었다. 왜냐하면 집에서 만든 향초도 판매 혹은 전시했기 때문이다. 자기 직업을 비웃고 돈을 벌 뜻이 전혀 없음을 분명히 밝히는 변호사 제리 반스만의 방식이었다. 그런 면에서 그는 성공을 거두었다고 볼 수 있다. 한번은 어떤 고객이 고마운 마음에 다크 초콜릿처럼 생긴 새까만 아편으로 보수를 지불했는데, 제리는 그 물건을 어떤 식으로 처리하면 좋을지 몰라 쩔쩔매다 결국 남에게 주어버렸다.

흥미진진하게도 KGB 요원인 프레드 힐은 여느 번듯한 레스토랑 주인처럼 미소 지은 얼굴로 악수를 하며 모든 고객을 맞이했다. 하지만 눈빛만은 서늘했다. 들리는 소문에 따르면 그에게는 반항하는 당원을 당의 규율에 따라 처리할 권한이 있다고 했다. 팀은 프레드 힐의 안내를 받으며 테이블로 걸어가는 동안 그 개자식에게 전혀 관심을 보이지 않았다. 나는 메뉴를 건네는 남자가 미국에서 가명으로 활동 중인 소련의 비밀경찰이라는 사실을 알게 되면 캘리포니아 주교가 뭐라고 할지 궁금했다. 어쩌면 그것은 버클리에 떠도는 근거 없는 이야기일 수도 있었다. 오래전부터 그랬던 것처럼 버클리와 편집증은 떼려야 뗄 수 없는 사이였다. 베트남 전쟁이 끝나려면 아직 먼 때였다. 닉슨은 아직 병력을 철수하지 않았다. 워터게이트 사건도 이때로부터 몇 년 뒤의 일이다. 베이지역 곳곳에 정부 요원이 심어져 있었고, 개별적으로 활동하는 우리 같은 운동권자들은 끄나풀이 아닌가 싶어 모든 사람들을 의심했다. 우리는 우파도, 미국 공산당도 믿지 않았다. 그저 버클리에서 딱 하나 질색인 게 있다면 경찰 냄새였다.

프레드 힐이 말했다. "어서 오십시오. 오늘의 수프는 미네스트로네*입니다. 메뉴 고르시는 동안 와인 한잔 드릴까요?"

우리 셋 다 그러자고 했고(갤로 와인만 아니면 된다고 했다) 프레드 힐은 와인을 가지러 잠깐 사라졌다.

---

* 이탈리아식 야채수프로 각종 야채와 베이컨, 파스타를 넣고 끓인 것.

"저 사람, KGB 대령이래요." 제프가 팀에게 말했다.

"그래? 신기하구나." 팀이 메뉴를 열심히 들여다보며 대답했다.

"정말 박봉이래요." 내가 말했다.

"그래서 식당을 낸 모양이로구나." 팀은 이렇게 말하며 주변의 테이블과 손님 들을 둘러보았다. "이 집에 흑해산 캐비어가 있나 모르겠네." 그는 이번에는 내 쪽을 쳐다보며 물었다. "앤젤, 너도 캐비어 좋아하니? 철갑상어 알 말이다. 도치 알하고 헷갈릴 때도 가끔 있지만, 도치 알이 대체적으로 더 크고 불그스름하지. 값도 훨씬 저렴하고. 나는 도치 캐비어는 좋아하지 않는다. 어떻게 보면 도치 캐비어라는 단어 자체가 모순이다만." 그는 혼자 웃음을 터트렸다.

젠장. 나는 작게 중얼거렸다.

"왜 그래?" 제프가 물었다.

"키어스틴이 왜 늦나 싶어서." 나는 손목시계를 보았다.

팀이 말했다. "페미니즘 운동의 기원은 아리스토파네스의 희곡 『리시스트라타』에서 찾을 수 있지. '우리 모두 속 보이는 사랑의 손길을 자제하도록 해요.'" 그는 이렇게 말하면서 또다시 웃음을 터트렸다. "'빗장과 걸쇠를 동원해 우리의 요구를 비웃고…….'" 그는 이야기를 계속할지 말지 고민하는 사람처럼 말을 멈췄다 다시 이었다. "'우리를 봉쇄하는구나.' 여기에서 '봉쇄'라는 표현은 말장난이지. 여자들이 요구에 불응하는 전반적인 상황과 성기를 닫아버린 것, 양쪽 모두를 의미하거든."

제프가 말했다. "아버지, 우리 뭘 주문할지 결정이나 하자고요, 네?"

팀이 말했다. "내 촌평이 무얼 먹어야 할지 고민하는 이 상황에 어울린다고 볼 수도 있지 않니? 아리스토파네스라면 진가를 인정했을 텐데."

"아버지, 제발요."

프레드 힐이 쟁반을 들고 돌아왔다. "루이 마르티니 부르고뉴 와인입니다." 그는 잔을 세 개 내려놓으며 물었다. "외람된 질문입니다만…… 혹시 아처 주교님 아니십니까?"

팀은 고개를 끄덕였다.

"셀마에서 킹 목사님과 함께 행진을 하셨죠."

"맞습니다. 셀마에서 같이 있었죠." 팀이 대답했다.

나는 "이분한테 아까 그 농담 들려주세요" 하고는 프레드 힐을 향해 말했다. "주교님이 진짜 케케묵은 성기 이야기를 알고 계시거든요."

팀은 쿡쿡거리며 말했다. "이야기가 케케묵었다는 소리입니다. 문장구조로 인한 오해가 없으시길 바랍니다."

"킹 목사님은 훌륭한 분이셨죠." 프레드 힐이 말했다.

그러자 팀이 말했다. "아주 훌륭한 분이셨죠. 나는 스위트브레드*로 할게요."

"탁월한 선택이십니다." 프레드 힐은 받아 적으며 "꿩 요리도 괜찮은데요"라고 덧붙였다.

---

* 송아지나 새끼 양의 가슴샘이나 췌장으로 만든 요리.

31

"저는 빌 오스카*로 할게요." 내가 말했다.

"저도요." 제프가 말했다. 그는 언짢은 표정이었다. 여성해방운동협회건 뭐건, 주교와 나의 관계를 이용해 무보수 강연을 청탁하려는 것을 탐탁지 않게 생각했기 때문이었다. 그는 아버지가 얼마나 쉽게 무보수 강연에 응하는지 알고 있었다. 그와 팀은 둘 다 짙은 색 모직 신사복을 입고 있었고, KGB 요원이자 대량학살범인 프레드 힐은 양복에 넥타이를 매고 있었다.

나는 신사복을 입은 두 남자와 함께 앉은 그날 그 자리에서 제프도 혹시 자기 아버지의 뒤를 이어 사제가 되려나 하는 생각을 했다. 두 사람 모두 엄숙한 표정으로, 다른 수많은 상황에서 그러하듯 열심히 그리고 진지하게 저녁을 주문했다. 팀의 경우에는 사제다운 분위기에 간간이 위트를 섞었는데, 늘 그렇듯이 생뚱맞게 느껴졌다.

다 같이 미네스트로네를 한 숟갈 뜨는데, 아처 주교가 며칠 앞으로 다가온 자신의 이단 심판 이야기를 꺼냈다. 그는 이 이단 심판 이야기만 나오면 정신을 못 차렸다. 그가 여러 언론 기사와 그레이스 대성당 설교를 통해 사도시대 이후로 성령의 흔적을 본 사람이 없다고 한 것을 놓고 성서 지대**의 주교들이 들고 일어선 것이다. 이 때문에 팀은 삼위일체론이 틀렸다는 결론을 내리게 되었다. 성령이 야훼나 예수에 필적하는 하느님의 한 형태라면 우리와 함께 있어야 하는 것 아니냐고 했다. 그는 방

---

* 얇게 썬 송아지 고기를 살짝 튀겨서 소스를 곁들이는 요리.
** 미국 남부와 중부의 정통파 기독교가 우세한 지방.

언*에도 별 감흥이 없었다. 성공회 교단에 몸담고 있는 동안 방언을 쏟아내는 교인들을 숱하게 보았지만, 자기 암시와 치매의 발로로 여겼을 뿐이다. 그뿐 아니라 사도행전을 꼼꼼히 읽어보면 오순절 때 성령이 강림해 '언어의 은총'을 주었을 때도 사도들은 주변 사람들이 알아들을 수 있는 외국어로 이야기했다. 이것은 시쳇말로 방언이 아니라 제노글로시 현상**이었다.

식사를 하는 동안 주교는 술을 마신 게 아니냐는 비난이 열한 명의 사도들에게 쏟아졌을 때 베드로가 능수능란하게 대응한 것에 대해 이야기하며 킬킬거렸다. 베드로가 비웃는 군중에게 오전 9시밖에 안 됐는데 사도들이 술을 마셨을 리 있겠느냐며 큰 소리로 외쳤던 것이다. 주교는 미네스트로네를 먹어가며, 그때가 오전 9시가 아니라 오후 9시였다면 서양사의 흐름이 달라졌을 거라고 했다. 제프는 지겨워하는 듯한 표정이었고, 나는 계속 손목시계를 훔쳐보며 키어스틴이 어찌 된 일일까 생각했다. 어쩌면 미용실에서 머리를 만지고 있을지도 모른다. 그녀는 늘 제 금발 머리를 놓고 야단을 떨었고, 결정적인 순간을 앞에 두면 정도가 더 심해졌다.

성공회는 삼위일체설을 신봉한다. 삼위일체설을 완벽하게 받아들이고 그에 입각해 가르치지 않으면 성공회 사제나 주교가 될 수 없다. 이걸 니케아 신조라고 한다.

----

* 기독교에서 황홀경에 든 신자가 성령의 힘을 입어 하는, 내용을 알 수 없는 말.
** 어떤 계기로 한 번도 배운 적 없는 외국어를 유창하게 구사하게 되는 것.

……주님이시며 생명을 주시는 성령을 믿나니, 성령은 성부와 성자에게서 나시며, 성부와 성자와 더불어 같은 경배와 영광을 받으시며…….

그러니까 미주리의 매클레리 주교 말이 맞았다. 팀은 사실 이단 행위를 범하고 있었다. 하지만 팀은 성공회 사제가 되기 전에 변호사였던 사람답게 얼마 안 남은 이단 심판을 기대하고 있었다. 매클레리 주교가 성서에도 정통하고 교회법에도 정통하겠지만, 팀은 매클레리 주교 자신도 모르게 그를 둘러싼 황금빛 후광을 날려버릴 수 있는 인물이었다. 팀은 그 사실을 알고 있었다. 그래서 이단 심판을 앞두고 느긋하게 즐기고 있었다. 아니, 느긋하게 즐기는 정도가 아니라 그것을 주제로 책까지 쓰고 있었다. 그는 심판에서 이기고 돈까지 챙길 것이다. 미국의 모든 신문이 기사로 다루고 심지어 사설까지 게재할 것이다. 1970년대에 누군가를 상대로 이단 판정을 이끌어내는 것은 불가능에 가까운 일이었다.

끝없이 이어지는 팀의 장황한 이야기를 듣다 보니, 그가 심판을 받으려고 일부러 이단 행위를 저질렀을지도 모른다는 생각이 들었다. 적어도 그런 계산이 무의식중에 깔려 있었을 것이다. 시쳇말로 경력에 도움이 될 테니까.

주교가 명랑한 목소리로 이야기했다. "소위 말하는 그 '언어의 은총' 때문에 바벨탑을 쌓을 당시 하나였던 인간의 언어가 완전히 바뀌었지. 우리 교구에서 어느 날 문득 벌떡 일어나 왈론 말*을 쏟아내는 신도가 튀어나온다면 그날부로 당장 나는 성령의 존재를 믿을 게다. 하지만 아직은 성령의 존재를 확실히 믿을 수가 없단 말이지. 사도들은 신의 영혼을 의미하는 히브리어 '루아흐'에서 성령을 착안했어. 일단 '루아흐'는 남성이 아니라 여성이야. 구세주에 대한 기대감을 의미하고. 유대교에서 이걸 도용한 기독교회는 충분한 규모의 이교도 혹은 이방인을 개종시켰다 싶었을 때 이를 폐기 처분해버렸지. 유대인들이나 중요하게 여기는 발상이었으니까. 기독교로 개종한 그리스인들에게 '루아흐'가 무슨 의미가 있겠니? 소크라테스가 자신을 인도하는 내면의 목소리, 즉 '다이몬'이 들린다고 천명하기는 했지만…… 다이몬은 수호령이다. 악령을 의미하는 영어의 '데몬'하고는 다른 거야. 이 두 단어를 혼동하는 사람들도 많지만 말이다. 음, 칵테일 마실 시간이 되려나 모르겠네."

"이 집은 맥주하고 와인밖에 없어요." 내가 대답했다.

"전화를 한 통 해야겠는데." 주교는 냅킨으로 턱을 톡톡 두드리며 자리에서 일어나 주변을 둘러보았다. "여기 공중전화가 있을까?"

"셰브런 역에 공중전화가 있어요. 하지만 거기까지 가는 동안 주유 펌프가 또 하나 박살나지 않을까요?" 제프가 말했다.

"내가 어쩌다 그랬는지 모르겠다. 아무 느낌도 없었고 아무것도 못 봤는데. 그 직원 이름이 뭐였더라? 앨버스? 적어놨는데. 아무튼 그 사람이 나타나서 히스테리를 부릴 때에야 알았

---

* 프랑스 방언의 하나.

지 뭐냐. 성령의 임재로 그렇게 흥분한 걸 수도 있겠다만. 보험이 아직 살아 있어야 할 텐데. 자동차 보험증을 항상 들고 다니는 게 좋겠구나."

내가 말했다. "그 직원이 왈론 말을 하지도 않았는걸요?"

그러자 주교가 말했다. "그렇지. 하지만 뭐라고 하는지 잘 모르겠던데? 잘은 모르겠지만 제노글로시 현상이었을 수도 있겠지. 성령이 우리 곁에 있다는 증거일 수도 있고." 그는 다시 자리에 앉더니 나를 향해 물었다. "아직 뭐 남은 게 있니? 계속 손목시계를 보던데. 한 시간밖에 시간을 낼 수가 없어. 시내로 돌아가야 하거든. 교리란 참 난감한 게 인간의 독창성을 말살하지. 과정신학이라는 것을 창시한 알프레드 노스 화이트헤드로 말할 것 같으면 유명한 과학자였어. 과정신학은 야콥 뵈메와 그의 이분법적인 하느님, 헤겔보다 시대를 앞선 그의 변증법적인 하느님으로 역사를 거슬러 올라가지. 뵈메는 아우구스티누스의 영향을 받았고. 『긍정과 부정Sic et non』을 쓴 아우구스티누스 말이다. 라틴어에는 '예스'에 해당하는 말이 없어. 개중 가장 근접한 단어가 'sic'일 텐데, 대체로 'sic'는 '그래서' 혹은 '따라서' 혹은 '그 점에서'에 더 가깝지. 'Quod si hoc nunc sic incipiam? Nihil est. Quod si sic? Tantumdem egero. Et sic—.'" 그는 말을 하다 말고 미간을 찌푸렸다. "'Nihil est.' 영어가 가장 훌륭한 사례다만, 배분사를 쓰는 언어권에서 'Nihil est'를 문맥 그대로 해석하면 '아무것도 없다'가 되지. 물론 테렌티우스가 전달하고자 한 의미는 '그것은 아무것도 아니다'였단다. 'it'에 해당되는 'id'를 생략한 거지. 그래도 'nihil est'라는 두 단어에 엄청난 의미가 들어 있지 않니? 최소한의 단어 속에 의미를 압축하는 것이 라틴어의 놀라운 능력이랄까. 그것과 정확성이야말로 라틴어의 가장 훌륭한 장점이지. 영어는 어휘가 풍부하고."

이때 제프가 끼어들었다. "아버지, 저희는 지금 앤젤의 친구를 기다리는 중이에요. 지난번에 말씀드렸던 친구요."

주교는 "Non video"라고 했다. "그녀가 안 보인다고 말한 거란다. '그녀'라는 단어는 생략했고. 어이쿠, 저 사람이 우리 사진을 찍으려고 하는구나."

프레드 힐이 플래시가 달린 SLR 카메라를 들고 우리 테이블로 걸어왔다. "주교님, 사진 한 장 찍어도 되겠습니까?"

나는 자리에서 일어서며 말했다. "제가 두 분 사진을 찍어드릴게요." 그러고는 프레드 힐 쪽으로 고개를 돌리며 덧붙였다. "벽에 걸 수 있게요."

"그러려무나." 팀이 말했다.

식사 도중에 키어스틴 룬드보그가 합류했다. 그녀는 우울하고 피곤해 보였고, 마음에 드는 메뉴를 찾지 못했다. 그래서 결국 아무것도 먹지 않고 화이트와인만 한 잔 마셨고, 말은 거의 하지 않으면서 줄담배만 피워댔다. 얼굴에는 긴장한 기색이 역력했다. 우리는 몰랐지만 그녀는 그때 사실 가벼운 만성복막염을 앓고 있었다. 병마가 이내 그녀를 덮친 것을 보면 알 수 있듯 아주 심각하게 발전할 수 있는 병이었다. 그녀는 우리의 존재가 거의 안중에 없는 눈치였다. 나는 주기적으로 앓는 우울증이 찾아온 모양이라고 생각했다. 그녀에게 병이 있는 줄 전혀 모르고 한 생각이었다.

"토스트하고 반숙한 달걀이라도 먹지 그래요?" 제프가 권했다.

"아니에요." 키어스틴은 고개를 저었다. "제가 지금 죽어가고 있거든요." 그녀는 에두르지 않고 단도직입적으로 말했다. 우리는 일제히 심기가 불편해졌다. 그게 그녀의 목적이 아니었을까. 물론 아닐 수도 있지만. 아처 주교는 연민이 가득한 눈빛으로 그녀를 주시했다. 나는 그걸 보며 안수라도 하려는 건가 생각했다. 성공회 교회에서는 그렇게 하니까. 그러거나 말거나 상관없는 일이기는 하지만, 안수를 받고 병마를 이긴 환자의 비율이 얼마나 되는지는 그 어디에서도 기록으로 전해지는 게 없었다.

그녀는 군에 입대하려다 정신적인 문제로 거부당한 자기 아들 빌 이야기만 했다. 그 때문에 기쁘기도 하고 화가 나기도 하는 모양이었다.

"입대 영장을 받을 만큼 장성한 아드님이 있으시다니 놀랍습니다." 주교가 말했다.

키어스틴은 잠시 아무 말도 하지 않았다. 그녀의 얼굴을 덮고 있던 먹구름이 일부나마 사라졌다. 팀의 말을 듣고 기분이 좋아진 게 분명했다.

그녀는 그 나이치고 미인 축에 들었지만, 끝날 줄 모르는 모진 고생 때문에 인상이 많이 망가졌다. 나는 키어스틴을 존경

했지만 그녀는 잔인한 대사를 날릴 기회가 생기면 절대 사양하지 않는 사람이었다. 그것은 이제 일종의 능력으로까지 승화된 그녀의 단점이었다. 이쪽에서 영리하게 공격하면 면박을 당하더라도 찍소리 못하지만, 서툴게 바보처럼 굴면 혼쭐이 난다. 관건은 말발이다. 그녀는 무슨 대회 참가자처럼 얼마나 말을 잘하는가에 따라 상대를 평가했다.

"빌은 몸만 어른이에요." 키어스틴은 말은 이렇게 하면서도 표정은 좀 전보다 밝았다. "요전 날 밤에 자니 카슨 쇼에서 코미디언이 이렇게 말한 적 있잖아요. '우리 집사람은 성형외과 의사 싫어해요. 가짜는 싫다나요.' 저는 방금 전에 머리를 했어요. 그래서 늦었죠. 한번은 프랑스에 가야 할 일이 있었는데 그 직전에 미용실에서 제 머리를 어떻게 해놓았는지 아세요?" 그녀는 말을 잠깐 멈추고 미소를 지었다. "보조*처럼 해놓았지 뭐예요. 저는 파리에서 지내는 내내 바부시카**를 쓰고 다녔어요. 노트르담으로 가는 길이라고 둘러대면서요."

"바부시카가 뭔데요?" 제프가 물었다.

아처 주교가 대답했다. "러시아 농부를 말하지."

키어스틴은 그를 뚫어져라 쳐다보았다. "맞아요. 제가 엉뚱한 단어를 쓴 모양이네요."

"아닙니다. 여자들이 머리에 쓰는 스카프를 가리키는 그 단

---

* 미국의 유명한 텔레비전 광대 캐릭터. 삼각 김밥을 양옆에 붙여놓은 듯한 헤어스타일이다.
** 원래는 러시아인 할머니를 뜻하는 말인데, 전통적으로 러시아 여자들이 머리에 쓰는 스카프를 지칭하기도 한다.

어가 원래……."

"아우, 제발요." 제프가 말했다.

키어스틴은 미소를 지으며 화이트와인을 홀짝였다.

"여성해방운동협회 회원이시라고요?" 주교가 물었다.

"제가 바로 여성해방운동협회예요." 키어스틴이 대답했다.

"창립 멤버 중 한 명이거든요." 내가 말했다.

"아실지 모르겠지만, 나는 낙태에 대한 입장이 아주 확고합니다." 주교가 말했다.

"아실지 모르겠지만 저도 마찬가지예요. 주교님은 어떤 입장이신데요?"

"우리는 태어나지 않은 아이에게도 전지전능하신 하느님이 부여한 권리가 있다고 생각합니다. 어느 누구도 인간의 목숨을 빼앗을 권리가 없음은 십계명에도 명시돼 있죠."

"뭐 하나만 여쭈어볼게요. 죽은 인간에게도 권리가 있다고 생각하세요?"

"네?"

"태어나지 않은 아이에게 권리를 부여하면서 죽은 사람들에게는 왜 똑같은 권리를 인정하지 않으시는지 모르겠네요."

키어스틴의 말을 듣고 제프가 끼어들었다. "사실 죽은 인간에게도 권리가 있어요. 시신을 사용하거나 시신에서 장기를 적출하려면 법원의 명령이 있어야 하고—"

"나 지금 빌 오스카 먹고 있거든?" 이번에는 내가 끼어들어 말을 막았다. 이런 식으로 결론이 나지 않을 논쟁이 계속 이어지면 아처 주교가 여성해방운동협회에서 요청하는 무보수 강연을 거부할 게 뻔하기 때문이었다. "다른 이야기하지?"

하지만 제프는 아랑곳하지 않고 하던 이야기를 계속했다. "제가 아는 친구 중에 검시실 직원이 있어요. 이 친구가 예전에 집중치료실에 간 적이 있대요. 어느 병원이었는지는 잊어버렸는데, 아무튼 방금 전에 숨진 여자 환자의 몸에 달린 모니터가 아직 깜빡이는데 이식용으로 안구를 떼어냈다고 하더군요. 그런 일이 비일비재하대요."

키어스틴은 다시 와인을 홀짝였고 우리는 식사를 계속했다. 하지만 아처 주교는 딱하다는 듯이 걱정스러운 눈빛으로 계속 키어스틴을 쳐다보았다. 그 당시에는 몰랐지만 나중에 생각해보니 그는 그녀의 몸속에 숨어 있는 병을 알아차리고 있었다. 사제라는 직업 때문인지는 모르겠지만 그에게는 그런 경우가 종종 있었다. 아무도 모르는, 때로는 당사자도 모르는, 당사자조차도 한참 동안 하던 일을 멈추고 관심을 기울여야 깨닫는 타인의 욕구를 그는 직감적으로 간파하곤 했다.

"나는 여성해방운동협회를 아주 존경합니다." 그가 부드러운 목소리로 말했다.

"대부분의 사람들이 그렇죠." 키어스틴은 말은 이렇게 했지만 정말로 기뻐하는 기색이었다. "성공회에서는 여자들도 서품을 받을 수 있나요?"

"사제로요? 아직은 전례가 없지만 조만간 생길 겁니다." 주교가 대답했다.

"그럼 주교님께서는 개인적으로 여자들의 서품에 찬성하신다고 생각해도 될까요?"

"물론입니다." 그는 고개를 끄덕였다. "나는 남녀 부제*의 기준을 현대식으로 바꾸는 일에 관심이 많아요. 일례로 나는 내교구에서 '여부제'라는 단어를 허용하지 않을 겁니다. 여자건남자건 그냥 부제라고 불러야 맞는 거니까요. 남녀 부제들이받는 기본적인 교육과 연수를 하나로 통합하면 나중에 여성 부제들도 사제 서품을 받을 수 있겠죠. 나는 이것을 당연한 흐름으로 생각하고 이를 위해 적극적으로 노력하고 있어요."

"그런 말씀을 들으니 정말 기쁘네요. 그럼 주교님은 가톨릭교회와 생각이 전혀 다르신 거네요?" 키어스틴은 와인 잔을 내려놓으며 말을 이었다. "교황님은—"

"교황이 아니라 로마 주교죠." 아처 주교가 말허리를 잘랐다. "사실 로마 주교라고 하는 게 맞습니다. 로마 가톨릭교회의. 우리 교회도 마찬가지로 가톨릭교회죠."

"그쪽에서는 여자들에게 절대 서품을 내리지 않죠?"

"재림 때나 가능할까요."

"재림이 뭔가요? 잘 몰라서 죄송해요. 제가 종교를 믿는 집안에서 태어나지도 않았고 그쪽을 좋아하지도 않아서요."

"나도 마찬가지예요. 그저 프랑스의 신학자인 말브랑슈가 말한 것처럼 '내가 숨을 쉬는 것이 아니라 하느님이 내 안에서 숨쉬고 있다'는 사실만 알 따름이죠. 재림은 그리스도가 이 세상

---

* 가톨릭교회에서 사제를 보좌하는 직책.

에 다시 오는 것을 말합니다. 우리 가톨릭교회는 온전히 그리스도의 생명력을 통해 숨을 쉽니다. 우리가 몸이라면 그리스도가 머리죠. 사도 바울은 '이제 교회가 그의 몸이고 그가 머리라'라고 했어요. 오랜 옛날부터 이어져 내려온 이런 발상을 지금 우리도 받아들이고 있죠."

"재미있네요."

"아니, 정말이에요. 지적인 문제들은 특이하고 사실에 기반한 일들이 그렇듯 한 염전에서 생산되는 소금처럼 흥미진진하기 마련이죠. 나는 지금 우리의 본질을 이야기하는 겁니다. 우리는 예수 그리스도를 통해 살고 있어요. '그리스도께서는 보이지 않는 하느님의 형상이시며 만물에 앞서 태어나신 분이십니다. 그것은 하늘과 땅에 있는 만물, 곧 보이는 것은 물론이고 왕권과 주권과 권세와 세력의 여러 천신들과 같이 보이지 않는 것까지도 모두 그분을 통해서 창조되었기 때문입니다. 만물은 그분을 통해서 그리고 그분을 위해서 창조되었습니다.'"* 주교의 목소리는 낮고 강렬했다. 그는 이런 목소리로 차분하게 이야기하며 키어스틴을 똑바로 바라보았고, 키어스틴은 괴로워하는 듯한 표정으로 그의 시선을 마주했다. 그의 이야기에 귀를 기울이고 싶지만 또 한편으로는 귀를 닫고 싶고, 두렵지만 또 한편으로는 넋을 잃은 사람 같은 표정이었다. 나는 팀이 그레이스 대성당에서 하는 설교를 수도 없이 들었는데, 지금 그는 키어스틴 한 명을 앉혀두고 수많은 사람들을 상대할 때처럼

---

* 골로새서 1장 15~17.

열정적으로 이야기하고 있었다. 그녀만을 위해서.

한동안 정적이 흘렀다.

"지금도 '여부제'라는 호칭을 쓰는 사제들이 많아요. 아버지가 안 계실 때는요." 제프가 이렇게 말하며 어색하게 몸을 움직였다.

나는 키어스틴에게 말했다. "성공회 안에서 여권 신장을 가장 강력하게 지지하는 분이 아처 주교님이세요."

"나도 그런 얘기 들은 것 같아." 키어스틴은 맞장구를 치더니 내 쪽으로 고개를 돌리고 조용히 물었다. "저기, 혹시—"

"강연 요청은 기꺼이 수락하도록 하죠. 오늘 그 때문에 이렇게 만나서 점심 식사를 한 거 아닙니까?" 주교는 이렇게 말하고 외투 주머니에 손을 넣어 까만 수첩을 꺼냈다. "전화번호를 알려주시면 며칠 내로 전화를 드리죠. 부주교인 조너선 그레이브스와 먼저 의논을 해야 하겠지만, 분명히 시간을 낼 수 있을 겁니다."

"사무실 전화번호와 집 전화번호를 양쪽 다 알려드릴게요. 그런데—" 키어스틴은 이야기를 하다 말고 머뭇거렸다. "여성해방운동협회가 어떤 단체인지 살짝 소개하는 게 좋겠죠, 주교님?"

"팀이라고 부르세요."

"저희는 흔히 말하는 투사가 아니라—"

"여성해방운동협회가 어떤 단체인지는 익히 알고 있습니다. 이 문장에 대해 한번 생각해보세요. '내가 인간의 여러 언어를 말하고 천사의 말까지 한다 하더라도 사랑이 없으면 나는 울리는 징과 요란한 꽹과리와 다를 것이 없습니다. 내가 하느님의 말씀을 받아 전할 수 있다 하더라도 온갖 신비를 환히 꿰뚫어 보고 모든 지식을 가졌다 하더라도 산을 옮길 만한 완전한 믿음을 가졌다 하더라도 사랑이 없으면 나는 아무것도 아닙니다.' 고린도전서 13장이에요. 여자 분들이 모인 곳이니 증오가 아니라 사랑으로 똘똘 뭉친 곳으로 자리를 잡아나가시길 바랍니다. 사랑은 기독교도에게 국한되거나 교회만을 위한 것이 아니에요. 우리를 정복하고 싶거든 냉소가 아니라 사랑을 보여주세요. 믿음은 산을 옮기고, 사랑은 인간의 마음을 움직이는 법이지요. 여러분과 대적하는 사람들도 짐승이 아니라 인간입니다. 여러분의 적은 남자들이 아니라 무지한 남자들이고요. 남자들이 몰라서 그러는 걸 오해하지 마세요. 지금까지 많은 시간이 흘렀죠. 앞으로도 더 많은 시간이 필요할 겁니다. 조바심 내지 말고 미워하지 마세요. 그런데 지금 몇 시죠?" 그는 문득 걱정스러운 얼굴로 사방을 둘러보았다. "여기." 그는 키어스틴에게 명함을 주었다. "전화하세요. 이제 그만 가봐야겠군요. 만나서 반가웠습니다."

그렇게 그는 우리를 남겨두고 떠났다. 그가 계산을 깜빡하고 그냥 갔다는 사실이 잠시 후에 문득, 정말로 문득 내 뇌리를 스치고 지나갔다.

03

캘리포니아 주교는 여성해방운동협회원들 앞에서 강연을 하고, 이사회를 구슬려 전세계기아난민기금으로 2000달러를 받아냈다. 명목은 가히 표창장감인데 금액은 코딱지만 했다. 그러고 나서 얼마 뒤, 제프와 나는 팀과 키어스틴이 허물없이 만나고 있다는 소식을 들었다. 제프는 잠깐 놀라워하고 그만이었다. 나는 재미있다는 생각이 들었다.

제프는 자기 아버지가 여성해방운동협회로부터 2000달러를 받아냈다는 사실조차 재미있다고 생각하지 않았다. 그는 무보수 강연을 예상했건만 보기 좋게 빗나가버렸다. 자기 아버지와 내 친구 키어스틴이 서로 충돌하고 반목할 것으로 예상했는데 그것 또한 보기 좋게 빗나가버렸다. 제프는 자기 아버지를 잘 모르는 아들이었다.

나는 그 소식을 팀이 아니라 키어스틴을 통해 들었다. 팀이 강연을 하고 난 다음 주에 키어스틴이 내게 전화해 같이 샌프란시스코에서 쇼핑을 하자고 했다.

주교와 만나고 있다고 동네방네 알릴 수는 없는 법이다. 키어스틴은 몇 시간 동안 이 가게, 저 가게에서 원피스, 블라우스, 티셔츠, 스커트를 만지작거리다 슬쩍 운을 뗐다. 나는 장미십자회*에 가입할 때보다 더 복잡한 선서를 통해 일찌감치 함구를 다짐했다. 그냥 고백해버리면 재미가 확 줄어들 것이라 생각했는지 그녀는 다짐을 받은 뒤에도 한도 끝도 없이 질질 끌었다. 나는 마리나 지구에 다다라서야 그녀가 무슨 말을 하려는 건지 알아차릴 수 있었다.

"조너선 그레이브스한테 들키면 팀이 옷을 벗어야 할 거야."

나는 키어스틴의 말을 들었을 때 조너선 그레이브스가 누구인지조차 기억하지 못했다. 실감이 나지 않았다. 처음에는 그녀가 장난을 치는 게 아닌가 싶었고, 그다음 순간에는 정신병에 걸린 게 아닌가 싶었다.

키어스틴은 엄숙한 목소리로 하던 이야기를 계속했다. "《크로니클》에서는 1면에 보도하겠지. 이단 심판을 앞둔 마당에—"

"맙소사! 주교랑은 자면 안 되는 거예요!"

"이미 자버렸는데?"

"나 말고 또 누구한테 이야기했어요?"

"아무한테도 안 했어. 제프한테는 이야기를 하는 게 좋을지

* 1484년에 창설된 비밀 결사 단체.

어떨지 모르겠고. 우리도 의논해봤는데 잘 모르겠더라."

우리? 이 망할 년 같으니라고. 킹 목사, 바비 케네디와 알고 지냈고 수많은 사람들의 생각을 좌지우지하는 한 남자의 일생이 너와의 잠자리 때문에 망가질 수도 있는 거야. 그 수많은 사람들 중에 나도 포함되건만.

"그렇게 심란해하지 마." 키어스틴이 말했다.

"누가 먼저 접근한 거예요?"

"왜 그렇게 화를 내?"

"선배가 먼저 접근했어요?"

키어스틴은 침착한 목소리로 "우리 둘이 합의하에 벌인 일이야"라고 했다. 잠시 후, 나는 웃음을 터트렸다. 처음에 언짢아했던 키어스틴도 덩달아 웃음을 터트렸다. 우리는 만의 가장자리에 펼쳐진 잔디밭에 서서 서로 끌어안은 채 깔깔대고 웃었다. 지나가던 사람들이 호기심 어린 얼굴로 우리를 쳐다보았다. "좋았어요?" 마침내 내가 간신히 웃음을 그치고 물었다. "어땠어요?"

"끝내줬어. 그런데 그이가 고해성사를 해야 해."

"그럼 이제 두 번 다시 못 하는 거예요?"

"또 고해성사를 해야 할 테지."

"그러다 지옥에 가는 거 아니에요?"

"그이가 가겠지. 나는 아니야."

"그런 생각이 들면 심란하지 않아요?"

"나는 지옥에 안 갈 거라는 생각이 들면?" 그녀는 키득거렸다.

"이거, 아주 진지하게 대처해야 할 문제예요."

"맞아. 아주 진지하게 대처해야 할 문제지. 아무 일 없다는 듯이 다녀야 할 거야. 이게 일반적인 일은 아니기는 한데, 그렇다고 비정상적인 일도 아니잖아? 그러니까 예를 들면……."

"염소랑 했다거나 뭐 그런 일은 아닌 거죠."

"성공회 주교와의 성관계를 따로 지칭하는 단어가 있나 모르겠네……. 비쇼프릭*이라는 단어는 팀한테 배웠는데."

"비숍 프릭**이라고요?"

"아니, 비쇼프릭. 발음을 제대로 해야지." 우리는 쓰러지지 않게 서로를 붙잡고 간신히 버텼다. 터져 나오는 웃음을 참을 길이 없었다. "그이가 사는 곳을 말할 때 쓰는 단어야. 아유, 죽겠네." 키어스틴은 눈물을 닦았다. "항상 발음에 신경 써서 비쇼프릭이라고 해야 돼. 못 살겠다. 우린 정말 지옥으로 직행할 거야. 내가 어쨌는지 알아?" 키어스틴은 바짝 다가와 내 귀에 대고 속삭였다. "그이 사제복을 입고 미트라를 써봤어. 그 왜, 삽처럼 생긴 모자. 세계 최초의 여주교 탄생이랄까."

"이전에도 그런 케이스가 있었을지 몰라요."

"내가 얼마나 근사해 보였는지 몰라. 그이보다 더 근사했다고. 자기한테도 보여주고 싶은데 말이지. 우리, 아파트를 한 채 얻을 거야. 특히 이 부분은 아무한테도 말하면 안 돼. 개인 활동비로 사려는 거니까."

---

* bishopric. 주교직, 주교 관할권.
** bishop prick. 비숍은 '주교'라는 뜻이고, 프릭은 남자의 성기를 의미한다.

"교회 돈으로요?" 나는 그녀를 빤히 쳐다보았다.

"이봐." 키어스틴은 다시 엄숙한 표정을 지었지만 그 표정을 유지하지 못하고 두 손으로 얼굴을 가렸다.

"그게 불법이에요?"

"아니, 불법은 아니야. 자기 마음대로 쓸 수 있는 돈이라서 주교의 개인 활동비라고 하는 거야. 아직 확정된 건 아니지만, 내가 취직을 할 거거든. 온갖 설교와 여행 일정 등 그 사람의 공적인 일을 관리하는 일종의 비서 같은 역할로. 협회 일도 하려면 계속할 수 있어. 그러니까…… 여성해방운동협회 말이야." 그녀는 잠시 침묵을 지키다 다시 입을 열었다. "문제는 빌이야. 그애한테는 말할 수가 없거든. 그랬다가는 또다시 돌아버릴 테니까. 그런 식으로 말하면 안 되겠지만, 관계 망상과 복합적으로 얽힌 관념 작용 손상이 수반되고, 여기에 긴장성 지각 마비와 흥분 상태가 번갈아 나타나는, 푸가식의 중증 자폐성 사회 기피 현상이라고 해야겠지. 빌은 지금 스탠퍼드 대학병원 후버관에 입원해 있어. 검사 받으러. 검사에 관한 한 거기가 서부에서 최고래. 네 명의 정신과의사가 검사를 한다더라. 세 명은 본원 소속이고, 한 명은 외부 인사고."

"어쩌면 좋아요."

"군대 때문에 그렇게 됐어. 군대에 끌려갈까 봐 전전긍긍하다가. 군대에서는 꾀병 부린다고 욕먹고. 그런 게 인생이겠지. 학교까지 중퇴했잖아. 어차피 학교는 계속 다니지 못했을 거야. 증상이 시작되면 늘 똑같아. 계속 훌쩍거리고 쓰레기를 치우지 않아. 훌쩍거리는 건 괜찮은데, 쓰레기는 우라질, 못 참겠단 말이지. 쓰레기며 잡동사니들이 계속 쌓이기만 하거든. 목욕도 하지를 않아요. 집 안에 계속 틀어박혀 있기만 하고. 공과금을 안 내서 가스랑 전기가 끊기고. 그러다 백악관에 편지를 쓰기 시작해. 이 부분에 대해서는 팀하고 이야기한 적 없어. 사람들한테 별로 얘기하지 않는 부분이거든. 내가 전부터 이렇게 보안을 유지하는 연습을 해왔으니까 팀하고의 관계도 비밀리에 유지할 수 있지 않을까 싶은데. 미안, 아니다. 맨 처음 증상이 훌쩍이는 게 아니라 차를 몰지 못하는 것에서부터 시작되는구나. 운전 공포증이 생기거든. 차도에서 벗어날까 봐 겁을 먹는 거야. 이런 증상이 이스트쇼어 고속도로에서부터 시작돼서 다른 도로에까지 번지고, 나중에는 상점까지 걸어가는 것조차 하지 못하기 때문에 먹을 걸 사러 나갈 수가 없어. 하지만 상관없어. 그쯤 되면 아무것도 먹질 않거든." 그녀는 침묵 속으로 빠져들었다. "바흐가 이런 내용을 가지고 작곡한 칸타타도 있다?" 잠시 후에 그녀는 애써 웃어 보이며 다시 이야기를 꺼냈다. "〈커피 칸타타〉에 그런 구절이 있어. 아이들하고 서로 충돌하는 부분인데, 아이들은 정말 골칫덩어리리라는 둥 어쩌고저쩌고 그래. 빌이 그 망할 칸타타를 연주하곤 했지. 바흐가 커피를 주제로 칸타타를 작곡한 사실 자체를 아는 사람이 별로 없는데 빌은 알고 있었어."

우리는 아무 말 없이 그저 걷기만 했다.

"제가 생각하기에는—"

"정신분열증이야. 새로 나오는 온갖 신경안정제를 모조리 써보고 있어. 이게 주기적으로 반복되는데, 문제는 점점 더 악화된다는 거야. 기간도 길어지고 증상도 심해지고. 이런 이야기는 꺼내지 말았어야 하는데. 자기 문제도 아니잖아."

"괜찮아요."

"어쩌면 팀이 놀라운 치유 능력을 발휘할 수도 있겠다. 예수도 정신병자를 고쳐주지 않았어?"

"예수한테 내쫓긴 귀신들이 돼지 떼 속으로 들어간 적이 있었죠. 그 돼지 네는 일제히 낭떠러지로 달려갔고요."

"아깝다."

"사람들이 잡아서 먹지 않았겠어요?"

"유대인들이었다면 안 그랬을걸? 유대인이 아니었다 하더라도 귀신이 들린 폭찹을 먹을 사람이 어디 있겠어? 이런 걸 가지고 농담하면 안 되겠지만, 아무튼 나중에 팀한테 이야기해볼 거야. 하지만 아직은 아냐. 빌은 그걸 나한테서 물려받았어. 내가 제정신이 아닌 건 하늘도 알고 땅도 아는 일이지. 제프를 볼 때마다 우리 아들하고 얼마나 다른지 실감한다니까? 둘이 나이는 비슷한데 제프는 어쩌면 그렇게 현실감각이 투철한지."

"설마요."

"빌이 퇴원하면 팀에게 보여주고 싶어. 자기 남편도 같이 만났으면 좋겠다. 둘이 서로 만난 적 없지?"

"네. 하지만 제프가 본보기가 될 거라고 생각한다면—"

"빌은 친구가 거의 없어. 사교적인 성격이 아니라서. 자기하고 자기 남편 이야기는 해두었지. 둘 다 비슷한 또래라고."

나는 그 말을 듣고 나서 정신병에 걸린 키어스틴의 아들이 앞으로 우리 인생에 분란을 일으키게 생겼다는 생각이 들었고, 내가 그런 생각을 하고 있음을 깨달은 순간 깜짝 놀랐다. 이 얼마나 몰인정하고 소심한 발상이란 말인가. 나는 남편과 내가 어떤 사람인지 잘 알고 있었다. 우린 둘 다 아마추어 정신상담을 떠맡을 만한 재목이 못 되었다. 반면에 키어스틴은 조직력이 뛰어났다. 그녀는 사람들을 모아 일을 벌이는 데 재주가 있었다. 그런데 좋은 일을 벌이기는 해도 언제나 그들의 이익에 부합한다고 볼 수는 없었다.

나는 바로 그 순간, 내가 키어스틴에게 등 떠밀리고 있다는 것을 직감적으로 알 수 있었다. 배드 럭에서 아처 주교와 키어스틴 룬드보그가 서로 밀고 당기며 복잡한 거래를 성사시키는 광경을 내 눈으로 똑똑히 목격한 바 있지만, 그것은 누이 좋고 매부 좋은, 적어도 두 사람이 생각하기에는 그런 거래였다. 하지만 상대가 키어스틴의 아들 빌로 바뀌면 순전히 일방적인 문제가 돼버렸다. 우리한테 돌아올 이득이 무엇인지 나로서는 알수 없었다.

"퇴원하면 알려주세요. 아버님은 사제 교육이 아무래도—"

"하지만 나이 차가 있잖아. 아버지 같은 존재가 되어줄 수도 있고."

"그건 도움이 될 수 있겠네요. 아드님한테는 그런 사람이 필요한 걸지도 모르겠어요."

이 말에 키어스틴은 나를 노려보았다.

"나는 빌을 아주 훌륭하게 키웠어. 아이 아빠는 우릴 두고 떠난 뒤로 다시는 뒤돌아보지 않았다고."

"그게 아니라—"

"무슨 뜻에서 한 말인지 나도 알아." 이렇게 말하며 나를 똑바로 쳐다보는 키어스틴의 표정이 전과 달랐다. 화가 나 있었고, 나를 바라보는 얼굴에 증오의 기미가 어려 있었다. 그 때문에 나이가 더 들어 보였다. 아니, 아파 보였다. 그녀의 거만한 성격이 나의 심기를 건드렸다. 문득 예수에게 쫓겨난 귀신들이 깃들어 낭떠러지를 향해 달려갔던 돼지들이 생각났다. 귀신에 들리면 사람이 이렇게 되는구나. 나는 속으로 중얼거렸다. 그 표정이 일종의 전조야. 징후야. 아들이 당신한테서 그 피를 물려받았군.

하지만 지금 우리는 입장이 바뀌었다. 이제 그녀는 시아버지의 '임시' 애인이었고, 정부로 승격될 가능성이 농후했다. 그런 키어스틴에게 엿 먹으라고 할 수는 없었다. 그녀는 가족이었다. 비합법적이고 비도덕적인 관계이기는 하지만 그래도 가족이었다. 나는 그녀라는 덤터기를 쓴 상황이었다. 축복이 아니라 저주일 수밖에 없는 가족. 내가 자초한 일이었다. 그녀와 팀의 만남을 주선한 사람이 나였으니까. 헛간 저쪽에서 되살아난 악연. 우리 아버지가 즐겨 쓰던 표현이었다.

한낮의 태양이 내리쬐는 샌프란시스코 만 근처의 잔디밭에 서 있는 지금 이 순간, 마음이 불편했다. 어떻게 보면 정말 생각 없고 잔인한 인간이잖아? 나는 속으로 중얼거렸다. 그녀는 만인의 존경을 받는 유명인사의 인생을 헤집고 있다. 정신병에 걸린 아들도 있다. 어떤 동물처럼 가시를 잔뜩 곤두세우고 있다. 앞으로 아처 주교는 어느 날 분통이 터진 키어스틴이 《크로니클》에 전화를 걸어 두 사람의 관계를 터트리는 일이 없기만을 바라는 수밖에 없었다. 그녀가 끝까지 착한 여자로 남아주길 바라는 수밖에 없었다.

"이제 버클리로 돌아갈까요?" 내가 물었다.

"아니." 키어스틴은 고개를 저었다. "입을 만한 원피스를 아직 못 골랐잖아. 옷 사러 여기까지 왔는데. 나한테 옷차림은 아주 중요해. 그럴 수밖에 없지 않겠어? 안 그래도 공개석상에 나설 일이 많은데, 팀과 만나고 있으니 앞으로는 더 그럴 거 아냐." 그녀는 아직도 화가 난 얼굴이었다.

"저는 그럼 고속철도 타고 갈게요." 나는 이렇게 말하고 먼저 와버렸다.

"그 여자, 아주 매력적이더라. 그 나이치고는 말이지."

그날 밤 내 이야기를 듣고 제프는 이렇게 말했다.

"키어스틴은 약을 먹고 있어."

"알지도 못하면서 그런다."

"낌새가 느껴져. 갑자기 기분이 달라지는 거 하며……. 먹는 걸 내 눈으로 직접 본 적도 있는데? 노란 약 말이야. 당신도 뭔지 알지? 바르비투르산염. 수면제."

"다들 뭐 하나씩 하잖아. 당신도 마리화나 피우면서 뭘."

"그래도 나는 제정신이잖아."

"그 여자만큼 나이를 먹으면 어떻게 될지 모르는 일이야. 아들이 안됐네."

"아버님도 안됐고."

"아버지가 알아서 잘하시겠지."

"나중에 어쩌면 남의 손을 빌려 죽여버려야 할 수도 있어."

이 말에 제프는 나를 빤히 쳐다보았다. "뭐 그런 이상한 소리를 하냐?"

"그 여자 제정신이 아니라니까? 그리고 침대에 묶여 있던 사이코 빌이 알아차리기라도 하는 날에는 어떡해?"

"당신, 좀 전에는—"

"조만간 퇴원할 거야. 후버관에 있으면 돈이 얼마나 많이 드는지 알아? 거긴 그냥 사나흘 있다 나오는 곳이야. 앞문으로 들어갔다 뒷문으로 나오는 사람이 한두 명이 아니라고. 캘리포니아 교구 자금을 총동원해도 거기 계속 입원해 있기에는 부족할걸? 그 아들이 조만간 눈알을 막 굴리면서 캥거루처럼 폴짝폴짝 병원에서 튀어나오면 그 길로 아버님은 끝장이야. 키어스틴도 그렇지, 나더러 아버님을 소개해달라더니 이제 와서 자기아들이 정신병자라고 고백해? 어느 일요일에 아버님이 그레이스 대성당에서 설교를 하는데 이 미친놈이 갑자기 벌떡 일어나서 하느님한테 받은 입으로 나불거리는 순간, 미국 역사상 가장 유명한 주교가 끝장나는 거라고."

"인생이 원래 도박이지, 뭐."

"킹 목사도 죽는 날 아침에 그런 말을 했을걸? 다들 죽고 어찌어찌 아버님만 남았어. 킹 목사도 죽었지. 바비 케네디하고 잭 케네디도 죽었지. 내가 아버님을 곤경에 빠트린 거야." 그날 밤, 코딱지만 한 우리 집 거실에서 남편과 앉아 있는데 그런 생각이 들었다. "그 아들은 목욕을 하지 않는대. 쓰레기도 치우지 않고 백악관에 편지를 쓴대. 이 정도면 알 만하지 않아? 바로 지금 교황한테 편지를 쓰고 있을지도 몰라. 어쩌면 화성인들이 그의 병실 벽을 뚫고 들어와서 그 사람 어머니와 우리 아버님 사이를 귀띔할지도 몰라. 젠장, 이게 다 나 때문에 생긴 일이라고." 나는 마리화나를 담은 맥주 캔을 꺼내려고 소파 밑으로 손을 넣었다.

"피우지 마. 부탁이야."

지금 정신 나간 사람들이 주변에서 설쳐대고 있다는데 내 걱정을 하는 거야? 나는 이런 생각이 들었다. "한 대만. 아니 반 대만 피울게. 한 모금만. 것도 안 되면 보기만 할게. 아니, 보는 척만 할게." 꺼내고 보니 빈 캔이었다. 내가 다른 데로 치운 모양이군. 좀 더 안전한 곳으로. 나는 속으로 중얼거렸다. 생각난다. 한밤중에 내가 조만간 괴물들에게 잡혀가 뜯어 먹히고 말겠다는 결론을 내렸던 게. 〈루디고어〉*에 나오는 정신 나간 마거릿의 이미지가 떠오른다. 무대에서 볼 수 있는 정신병자의 전형인가 뭔가라고 길버트가 말했던 그녀의 이미지가. "다 피우고 없나 봐." 그런데 생각이 나지 않는다. 마리화나는 그런

---

* 영국 극작가 W. S. 길버트가 쓴 코믹 오페라.

역할을 한다. 단기 기억을 사라지게 만든다. 오 분 전에 마리화나를 피워놓고 잊어버릴 수도 있다.

제프가 말했다. "당신, 걱정을 사서 하는 거 아니야? 나는 키어스틴이 마음에 들어. 두 분이 잘될 것 같아. 아버지는 아직도 어머니를 그리워하고 있거든."

당신 어머니가 아니라 잠자리가 그리운 거겠지. 나는 또 속으로 중얼거렸다. "그 여자, 얼마나 배배 꼬였는지 알아? 나 오늘 굼벵이 열차 타고 돌아왔어. 두 시간이나 걸려서. 내가 아버님하고 직접 이야기해볼 거야."

"안 돼."

"할 거야. 내 책임이니까. 마리화나는 오디오 튜너 뒤에 있어. 약 기운에 해롱해롱 아버님한테 전화해서—" 잠깐 말을 멈추고 보니 부질없는 짓이라는 생각이 들어 울고 싶어졌다. 나는 바닥에 주저앉아 휴지를 한 장 뽑았다. "빌어먹을. 베이컨 볶기는 주교한테 어울리는 짓이 아니잖아. 아버님 감정이 그런 줄 알았더라면—"

"베이컨 볶기?" 제프가 어리둥절한 목소리로 물었다.

"정신병은 무서워. 이건 정신병이야. 고도의 전문직에 종사하는 책임감 있는 사람들이 자기 인생을 파멸시켜가며 따뜻한 몸뚱이를, 조만간 차가워질 따뜻한 몸뚱이를 찾고 있어. 그 몸뚱이들이 언제까지고 따뜻하지도 않을 텐데. 모든 게 점점 차가워지는 게 느껴져. 약에 취해서 몇 시간 동안 생각만 하다 보면 한정된 시간 안에 갇히게 되어 있어. 이런 사람들은 몇십 년

단위로 생각을 해야 하는데, 한평생 단위로 생각을 해야 하는데……. 두 사람이 도살자 프레드가 운영하는 식당에서 만난 것 자체가 불길한 조짐이었어. 버클리의 유령이 우리를 잡으러 다시 찾아왔는데, 둘이 서로 전화번호를 주고받았으니 소기의 목적을 달성한 거지. 난 여성해방운동을 돕고 싶었을 뿐인데 모두들 내 앞에서 나사가 풀려버렸어. 당신도 마찬가지야. 당신도 그 자리에 있었잖아. 그걸 목격했잖아. 나도 목격했지. 나도 당신들처럼 제정신이 아니었어. 소련 수사관한테 캘리포니아 교구 성공회 주교와 함께 사진을 찍으라고 하다니. 둘 다 약에 취했던 거야. 그렇지 않고서야 그럴 수가 없지. 조만간 들이닥칠 파멸을 예감할 때 문제가 뭐냐면—" 나는 눈물을 닦았다. "하느님, 제발 마리화나 좀 찾을 수 있게 해주세요. 제프, 튜너 뒤를 찾아봐. 칼스 주니어 봉지 안에 있어. 하얀 봉지. 알지?"

"알았어." 제프는 고분고분 내 말대로 튜너 뒤를 뒤졌다. "찾았어. 진정해."

"파멸이 들이닥칠 텐데 어느 방향에서 들이닥칠지 알 수가 없어. 먹구름처럼 저기 어딘가 떠 있거든. 『릴 애브너』*에서 먹구름이 뒤에 항상 따라다녔던 그 사람 이름이 뭐더라? FBI에서 이런 걸로 마틴 루서 킹을 붙잡고 늘어지려고 했잖아. 닉슨은 이런 헛소리라면 사족을 못 쓰거든. 어쩌면 키어스틴은 정부 요원일지 몰라. 아니면 사실 내가 정부 요원일 수도 있고. 어쩌면 우리 모두 프로그래밍되어 있을지 몰라. 우리가 다 같이 출

---

* 미국의 풍자만화.

연한 영화에서 카산드라* 역할을 해서 미안하지만 내겐 죽음이 느껴져. 나는 팀 아처가, 당신 아버지가 세속을 초월한 사람인 줄 알았어. 개뿔. 평소에도 이런 식으로—" 나는 말끝을 흐렸다 다시 이었다. "미안. 내가 너무 심한 비유를 했다. 아버님이 평소에도 원래 이렇게 여자들 꽁무니를 쫓아다녀? 내가 알아버렸고 내가 주선한 일이기 때문에 이런 걸까? 나중에 미사 가지 말라고 말해줘. 절대 안 갈 거야. 성배를 잡고 있는 손이 어디 놓여 있었는지 알 게 뭐야—"

"그만해."

"싫어. 시끄러운 빌하고 소름 끼치는 키어스틴하고 동면에서 깨어난 팀 아처하고 같이 미쳐버릴 거야. 그리고 바보 천치 제프하고도 같이. 당신은 바보 천치야. 마리화나 말려 있어? 아니면 소처럼 씹어야 돼? 나 지금 마리화나 못 말아. 이것 봐." 나는 두 손을 내밀었다. 벌벌 떨고 있었다. "이건 대발작이라고 하는 거야. 누구 좀 불러와. 아니, 나가서 진정제 좀 사다 줘. 앞으로 어떻게 될지 알려줄까? 이 일 때문에 누군가의 인생이 망가질 거야. 지금 내가 하려는 이 짓이 아니라 내가 배드 럭에서 저지른 짓 때문에. 배드 럭bad luck이라니, 이름도 딱이다. 나는 죽을 때 선택의 여지가 있을 거야. 똥통에서 고개를 들고 있든지, 처박고 있든지. 내가 저지른 게 말 그대로 똥통 같은 짓이었어." 나는 숨을 헐떡이기 시작했다. 그렇게 울부짖고 숨을

---

* 그리스 신화에서 아폴론에게 예언의 능력을 받은 여자. 불길한 예언만 하는 사람의 대명사.

헐떡이며 남편이 내민 마리화나를 향해 손을 뻗었다. "불 좀 붙여줘. 이 바보, 이거 씹으면 안 돼. 아깝잖아. 반 봉지는 씹어야 약발이 돋단 말이야. 적어도 나는 그래. 다른 사람들이야 어떤지 나도 모르지. 아무 때나 막 약발을 느끼는지, 아니면 똥통에 고개를 처박혀서 두 번 다시 뿅 가지 못하는지. 나는 그런 꼴을 당해도 싸. 그 만남을 없었던 일로 할 수만 있다면, 그럴 방법이 있다면 좋겠어. 나는 앞날이 훤히 보이는 저주를 받았어. 보여, 보인다고."

"카이저 갈래?"

"병원에 가자고?" 나는 그를 말똥말똥 쳐다보았다.

"당신 지금 통제 불능이잖아."

"앞날이 훤히 보이면 원래 그런 거야." 나는 그가 불을 붙여 놓은 마리화나를 받아 들고 한 모금 빨았다. 적어도 그러는 동안에는 말을 할 수 없었다. 이제 잠시 후부터는 더 이상 생각도 할 수 없을 것이다. 심지어 기억조차 할 수 없을 것이다. 〈스티키 핑거스〉*를 틀어. 나는 속으로 중얼거렸다. 롤링 스톤스. 〈시스터 모르핀〉. 이런 피비린내 나는 곡을 들으면 진정이 된다. 누가 따뜻한 손을 내 머리에 얹어주었으면 좋겠다는 생각이 들었다. 나는 내일 죽지 않을 거야. 내일 죽어 마땅한 사람이기는 하지만. 이 세상에서 제일 죄 없는 사람 이름을 대자. 그 사람이 내일 죽을 거야. "그년 때문에 집까지 걸어왔잖아. 샌프란시스코에서부터."

---

* 롤링 스톤스의 9번째 스튜디오 앨범.

"좀 전에는—"

"걸어온 거나 마찬가지야."

"나는 그 여자 마음에 들어. 좋은 사람 같아. 아버지한테 잘
해줄 거야. 이미 잘하고 있을지도 모르고. 당신 혹시 질투하고
있는 거라는 생각은 안 해봤어?"

"뭐라고?"

"질투 말이야. 두 사람의 사이를 질투하고 있는 거라고. 당신
도 그 사이에 끼고 싶은 거지. 이렇게 반응하면 나는 기분 나
빠. 우리 둘 사이면 나 하나로 충분해야 하는 거 아니야?"

"나가서 좀 걸을게."

"좋으실 대로."

"당신 얼굴에 달린 그게 눈이 맞는지 모르겠지만 내 말 잘 들
어. 차분하게 말할게, 차분하게. 팀 아처는 단순한 성직자가 아
니야. 교회 내부의 수많은 사람들과 교회 외부의 그보다 더 많
은 사람들을 대변하는 인물이야. 무슨 뜻인지 알겠어? 그가 무
너지면 우리도 쓰러지는 거라고. 우리는 이제 끝장이야. 그 사
람이 거의 마지막으로 남은 한 사람이잖아. 나머지는 다 죽었
잖아. 요는 이게 불가피한 일도 아니었다는 거야. 그가 선택한
거나 다름없잖아. 다가오는 걸 보고 뛰어들었으니까. 고개를
숙이거나 반항하기는커녕 덥석 안았으니까. 내가 열차를 타고
집에 온 것 때문에 기분이 이런 줄 알아? 저들이 유명인사를 한
명씩 잡아가는데, 팀이 제 손으로 열쇠를 넘겨준 셈이잖아. 아
무 반항도 없이."

"그래서 당신은 싸우고 싶은 거야? 나하고라도?"

"당신은 멍청이야. 모두들 바보야. 멍청한 걸 매력으로 생각하지. 국방부에서 이런 짓을 저지르겠어? 이런 바보 같은 짓을? 이건 그 앞으로 곧장 걸어가서 이렇게 말하는 거나 다름없는 짓이잖아. '날 잡아가세요. 나로 말할 것 같으면—'"

"질투심이야. 당신이 무슨 심보로 이러는지 뻔하다."

"그런 거 아니야. 총질이 끝났을 때 살아남은 사람이 있길 바랄 따름이야. 그러니까—" 나는 말을 하다 말고 멈추었다. "나중에 우리로서는 어쩔 수 없는 일이었다고 말 바꿀 생각하지 마. 사실이 아니니까. 전혀 뜻밖이었다고 하지도 마. 식당에서 만난 여자와 연애 행각을 벌이는 주교. 이 사람은 후진하다 주유 펌프를 뭉개놓고 유유히 사라진 전적이 있지. 그래서 직원이 쫓아왔잖아. 원래 그런 거야. 주유 펌프를 박살내면 그 주인이 나를 잡을 때까지 뒤쫓아 달려오게 되어 있어. 나는 차를 타고 있고 그쪽은 달려오더라도 나를 발견한 순간, 짠 하고 내 앞에 나타나게 되어 있어. 그런 거야. 우리를 뒤쫓는 사람은 결국 우리를 잡게 되어 있어. 늘 그렇거든. 나는 그 주유소 직원을 봤어. 씩씩대고 있더라. 그 직원은 끝까지 달렸을 거야. 그런 사람들은 포기하는 법이 없거든."

"훌륭한 친구 덕분에 그걸 알게 된 거네?"

"그런 경우가 최악이야."

제프는 씩 웃었다. "나 그 이야기 알아. W. C. 필즈* 작품이

---

* 미국의 희극배우.

63

지? 어떤 감독이 있는데—"

"키어스틴은 이제 달리지 않아. 이미 그를 붙잡았거든. 둘이서 아파트를 하나 얻을 거래. 참견하기 좋아하는 동네 사람이 한 명만 있어도 끝장이야. 아버님을 이단으로 고발한 그 남부의 주교는 또 어떻고. 그 주교는 이 사건에 어떤 반응을 보일까? 이단으로 추궁을 당하고 있는 이 마당에 점심 먹으면서 만난 계집이랑 붙어먹는 게 말이 돼? 그러더니 아파트를 보러 다녀?" 나는 남편 쪽으로 걸어갔다. "주교 다음은 뭐가 될까? 아버님이 벌써 싫증 난 걸까? 아버님은 지금까지 하는 일마다 싫증 냈잖아. 심지어 술까지 싫증 냈지. 대책 없는 알코올 중독자로 지내다 지겨워서 반짝 정신을 차린 사람은 이 세상에 아버님밖에 없을걸? 사람들은 보통 화를 자초하지. 우리가 지금 그러고 있어. 아버님이 싫증 나서 무의식적으로 이렇게 중얼거리는 게 내 눈에 보여. '될 대로 되라지. 날마다 이 우스꽝스러운 옷을 입고 있는 것도 지겨운데 화를 자초하면 어떻게 되는지 한번 봐야겠다.'"

제프는 웃음을 터뜨렸다. "지금 당신을 보면 누가 생각나는지 알아? 퍼셀*의 〈디도와 에네아스〉에 나오는 마녀 같아."

"그게 무슨 소리야?"

"'음산하게 울어대는 까마귀처럼 죽음의 창을 두드리는 자들이여.' 미안하지만—"

"이 멍청한 버클리의 지식인 같으니라고! 무슨 말똥 같은 세

---

* 17세기 영국의 작곡가. 〈디도와 에네아스〉는 그가 작곡한 오페라이다.

상에서 살고 있는 거야? 설마 나하고 똑같은 세상에서 살고 있
는 건 아니겠지? 구닥다리 문구나 들먹이다니 우리가 그것 때
문에 망한 거잖아. 당신 아버지도 식당에서 지금 당신처럼 성
서 구절을 들먹였지. 나를 한 대 때려. 안 때리면 내가 때릴 거
야. 문명이 사라져버리면 참 좋겠다. 그저 책에서 읽은 문구나
조잘거리는 치들이라니. 〈스티키 핑커스〉 틀어줘. 〈시스터 모르
핀〉 틀어줘. 나는 지금 오디오 만질 상황이 못 돼. 당신이 틀어
줘. 마리화나 고마워."

"좀 진정이 되거든……."

"당신이 정신을 차리면 모든 게 다 끝나 있을 거야."

제프는 허리를 숙이고 내가 틀어달라는 음반을 찾았다. 아무
말도 하지 않고. 드디어 화가 난 것이다. 한 박자 늦게, 엉뚱한
사람에게. 예를 들면 나 같은 사람에게. 거대한 지적 능력이 우
리를 말살시켰다. 따지고 고민만 하면서 정작 아무것도 하지
않는 돌대가리가 최고다. 우리는 역시나 쓸데없는 입씨름을 벌
이고 있다. 〈디도와 에네아스〉에 나오는 마녀라. 당신 말이 맞
네. "벨린다, 그대의 손을 주오. 어둠이 나를 가려오네. 그대의
가슴에서 나를 쉬게 해주오. 더 살고 싶지만 죽음이 닥치는구
려." 또 뭐라고 했더라? "죽음은 이제 반가운 손님이 되었네."
젠장. 진짜 이 상황에 딱 들어맞잖아? 제프의 말이 맞았다. 정
말로 맞았다.

제프가 롤링 스톤스의 음반을 부스럭부스럭 오디오에 올려
놓았다.

음악을 들으니 진정이 됐다. 조금 진정이 됐다. 하지만 그래도 나는 팀을 생각하며 계속 눈물을 흘렸다. 이게 다 두 사람이 멍청해서 생긴 일이었다. 그뿐이었다. 이유가 그렇게 간단하다는 것이 가장 심란한 부분이었다. 그것 말고는 다른 이유가 없다는 것이.

나는 고민 끝에 결심을 하고 며칠 뒤에 그레이스 대성당으로 전화를 걸어 팀과 면담 약속을 잡았다. 그는 널찍하고 근사한 사무실에서 나를 맞았다. 대성당이 아니라 별관에 있는 곳이었다. 팀은 키스와 포옹으로 환영의 뜻을 전하고는 오래된 질그릇을 보여주었다. 서유럽에 가까운 동양의 서쪽 지역에서 4000여 년 전에 오일 램프로 쓰였던 그릇이라고 했다. 램프를 만지작거리는 그를 지켜보는데, 문득 램프가 그의 재산이 아니라 교구의 재산일지 모른다는 생각이 들었다. 아니, 교구의 재산인 게 분명했다. 값이 얼마나 나갈까 궁금했다. 그 기나긴 세월 동안 없어지지 않고 남아 있었다니 놀라운 일이었다.

"시간 내주셔서 감사해요. 얼마나 바쁘신지 저도 알아요."

팀의 표정으로 보건대 내가 왜 사무실로 찾아왔는지 아는 눈치였다. 그는 최대한 나에게 관심을 두지 않으려는 듯 멍하니 고개만 끄덕였다. 나는 그가 그런 식으로 바깥세상을 차단하는 것을 여러 번 본 적이 있었다. 머릿속 한구석으로는 내 말을 듣고 있지만, 나머지 부분은 이미 닫혀 있었다.

내가 미리 준비해간 짧은 연설을 마쳤을 때 팀이 엄숙하게 말했다. "바울은 한때 바리사이파였단다. 바리사이파는 토라, 그러니까 율법의 아주 사소한 부분까지 철저하게 지키는 것을 가장 중요하게 생각했지. 특히 격식을 철두철미하게 따졌고. 하지만 그는 개종한 뒤에 구원의 핵심은 율법이 아니라 예수 그리스도에게서 말미암은 의로움이라는 것을 알게 되었지. 이쪽으로 와서 앉겠니?" 그는 나에게 손짓하며 가죽으로 제본이 된 아주 커다란 성서를 펼쳤다. "로마서 4장에서부터 8장까지가 어떤 내용인지 알고 있니?"

"아뇨." 대답하며 그의 옆에 앉았다. 일장 연설이, 설교가 닥쳐오리라고 예감한 순간이었다. 나는 마음의 준비를 했다.

"로마서 5장에서는 바울의 기본 전제를 이야기하고 있지. 우리가 공로가 아니라 은혜로 구원을 받는다는 것을 말이다." 그는 무릎 위에 펼쳐놓은 성서를 읽기 시작했다. "'이렇게 우리는 믿음으로 말미암아 하느님과 올바른 관계를 가졌으므로 우리 주 예수 그리스도를 통해서 하느님과 평화를 누리게 되었습니다.'" 나를 흘끗 바라보는 그의 눈빛이 매섭고 날카로웠다. 변호사의 눈빛이었다. "'우리는 그리스도를 믿음으로써 지금의 이 은총을 누리게 되었고 또 하느님의 영광에 참여할 희망을 안고 기뻐하고 있습니다.' 어디 보자……." 그는 로마서 5장 2절을 읊고 나서 손가락으로 성서를 더듬으며 입술을 달싹였다. "'아담의 범죄의 경우에는 그 한 사람 때문에 죽음이 군림하게 되었습니다. 그러나 은총의 경우에는 한 사람 예수 그리스도의 공로로 풍성한 은총을 입어 하느님과 올바른 관계를 거저 얻은 사람들이 생명의 나라에서 왕 노릇 할 것입니다.'" 그는 페이지를 넘기며 계속 찾았다. "그래. 음. 여기 있구나. '우리는 율법에 사로잡혀 있었지만 이제 우리는 죽어서 그 제약을 벗어났습니다. 그래서 우리는 낡은 법조문을 따라서 섬기지 않고 성령께서 주시는 새 생명을 가지고 섬기게 되었습니다.'" 그는 또다시 원하는 구절을 계속 찾았다. "'그러므로 이제 그리스도 예수와 함께 사는 사람들은 결코 단죄 받는 일이 없습니다. 그것은 그리스도 예수와 함께 생명을 누리게 하는 성령의 법이 나를 죄와 죽음의 법에서 해방시켜주었기 때문입니다.'" 그는 나를 올려다보았다. "바울이 깨달은 바를 핵심만 간추리자면 이렇단다. 여기서 말하는 '죄'는 하느님에 대한 반항을 의미하지. 문자 그대로 해석하면 '과녁을 맞히지 못했다'라는 게 된다. 예를 들어 화살을 너무 낮게 쏘았거나 너무 높게 쏘았거나 하는 식으로. 인간에게 필요한 것은 의로움이다. 오로지 하느님만이 의로운 존재이고, 오로지 하느님만이 인간들에게 의로움을 베풀 수 있는데…… 물론 남녀 모두에게 말이다."

"저도 알아요."

"바울이 깨달은 바가 무엇인가 하면 믿음에는 죄를 사할 수 있는 절대적인 힘이 있다는 것이지. 이런 깨달음이 있기에 법에서 해방될 수 있는 거란다. 정식으로 명문화된 법전―이런 걸 윤리 강령이라고 한다만―을 지키지 않아도 구원을 받을 수 있으니까. 바울은 아주 복잡하고 난해한 윤리 강령을 따라야 구원을 받을 수 있다고 주장하는 사람들에게 반기를 들었지. 그렇게 주장하는 바리사이파하고도 연을 끊었고. 이것이 기독교와 예수 그리스도에 대한 믿음의 핵심이란다. 은총을 통한 의로움, 믿음을 통한 은총. 네가 읽어봤으면 하는 구절이 있는데—"

"하지만 성서에서 간음을 저질러도 된다고 하지는 않잖아요."

팀은 내 말이 끝나기가 무섭게 받아쳤다. "기혼자가 육체적으로 부정한 짓을 저질렀을 때 간음이라고 하지. 나는 기혼자가 아니다. 키어스틴도 마찬가지고."

"그렇네요." 나는 고개를 끄덕였다.

"십계명의 제7계명이 결혼의 신성함과 관련된 항목이지." 팀은 성서를 내려놓고 끝없이 이어지는 책장 쪽으로 걸어가더니 책등이 파란색으로 된 책을 한 권 꺼냈다. 그러고는 자기 자리로 돌아와 책을 펴고 책장을 넘겼다. "지금은 돌아가셨다만 영국의 수석 랍비였던 헤르츠 박사가 쓴 글을 읽어주마. 제7계명, 출애굽기 20장 14절과 관련하여. '간음은 가증스럽고 신이 혐오하는 악행이다.' 필론.* 간음을 금하는 제7계명에서는 남편과 아내 양쪽 모두 신성한 결혼의 서약을 더럽히지 말라고 하지." 그는 말없이 몇 문장을 더 읽다 책을 덮었다. "앤젤, 너도 상식이 있으니 키어스틴과 내가—"

"하지만 위험한 일이에요."

"차를 타고 금문교를 지나가는 것도 위험한 일이다. 경찰이 아니라 택시기사들끼리 합의한 일인데, 택시는 금문교의 추월 차로를 달리면 안 된다는 것 아니? 소위 말하는 '자살 차로' 말

---

* 고대 그리스의 유대인 철학자.

이다. 추월 차로를 달리다 걸리면 벌금을 내야 한단다. 그런데도 택시들은 금문교의 추월 차로를 계속 달리고 있지. 형편없는 비유인지 모르겠다만."

"아니에요. 훌륭한 비유예요."

"너도 금문교의 추월 차로로 달릴 때가 있니?"

나는 잠깐 머뭇거리다 대답했다. "가끔요."

"내가 너를 찾아가서 앉혀놓고 그러면 안 된다고 설교를 시작하면 어떨 것 같니? 내가 널 어린애 취급한다는 생각이 들지 않을까? 내가 하라는 대로 따를 마음이 생길까? 누가 못마땅한 일을 저지르면 어른 대 어른으로 대화를 나누게 되지. 나는 키어스틴과의 관계를 놓고 너와 기꺼이 대화를 나눌 의향이 있다. 왜냐하면 첫째로 네가 내 며느리이기도 하지만, 그보다 더 중요하게는 내가 아끼고 사랑하는 사람이기 때문이지. 여기에서 그냥 지나치면 안 되는 것이 아낀다는 단어란다. 바울이 생각한 바의 핵심이 그것이거든. 그리스어로는 '아가페'라고 하는 것. 이걸 라틴어로 바꾸면 '카리타스'라고 하는데 여기에서 남을 걱정하는 마음을 뜻하는 '케어링caring'이라는 단어가 비롯되었지. 지금 네가 나와 키어스틴을 걱정하는 것 같은 그런 마음 말이다."

"맞아요. 제가 그래서 아버님을 뵈러 온 거예요."

"그럼 너는 그런 부분을 중요하게 생각하는 모양이로구나."

"네. 아주 중요하게 생각해요."

"그런 마음씨를 '아가페'라고 하건 '카리타스'라고 하건 사랑이라고 하건, 바울이 한 말을 들어보려무나."

그는 다시 두툼한 성서를 펼치고 재빠르게 책장을 넘겼다. 찾는 구절이 어디 있는지 정확히 알기 때문이었다. "고린도전서 13장. '내가 하느님의 말씀을 받아 전할 수 있다 하더라도—'"

"배드 럭에서 말씀하신 부분이네요." 내가 말허리를 잘랐다.

"다시 한 번 읽어주마." 그가 무뚝뚝한 목소리로 말했다. "'내가 비록 모든 재산을 남에게 나누어준다 하더라도 또 내가 남을 위하여 불 속에 뛰어든다 하더라도 사랑이 없으면 모두 아무 소용이 없습니다.' 이 부분을 잘 들어보렴. '사랑은 가실 줄을 모릅니다. 말씀을 받아 전하는 특권도 사라지고 이상한 언어를 말하는 능력도 끊어지고 지식도 사라질 것입니다. 우리가 아는 것도 불완전하고 말씀을 받아 전하는 것도 불완전하지만, 완전한 것이 오면 불완전한 것은 사라집니다. 내가 어렸을 때에는 어린이의 말을 하고 어린이의 생각을 하고 어린이의 판단을 했습니다. 그러나 어른이 되어서는 어렸을 때의 것들을 버렸습니다.'"

바로 그때 그의 큼지막한 책상에서 전화벨이 울렸다.

그는 짜증이 난 얼굴로 들고 있던 성서를 내려놓았다. "잠깐만." 그는 전화를 받으러 갔다.

나는 자리에 앉아서 통화가 끝나길 기다리는 동안 펼쳐진 성서에서 그가 읽던 구절을 내려다보았다. 나도 아는 구절이지만 지금까지 내가 접한 것은 킹 제임스 영역 성서였다. 이 성서는 이제 보니 예루살렘 성서였다. 나는 그가 읽다 만 부분

71

을 읽었다.

통화를 마친 아처 주교가 자리로 되돌아왔다. "이제 그만 나가봐야겠다. 아프리카 주교가 나를 만나려고 기다리고 있다는구나. 공항에서 여기로 직접 모시고 온 모양이야."

나는 그의 큼지막한 성서에 적힌 한 구절을 손가락으로 가리켰다. "여기에서는 우리가 지금은 거울에 비추어 보듯이 희미하게 본다고 하네요."

"'그러므로 믿음과 희망과 사랑, 이 세 가지는 언제까지나 남아 있을 것입니다. 이 중에서 가장 위대한 것은 사랑입니다'라고도 되어 있지. 우리 하느님의 '포고'를 한마디로 요약한 구절이라고 할까."

"키어스틴이 사람들한테 말하면 어떻게 해요?"

"지각 있게 행동할 만한 사람인 것 같은데." 그는 벌써 사무실 문 쪽으로 걸어가고 있었다. 나도 덩달아 자리에서 일어나 그의 뒤를 따랐다.

"저한테는 이야기했는데요?"

"그야 네가 내 며느리니까 그렇지."

"하지만—"

"이런 식으로 허둥지둥 헤어져서 미안하구나." 아처 주교는 문을 닫아 잠그고, "하느님의 축복이 함께하길"이라고 하며 내 이마에 입을 맞추었다. "정리가 되거든 초대하마. 키어스틴이 오늘 텐더로인에서 괜찮은 아파트를 발견했단다. 나도 아직 보지 못했어. 키어스틴에게 맡겨놓기만 하고." 그는 이 말을 끝으로 나를 남겨둔 채 뚜벅뚜벅 걸어가버렸다. 생각해보니 그는 전문적인 용어로 나를 꼼짝 못하게 만들었다. 내가 간음과 사통을 혼동한 것이다. 나는 그가 전직 변호사라는 사실을 자꾸 잊어버린다. 그의 널찍한 사무실 안으로 들어섰을 때에는 할 말이 정말 많았는데 하지 못했다. 기세등등하게 들어가놓고 얼떨떨한 상태로 나와버렸다. 아무것도 하지 못한 채.

마약만 하지 않았더라도 더 잘 싸울 수 있었을지도 모르는데. 그가 이기고 내가 졌다. 아니다. 그도 지고 나도 졌다. 우리 둘 다 졌다. 젠장.

나는 사랑을 나쁘다고 한 적이 없다. '아가페'를 트집 잡은 적도 없다. 내가 하려고 했던 말은 그게 아니었다. 우라질. 내가 하려고 했던 말은 들키지 말아야 한다는 것이었다. 현실이라는 밑바닥에 두 발을 꼭 붙이고 있어야 한다는 것이었다.

나는 밖으로 걸어가며 이런 생각을 했다. 내가 이 세상에서 가장 출세한 사람 중 한 명에게 이러쿵저러쿵 지적을 하고 있구나. 내가 아무리 노력해도 그 사람만큼 유명해질 수는 없을 텐데. 그렇게 여론을 좌우하지도 못할 텐데. 아버님처럼 베트남 전쟁 내내 가슴에 다는 십자가를 떼고 다니지도 않은 내가 도대체 뭐라고 주제넘게 나선 걸까?

04

    그로부터 며칠이 지났을 때 제프와 나는 캘리포니아 주교와 그의 정부가 텐더로인에 마련한 아지트로 초대를 받았다. 알고 보니 일종의 파티 비슷한 자리였다. 키어스틴이 카나페와 전채를 준비했다. 부엌에서 음식 냄새가 났다. 팀은 근처 주류 판매점에 같이 가자고 했다. 와인을 깜빡했다는 것이었다. 내가 와인을 골랐다. 그는 내가 계산하는 동안 딴생각을 하는 사람처럼 멍하니 서 있었다. 알코올 중독자 모임 회원이 되면 주류 판매점에서 단계적으로 발을 빼는 법도 배우는 모양이다.

    아파트로 돌아가보니 욕실 수납장 안에 대용량 덱사밀*이 들어 있었다. 장기 여행을 떠날 때 처방 받는 정도의 양이었다. 키어스틴이 각성제를 먹고 있나? 나는 조용히 약병을 꺼내보았

---

* 비만 및 우울증 치료제.

다. 처방전에 주교의 이름이 적혀 있었다. 이런. 술을 끊고 각성제로 갈아타셨군. 알코올 중독자 모임에서 사전 경고 같은 것도 안 해주나? 나는 소음 조성 차원에서 변기 물을 내리고 꾸르륵꾸르륵 소리를 내며 물이 내려가는 동안 병을 열고 덱사밀 몇 알을 꺼내 주머니에 넣었다. 원래 버클리에 살면 자동적으로 그러게 되어 있다. 다들 그러는 것을 아무렇지 않게 생각한다. 하지만 다들 그러는 데 반해 욕실에 약을 두는 사람은 아무도 없다.

이윽고 우리 네 사람이 소박한 거실에 편안히 자리를 잡고 앉았다. 팀을 뺀 나머지 셋은 술을 마셨다. 팀은 빨간색 셔츠와 구김이 안 가는 바지를 입고 있었다. 주교가 아니라 키어스틴 룬드보그의 애인처럼 보였다.

"집이 아주 근사하네요." 내가 말했다.

주류 판매점에서 집으로 가는 길에 팀은 사설탐정들이 어떤 식으로 뒷조사를 하는지 이야기했다. 집주인이 없는 틈을 타서 서랍을 모조리 뒤진다고 했다. 그런데 문마다 바깥쪽에 머리카락을 붙여놓으면 누가 빈집에 들어왔었는지 알아차릴 수 있다고 했다. 영화에서 그러는 걸 본 모양이었다.

"집에 왔을 때 머리카락이 없어지거나 끊어져 있으면 감시를 당하고 있는 거지." 차에서 내려 집까지 걸어가는 동안 팀이 말했다. 그러더니 FBI가 킹 목사의 뒤를 캔 역사를 줄줄이 읊어대기 시작했다. 버클리에 사는 사람이라면 모두들 알고 있는 이야기였다. 나는 예의 바르게 듣고만 있었다.

나는 그날 저녁, 아지트의 거실에서 다마스쿠스 문서 이야기를 처음 들었다. 그곳에는 더블데이 앵커 출판사에서 패턴, 마이어스, 아브레 번역으로 출간한 완역본도 있었다. 헬렌 제임스가 신비주의를 소개하고, 사두가이파를 예컨대 에세네파*로 추정되는 쿰란 종파와 비교한 서문을 여기에 실었다.

팀이 말했다. "나는 다마스쿠스 문서가 나그함마디 문서**보다 훨씬 중요하다고 보는데. 영지주의는 제법 널리 알려져 있지만, 사두가이파에 대해서는 유대인이었다는 것 말고는 밝혀진 게 없으니 말이지."

"다마스쿠스 문서가 대략 언제쯤 만들어진 거죠?" 제프가 물었다.

"기원전 200년경이라고들 하지."

"그럼 예수도 영향을 받았겠네요." 제프가 말했다.

"그렇지는 않았을 거다. 내가 3월에 런던에 갈 일이 있어서 그걸 번역한 사람들과 만날 생각이야. 존 알레그로도 번역에 참여했으면 했는데 빠졌더구나." 그는 사해 두루마리라고 불리는 쿰란의 두루마리와 관련해서 알레그로가 어떤 일을 했는지 잠깐 소개했다.

"다마스쿠스 문서에—" 키어스틴은 이야기를 꺼내놓고 잠깐 머뭇거리다 말을 이었다. "다마스쿠스 문서에 예수와 관련된 부분이 있으면 재미있을 텐데 말이죠."

---

* B.C. 2세기경부터 A.D. 1세기 말까지 팔레스타인에서 활동한 유대교 종파.
** 이집트의 나그함마디에서 발견된 파피루스 문서. 2~3세기에 만들어진 영지주의 성서 사본 13부와 그 성서를 해설한 주석서이다.

"기독교의 뿌리가 원래 유대교인걸." 팀이 말했다.

"그게 아니라 예수를 콕 집어서 이야기한 부분이 있으면 말이에요."

"랍비의 역사가 그렇게 명확하게 선을 그을 수 있는 것이 아니에요. 힐렐*은 우리가 신약성서의 기본이라고 생각하는 부분들을 언급한 적이 있어요. 그리고 마태는 예수가 행한 모든 일을 이해하고 구약성서의 예언이 이루어졌다고 했고. 마태는 유대인으로서, 유대인들을 위해, 유대인들에게 편지를 썼지요. 구약성서에 명시된 하느님의 계획은 예수에 의해 완성된 거예요. 그 당시에는 '기독교'라는 단어도 쓰이지 않았지요. 사도 시대의 기독교도들은 자기들이 믿는 종교를 대부분 '길'이라고 불렀어요. 그런 식으로 자연발생적인 측면과 보편성을 강조한 거지요." 잠시 후 그는 다시 덧붙였다.

"그러다 등장한 게 '하느님의 말씀'이라는 단어예요. 사도행전 6장. '하느님의 말씀이 널리 퍼지고 예루살렘에서는 신도들의 수효가 부쩍 늘어났으며—'"

"사두가이라는 단어는 어디서 나온 거예요?" 키어스틴이 물었다.

"다윗 시대의 이스라엘 제사장, 사독의 이름에서." 팀이 대답했다. "그가 설립한 종파 이름이 사두가이였지요. 사독은 엘르아잘의 후손이고. 쿰란의 두루마리에도 사독의 이름이 나와요. 어디 볼까요?" 그는 자리에서 일어나 아직 풀지 않은 상자에서

---

* BC 1세기 후반부터 AD 25년경까지 활동한 유대교의 현자.

책을 한 권 꺼냈다. "역대상, 24장. '그들도 일족인 아론 후손들과 나란히 다윗 왕, 사독—' 여기 나오는군요." 팀은 책을 덮었다. 지난번에 본 것과 다른 성서였다.

"앞으로 더 많은 사실들이 밝혀지지 않겠어요?" 제프가 물었다.

"그래, 그래야지. 내가 런던에 가 있는 동안에 말이다. 내가 올해 크리스마스 때 그레이스에서 록 음악과 함께하는 미사를 계획 중인데." 팀은 평소 습관대로 갑자기 화제를 바꾸더니 나를 빤히 쳐다보며 물었다. "너는 프랭크 자파를 어떻게 생각하니?"

나는 뭐라고 대답하면 좋을지 알 수가 없었다.

"실제 미사를 녹음해서 앨범으로 출시할 생각이야. 후보에 오른 다른 가수들도 몇 명 있더구나. 어디 가면 프랭크 자파 앨범을 들어볼 수 있을까?"

"레코드 가게요." 제프가 대답했다.

"프랭크 자파가 흑인이니?" 팀이 물었다.

"그게 뭐가 중요해요? 그거 역차별 아닌가요?" 키어스틴이 말했다.

"그냥 궁금해서 묻는 거요. 내가 전혀 모르는 분야라. 마크 볼란에 대해서 할 말 있는 사람?"

"마크 볼란은 죽었어요. 티렉스 말씀이시겠죠." 내가 대답했다.

"마크 볼란이 죽었어?" 제프가 되물었다. 놀란 얼굴이었다.

"제가 잘못 알고 있는 걸 수도 있고. 저는 레이 데이비스 추천해요. 킹크스의 곡을 직접 만드는데 실력이 아주 걸출하거든요.” 내가 말했다.

“너희들이 나 대신 알아봐주겠니?” 팀이 나와 제프에게 물었다.

“어떤 식으로 알아보면 좋을지 모르겠는데요.”

내 말에 키어스틴이 조용히 끼어들었다. “내가 알아서 할게.”

“폴 캔트너하고 그레이스 슬릭도 괜찮겠어요. 가까운 마린 카운티 볼리나스에 살거든요.” 내가 말했다.

“나도 알아.” 키어스틴이 자신만만한 분위기를 풍기며 조용히 고개를 끄덕였다.

뻥치시네. 나는 속으로 생각했다. 내가 누굴 이야기하는 건지도 모르면서. 이 집에 보금자리를 틀었으니 당신이 다 알아서 하겠다 이거지? 집 같지도 않은 데에서 살면서.

팀이 말했다. “나는 재니스 조플린이 그레이스에서 공연을 해주었으면 좋겠다만.”

“1970년에 죽었는걸요.” 내가 말했다.

“그럼 재니스 조플린 대신 누가 좋겠니?” 팀은 잔뜩 기대하는 눈빛으로 내 대답을 기다렸다.

“재니스 조플린 대신이라. 재니스 조플린 대신이라. 생각 좀 해봐야겠는데요. 정말로 누가 좋을지 생각이 안 나요. 생각할 시간을 좀 주세요.”

키어스틴이 여러 가지가 복잡하게 얽힌, 그중에서도 못마땅함이 주를 이룬 표정으로 나를 바라보았다. “재니스 조플린을 대신할 사람은 없다는 뜻인 것 같은데요?”

"어디 가면 재니스 조플린 음반을 들을 수 있을까?" 팀이 물었다.

"레코드 가게요." 제프가 대답했다.

"너희가 나 대신 들어봐주겠니?"

"저희는 재니스 조플린 음반을 전부 다 가지고 있어요. 많지도 않아요. 나중에 빌려드릴게요."

"랠프 맥텔은 어때요?" 키어스틴이 말했다.

"후보들 이름을 모두 적어야겠군. 그레이스 대성당에서 록음악과 함께하는 미사가 열린다고 하면 주목깨나 받겠지." 팀이 말했다.

나는 속으로 중얼거렸다. 랠프 맥텔이라는 가수가 어디 있어? 맞은편에서 키어스틴이 나를 보며 미소를 지었다. 복잡한 미소였다. 그녀의 승리였다. 나는 그 미소가 어떤 의미인지 알 수가 없었다.

"파라마운트 소속 가수야." 키어스틴이 말했다. 그녀의 미소가 점점 더 커졌다.

"재니스 조플린을 초대할 수 있으면 정말 좋겠는데." 팀이 혼잣말에 가깝게 중얼거렸다. 곤혹스러운 듯한 얼굴이었다. "오늘 아침에 차를 타고 가는데 라디오에서 그녀의 노래가 나왔어. 직접 쓴 곡 같지는 않았지만. 흑인이지, 그렇지?"

"백인이에요. 그리고 죽었고요." 제프가 말했다.

"후보들 명단을 누가 좀 적어주었으면 좋겠군." 팀이 말했다.

내가 아는 한 남편은 어느 날, 어느 시점에서부터 키어스틴 룬드보그에게 어떤 감정을 느낀 게 아니었다. 처음에 그는 키어스틴이 아버지에게 잘 어울린다고 했다. 그녀의 현실감각 덕분에 둘이서 끝없이 허황된 생각을 하지 않고 정착할 수 있을 거라고 했다. 이런 일을 따질 때는 자신의 짐작과 실제 상황을 구분하는 것이 중요하다. 내가 확실히 단언할 수 있는 부분은 내가 알아차린 시점뿐이다.

키어스틴은 그 나이에도 상대방을 육체적으로 자극하는 오라를 제법 분출했다. 제프는 그렇게 생각했다. 아처 주교와의 관계 덕분에 신분상 나를 앞지르기는 했지만, 내게 그녀는 예전과 다를 바 없는 선배였다. 어떤 여자가 얼마나 도발적인가는 내 관심 밖의 일이다. 나는 소위 말하는 '바이'가 아니다. 그런 여자에게 위압감을 느끼지도 않는다. 물론 내 남편이 개입되면 이야기가 달라지겠지만. 그 당시 문제가 있는 쪽은 내 남편이었다.

내가 법률사무소 겸 향초숍에서 일을 하며 마약사범을 최대한 빨리 빼내는 데 힘쓰는 동안, 제프는 캘리포니아 대학교에서 꾸준히 공개강좌를 들으며 쓸데없이 머리를 혹사했다. 우리가 사는 북 캘리포니아에서는 아직 자기만의 만트라 만드는 법을 가르치는 개론 과정이 개설되지 않았다. 그것은 베이지역 사람이라면 누구나 경멸해 마지않는 남쪽 지방의 영역이었다. 이에 제프는 진지한 프로젝트에 착수했다. 1648년 즈음에 30년 전쟁으로 독일을 쑥대밭으로 만들고, 신성로마제국의 멸망을 초래하고, 나치즘과 히틀러의 제3제국에 이르러 정점을 이룬, 근대 유럽의 여러 가지 병폐를 파헤치는 프로젝트였다. 제프는 관련 과목들을 수강하는 수준을 넘어, 이 모든 사태의 근원이 무엇인지 자기만의 이론까지 정립했다. 실러의 '발렌슈타인 3부작'을 읽는 동안, 위대한 발렌슈타인 장군이 점성술을 믿지 않았더라면 제국군이 승리를 거두었을 테고, 그 결과 2차 세계 대전은 애초에 벌어지지도 않았을 거라는 깨달음을 퍼뜩 얻은 것이었다.

실러의 3부작 중에서 세 번째 작품인 『발렌슈타인의 죽음』은 남편에게 엄청난 영향을 끼쳤다. 그는 이 작품을 셰익스피어의 희곡과 동급으로 간주했고, 여타의 작품들보다 훨씬 낫다고 했다. 게다가 주변에서 그 작품을 읽은 사람은 제프 자신밖에 없었다. 최소한 그가 알기로는 그랬다. 그에게 발렌슈타인은 서양의 역사 속에 등장하는 수수께끼 같은 인물들 가운데 한 명이었다. 제프는 위기의 순간이 찾아오면 히틀러도 발렌슈타인처럼 이성이 아니라 비술秘術에 의존했다는 데 주목했다. 이런 사실에 뭔가 중요한 의미가 숨어 있을 텐데, 그게 뭔지 도무지 알 수 없다는 게 문제였다. 제프가 생각하기에 히틀러와 발렌슈타인은 공통점이 너무 많아서 섬뜩할 정도였다. 둘 다 능력이 출중하지만 괴팍한 장군이었고, 둘 다 독일을 초토화시켰다. 제프는 이와 같은 우연의 일치를 주제로 논문을 쓰고 싶어 했다. 그들이 기독교를 저버리고 비술을 선택함으로써 전 세계적인 재앙을 초래했다는 것이 그가 도출하고자 하는 결론이었다. 제프가 보기에는 예수와 사마리아의 마술사인 시몬 마구스는 서로 절대적이고 분명한 대척점에 해당되는 인물이었다.

나는 그러거나 말거나 상관없었다.

주구장창 학교에 다니면 사람이 이렇게 된다는 걸 새삼 깨달았을 뿐이다. 내가 법률사무소 겸 향초숍에서 뼈 빠지게 일하는 동안 제프는 UC 버클리 도서관에서 이를테면 발렌슈타인의 운명이 결정된 뤼첸 전투(1632년 11월 16일)를 다룬 책들을 모조리 읽어치웠다. 스웨덴의 구스타프 2세 아돌프가 뤼첸에서 전사했지만, 전투는 스웨덴의 승리로 돌아갔다. 두말하면 잔소리지만 이 전투에서 거둔 승리가 의미심장한 것은 가톨릭 세력이 두 번 다시 개신교도들을 억압하지 못하게 되었기 때문이다. 그런데 제프는 이 모든 것을 발렌슈타인의 관점에서 해석했다. 실러의 3부작을 읽고 또 읽고, 거기다 좀 더 정확한 역사적 사실들까지 추가해가며 발렌슈타인이 현실감각을 잃은 정확한 시점을 재현하려고 애를 썼다.

그가 내게 말했다. "히틀러하고 똑같아. 과연 히틀러가 처음부터 사이코였을까? 진짜 사이코이긴 했던 걸까? 만약 그가 원래는 제정신이었다면 어느 시점에서 이성을 잃었고 무엇 때문에 그렇게 됐을까? 엄청난 권력의 소유자가, 인류 역사를 좌우할 수 있을 만큼 어마어마한 권력을 쥐고 있던 남자가 왜 그런 식으로 이성을 잃었을까? 그래, 히틀러는 망상형 정신분열증 환자였고 돌팔이 의사들이 놔준 주사가 문제였을 수 있지. 하지만 발렌슈타인은 그렇지가 않았단 말이야."

키어스틴은 노르웨이 출신이다 보니 구스타프 아돌프의 중부 유럽 진출 작전에 심취한 제프에게 동조했다. 스웨덴식 농담을 던지는 사이사이, 위대한 개신교 국왕이 30년 전쟁에서 맡은 역할에 대해 엄청난 자부심을 드러냈다. 게다가 나와 다르게 이쪽 분야에 대해 아는 게 있었다. 그녀와 제프는 훈족이 로마를 약탈한 이래 1차 세계대전 이전까지 가장 끔찍했던 전쟁으로 30년 전쟁을 꼽았다. 이로 인해 독일이 인육을 먹는 지경에 이르렀다는 것이다. 양측 병사들은 주기적으로 시체를 꼬챙이에 꿰어 구워 먹었다. 제프가 읽은 어느 책에서는 차마 입에 담을 수 없을 만큼 소름끼치는 일도 자행되었다고 했다. 그 시대, 그곳과 관련된 일들은 무엇이든 끔찍했다.

제프가 말했다. "우리는 오늘날까지 그 전쟁의 대가를 치르고 있어."

"그러게, 얼마나 끔찍했을까." 나는 거실 한쪽 구석에서 《하워드 덕》 최신호를 보다 말고 맞장구를 쳤다.

"당신은 별로 관심이 없는 모양이네?"

이 말에 나는 고개를 들었다. "마약업자들을 보석으로 빼내느라 피곤해서 그래. 보석 보증인을 항상 내가 만나야 하거든. 당신하고 키어스틴만큼 30년 전쟁에 심취하지 못해서 미안."

"모든 것의 열쇠가 30년 전쟁이야. 30년 전쟁의 열쇠가 발렌슈타인이었고."

"두 사람이 영국에 가면 어쩔 생각이야? 아버님하고 키어스틴 말이야."

제프는 이 소리를 듣더니 나를 말똥말똥 쳐다보았다.

"키어스틴도 같이 가거든. 나한테 그러던데? 포커스 센터라는 에이전시까지 만들어서 이제 아버님 에이전트인가 뭔가가 됐다고."

"염병할." 제프는 씁쓸한 목소리로 중얼거렸다.

나는 다시 《하워드 덕》으로 눈길을 돌렸다. 이번 호에서는 외계인이 하워드 덕을 리처드 닉슨으로 둔갑시켰다. 반면에 리처드 닉슨은 전국 방송에서 연설을 하는데 몸에서 깃털이 돋아나기 시작한다. 국방부의 고위 관료들도 마찬가지다.

"얼마나 있을 거래?" 제프가 물었다.

"아버님이 다마스쿠스 문서의 의미와 그것이 기독교에 어떤 식으로 부합되는지 알아낼 때까지."

"젠장."

"Q문서가 뭐야?"

내가 묻자 제프가 "Q문서지" 하고 내 말을 앵무새처럼 반복했다.

"아버님 말로는 어떤 문서에 대한 단편적인 해석을 바탕으로 작성한 임시 기록이라고—"

"공관복음서의 가상의 출처를 Q문서라고 해." 그의 말투는 사납고 퉁명스러웠다.

"공관복음서가 뭔데?"

"마태복음, 누가복음, 마가복음. 이 세 복음서의 출처가 하나이고, 아마 아람어로 쓰여 있을 거라고들 하거든. 확실한 증거를 제시한 사람은 아무도 없지만."

"요전 날 밤에 당신이 수업을 듣고 있을 때 아버님 전화를 받았는데, 런던의 번역자들이 말하길 다마스쿠스 문서에 Q문서의 원전이 포함돼 있는 것 같다고 했대. 확실하지는 않지만. 그렇게 흥분한 아버님 목소리는 처음 들어봤어."

"하지만 다마스쿠스 문서는 예수 탄생 200년 전에 만들어진 건데."

"그래서 아버님이 그렇게 흥분을 하셨던 거겠지."

"나도 따라가고 싶다."

"안 돼."

"왜?" 제프는 언성을 높였다. "그 여자도 가는데 나는 왜 안돼? 나는 아들인데!"

"아버님 개인 활동비로 가는 거니까. 몇 달 동안 있을 거라비용이 엄청날걸?"

제프는 이 말을 듣더니 거실을 박차고 나갔다. 나는 계속 만화를 봤다. 잠시 후 문득 정신을 차리고 보니 이상한 소리가 들렸다. 나는 《하워드 덕》을 내려놓고 귀를 기울였다.

남편이 부엌에서, 그 어두컴컴한 곳에서 혼자 울고 있었다.

남편의 자살을 다룬 문건 중에서 가장 황당하고 당혹스러웠던 것을 꼽으라면, 티모시 아처 주교의 아들 제프 아처가 자신이 게이인 게 두려워 자살했다는 기사였다. 그가 세상을 떠나고 몇 년 뒤에, 그러니까 세 사람이 모두 죽은 뒤에 출간된 어떤 책에서 이 부분을 어찌나 철저하게 후벼파고 난도질했던지(책의 제목과 저자는 기억조차 나지 않는다), 책장을 덮고 나면 제프와 아처 주교와 키어스틴 룬드보그에 대해 아는 게 책을 읽기 전보다 적어진다. 정보이론하고 비슷하다. 소음이 신호를 쫓아내고 신호인 척하는데, 듣는 사람은 그게 소음인 줄 알지 못한다. 첩보기관에서는 그런 것을 가리켜 역정보라고 한다. 소련에서 애용하는 수법이다. 역정보를 충분히 유포하면 다른 모든 사람들은 물론이고 자기 자신의 현실감각까지 완전히 무너트릴 수 있다.

제프는 아버지의 정부에 대해 양극단적인 감정을 품고 있었다. 그녀에게 성욕을 느끼고 비도덕적으로 강렬하게 매료되었는가 하면, 또 한편으로는 아버지의 관심과 애정을 빼앗겼다는 생각에 미워하고 혐오하고 증오했다.

그런데 여기에서 그친 게 아니었다. 나도 몇 년 뒤에야 알아차린 사실이지만, 그는 키어스틴을 질투한 데 그치지 않고 또 무엇을 질투했는가 하면…… 글쎄다. 제프가 하도 엉망으로 만들어놔서 내가 정리할 방법이 없다. 《타임》과 《뉴스위크》에 사진이 실리고, 데이비드 프로스트가 인터뷰를 하고, 자니 카슨 쇼에 출연하고, 여러 신문 만평에 주인공으로 등장하는 사람을 아버지로 둔 남자의 고충을 우리는 이해해야 한다. 그런 사람을 아버지로 두면 아들로서 뭘 어쩔 수 있겠는가 말이다.

제프는 결국 그들과 영국에서 일주일을 보냈다. 어떤 식으로 그 일주일을 보냈는지 나는 알지 못한다. 돌아온 제프는 말없이 집 안에 틀어박혔고 그러던 어느 늦은 밤, 호텔 방에서 자기 얼굴에 대고 방아쇠를 당겼다. 그런 식으로 자살한 것에 대해 구구절절 내 심정을 토로하지는 않겠다. 소식을 듣고 주교가 몇 시간 만에 런던에서 달려왔으니 어떤 의미에서는 자살의 목적을 달성한 셈이었다.

사실 그의 자살은 Q문서와 연관이 있었다. 신문에서는 '원전'을 뜻하는 독일어 'Ur-Quelle'을 줄여 U. Q.라고 불렀다. Q문서 뒤에 Ur-Quelle이 있었고, 티모시 아처가 런던으로 건너가 표면상 에이전트 겸 비서 역할을 한 정부와 호텔에서 몇 달 동안 지낸 것도 그 때문이었다.

Q문서 뒤에 숨어 있는 문서가 세상에 다시 모습을 드러낼 거라고 예상한 사람은 아무도 없었다. U. Q.의 존재를 파악한 사람조차 없었다. 나는 기독교도가 아닐뿐더러 사랑하던 사람들을 잃은 지금에 와서 교회에 다닐 생각도 없으니 예나 지금이나 별로 관심이 없지만, U. Q.가 만들어진 것으로 추정되는 시기가 예수 탄생 200년 전으로까지 거슬러 올라가니 신학계에서는 중요한 문제일 것이다.

05

번역자가 아닌 일반인들은 이것이 쿰란의 두루마리보다 더 중요한 자료라고 최초 보도한 신문기사를 통해 처음으로 접했을 것이다. 여러 기사에 적힌 내용들 중에서 가장 생생하게 기억이 나는 것은 어느 히브리어 명사다. 어떤 데서는 'anokhi' 라고 하고, 또 어떤 데서는 'anochi' 라고 했던 '아노키' 라는 단어다.

이 단어는 출애굽기 20장 2절에 나온다. 하느님이 육성으로 이렇게 이야기하니 토라*에서도 아주 감동적이고 중요한 부분이다.

너희 하느님은 나 야훼다. 바로 내가 너희를 이집트 땅 종살이 하던 집에서 이끌어낸 하느님이다.

---

* 모세 5서(구약성서의 처음 다섯 부분인 창세기, 출애굽기, 레위기, 민수기, 신명기) 혹은 구약성서.

여기에서 '나 야훼'의 '나'에 해당되는 부분이 히브리어로 '아노키'다. 토라의 이 부분을 유대교의 공식 주해집에서는 뭐라고 하는지 제프가 보여준 적이 있었다.

유대교에서 숭배하는 하느님은 '조물주'라고도 하고 '우주의 이치'라고도 하지만, 어떤 비인격적인 힘이나 사물이 아니다. 이스라엘의 하느님은 권세와 생명의 근원일 뿐 아니라 의식과 인격과 도덕성과 윤리적인 행동의 근원이기도 하다.

기독교도가 아닌 나조차도('유대인이 아닌 나조차도'라고 해야 맞는 말이겠지만) 마음이 흔들린다. 감동을 받고 달라져 전과 다른 인간이 된다. 제프가 설명하길, 영어로 바꾸면 한 개의 알파벳이 되는 이 한 단어에 하느님만의 자의식이 담겨져 있다고 했다.

인간이 의지와 자의식적인 행동으로 다른 모든 생물을 능가하듯 하느님도 철저하게 자의식적인 생각과 의지로 만물을 다스린다. 그는 육안으로 볼 수 있는 세계와 볼 수 없는 세계 양쪽에 정신적으로나 영적으로 온전히 자유로운 인격체로 현현하여 모든 것에 그 존재와 형체와 목적을 부여한다.

랍비인 새뮤얼 M. 코혼은 역시 신학자이자 랍비인 카우프만 콜러의 글을 인용해서 이렇게 말했다. 또 다른 유대인 작가 허먼 코헨은 이렇게 말했다.

하느님이 그에게 이르시되 "나는 스스로 있는 자이니라." 또 이르시되 "너는 이스라엘 자손에게 스스로 있는 자가 나를 너희에게 보내셨다 하라."* 성령의 역사상 이 구절을 통해 밝혀진 기적보다 더 엄청난 기적은 없을 것이다. 아직 아무런 체계가 없던 태곳적 언어가 이곳에 이르러 모든 체계를 갖춘, 이 세상에서 가장 심오한 단어를 문득 뱉어내고 있으니 말이다. 하느님의 이름은 '스스로 있는 자'이다. 이것은 하느님이 하나의 존재이고, 나라는 의미이니, 곧 존재하는 자라는 뜻이다.

그런데 기원전 200년으로 역사가 거슬러 올라가는 이 문서가 이스라엘의 '와디'**에서, 그것도 쿰란에서 멀지 않은 와디에서 발굴되었다. 다마스쿠스 문서의 정중앙에 놓인 이 단어는 모든 히브리 학자들이 알고 있고, 모든 기독교도와 유대인들이 알아야 하는 단어인데, 그 와디에서는 '아노키'가 다른 방식으로 쓰였다. 현존하는 어느 누구도 본 적 없는 방식으로. 팀과 키어스틴이 당초 계획했던 것보다 두 배 이상 오래 런던에 머문 이유가 그 때문이었다. 하느님이 친필로, 그러니까 자기 손으로 자취를 남기기라도 한 것처럼, 사실상 십계명의 핵심이 밝혀졌기 때문이었다.

---

* 출애굽기 3장 14절.
** 건조 지역에서 평소에는 마른 골짜기이다가 큰비가 내리면 홍수가 되어 물이 흐르는 강.

91

이런 사실들이 밝혀지는 동안, 그러니까 번역이 이루어지는 동안 제프는 UC 버클리 캠퍼스를 배회하며 30년 전쟁에 대해 공부했다. 금세기에 벌어진 전면전을 제하고 가장 끔찍했던 전쟁을 치르는 동안 점차 현실에서 멀어져갔던 발렌슈타인에 대해 공부했다. 어떤 자극이 남편의 목숨을 앗아갔는지, 그 조합에서 어떤 충동이 그를 덮쳤는지 확실하게는 모르겠지만, 어느 한쪽이 혹은 양쪽 모두가 그런 역할을 했을 것이다. 그는 죽은 사람이고 나는 그 당시 옆에 있지도 않았고 그런 일이 벌어질 줄도 몰랐다. 내가 처음으로 불길한 예감을 느낀 것은 키어스틴과 팀이 비밀스러운 관계로 발전했다는 사실을 알게 됐을 때였다. 나는 그때 할 말을 했다. 최대한 노력했다. 그레이스 대성당으로 주교를 찾아갔고, 나 혼자 분노했다. 별다른 노력을 기울이지도 않았고 전문적인 기술을 동원하지 않았음에도 불구하고, 팀 아처의 입장에서는 손쉽게 승리를 거둔 설전이었다. 그 이야기는 여기까지.

자살할 생각을 하는 사람은 이유가 필요 없다. 살 생각을 하는 사람이 왜 살까 싶을 때 붙잡을 수 있는, 분명하게 말로 표현할 수 있는 공식적인 이유가 필요 없는 것과 마찬가지다. 제프는 따돌림을 당했다. 나는 그가 30년 전쟁에 관심을 기울이는 이유가 사실은 키어스틴 때문이라는 것을 알 수 있었다. 머릿속 한편으로는 그녀가 스칸디나비아 출신이라는 데 주목하고, 또 한편으로는 그 전쟁에서 맹위를 떨친 승자가 스웨덴이라는 사실을 인지하고 기록한 것이다. 감정적인 집착과 지적인 집착이 한데 어우러져 한동안은 긍정적인 효과를 연출했는데 키어스틴이 영국으로 떠나자 그는 제 꾀에 제가 넘어간 꼴이 되었다. 이제는 자신이 틸리*나 발렌슈타인이나 신성로마제국에 눈곱만큼도 관심이 없다는 사실을 인정하는 수밖에 없게 된 것이다. 그는 어머니뻘이자 아버지와 동침하는 여자를 사랑하고 있었다. 그런데 1만 3000킬로미터라는 거리도 모자라서 두 사람이 자기만 빼놓고, 하루 단위로 번역이 진행 중인 고고학 신학 역사상 가장 짜릿한 발견에 동참하고 있었으니…… 문서를 떼우고 붙이자 단어들이 하나씩 모습을 드러냈고, '아노키'라는 히브리 단어가 엉뚱하게도 당혹스러운 문맥에서 몇 번이고 출현했다. 새로운 문맥에서. 문서는 '아노키'가 '와디'에 있다고 말하는 듯했다. 그 또는 그것을 그곳이 아닌 '이곳', 과거가 아닌 '현재'의 존재로 간주했다. 사두가이파는 '아노키'에 대해 고민하지 않았고 알지도 못했다. '아노키'는 그들이 이미 가지고 있는 것이었다.

지구촌 다른 지방에서 그 정도로 엄청난 발견이 진행되고 있고 자신이 사랑하는 동시에 미치도록 증오하는 아버지와 정부가 그 현장에 있는데, 도서관에서 빌린 책을 읽고 스코틀랜드의 싱어송라이터 겸 기타리스트인 도노반의 음반을 듣기란 아주 힘든 일이다. 책과 음반이 아무리 훌륭해도 말이다. 나는 제프가 폴 매카트니의 첫 번째 솔로 앨범을 틀고 또 트는 것 때문에 돌아버릴 것 같았다. 그는 그중에서도 특히 〈테디 보이〉를

---

* 바이에른의 유명한 장군.

좋아했다. 나만 혼자 남겨두고 그 호텔 방으로 떠났을 때, 그 호텔 방에서 방아쇠를 당겼을 때, 그는 그 앨범을 가지고 있었는데 방에 오디오가 없었다. 그는 나에게 몇 번 편지를 보내 반전운동에 계속 참여하는 중이라고 했다. 어쩌면 정말 그랬을지 모른다. 하지만 대개는 혼자 호텔 방에서 자신이 아버지에 대해 어떤 감정을 품고 있는지, 더 중요하게는 키어스틴에 대해 어떤 감정을 품고 있는지 열심히 고민하며 시간을 보냈을 것이다. 매카트니 앨범이 1970년에 발표됐으니 그것은 1971년에 벌어진 일이었다. 하지만 보라. 그로 인해 나 역시 이 집에 홀로 남겨졌다. 내가 이 집을 차지했고 제프는 죽었다. 앞에서 당신들에게 혼자 사는 게 할 짓이 못 된다고 했지만, 사실 그건 나에게 하는 말이다. 당신들은 뭐든 하고 싶은 대로 해도 상관없다. 하지만 나는 두 번 다시 혼자 살지 않을 것이다. 그런 고독이 또다시 찾아오면 노숙자라도 들일 것이다.

내 옆에서 비틀스 앨범은 틀지 말아주기 바란다. 꼭 한 가지 부탁하고 싶은 게 있다면 그것이다. 조플린은 견딜 수 있다. 팀이 이미 고인이 된 백인 조플린을 아직 살아 있는 흑인으로 착각한 것을 생각하면 지금도 재미있으니까. 하지만 비틀스는 듣고 싶지 않다. 비틀스는 나의, 내 안의, 내 인생의, 지난 과거의 너무나 커다란 아픔과 하나로 연결되어 있다.

그 부분에 이르면, 특히 남편의 자살 부분에 이르면 나는 이성을 잃는다. 존과 폴과 조지가 한데 뒤섞인 가운데 링고가 뒤쪽 어딘가에서 드럼을 두드려대고, 고통 받는 영혼 어쩌고 하는 가사와 멜로디가 단편적으로 들린다. 물론 나는 남편의 죽음, 키어스틴의 죽음 그리고 마지막으로 팀 아처의 죽음 말고는 어떤 고통이 있다는 건지 콕 집어 말할 수 없지만 그 정도면 충분하지 않을까. 이제 존 레논의 사망으로 모두가 나처럼 가슴에 구멍이 났으니 나도 우라질 자기 연민은 집어치우고 남들과 하나가 될 수 있다. 이제는 내가 그들보다 나을 것도 없고 못할 것도 없다.

나는 제프의 자살을 돌이켜 생각할 때면 내 마음대로 날짜와 사건을 재배치하곤 한다. 편집을 하는 것이다. 압축하고 일부분을 잘라내 예컨대 제프의 시신을 살피고 신원을 확인하던 순간은 건너뛰어버린다. 그가 묵었던 호텔 이름도 잊어버리는 데 성공했다. 그곳에 며칠 동안 묵었는지, 그건 잘 모르겠다. 애써 기억을 더듬어보면 그는 팀과 키어스틴이 런던으로 떠나고 얼마 안 있어 집을 나갔다. 런던에서 일찌감치 날아든 편지를 받고서였다. 두 사람이 같이 서명을 했지만 키어스틴이 쓴 게 분명했다. 어쩌면 팀이 불러주는 대로 받아 적었을 것이다. 그 문서를 발견한 것이 얼마나 엄청난 일인지 넌지시 비치는 내용이었다. 나는 그 편지의 의미를 몰랐지만, 제프는 알아차렸다. 아마 그래서 당장 떠났을 것이다.

내 입장에서 가장 놀라웠던 순간은 제프가 성직자가 되고 싶어 한다는 사실을 문득 깨달았을 때였다. 그의 아버지의 위치를 감안했을 때 뭣하러 그런 꿈을 꾸었을까? 나로서는 영원히 알지 못할 일이다. 하지만 제프가 원한 것은 오직 그것 하나였다. 성직자가 아닌 삶은 상상조차 하지 않았다. 다른 직업은 안중에도 없었다. 때문에 그는 버클리에서 소위 말하는 '붙박이 학생'으로 지냈다. 학교를 떠날 줄 몰랐다. 한번 떠났다 되돌아온 것일 수도 있지만. 우리의 결혼생활은 한동안 삐걱거렸다. 나는 기억에 공백이 있다. 1968년 한 해의 기억이 통째로 없다. 제프는 이때 정서적인 문제를 겪었고, 나는 어떤 문제인지 애써 알려 하지 않았다. 제프도 나에 대해 마찬가지였다. 우리 둘 다 베이지역에서 언제든 무료로 받을 수 있는 정신상담을 활용했다.

제프가 정신병을 앓고 있었던 것은 아니다. 그저 미치도록 행복하지 않았을 뿐이다. 이따금씩 찾아오는 죽고 싶다는 충동이 아니라 미묘한 결핍, 행복감의 부재가 결정타를 날릴 때도 있다. 그는 서서히 삶에서 멀어졌다. 정말로 욕심이 나는 여자를 만났는데 그녀는 아버지의 정부가 되어 아버지와 함께 영국으로 떠나버렸고, 자기만 혼자 남아 처음 그 자리에 발목이 묶인 채 관심도 없는 전쟁에 대해 공부를 하게 된 것이다. 그는 만사에 신경을 끊기 시작했다. 그러다 결국에는 정말로 만사에 신경을 끊었다. 어떤 의사는 제프가 내 곁을 떠나고 자살하기 전까지 LSD를 복용한 것 같다고 했다. 추측에 불과하기는 하지만 그가 동성애자였다는 주장과는 달리 어쩌면 정말 그랬을지도 모른다.

미국에서 해마다 수천 명의 젊은이들이 스스로 목숨을 끊는데, 대부분 관행처럼 사고사로 기록된다. 자살이라는 남부끄러운 멍에에서 유족들을 구원하기 위한 배려다. 20대나 10대가 자살을 꿈꾸다 결국 성공했다고 하면, 어떤 의미에서는 살아보기도 전에, 태어나기도 전에 죽어버렸다고 할 수 있으니 남부끄러운 일이기는 하다. 여자들은 남편에게 얻어맞는다. 경찰들은 흑인과 남미 출신을 죽인다. 노인들은 쓰레기통을 뒤지거나 개밥을 먹는다. 남부끄러운 일들은 이처럼 사방에서 아우성친다. 자살은 차고 넘치는 남부끄러운 일들 가운데 하나에 불과하다. 흑인 청소년들은 죽을 때까지 취직을 못할 것이다. 게을러서 그런 게 아니라 일자리가 없기 때문이다. 그리고 빈민가에서 자란 이 아이들에게는 내세울 만한 기술도 없기 때문이다. 집을 나간 아이들이 뉴욕이나 할리우드의 스트립쇼장을 찾아간다. 몸을 팔고, 그러다 결국 온몸을 난도질당한다. 테르모필라이* 전투 결과를 알리러 달려온 스파르타 병사들을 죽여버리고 싶은 욕구가 솟구치면 그냥 죽일 일이다. 나는 그런 스파르타 병사이고, 당신이 원하지 않는 소식을 알린다. 개인적으로 내가 알리는 죽음은 세 건에 불과하지만, 필요 이상의 세 건인 게 문제다. 오늘은 존 레논이 죽은 날이다. 그 소식을 알리는 사람도 죽여버리고 싶은가? 스리 크리슈나는 본래의 모습, 일반적인 모습, 시간의 모습일 때 이렇게 말한다.

이런 모든 존재들은 마땅히 죽어야 하며 어떤 일이 있더라도

---

* 그리스에 있는 좁은 고개. 기원전 480년, 페르시아의 그리스 2차 침략 때 스파르타의 레오니다스 왕이 이곳을 지키다 부하들과 함께 전사했다.

그들은 일격을 받게 되리니 그대의 손에 놓여 있도다. 죽여라. 그 사람들을 내가 이미 죽였도다.[*]

끔찍한 광경이다. 아르주나[**]는 믿기지 않는 광경을 목도한다.

이글거리는 혓바닥으로 훑어 온 세상을 집어삼키며 견딜 수 없는 광선으로 하늘의 끝을 살피는구나. 오, 비슈누여.

한때 친구이자 마부였던 사람이 아르주나의 눈앞에 나타난다. 그와 비슷했던 모습은 단면에 불과했고, 친절한 변장이었다. 스리 크리슈나는 친구를 위해 진실을 감추려 했다. 하지만 아르주나가 그의 본모습을 보고 싶어 하자 보여주었다. 이제 아르주나는 예전의 아르주나가 아니었다. 목격한 광경이 그를 영영 바꾸어놓았다. 그것이 진정한 금단의 열매다. 스리 크리슈나는 한참을 기다렸다 아르주나에게 실제 모습을 보여주었다. 그를 배려하고 싶은 마음에서 그런 것이었다. 그러다 마침내 본모습, 만물을 파괴하는 자의 모습을 공개했다.

나는 지금 이 자리에서 아픔을 세세하게 묘사해 당신에게 불쾌감을 선사할 마음은 없지만, 실제로 겪은 아픔과 말로 설명하는 아픔에는 결정적인 차이가 있다. 나는 이제 그때 그 사건

---

[*] 『바가바드기타』 11장의 일부 구절.
[**] 인도 서사시 『마하바라타』에 나오는 다섯 판다바 형제 중 한 명. 그가 친구이자 마부인 크리슈나와 준대화체 형식으로 주고받은 시구들을 모은 것이 『바가바드기타』이다.

을 이야기하려고 한다. 앎에서 오는 대리 아픔이 있다면 모름에서 오는 실질적인 위험도 있는 법이다. 역겨워하는 마음속에 엄청난 위험이 도사리고 있다.

　베이지역으로 돌아온 키어스틴과 주교를 만났을 때—완전히 돌아온 게 아니라 제프의 죽음과 그에 따른 문제들을 처리하러 온 길이었다— 나는 두 사람에게서 변화를 감지했다. 야위고 까칠한 키어스틴의 얼굴은 제프가 죽었다는 충격 때문이 아니었다. 무슨 병이 있는 게 분명했다. 반면에 아처 주교는 마지막으로 만났을 때보다 훨씬 기운이 넘쳤다. 그는 그 상황을 완벽하게 진두지휘했다. 장지와 묘비를 정하고, 예복을 갖추어 입고, 추도사며 온갖 의식을 치르고, 모든 비용을 지불했다. 묘비에 새긴 비문은 퍼뜩 그의 뇌리를 스치고 지나간 구절이었다. 헤라클레이토스 학파의 모토 내지는 기본 정신이라 할 수 있는 구절인데, 나도 상당히 마음에 들었다. '한곳에 머무는 것은 아무것도 없다. 모든 게 흘러가게 마련이니.' 철학 수업 때 그것이 헤라클레이토스가 한 말이라고 배웠는데, 팀의 설명에 따르면 그를 추종한 제자들이 나중에 이런 식으로 요약한 것이라고 했다. 그들은 흐름, 그러니까 변화만이 진짜라고 생각했다. 어쩌면 그들의 생각이 맞는지도 모른다.

　우리 셋은 하관예배가 끝났을 때 같이 텐더로인의 아파트로 건너가 애써 한숨을 돌렸다. 한참이 지난 다음에야 겨우 대화를 나눌 수 있었다.

팀은 웬일로 사탄 이야기를 꺼냈다. 사탄의 흥망에 대해 새로운 이론을 생각해냈는데, 가장 가까운 사이라 할 수 있는 키어스틴과 나를 상대로 반응을 살피려는 듯했다. 이제 막 쓰기 시작한 저서에 그 이론을 소개할 생각인가 싶었다.

"내가 사탄의 신화를 새로운 시각에서 조명하고 있단다. 사탄은 하느님에 대해 최대한 완벽하게 알고 싶었어. 그런데 하느님이 되면, 스스로 하느님의 자리에 오르면 가장 완벽하게 알아낼 수 있으리라고 생각했지. 그는 열심히 노력해 목적을 달성했다. 그 죄로 하느님에게서 영원히 추방당하리라는 것을 알면서도 그렇게 했어. 왜냐하면 하느님을 알게 되었을 때의 기억이, 다른 누구보다 속속들이 하느님을 알게 되었을 때의 기억이 그런 처벌을 감당할 수 있을 정도이리라 여겼거든. 그러니 이 세상에 존재했던 만물 중에서 누가 가장 진심으로 하느님을 사랑했던 거겠니? 사탄은 하느님을 이해하고 싶은 마음에, 눈 깜빡하는 순간 동안 하느님이 되는 데 따르는 영원한 형벌과 추방을 기꺼이 감수했다. 게다가 생각해보니 사탄은 진심으로 하느님을 이해했는데 하느님은 사탄을 알지도, 이해하지도 못했을 것 같지 뭐냐. 이해했더라면 벌을 내리지 않았을 텐데. 그래서 사탄이 반란을 일으켰다고 하는 거란다. 사탄이 하느님의 지배에서 벗어나 하느님의 영역 밖으로 나갔단 거지. 마치 다른 우주로 옮겨간 것처럼. 하지만 내 생각에 사탄은 형벌을 반기지 않았을까 싶다. 자신이 하느님을 알았고 사랑했다는 증거니까. 아니면 보답을 바라고 그랬을 수도 있지……. 보답이 있었더라면 말이다. 사탄이 '천국에서 종노릇을 하느니 지옥에서 왕 노릇을 하는 게 낫다'는 심산이었다고들 하지만 그건 아니야. 하느님을 알고 하느님이 되겠다는 최종 목표를 세우고 그걸 추구한 거지. 하느님을 온전히, 진실로 아는 것에 비하면 다른 모든 것들은 아주 사소하니까."

"프로메테우스." 키어스틴이 멍하니 말했다. 그녀는 앉아서 담배를 피우며 어딘가를 물끄러미 바라보고 있었다.

팀이 말했다. "프로메테우스라는 이름은 먼저 생각하고 행동하는 자라는 뜻으로, 그는 인간의 창조를 거든 신이지요. 신들 중에서 으뜸가는 책략가이기도 하고. 불을 훔쳐 인간에게 준 프로메테우스를 처벌하려고 제우스가 내려보낸 여자가 판도라였어요. 온 인류를 처벌하기 위한 방편이기도 했지만. 그녀와 결혼한 에피메테우스의 이름은 먼저 행동하고 생각하는 자라는 뜻이에요. 프로메테우스는 그에게 판도라와 결혼하지 말라고 했지요. 앞날을 예견할 수 있었으니까. 조로아스터교도들은 이처럼 정확한 예지력을 지혜로운 주主의 속성이라고 생각했지요."

"독수리한테 간을 쪼였잖아요." 키어스틴이 무심한 목소리로 말했다.

팀은 고개를 끄덕였다. "제우스가 프로메테우스를 쇠사슬에 묶고 독수리를 내려보내 영원히 되살아나는 간을 쪼아 먹게 했지요. 하지만 헤라클레스가 풀어주었어요. 프로메테우스는 두말할 나위 없는 인간의 친구지요. 최고의 장인匠人이었고. 사탄의 신화하고 비슷한 구석이 있단 말이지요. 사탄이 훔친 것은 불이 아니라 하느님의 진실이었지만. 그런데 사탄은 프로메테우스와 달리 자신의 지식을 인간에게 선물하지 않았어요. 사탄의 진짜 죄는 그 진실을 혼자서만 알고 있었던 것 아닐까요? 인간들과 공유하지 않았던 것. 재미있지요……. 그런 논리대로라면 사실 우리는 사탄을 통해 하느님의 진실을 알 수 있던 거예요. 내가 알기로 이런 이론을 제시한 사람은 없었는데……." 그는 생각에 잠긴 듯 말이 없더니 "받아 적어주겠소?" 하고 키어스틴에게 물었다.

"외워놓을게요." 그녀의 말투는 나른하고 단조로웠다.

팀은 하던 이야기를 계속했다. "인간이 사탄을 공격해 이 진실을 알아내고 빼앗아야 해요. 사탄이 그걸 내놓을 리 없겠지만. 애초에 그걸 알아냈기 때문이 아니라 그걸 감춘 죄로 벌을 받았으니까. 그러니까 어떤 의미에서는 인간이 이 진실을 알아내면 사탄을 구원할 수 있는 거예요."

그 얘기를 듣고 내가 말했다. "그런 다음 이성을 잃고 점성술을 공부하면 되겠죠."

팀은 나를 흘끗 쳐다보며 "점성술?" 하고 물었다.

"발렌슈타인 말이에요. 별점을 쳤잖아요."

"우리말로 '별점horoscope'에 해당되는 그리스 단어를 설명하자면 '시간'을 의미하는 hora와 '보는 자'를 의미하는 scopos로 이루어져 있지. 그러니까 '별점'을 직역하면 '시간을 보는 자'라는 뜻이란다." 그는 담배에 불을 붙였다. 그와 키어스틴은 영국에서 돌아온 이래 담배를 입에 달고 사는 듯했다. "발렌슈타인은 대단한 위인이었지."

"제프도 그렇게 생각해요. 아니, 그렇게 생각했어요."

내 말에 팀은 화들짝 놀란 듯 고개를 모로 꼬았다. "제프가 발렌슈타인한테 관심이 있었단 말이냐? 나는—"

"모르셨어요?" 내가 물었다.

팀은 어리둥절한 표정으로 "몰랐구나"라고 대답했고 키어스틴은 수수께끼 같은 표정으로 계속 그를 쳐다보았다.

"발렌슈타인에 대해 공부할 때 참고하면 좋을 만한 책이 나한테 몇 권 있는데. 발렌슈타인은 여러 모로 히틀러를 많이 닮았지."

키어스틴과 나는 둘 다 아무 말도 하지 않았다.

"발렌슈타인은 독일의 붕괴에 일조한 바가 컸어. 위대한 장군이었는데. 너도 알겠지만 프리드리히 폰 실러가 발렌슈타인을 주제로 쓴 희곡 3부작 제목이 『발렌슈타인의 막사』, 『피콜로미니가家』, 『발렌슈타인의 죽음』인데, 아주 감동적인 작품이란다. 3부작 이야기를 하니 실러가 서양 사상의 발전에 미친 영향이 생각나는구나. 내가 뭐 하나 읽어주마." 팀은 담배를 내려놓고 책을 찾으러 책장 쪽으로 걸어갔다. 그는 얼마 동안 뒤진 다음에야 원하던 책을 찾을 수 있었다. "이걸 보면 이해하는 데 조금 도움이 될 게다. 친구한테 보낸 편지에서…… 어디 보자……, 여기 이름이 있구나. 거의 말년에 빌헬름 폰 훔볼트에게 보낸 편지에서 실러는 이렇게 말했다. '어쨌든 우리는 둘 다

관념론자인데, 우리가 물질세계를 만드는 게 아니라 물질세계가 우리를 만든다는 이야기를 듣다니 부끄러워해야 할 일일세.' 두말하면 잔소리지만, 실러가 품은 이상의 핵심은 자유였지. 그러니 저지대의 폭동이라는 위대한 드라마에 푹 빠져들 수밖에. 여기서 말하는 저지대는 네덜란드란다." 팀은 말을 멈추고는 입술을 달싹이며 생각에 잠긴 얼굴로 멍하니 허공을 응시했다. 키어스틴은 소파에 앉아 담배를 피우며 그를 빤히 쳐다보았다. 이윽고 팀이 들고 있던 책을 뒤적이며 입을 열었다. "자, 이걸 읽어주마. 실러가 서른네 살 때 쓴 건데, 인간의 소망, 인간의 가장 숭고한 소망을 한마디로 요약한 문장이라 할 수 있지." 팀은 책을 들여다보며 큰 소리로 읽었다. "영적 능력을 알고 적절하게 활용하기 시작했더니 안타깝게도 육체적인 질병이 나를 위협해왔다네. 하지만 나는 최선을 다할 테고, 종국에 이르러 탑이 무너지기 시작하더라도 후대에 남길 만한 것은 건져놓은 뒤일 걸세." 팀은 책을 덮고 책장에 도로 꽂았다.

우리는 아무 말도 하지 않았다. 나는 심지어 아무 생각도 하지 않았다. 그저 앉아 있는 게 전부였다.

"실러는 20세기 역사상 아주 중요한 인물이지." 팀은 담배를 껐다. 그러고는 한참 동안 재떨이를 물끄러미 바라보았다.

키어스틴이 말했다. "피자 주문할게요. 기운이 없어서 저녁을 못 하겠어요."

"좋아요. 캐나다 베이컨 얹어달라고 하겠소? 그리고 탄산음료도 있으면—"

"제가 저녁 준비할게요." 내가 말했다.

키어스틴이 소파에서 일어나더니 팀과 나를 남겨둔 채 전화기 쪽으로 걸어갔다.

팀이 진지한 목소리로 나에게 말했다. "하느님을 아는 것은 하이데거가 말한 절대본질을 아는 것이자 아주 중요한 문제란다. 하이데거는 이것을 가리켜 '존재Sein'라고 했지. 사두가이 와디에서 우리가 발견한 것은 말로 설명할 수가 없을 정도란다."

나는 고개를 끄덕였다.

"생활비는 부족하지 않니?" 팀이 외투 주머니 쪽으로 손을 뻗으며 물었다.

"괜찮아요."

"일 계속하고 있지? 그 부동산, 아니 법률회사에서. 아직 거기서 일하고 있는 거지?"

"네. 하지만 단순한 사무직 타이피스트예요."

"내가 예전에 변호사로 일했을 때를 생각해보면 힘들지만 보람이 있었지. 너도 법무비서가 되어보는 건 어떻겠니? 그럼 그걸 발판 삼아 변호사로 법조계에 진출할 수 있을 게다. 언젠가 법관이 될 수 있을지도 모르고."

"그러게요."

"제프가 너한테 '아노키' 이야기한 적 있니?"

"아버님이 편지에서 말씀하셨잖아요. 신문하고 잡지에 기사가 실린 것도 봤어요."

"전문적으로 이야기하자면 사두가이파는 그 단어를 특별한 의미로 사용했지. 신성이라는 의미로 쓰지는 않았을 게다. 그걸 가지고 있다고 했으니까. 여섯 번째 문서에 이런 문장이 있거든. '아노키는 매해 스러지고 부활하는데, 해가 거듭될수록 아노키가 늘어난다.' 늘어난다는 부분은 더 위대해진다는 뜻으로 해석할 수도 있단다. 더 숭고해진다고. 아주 복잡하지만 번역자들이 열심히 매달리고 있으니 6개월 안으로 끝나지 않을까 싶은데…… 물론 아직도 조각들을 서로 잇는 중이지. 두루마리가 많이 훼손됐거든. 너도 알겠지만 내가 아람어는 전혀 몰라. 그리스어하고 라틴어는 공부했지만. 이런 말이 있지. '하느님은 비존재를 막는 마지막 보루이시다.'"

"틸리히*죠."

"응?"

"폴 틸리히가 한 말이라고요."

"나도 정확하게는 모르겠다. 개신교 실존주의 신학자가 한 말이기는 한데. 라인홀드 니부어가 한 말일 수도 있고. 니부어는 미국인이지. 아니, 미국인이었다고 해야 할까? 얼마 전에 유명을 달리했으니까. 그런데 재미있는 게 뭔가 하면—" 팀은 잠시 말을 멈추었다 다시 이었다. "니묄러**는 1차 세계대전 때 독일 해군으로 복무했지. 이후에 적극적으로 반나치 운동을 펼치며 목회 활동을 계속하다 1938년에 게슈타포에 붙잡혀 다하우로 압송됐고. 니묄러는 원래 평화주의자였지만, 기독교도들에

---

* 독일 태생 미국의 신학자, 철학자.
** 독일의 저명한 반나치 신학자, 목사.

게 히틀러를 상대로 항전할 것을 촉구했단다. 내가 보기에 발렌슈타인과 히틀러의 결정적인 차이점은, 사실 엄청난 공통점이기도 한데, 발렌슈타인은 황실에 충성을 맹세한 사람으로서—"

"잠시만요." 나는 갑자기 말허리를 자르고 욕실로 들어가 수납장을 열고 덱사밀이 있는지 확인했다. 없었다. 약병들이 하나도 없었다. 영국으로 들고 간 모양이었다. 지금 키어스틴과 팀의 여행가방 안에 들어 있을 것이다. 젠장.

나와 보니 키어스틴이 거실에 혼자 서 있었다. "너무, 너무 피곤해." 그녀가 힘없이 말했다.

"그래 보여요."

"피자는 도저히 소화를 못 시킬 것 같아. 자기가 나 먹을 것 좀 사다 줄래? 필요한 거 적어놨어. 뼈를 발라낸 닭고기, 병 안에 든 거 말이야. 그거랑 밥 아니면 면. 자, 이거야." 그녀는 쪽지를 내게 주었다. "돈은 팀이 줄 거야."

"저도 돈 있어요."

나는 외투와 핸드백을 놓아둔 방으로 들어갔다. 외투를 입는데 뒤에서 팀이 나타났다. 뭔가 할 말이 있어 입이 근질거리는 표정이었다.

"실러의 눈에 비친 발렌슈타인은 운명의 여신과 공모를 하다 자멸을 초래한 인간이었단다. 독일 낭만주의자 같았으면 이보다 엄청난 죄가 없다고 했겠지. 운명은 일종의 재판관으로 간주됐으니까." 그는 나를 따라 방에서 복도로 나왔다. "그런데 운명은 극복할 수 있다는 것이 괴테와 실러를 비롯해 그 일파가 제시한 기본 정신이었단다. 운명은 피할 수 없는 것이 아니라 인간이 허락하는 것이라고 본 거지. 무슨 말인지 알겠니? 그리스인들에게 운명은 '아난케'라고 해서 백 퍼센트 이미 결정된, 인간 외적인 힘이었지. 인과응보를 의미하는 네메시스와 동급으로 간주되는."

"죄송해요. 제가 지금 슈퍼에 다녀와야 해서요."

"피자를 배달시키는 게 아니고?"

"키어스틴이 몸이 안 좋아서 소화가 안 될 것 같대요."

팀은 내 옆에 바짝 붙어서 나지막이 중얼거렸다. "앤젤, 키어스틴이 정말 걱정이 되는구나. 병원에 가라고 해도 말을 안 듣는다. 위 아니면 담낭에 문제가 있는 것 같은데. 종합검진 받아보라고 네가 이야기 좀 해주겠니? 어떤 결과가 나올지 겁이 나는 모양이야. 몇 년 전에 자궁경부암에 걸렸던 거, 너도 알고 있지?"

"네."

"그러고 나서 자궁구봉합술을 받은 것도."

"그게 뭔데요?"

"자궁 입구를 봉합하는 수술이란다. 이런 이야기만 나오면 어찌나 불안해하는지 대화를 시도할 수가 없을 정도야."

"제가 얘기해볼게요."

"키어스틴은 제프가 자기 때문에 죽었다고 생각해."

"이런. 저도 저 때문인가 싶었는데."

거실에서 나온 키어스틴이 나에게 말했다. "진저에일도 좀 사다줄래? 부탁해."

"알았어요. 슈퍼 위치가—"

"우회전해서 네 블록 직진한 다음 좌회전해서 한 블록. 중국 사람들이 하는 조그만 식료품 가게인데, 거기 가면 내가 부탁한 거 다 있어."

"담배도 필요하지 않겠소?" 팀이 물었다.

"그러네요. 한 보루 사다 줘. 저타르 담배면 아무거나 괜찮아. 어차피 맛은 다 똑같으니까." 키어스틴이 말했다.

"알았어요."

내가 문을 열자 팀이 말했다. "내가 태워다주마." 밖으로 나가서 그가 주차해놓은 렌터카 앞에 섰는데, 그가 뒤늦게 열쇠를 안 들고 나왔다고 했다. "걸어가야겠구나." 그래서 우리는 한동안 아무 말 없이 걸었다.

"저녁 공기가 상쾌하네요." 이윽고 내가 입을 열었다.

"너하고 의논하고 싶은 문제가 있다. 원칙적으로 따지면 네 관할지구는 아니다만."

"저한테도 관할지구라는 게 있었어요?"

"네 전문 분야가 아니라는 뜻이야. 누구한테 이야기를 하면 좋을지 모르겠는데, 이 다마스쿠스 문서가 어떤 면에서는—" 그는 말을 멈추고 잠시 머뭇거렸다. "심란하다고 할까? 내 입장에서 심란하다는 말이다. 번역을 하고 보니 예수의 어록, 그러니까 예수의 말씀이 예수 탄생보다 거의 200년 전에 기록된 것으로 밝혀졌지 뭐냐."

"저도 그렇다고 들었어요."

"그럼 그가 하느님의 아들이 아니라는 뜻이 되거든. 사실상 삼위일체의 주장과 달리 성부가 아니었다는 거지. 앤젤, 네 입장에서는 이게 아무 문제도 안 되겠다만."

"네, 사실 그래요."

"우리가 예수를 그리스도, 그러니까 구세주 혹은 기름부음을 받은 자로 이해하고 받아들이는 데 결정적인 역할을 하는 게 어록이거든. 어록이 예수와 별개의 것으로 간주되면, 아무래도 그럴 것 같다만, 4복음서도 재평가해야 한단다. 공관복음서뿐 아니라 4복음서 전부를 말이다. 우리가 예수에 대해 아는 게 뭔지, 아는 게 있기나 한지, 그것도 다시 자문해보아야겠지."

"그냥 예수도 사두가이파였다고 하면 안 되나요?" 신문과 잡지에 실린 기사를 보았을 때 든 생각이 그거였다. 쿰란의 두루마리, 그러니까 사해 두루마리가 발견됐을 때에도 예수가 에세네파였다는 둥, 에세네파와 어느 정도 관계가 있다는 둥 상당히 시끄러웠다. 내가 보기에는 그러거나 말거나 뭐 그리 중요한 일인가 싶었지만. 팀과 나는 인도를 따라 천천히 걸었다. 나로서는 팀이 무엇을 걱정하는지 알 수가 없었다.

"다마스쿠스 문서에서 여러 번 언급된 미지의 인물이 있단다. 그를 지칭한 히브리어를 해석하면 '해설자'에 가장 가까울 텐데, 어록의 대부분이 누구인지 모를 이 인물의 작품이란 말이지."

"그럼 예수가 그 사람한테 전수받은 모양이네요. 아니면 어떻게 된 일인지 모르겠지만 원래 그 사람이 남긴 어록이든지."

"그러면 예수가 하느님의 아들이 아닌 게 되거든. 성육신하신 하느님, 인간의 몸을 입으신 하느님이 아닌 게 된단 말이다."

"하느님이 해설자에게 어록을 알려주신 모양이죠."

"그럼 해설자가 하느님의 아들이 되지 않겠니?"

"그렇네요."

"내가 요즘 이런 문제 때문에 괴롭구나. 아니, 괴롭다고 하면 과한 표현이고 신경이 쓰인다고 할까. 신경이 쓰일 수밖에. 복음서의 수많은 비유들이 예수보다 200년 먼저 등장한 두루마리에 적혀 있으니 말이다. 물론 어록이 전부 다 들어 있는 건 아니지만, 결정적인 부분들이 워낙 많이 겹치는구나. '나는' 으로 시작되는 예수의 그 유명한 자기 선언에 들어 있는 부활의 기본 강령까지 말이다. '나는 생명의 빵이다', '나는 길이다', '나는 좁은 문이다.' 이건 예수와 불가분의 관계거든. 첫 구절을 예로 들어볼까? '나는 생명의 빵이다. 내 살을 먹고 내 피를 마시는 사람은 영원한 생명을 누릴 것이며 내가 마지막 날에 그를 살릴 것이다. 내 살은 참된 양식이며 내 피는 참된 음료이기 때문이다. 내 살을 먹고 내 피를 마시는 사람은 내 안에서 살고 나도 그 안에서 산다.'* 내 말이 무슨 뜻인지 알겠니?"

"그럼요. 사두가이파 해설자가 그 말을 먼저 했다는 거죠?"

"그러더니 그 사두가이파 해설자가 영생을 주었지 뭐냐. 그

---

* 요한복음 6장 48~56절.

111

것도 성찬식을 통해서."

"대단한데요?"

"언젠가 Q문서를 발굴할 수 있기를, 전체가 안 되면 일부분만이라도 재구성할 방법이 있기를 모두가 소망했지만, Ur-Quelle이 예수보다 2세기나 먼저 기록된 것으로 밝혀지다니 어느 누구도 상상조차 못 했던 일이지 뭐냐. 그리고 또 한 가지—" 그는 잠깐 한숨을 돌렸다. "내가 지금 하는 말은 절대 비밀로 해주기 바란다. 아무한테도 이야기하면 안 돼. 아직 언론에 공개되지 않은 부분이거든."

"제 목숨을 걸고 맹세할게요."

"예수의 자기 선언에는 아주 특이한 사항이 결부되어 있는데, 복음서에도 없고 초기 기독교도들에게도 생소한 내용이란다. 최소한 초기 기독교도들이 이런 사실에 대해 알고 있었다든지 믿었다든지에 대해 기록으로 전해지는 바가 없어. 그런데—" 그는 갑자기 하던 말을 멈추었다 다시 이었다. "'빵'과 '피'가 진짜 빵과 피를 의미하는 것 같단 말이다. 사두가이파가 준비했던 특유의 빵과 음료가 기본적으로 '아노키'의 살과 피로 이루어졌던 거야. 해설자로 대변되고 상징되는 그 '아노키'의 살과 피로 말이다."

"그렇군요." 나는 고개를 끄덕였다.

"슈퍼가 어디 있을까?" 팀이 주변을 두리번거리며 물었다.

"한 블록쯤 더 가야 돼요."

팀은 열띤 말투로 하던 이야기를 계속했다. "그들이 먹은 게 무엇이었을까. 그들이 마신 게 무엇이었을까. 마치 구세주가 잔치를 베풀기라도 한 것처럼. 그로 인해 그들은 불멸의 존재가 되었고, 신자가 되었지. 영생을 얻었어, 그들이 먹고 마신 것으로 인해. 성체의 모태인 것만큼은 분명해. 구세주가 베푸는 잔치와 연관성이 있는 것도 분명하고. '아노키'. 항상 그 단어가 열쇠란 말이지. '아노키'를 먹고 '아노키'를 마시고 그 결과 '아노키'가 되었다는데. 하느님이 되었다는데……."

"기독교에서는 미사가 그런 거라고 하잖아요."

"조로아스터교에도 이와 유사한 의식이 있단다. 가축을 제물로 바치고 '하오마'라는 독한 술을 마셨지. 하지만 그 의식을 통해 신과 하나가 되었다고 생각할 근거는 없어. 그건 기독교회에서 성체의 역할이야. 기독교도는 성체를 통해 예수로 상징되는 하느님과 하나가 되지. 하느님이 되든지 아니면 하느님과 한 몸이고 하느님을 닮은, 하느님과 하나인 자가 되든지. 그런데 사두가이파에게는 '아노키'로 만든 빵과 음료가 성체의 역할을 했단 말이다. '아노키'는 순수한 자아自我, 히브리 민족의 하느님을 뜻하는 야훼의 순수한 의식을 가리키는 단어고 말이다."

"그럼 브라만이네요."

"응? 브라만?"

"인도의 브라만교에서 말하는 브라만이오. 브라만은 완전무결하고 순수한 의식을 갖춘 존재라고 했어요. 순수한 의식이고, 순수한 존재이고, 순수한 기쁨이라고요. 제가 기억하기로는 그래요."

"그럼 그들이 먹고 마셨다는 '아노키'는 뭘까?"

"하느님의 살과 피겠죠."

"그러니까 그 정체가 뭐냔 말이다." 그는 손짓을 곁들여가며 말했다. "앤젤, 그렇게 '하느님의 살과 피겠죠' 하고 종알거린 다고 다 되는 게 아니란다. 그런 식으로 입증해야 할 명제를 전 제로 설정해버리는 것을 논리학에서는 부당가정의 오류라고 하지. 하느님의 살과 피인 걸 누가 모르겠니. '아노키'라는 단 어를 보면 알 수 있지. 그런데—"

"아, 알겠다. 순환논리네요? 그러니까 아버님은 이 '아노키' 가 실제로 있다고 생각하시는 거죠?"

그는 걸음을 멈추고 나를 물끄러미 쳐다보았다. "그렇지."

"알겠어요. 그러니까 실제로 존재한다고 생각하시는 거죠?"

"하느님은 실제로 존재하는 분이다."

"그렇지 않아요. 하느님은 믿음의 문제죠. 저기 저 자동차처 럼 실제로 존재한다고 말할 수는 없잖아요." 나는 주차되어 있 는 트랜스앰을 가리키며 말했다.

"네가 아주 엄청난 착각을 하고 있구나."

나는 웃음을 터트렸다.

"누가 그러더냐? 하느님이 실제로 존재하지 않는다고."

"하느님은—" 나는 망설이다 다시 말을 이었다. "사물을 바 라보는 일종의 시각이죠. 해석하는 방법이랄까요? 하느님은 실 제로 존재하지 않아요. 이런저런 물건들처럼 그런 식으로 존재 하지 않아요. 예를 들어 벽에는 부딪칠 수 있지만, 하느님한테는 부딪칠 수 없잖아요."

"자기장은 실제로 존재하는 걸까?"

"그럼요."

"자기장에도 부딪칠 수가 없는데."

"하지만 종이 위에 쇳가루를 펼쳐놓으면 눈으로 확인할 수 있잖아요."

"하느님의 증거가 온 사방에 있는걸. 이 세상 곳곳에, 이 세상 속에."

"그렇게 생각할 수도 있겠죠. 저는 그렇게 생각하지 않지만."

"하지만 이 세상이 너의 눈에도 보이지 않니?"

"보여요. 하지만 하느님의 증거는 안 보이는데요."

"조물주가 아니면 누가 이 세상을 창조했겠니?"

"창조된 게 아닐 수도 있잖아요."

"내가 하고 싶은 말은, 어록이 예수보다 200년 먼저 기록된 거라면 복음서의 진위가 의심스러워지고, 복음서의 진위가 의심스러워지면 예수가 하느님이라는, 하느님 자체라는, 성육신 하신 하느님이라는 증거가 사라지고, 따라서 우리 믿음의 근간이 사라진다는 거다. 예수가, 영생을 선물한다는 '아노키'라는 뭔지 모를 것을 먹고 마셨던 유대교의 한 종파를 대변하는 일개 선생으로 전락해버릴 테니까."

"영생을 선물하는 게 아니라 그렇게 믿었던 거겠죠." 내가 따지고 들었다. "실제로 그랬던 건 아니잖아요. 약초로 암을 치료할 수 있다고 믿는 사람들도 있지만 사실이 아닌 것처럼요."

조그만 슈퍼에 도착하자 우리는 잠시 멈추어 섰다.

"너는 기독교도가 아니로구나."

"아버님, 전부터 알고 계셨잖아요. 저, 아버님 며느리예요."

"나는 사실 내가 기독교도인지 잘 모르겠다. 이제는 이 세상에 기독교라는 게 있는지도 잘 모르겠고. 그래도 일어나 사람들 앞에서 설교를 해야겠지. 성직자이자 목자로서의 의무를 다 해야겠지. 예수가 하느님이 아니라 일개 선생이고, 심지어 원조 선생도 아니었다는 생각을 하면서. 그의 가르침이 한 종파의 신념을 집약한 공동 작품이었다는 생각을 하면서."

"그래도 하느님이 하신 말씀일지 모르잖아요. 하느님이 그걸 사두가이파에 전하신 것일 수도 있고요. 해설자에 대해 또 다른 내용은 없어요?"

"최후의 날에 재림해 종말을 심판한다더구나."

"멋진데요?"

"조로아스터교에도 그런 이야기가 있지. 이란의 여러 종교와도 겹치는 부분이 너무 많아……. 유대인들이 그 당시 자신들의 종교에 이란의 색채를 가미해서……." 그는 말끝을 흐렸다. 나와 슈퍼와 심부름은 잊은 게 분명했다.

나는 기운 내라는 뜻에서 "학자와 번역자들이 이 '아노키'에 대해서 뭔가 찾아내겠죠"라고 했다.

"하느님에 대해서도." 그는 혼잣말처럼 내 말을 따라했다.

"그게 어디서 난 건지 찾아내겠죠. 흙에서 솟아났는지, 나무에서 떨어졌는지."

"왜 그런 소리를 하는 게냐? 무슨 생각으로 그런 소리를 하는 게야?" 그는 화가 난 사람처럼 말했다.

"뭐가 있어야 빵을 만들잖아요. 뭘로든 빵을 만들어야 먹을 수 있는 거잖아요."

"예수님은 비유를 드신 거다. 진짜 빵을 말씀하신 게 아니라."

"예수님은 그랬을지 몰라도 사두가이파는 진짜 빵을 말한 것 같은데요?"

"나도 그런 생각이 들더구나. 일부 번역자들도 그러고. 진짜 빵과 진짜 음료를 이야기하는 것 같다고. '나는 양이 드나드는 문이다.'* 예수님이 자기가 나무로 만들어진 문이라는 뜻에서 이런 말씀을 한 건 아니겠지. '나는 참 포도나무요, 나의 아버지는 농부이시다. 나에게 붙어 있으면서 열매를 맺지 못하는 가지는 아버지께서 모조리 쳐내시고 열매를 맺는 가지는 더 많은 열매를 맺도록 잘 가꾸신다.'"**

"그럼 덩굴에서 열리는 거겠네요. 덩굴을 찾아보세요."

"말도 안 되는 세속적인 소리."

"왜요?"

팀은 버럭 역정을 냈다. "'나는 포도나무요, 너희는 가지다.'*** 이게 정말 포도나무를 가리켜 하는 말이겠니? 영적인 나무가 아니라 실체가 있는 나무일까? 사해 사막에서 자라는 나무?" 그는 손짓을 섞어가며 하던 이야기를 계속했다. "'나는 세

* 요한복음 10장 7절.
** 요한복음 15장 1~2절.
*** 요한복음 15장 5절.

상의 빛이다.'* 그러니까 예수님한테 대고 비추면 신문을 읽을
수 있다는 뜻일까? 이 가로등처럼?"

"그럴지도 모르죠. 이를테면 디오니소스는 포도나무였잖아
요. 디오니소스가 술에 취한 숭배자들에게 빙의해 언덕과 들판
을 마구 달리고 소를 때려죽이고 그랬잖아요. 짐승을 산 채로
잡아먹고."

"그러고 보니 비슷한 구석이 있구나."

우리는 같이 조그만 슈퍼 안으로 들어갔다.

---

* 요한복음 8장 12절.

06

팀과 키어스틴이 영국으로 돌아가기 전에 성공회 주교회의에서 그의 이단 가능성을 논의하기 위해 회의를 소집했다. 그를 비난한 돌대가리 주교들—보다 점잖게 표현하자면 보수파 주교들—은 그를 효과적으로 공략하지 못하고 자기들이 얼마나 한심한 바보인지 만인 앞에서 보여주었다. 팀은 주교회의에서 공식적으로 혐의를 벗었다. 이 사건은 신문과 잡지에서도 당연히 다루어졌다. 평소 같았어도 전혀 걱정할 필요가 없는 사건이었을 텐데, 제프의 자살로 인해 동정표마저 차고 넘쳤다. 원래부터 인기가 있던 팀에게 불행한 개인사까지 더해지니 전보다 더 인기가 많아졌다.

어느 책에선가 플라톤이 말하길 왕을 죽이려거든 확실히 숨통을 끊어야 된다고 했다. 보수파 주교들은 팀을 타도하지 못

하고 전보다 더 강성한 인물로 만들어버렸다. 패배라는 게 원래 그런 거지만, 역효과라 할 만큼 분위기가 역전돼버렸다. 이제 팀도 알다시피 미국성공회 교단에서 그를 무너트릴 수 있는 사람은 아무도 없었다. 그를 무너트릴 수 있는 사람은 오로지 자기 자신밖에 없었다.

나나 내 생활에 대해 이야기할 것 같으면, 나는 제프와 함께 사들인 집의 주인이 되었다. 제프는 아버지의 고집에 못 이겨 유언장을 써놓았다. 나에게 넘어온 재산이 많지는 않지만 그게 제프의 전 재산이었다. 원래부터 내가 실질적인 가장이었으니 경제적으로도 아무 문제가 없었다. 나는 계속 법률사무소 겸 향초숍에서 근무했다. 처음에는 제프가 죽었으니 팀이나 키어스틴과도 사이가 점점 멀어지지 않을까 싶었다. 그런데 그렇지가 않았다. 팀은 나를 편한 대화 상대로 생각하는 눈치였다. 하기는 비서 겸 에이전트와의 관계를 아는 몇 안 되는 사람 중 한 명이었으니까. 게다가 그 둘을 맺어준 사람도 나였고.

그뿐 아니라 팀은 친구를 저버리지 않는 사람이었다. 나는 그에게 친구 이상의 존재였다. 우리 둘은 서로를 무척 사랑했고, 그로 인해 서로를 이해했으니까. 우리는 말 그대로 좋은 친구였다. 그는 워낙 급진적인 시각을 가지고 있었고 황당한 이론들을 숱하게 제기했던 캘리포니아 주교지만, 가까운 사람들 앞에서는 (아주 좋은 의미에서) 그냥 옛날 사람이었다. 그리고 친구한테 끝까지 의리를 지키는 사람이었다. 키어스틴과 팀도 제프처럼 내 곁을 떠나고 나서 몇 년 뒤에 내가 메리언 작가에게 쓴 편지에서 이야기했던 것처럼, 세간에서는 잊힌 사실이지만 아처 주교는 친구들을 사랑했고 절대 저버리지 않았다. 그의 이력이나 승진에 도움이 안 되는 친구, 실질적으로 득이 안 되는 친구라도 마찬가지였다. 나 역시 별 볼일 없는 법률사무소에서 사무직원으로 일하는 젊은 여자였다. 팀은 나와의 관계에서 얻는 게 아무것도 없었다. 그럼에도 불구하고 죽는 날까지 나와의 끈을 놓지 않았다.

키어스틴은 제프가 세상을 떠난 뒤 건강이 점점 악화됐고 결국 복막염 진단을 받았다. 죽을 수도 있는 병이라고 했다. 어마어마한 치료비는 주교가 부담했다. 그녀는 샌프란시스코에서 첫째가는 병원의 집중치료실에 열흘을 입원해 있었는데, 병문안 오는 사람도, 걱정해주는 사람도 아무도 없다고 쓸쓸한 목소리로 푸념을 늘어놓았다. 팀이 미국 전역을 돌아다니며 설교를 하는 틈틈이 들렀지만 그 정도로는 성에 차지 않았던 것이다. 그녀가 생각하기에는 그녀를 대하는 나의 태도 역시 기대에 못 미쳤다. 그녀는 나와 함께 있는 내내 팀과 자신의 인생사를 놓고 일방적인 넋두리를 늘어놓았다. 그만큼 나이를 먹은 것이다.

'나이는 숫자에 불과하다'는 말은 거의 무의미하다는 생각이 든다. 나이와 병 앞에 당할 장사가 없으니, 이 말은 키어스틴 룬드보그가 겪은 것 같은 충격을 겪어보지 않은 건강한 사람들한테나 해당되는 헛소리랄까. 그녀의 아들 빌은 인간이 어디까지 미칠 수 있는지 한계를 시험하는 데에 무한한 능력을 발휘했고, 그녀는 그것을 자기 탓이라고 생각했다. 뿐만 아니라 그녀와 팀의 관계가 제프를 자살로 이끈 결정적인 이유라는 것도 알고 있었다. 그녀는 나를 모질게 대했다. 죄책감 때문인지, 제프가 자살한 사건의 최대 피해자라 할 수 있는 나를 주기적으로 괴롭히는 듯했다.

그녀와 나는 이제 친구라고 할 수도 없었다. 그래도 나는 근사하게 차려입고, 그녀가 먹지 못하는 음식이나 입지 못하는 옷이나 쓰지 못하는 물건을 사 들고 병문안을 갔다.

"병원에서 담배를 못 피우게 해." 한번은 그녀가 인사 대신 이렇게 말한 적이 있었다.

"당연하죠. 또 지난번처럼 이불에 불붙이려고요?" 그녀는 입원하기 몇 주 전에 이 사건으로 질식해 죽을 뻔했다.

키어스틴이 말했다. "실 좀 사다 줘."

"실요?"

"스웨터 뜨려고. 주교님 선물로." 그녀는 선택한 단어와는 전혀 어울리지 않는 목소리로 말했다. 그녀의 말투에서 어느 누구도 다가가기 힘든 적개심이 느껴졌다. "주교님이 스웨터가 필요하거든."

그녀가 이렇게 앙심을 품은 것은 팀이 혼자서 아무 무리 없이 업무를 처리하고 있기 때문이었다. 그는 지금 캐나다까지 건너가 어딘가에서 설교를 하고 있었다. 키어스틴은 한동안 자기가 없으면 팀이 일주일도 못 버틸 거라고 주장했다. 그런데 병원에 입원하고 보니 그게 아니었던 것이다.

"멕시코 사람들은 왜 아이들이 흑인하고 결혼하는 걸 싫어하게?" 키어스틴이 물었다.

"그럼 도둑질도 못 할 만큼 게으른 아이가 태어날 테니까요."

"흑인은 언제부터 검둥이라고 불리게?"

"방 밖으로 나가는 순간부터요." 나는 그녀의 침대와 마주 놓인 플라스틱 의자에 앉았다. "가장 안전하게 운전할 수 있는 시간은 언제게요?"

그녀는 사나운 눈초리로 나를 노려보았다.

"조만간 퇴원할 수 있을 거예요." 나는 기운 내라는 뜻에서 이렇게 말했다.

"절대 그럴 일 없을걸? 주교님은 이미―흥, 그러거나 말거나― 몬트리올에서 어느 여자 엉덩이를 주무르고 있겠지. 아니면 가는 곳마다 그러고 있든지. 주교님이 두 번째 만났을 때 날 쓰러트린 거 알아? 버클리에 있는 식당에서 처음 만나고 그다음 번에 만났을 때."

"저도 처음 만나는 자리에 있었잖아요."

"그래서 그날은 참은 거야. 안 그랬으면 그날 쓰러트렸을걸? 놀랍지 않아? 그것 말고도 몇 가지 더 있는데…… 말 안 할 거야." 그녀는 말을 멈추고 얼굴을 찡그렸다.

"잘 생각했어요."

"잘 생각하다니 뭘? 자기한테 말 안 하겠다는 거?"

"무슨 일이 있었는지 말하시면 저, 일어나서 나가버릴 거예요. 상담사가 저더러 선배하고 선을 분명히 그으라고 했거든요."

"어머, 그렇구나. 자기도 정신상담을 받는구나. 우리 아들처럼. 둘이 아주 죽이 잘 맞겠다. 작업 치료 받는답시고 찰흙으로 뱀도 만들고."

"갈게요." 나는 자리에서 일어섰다.

"이런 염병! 앉아." 키어스틴은 성질을 부렸다.

"스톡홀름의 보호시설에서 탈출한 스웨덴 다운증후군 환자가 어떻게 됐게요?"

"몰라."

"찾아보니까 노르웨이에서 아이들을 가르치고 있더래요."

키어스틴은 웃음을 터트렸다. "죽을래?"

"아뇨. 지금 잘 살고 있거든요."

"그렇겠지." 그녀는 고개를 끄덕였다. "런던으로 돌아갔으면 좋겠다. 자기는 런던 못 가봤지?"

"돈이 부족했잖아요. 주교님의 개인 활동비로 제프하고 저까지 감당할 수는 없었으니까요."

"아, 그래. 내가 다 써버렸지."

"거의 다 써버렸죠."

"갈 데가 아무 데도 없었어. 팀은 그 지긋지긋한 늙다리 번역자들하고 붙어 다녔고. 예수가 가짜였다는 이야기, 그이가 했지? 대단하지 않아? 예수의 어록이며 자기 선언이 완전히 엉뚱한 사람의 작품이었다는 게 2000년이 지난 지금에서야 밝혀지다니. 팀이 그렇게 풀 죽은 모습은 처음 봤어. 아파트에 앉아서 날이면 날마다 바닥만 멍하니 쳐다보더라."

124

나는 아무 대꾸도 하지 않았다.

"그게 중요한 문제일까? 예수가 가짜였던 거 말이야."

"저한테는 아무 상관없는 일이에요."

"중요한 부분은 아직 발표 전이야. 버섯 말이야. 가능한 한 끝까지 비밀에 부치려는 모양인데—"

"버섯이라뇨?"

"'아노키' 말이야."

나는 의심스러워하는 투로 물었다. "'아노키'가 버섯이라고요?"

"버섯이야. 그 당시에 버섯을 '아노키'라고 했대. 사두가이파가 동굴에서 길렀다더라."

"맙소사."

"그걸로 버섯 빵을 만들고, 국물을 내서 마셨다더라. 빵은 먹고 국물은 마시고. 성찬식에 필요한 살과 피가 그렇게 생겨난 거야. '아노키'는 독버섯이었는데, 사두가이파가 독성을 없애는 방법을 발견했대. 죽지 않을 정도로. 그래서 그걸 먹으면 환각을 일으켰다고 해."

나는 웃음이 터졌다. "그럼—"

"그렇지, 쾌감을 느꼈던 거지." 키어스틴까지 웃음을 터트렸다. "그런데 팀은 그들이 헤이트 애시베리*의 아이들처럼 환각 여행을 떠난 것에 불과하다는 사실을 빤히 알면서도 매주 일요일이면 그레이스에서 성찬식을 주관해야 하는 거야. 나는 그

---

* 샌프란시스코에 십자형으로 펼쳐진 거리로 히피 문화의 발상지.

사실을 알게 됐을 때 팀이 자살할 줄 알았어."

"그럼 예수가 사실은 마약 거래상이었던 거네요?"

그녀는 고개를 끄덕였다. "아직은 가설에 불과하지만 열두 명의 사도들은 이 '아노키'를 예루살렘으로 밀반입하려다 붙잡힌 거고. 존 알레그로의 추측과 일치하는 거지. 자기도 그 사람 책 읽었는지 모르겠다. 근동어 방면에서 손꼽히는 학자인데. 쿰란 두루마리의 공식 역자였고."

"안 읽어봤지만 누구인지는 알아요. 제프한테 종종 이야기 들었거든요."

"알레그로는 신약성서 안에 들어 있는 증거를 통해 초기 기독교도들이 버섯을 떠받든 비밀 종교 집단이었다는 결론을 내렸지. 그러고 나서 프레스코 그림인지 벽화인지 모르겠지만 아무튼 초기 기독교도들이 커다란 감대버섯을 들고 있는 그림을 발견했는데—"

"감대버섯이 아니라 광대버섯이에요." 내가 바로잡았다. "빨간색이죠. 독성이 어마어마하고. 그러니까 초기 기독교도들이 그걸 해독하는 방법을 알고 있었다는 거로군요."

"알레그로가 주장한 바로는 그래. 그 사람들, 만화도 봤대." 키어스틴은 키득거렸다.

"정말 '아노키'라는 버섯이 있어요?" 나는 버섯이라면 일가견이 있었다. 이래 봬도 제프와 결혼하기 전에는 아마추어 진균학자였다.

"그 당시에는 있었나 봐. 지금은 그게 어떤 버섯인지 아무도 모르지만. 다마스쿠스 문서에서는 아직까지 아무 설명이 없어. 어떤 버섯인지, 지금도 있는 버섯인지 알 길이 없지."

"환각 정도가 아니라 그보다 더한 작용을 일으켰을지도 몰라요."

"예를 들면 어떤 거?"

바로 그때 간호사가 내 옆으로 다가왔다. "이제 그만 일어나셔야겠는데요."

"알았어요." 나는 자리에서 일어나 외투와 핸드백을 집어 들었다.

키어스틴이 "귀 좀"이라고 하며 자기 쪽으로 손짓했다. 그러더니 내 귀에 대고 속삭였다. "난교 파티."

나는 작별의 입맞춤을 하고 병원을 나섰다.

버클리로 돌아가서 버스를 타고 제프와 함께 살던 낡고 조그만 농가에 도착해 그 앞길을 걸어가는데, 현관 한쪽 모퉁이에 웅크리고 있는 젊은 남자가 보였다. 나는 누굴까 의아해하며 조심스럽게 발걸음을 멈추었다.

남자는 땅딸막한 금발이었고, 기분 좋게 웅크리고 현관문 앞에 앉아 있는 내 고양이 매그니피슨트를 쓰다듬고 있었다. 나는 그 광경을 잠시 지켜보며 열심히 머리를 굴렸다. 외판원일까? 남자는 지나치게 헐렁한 바지와 밝은색 셔츠를 입고 있었다. 매그니피슨트를 쓰다듬으면서 짓고 있는 표정은 너무나 평화로웠다. 내가 지금껏 접한 인간의 표정 중에서 가장 평화로웠다. 그는 내 고양이를 만난 적이 한 번도 없을 텐데, 나로서는 낯설게 느껴지는 애정과 사랑을 발산하고 있었다. 초기에 만들어진 아폴론 조각상이 그렇게 기분 좋은 미소를 짓고 있었는데. 그는 매그니피슨트를 쓰다듬는 데 푹 빠져서 바로 옆에 다가온 나의 존재를 알아차리지 못했다. 나는 넋을 잃은 채 물끄러미 바라보았다. 다른 건 둘째 치고 낯선 사람에게 절대 곁을 주지 않는 우악스러운 수고양이 매그니피슨트의 얌전한 반응이 놀라웠다.

문득 그가 고개를 들더니 수줍은 듯 웃으며 어색하게 일어섰다. "안녕하세요."

"안녕하세요." 나는 조심스럽게, 아주 천천히 그가 있는 쪽으로 걸어갔다.

"이 고양이를 만나서요." 그는 계속 웃는 얼굴로 눈을 깜빡였다. 악의라고는 전혀 없는 순수한 눈빛이었다.

"내가 키우는 고양이예요."

"이름이 뭐예요?"

"수고양이고 이름은 매그니피슨트예요."

"정말 예뻐요."

"누구세요?"

"키어스틴의 아들이에요. 이름은 빌이고요."

파란 눈과 금발의 출처가 밝혀지는 순간이었다. "난 앤젤 아처라고 해요."

"알아요. 만난 적 있잖아요. 하지만—" 그는 말을 멈추고 잠

깐 머뭇거렸다. "몇 년 전인지 모르겠네요. 전기쇼크 치료를 받아서…… 기억력이 별로 좋지 않아요."

"맞아요. 그러고 보니 만난 것 같네요. 지금 댁의 어머니 병문안을 다녀오는 길이에요."

"화장실 좀 써도 될까요?"

"그러세요." 나는 핸드백에서 열쇠를 꺼내 현관문을 열었다. "지저분해서 죄송해요. 일을 하다 보니 청소할 시간이 없거든요. 화장실은 뒤쪽, 부엌 옆에 있어요. 이쪽으로 쭉 가면 돼요."

빌 룬드보그는 화장실에 들어가면서 문을 닫지 않았다. 그가 요란하게 볼일을 보는 소리가 내 귀에까지 들렸다. 나는 주전자에 물을 붓고 레인지에 올려놓았다. 이상하네. 나는 이런 생각이 들었다. 이런 아들을 두고 그렇게 빈정거리다니. 다른 사람들한테 빈정거리는 것처럼.

다시 나타난 빌 룬드보그는 어색하게 서서 나를 향해 웃어 보였다. 불편해하는 기색이 역력했다. 그는 변기 물을 내리지도 않았다. 바로 그때, 퍼뜩 생각이 났다. 정신병원에서 곧장 오는 길이로구나. 한눈에 알 수 있었다.

"커피 마실래요?"

"좋죠."

매그니피슨트가 부엌으로 들어왔다.

"쟤, 몇 살이에요?" 빌이 물었다.

"모르겠어요. 개한테 당하는 걸 내가 구해줬거든요. 새끼 고양이가 아니라 다 큰 다음에. 이 동네 어딘가에서 살고 있었을 거예요."

"우리 어머니는 어때요?"

"아주 잘 계세요." 나는 의자를 가리켰다.

"앉으세요."

"감사합니다." 그는 자리에 앉아 팔을 식탁에 올려놓고 손깍지를 꼈다. 얼굴이 너무 새하얬다. 실내에만 있어서 그런 모양이었다. 계속 갇혀 지내서. "고양이, 마음에 들어요."

"밥 줘볼래요?"

나는 냉장고를 열고 고양이 사료가 든 깡통을 꺼냈다.

나는 빌이 매그니피슨트에게 밥을 먹이는 광경을 가만히 구경했다. 그는 아주 중요한 일이라도 하는 것처럼 온 신경을 기울여 숟가락으로 조심스럽고 꼼꼼하게 사료를 떴다. 그러면서 시선을 떼지 않고 매그니피슨트를 빤히 쳐다보다 다시 미소를 지었다. 어찌나 감동적인지 몸이 움찔거릴 정도였다.

나를 치소서, 오 하느님. 웬일로 이 문장이 생각났다. 나를 치고 죽이소서. 병원에서 이 사랑스러운 아이를 아무것도 남지 않을 때까지 망쳐놓았나이다. 병을 고친답시고 머릿속 회로를 태워버렸나이다. 하얀 가운을 입은 우라질 사디스트들. 그런 자식들이 인간의 심장에 대해 뭘 안다고. 나는 울고 싶었다.

그는 다시 돌아갈 것이다. 키어스틴이 그랬다. 평생 병원을 들락거리며 살아야 할 것이라고. 우라질 개자식들.

　　내 심장을 치소서, 삼위일체이신 하느님, 당신은 지금껏

나를 두드리고 풀무질하고 다듬고 또 고치려고만 하셨으나

내가 일어설 수 있도록 나를 집어던지고

당신의 온 힘을 기울여 깨트리고 때리고 태우고 새롭게 만드소서.

나는 강탈당한 마을처럼, 또 다른 그날까지

당신을 받아들이려 애를 쓰나이다. 오, 하지만 그날이 올는지요.

내 안에서 당신을 대신하는 이성이 나를 지켜주지 못하고

넋을 잃은 나약하고 부정한 존재로 전락하였나이다.

나는 진실로 당신을 사랑하고, 또 사랑받고자 하오나

당신의 적과 언약이 되어 있나니

나를 파혼시켜주시고 가두어주소서, 나는

당신이 구속하지 않는 한 영원토록 자유롭지 못하며

당신이 범하지 않는 한 결코 순결할 수 없나이다.*

꼬질꼬질한 고양이에게 밥을 먹이는 빌 룬드보그를 바라보는데, 내가 좋아하는 영국 시인 존 던의 이 시가 문득 떠올랐다.

그러면서 나는 하느님을 비웃지. 팀의 가르침과 믿음과 다양한 상황에서 그가 느끼는 괴로움을 이해 못 하겠다고 하면서. 나는 나 자신을 속이고 있다. 나만의 방식으로 힘겹게 이해하고 있으면서. 아무것도 모르는 고양이에게 밥을 먹이는 저 아이를 보라. 머릿속이 갈기갈기 찢긴 불구가 되지 않았더라면 그는 수의사가 됐을지 모른다. 키어스틴이 뭐라고 그랬더라? 운전을 무서워한다고, 쓰레기를 치우지 않는다고, 목욕도 하지

---

* 존 던, 「내 심장을 치소서 *Batter My Heart*」

않고 울기만 한다고. 나도 운다. 그리고 나도 가끔 쓰레기를 산더미처럼 쌓아놓는다. 한번은 호프먼가에서 옆면을 받힐 뻔하고 나서 차를 길가에 세운 적도 있다. 그럼 나도 갇혀야겠네. 사람들 전부 다 갇혀야겠네. 이런 사람이 아들인 게 키어스틴의 고통이란 말인가?

빌이 말했다. "더 먹일 거 없어요? 아직도 배고파하는 것 같은데."

"냉장고에 있는 거 아무거나 먹여요. 그쪽은 뭐 안 먹을래요?"

"네, 괜찮아요." 그는 성질 고약한 고양이를 다시 쓰다듬었다. 어느 누구에게든 단 일 분도 곁을 허락한 적 없는 고양이를. 그는 이 고양이를 길들여놓았다. 자기가 길들여진 것처럼.

"버스 타고 왔어요?" 내가 물었다.

"네." 그는 고개를 끄덕였다. "면허증을 병원에서 가져갔어요. 예전엔 운전을 했는데―" 그는 말을 하다 말고 입을 다물었다.

"나도 버스 타요."

내 말에 빌이 다시 입을 열었다. "예전에는 진짜 근사한 차 몰았어요. 56년형 세비. 8단 기어가 달린 수동식. 쉐보레가 8단 기어 차를 만든 지 2년밖에 안 된 때였어요. 처음으로 만든 게 55년이었거든요."

"아주 비싼 차죠?"

"네. 한동안 좀 더 높고 짧은 차체를 고집하던 쉐보레가 차체를 그런 스타일로 바꾼 다음이었거든요. 55년형하고 56년형의 차이는 전면 그릴이에요. 그릴에 깜빡이가 달린 게 56년형이죠."

"지금 어디 살아요?" 내가 물었다. "시내에 살고 있어요?"

"집 없어요. 내퍼에서 지난주에 나왔어요. 어머니가 아프다고 내보내준 거예요. 여기까지 차를 얻어 타고 왔어요. 어떤 남자가 쉐보레 콜벳 스팅레이를 태워주더라고요." 그는 미소를 지으며 하던 이야기를 계속했다. "콜벳은 매주 고속도로를 달려주지 않으면 엔진에 먼지가 쌓여요. 매연을 사방으로 뿜어내죠. 유리섬유로 만든 차체는 마음에 안 들어요. 수리가 안 되거든요. 하지만 예쁘기는 하죠. 그 사람 차는 하얀색이었어요. 연식은 들었는데 잊어버렸네요. 160킬로미터까지 밟았는데, 콜벳을 타고 있으면 경찰이 자꾸 뒤에서 쫓아와요. 속도위반을 하겠지 생각하면서. 중간에 고속도로 순찰대가 따라붙는가 싶더니 사이렌을 켜고 달려가더라고요. 어디선가 응급 상황이 터졌나 봐요. 경찰이 우리 옆을 지나갈 때 우리 둘이서 가운뎃손가락을 들어 보였어요. 기분 나빴겠지만 딱지를 끊지는 않더라고요. 워낙 급하게 출동하던 길이라."

나는 최대한 자연스럽게 무슨 일로 나를 찾아왔느냐고 물었다.

"물어볼 게 있어서요. 예전에 당신 남편을 만난 적이 있어요. 당신은 그때 없었어요. 출근을 했나 그랬고, 그분 혼자 집에 있더라고요. 이름이 제프였죠?"

"맞아요."

"뭘 묻고 싶은가 하면—" 빌은 잠시 머뭇거렸다. "그분이 왜 자살을 했는지 알 수 있을까요?"

"그런 일에는 수많은 요인들이 얽혀 있지 않을까요?" 나는 식탁에 앉아서 그를 마주 보았다.

"그분이 우리 어머니를 사랑했다는 거 알아요."

"아, 알고 있었어요?"

"네, 어머니한테 들었어요. 그게 가장 큰 이유였나요?"

"그럴지도 모르죠."

"또 다른 이유로는 뭐가 있었는데요?"

나는 아무 대답도 하지 않았다. 그러자 그가 말했다.

"하나만 알려주세요, 딱 하나만요. 그분, 정신병을 앓고 있었나요?"

"상담 치료는 받고 있었지만 강도 높은 치료는 아니었어요."

"제가 생각해봤는데, 그분은 우리 어머니 때문에 자기 아버지한테 화가 났을 거예요. 그런 경우 많거든요. 병원, 그러니까 정신병원에 있으면 자살을 시도한 사람들을 많이 만날 수 있어요. 그런 사람들을 보면 손목에 꿰맨 자국이 있는데 그걸로 자살을 시도한 사람인 걸 알아볼 수 있어요. 그런 식으로 자살하려면 혈관의 방향을 따라서 팔뚝을 그어야 해요." 그는 자기 맨팔을 손가락으로 가리키며 방법을 알려주었다. "대부분 혈관과 직각으로 손목을 긋잖아요? 그럼 안 돼요. 한 번은 이런 남자도 있었어요. 자기 팔을 그었는데 상처가 길이는 25센티미터에다가―" 그는 잠깐 말을 멈추고 머릿속으로 계산을 했다. "너비는 6밀리미터쯤 됐어요. 그런데도 다 꿰맸어요. 몇 개월을 입원

134

해 있었는지 몰라요. 그 사람이 집단 치료 시간 때 말하길 벽에 붙은 눈알이 되고 싶다고 했어요. 자기는 누구든 볼 수 있지만 아무도 자기를 볼 수 없게. 무슨 일이 벌어지든 절대 끼지 않고 관찰만 하고 싶다는 거죠. 보고 듣기만 하고 싶은 거예요. 그러려면 귀도 있어야겠지만."

나는 뭐라고 거들면 좋을지 생각이 나지 않았다. 빌은 하던 이야기를 계속했다.

"망상증 환자들은 다른 사람들이 자기를 쳐다보는 것에 대해 공포를 느껴요. 그러니까 그런 환자들 입장에서는 남들한테 안 보이는 게 중요한 문제죠. 우리 병원에는 남들이 보는 앞에서 밥을 못 먹는 여자가 있었어요. 항상 쟁반을 자기 병실로 들고 가서 먹었어요. 먹는 행위를 더럽다고 느꼈나 봐요." 그는 웃었다. 나는 겨우 마주 웃을 수 있었다.

정말 이상했다. 꿈을 꾸고 있나 싶을 만큼 엉뚱한 대화였다.

빌이 다시 이야기했다. "제프는 적개심이 이글거렸어요. 아버지를 향한 적개심, 우리 어머니를 향한 적개심 그리고 당신을 향한 적개심. 그런데 당신을 향한 적개심은 심하지 않았을 거예요. 여길 찾아온 날, 둘이서 당신 이야기를 했어요. 언제였는지는 깜빡했네. 2박 외출 허가를 받은 때였는데. 그때도 차를 얻어 타고 왔어요. 차 얻어 타는 거, 어렵지 않아요. '동행 사절'이라고 쪽지를 붙여놓은 트럭이 태워주더라고요. 무슨 화학 약품인가를 싣고 가던 트럭이었는데, 독극물은 아니라고 했어요. 인화성 물질이나 독극물을 싣고 가는 트럭은 안 태워주겠

135

죠? 그러다 사고가 나서 죽거나 중독이라도 되면 보험금을 탈탈 털어서 보상을 해줘야 할지도 모르니까요."

이번에도 뭐라고 거들면 좋을지 생각이 나지 않았다. 나는 그저 고개를 끄덕였다.

"법적으로는 차를 얻어 타고 가다 다치거나 죽더라도 운전자에게 책임을 물을 수 없어요. 자기가 에라, 모르겠다 한 거니까요. 그래서 차를 얻어 타고 가다 무슨 일이 생기더라도 고소할 수 없어요. 캘리포니아 법으로는 그래요. 다른 주는 어떤지 모르겠지만."

"맞아요. 제프는 자기 아버지한테 화가 많이 났어요."

"당신은 우리 어머니를 미워하나요?"

나는 잠깐 생각을 해보다 대답했다. "네. 미워해요."

"왜요? 우리 어머니가 잘못한 게 아니잖아요. 자살은 자살한 사람의 책임인걸요. 우리는 그렇게 배웠어요. 병원에선 배우는 게 많거든요. 바깥 사람들은 절대 모르는 것들을 아주 많이 배워요. 현실에 대해서 가르쳐주는 특강인데, 따지고 보면—" 그는 손짓을 섞어가며 이야기를 계속했다. "모순이죠. 거기 사람들이 거기 있는 이유는 현실을 직시할 수 없기 때문인데, 그래서 결국 내퍼 같은 주립 정신병원 신세를 지게 된 건데, 느닷없이 바깥 사람들보다 훨씬 많은 현실을 직시해야 하니 말이에요. 그런데 다들 잘 적응해요. 환자들끼리 서로 돕는 아주 뿌듯한 광경도 여러 번 목격했어요. 한번은 50대쯤 된 아주머니가 저한테 '내가 비밀 하나 알려줄까?' 하더니 절대 비밀을 지키겠다고 맹세를 하래요. 그래서 아무한테도 말하지 않겠다고 약속했죠. 그랬더니 '나, 오늘 밤에 자살할 거야.' 그러는 거예요. 어떤 식으로 자살할 건지 설명까지 해가면서. 거긴 폐쇄 병동이 아니에요. 이 아주머니는 주차장에 차를 세워놓고 몰래 열쇠를 가지고 있었어요. 병원 직원들은 열쇠를 다 수거한 줄 아는데, 사실 아주머니가 하나를 안 내놓고 있었던 거죠. 그래서 저는 어떻게 하면 좋을까 곰곰이 생각을 해봤어요. 거트먼 박사님한테 알려야 할까? 거트먼 박사님이 우리 병동 책임자였거든요. 결국 제가 어떻게 했는가 하면 슬그머니 주차장으로 가서—아주머니가 차를 어디 세워놓았는지 알고 있었거든요—전선을 없애버렸어요. 말씀드리면 아실까 모르겠는데, 점화 코일하고 배전기를 연결하는 전선 말예요. 그게 없으면 시동이 안 걸리거든요. 간단해요. 험악한 동네에 차를 세워놨는데 누가 훔쳐갈 것 같다 싶으면 그 전선을 뽑아버리면 돼요. 간단히 뽑히거든요. 아주머니는 배터리가 방전될 때까지 시동을 걸다 결국 병실로 돌아왔어요. 그때는 노발대발했지만 나중에는 고맙다고 하더라고요." 그는 뭔가를 곰곰이 생각하더니 혼잣말처럼 이야기했다. "아주머니는 샌프란시스코-오클랜드 만 다리에서 지나가는 차를 들이받을 셈이었어요. 그러니까 내가 그 차 운전자도 살린 셈이죠. 아이들을 잔뜩 태운 스테이션왜건일 수도 있었는데."

"맙소사." 나는 들릴락 말락 하게 중얼거렸다.

"얼른 결단을 내려야 하는 상황이었어요. 아주머니한테 열쇠가 있다는 걸 안 이상 가만히 있을 수가 없었죠. 아주머니 차는 커다란 벤츠였어요. 은색. 거의 새 거나 다름없는. 돈이 많은 아주머니였거든요. 그런 상황에서 가만히 있으면 자살을 돕는 거나 마찬가지잖아요."

"의사한테 알리는 게 낫지 않았을까요?"

"아니에요." 그는 고개를 저었다. "그럼 아주머니가—어휴, 뭐라고 설명하면 좋을지. 아주머니는 내가 아주머니를 골탕 먹이려는 게 아니라 살리려고 그랬다는 걸 이해했어요. 내가 만약 병원에 알렸더라면, 특히 거트먼 박사님한테 알렸더라면 자기를 몇 개월 더 거기 가두어두려고 그러는 걸로 오해했을 거예요. 하지만 병원에서는 끝까지 아무것도 모르고 원래 계획대로 아주머니를 퇴원시켰죠. 내가 퇴원했을 때, 먼저 퇴원한 아주머니가 내가 사는 아파트로 찾아온 적이 있어요. 내가 주소를 드렸거든요. 아무튼 그때 그 벤츠를 몰고 왔어요. 차를 세우는데 한눈에 알겠더라고요. 아주머니가 찾아와서는 잘 지내고 있느냐고 물었죠."

"잘 지내고 있었어요?"

"아뇨. 월세를 낼 돈이 없어서 쫓겨나기 일보 직전이었어요. 아주머니는 돈이 많았어요. 남편이 부자였거든요. 저 멀리 샌디에이고까지 캘리포니아 여기저기에 아파트를 여러 채 가지고 있었어요. 아주머니가 차에 다녀오더니 나한테 돈뭉치를 주더라고요. 나는 5센트짜리 뭉치인 줄 알았어요. 그런데 아주머니가 가고 나서 풀어보니까 금화가 들어 있지 뭐예요. 아주머니가 나중에 말하기를 자기한테 금화가 많대요. 영국 어디 식민지에서 가지고 온 거라나요. 나중에 동전상한테 팔 때 B. U.라고 말을 하랬어요. 유통되지 않은 새 동전을 뜻하는 전문용어인데 B. U.가 훨씬 비싸다고. 동전 한 개당 12달러 정도 받고 팔았어요. 근데 하나를 남겨뒀는데 그만 잃어버렸어요. 그 동전 하나를 빼고 나머지를 팔아서 챙긴 돈이 600달러였죠." 그는 고개를 돌리고 스토브를 빤히 쳐다보았다. "물이 끓고 있네요."

나는 실렉스 커피포트에 물을 따랐다.

"퍼컬레이터*로 끓인 커피보다 필터로 거른 커피가 건강에 훨씬 좋아요. 퍼컬레이터로 끓이면 물이 꼭대기까지 올라갔다 내려왔다를 반복하니까요."

"맞아요."

"남편분이 왜 자살을 했을까 생각 많이 했어요. 정말 좋은 분 같았는데. 가끔은 그게 문제일 때도 있어요."

"어째서요?"

"적개심을 억누르고 너무 좋은 사람이 되려고 애를 쓰다 정신병이 생기는 경우가 많거든요. 적개심을 영원히 억누를 수는 없어요. 그런 감정은 누구한테나 있는 거예요. 발산시켜야 하죠."

"제프는 아주 차분한 성격이었어요. 싸움을 걸 수가 없을 만큼. 부부싸움 말이에요. 주로 내가 폭발하는 쪽이었죠."

"어머니 말로는 LSD를 하고 있었다고 하던데."

---

* percolator. 여과 방법을 이용하여 불 위에 직접 올려서 끓이는 커피 추출법이나 그때 사용하는 커피포트를 말함.

"그렇지는 않았을 거예요."

"약 때문에 인생 망치는 사람들이 많아요. 그런 사람들이 병원에 얼마나 많다고요. 떠도는 속설로는 절대 회복이 안 된다고 하지만, 사실 그렇지는 않아요. 영양실조로 그렇게 되는 경우가 많거든요. 약을 하는 사람들은 깜빡하고 끼니를 자주 거르고, 뭘 먹더라도 정크 푸드를 먹어요. 그럼 근육이 줄죠. 약을 하더라도 다들 군것질은 하는데, 암페타민은 예외예요. 암페타민을 하는 사람들은 먹질 않아요. 정신병 환자처럼 보이는 각성제 중독자들은 사실 전해질 결핍 때문에 그래요. 전해질은 쉽게 보충이 되죠."

"무슨 일을 하세요?" 내가 물었다. 그는 이제 조금 전보다 편안해 보였다. 말투에서 자신감이 느껴졌다.

"도색 전문가예요."

"어떤 종류의—"

"차에 색을 입혀요. 스프레이로. 샌머테이오에 있는 레오 샤인스에서. 49달러 50센트만 내면 뭐든 원하는 색으로 자동차 색깔을 바꿔드리고 6개월 보증서도 드려요." 그는 웃음을 터트렸고, 나도 웃음을 터트렸다. 레오 샤인스 광고는 나도 텔레비전에서 본 적이 있었다.

내가 말했다. "나는 남편을 진심으로 사랑했어요."

"남편분은 목사가 되려고 했나요?"

"아뇨. 뭐가 될 생각이었는지 모르겠어요."

"되고 싶은 게 없었을 수도 있죠. 나는 컴퓨터 프로그래밍 수업을 듣고 있어요. 지금은 알고리듬을 배우고 있고요. 알고리듬은 예를 들면 케이크 만들 때 필요한 요리법 같은 거예요. 가끔 내재되어 있는 되돌이표를 동원해가며 한 단계, 한 단계씩 점증적으로 밟아나가는 거죠. 어떤 단계는 반복해가면서. 알고리듬의 기본적인 전제조건 중 하나가 유의미해야 한다는 거예요. 무심결에 던진 질문에 컴퓨터가 대답을 하지 못하는 경우도 있는데, 컴퓨터가 이때 대답을 하지 못하는 이유는 멍청해서가 아니라 정답이 없는 질문이기 때문이죠."

"그렇군요."

"이게 유의미한 질문인지 한번 생각해보세요. 2보다 작은 숫자 중에서 가장 큰 숫자가 몇일까요?"

"음. 유의미한 질문이에요."

"아니에요." 그는 고개를 저었다. "세상에 그런 숫자는 없거든요."

"왜 없어요? 1.999……." 나는 말끝을 흐렸다.

"그런 식으로 숫자가 끝없이 이어져야 하잖아요. 그건 불가해한 질문이에요. 그래서 알고리듬에 오류가 생기는 거죠. 컴퓨터한테 처리할 수 없는 작업을 요구하고 있으니까요. 이해할 수 있는 알고리듬을 제시해야 컴퓨터가 응답할 수 있어요. 어떤 알고리듬이건 대체로 응답을 시도하기는 하지만요."

"쓰레기가 들어가면 쓰레기가 나올 수밖에 없다는 거로군요."

"맞아요." 그는 고개를 끄덕였다.

내가 말했다. "이번에는 내가 질문 하나 할게요. 보답의 차원에서. 내가 흔한 속담을 하나 제시할 거예요. 만약 모르는 속담이면—"

"몇 분 안에 맞혀야 하는데요?"

"시간은 상관없어요. 속담의 뜻만 맞히면 돼요. '새 빗자루가 잘 쓸린다.'* 이게 무슨 뜻일까요?"

빌은 잠깐 머뭇거리다 대답했다. "쓰던 빗자루가 낡으면 버려야 된다는 뜻이에요."

"불에 데었던 아이는 불을 무서워한다."**

이번에도 빌은 이마를 찡그리며 잠깐 고민했다. "아이들은 잘 다치잖아요. 특히 저런 스토브가 옆에 있으면 더 위험해요." 그는 우리 집 부엌에 있는 스토브를 가리켰다.

"비가 오면 억수로 퍼붓는다."***

하지만 나는 대답을 듣지 않아도 알 수 있었다. 빌 룬드보그는 사고장애를 앓고 있었다. 그는 속담의 뜻을 설명하지 못하고, 구체적인 단어로 재생하는 데 그쳤다.

"가끔." 그는 말을 잠깐 멈추었다 다시 이었다. "비가 퍼부을 때가 있죠. 생각지도 못할 때."

"허영이여, 그대 이름은 여자라."

"여자들이 허영심이 많잖아요. 그건 속담이 아니라 어느 작품 속에 있는 구절 아닌가요?"

"맞아요. 잘했어요." 하지만 팀과 예수 혹은 사두가이파들이

---

* 신임이 일을 더 잘한다는 뜻.
** 비슷한 우리 속담으로는 '자라 보고 놀란 가슴 솥뚜껑 보고 놀란다'가 있다.
*** 불행은 겹쳐서 온다는 뜻. 비슷한 우리 속담으로는 '엎친 데 덮친 격'이 있다.

애용했던 표현을 빌려 '진실을 이야기하자면', 벤저민 속담 테스트 결과 이 사람은 완벽한 정신분열증 환자로 밝혀졌다. 너무나 젊고 신체적으로 건강한데 추상적인 사고와 상징 분해가 불가능한 그를 보고 있으려니 좀처럼 가실 줄 모르는 희미한 아픔이 느껴졌다. 그는 전형적인 정신분열성 인지장애를 앓고 있었고, 구체적인 영역에서만 추론을 할 수 있었다.

컴퓨터 프로그래머가 될 생각은 접어도 되겠네요. 나는 속으로 중얼거렸다. 최후의 날에 재판관이 재림해 우리를 해방시킬 때까지, 우리 모두를 해방시킬 때까지 스프레이로 자동차를 도색하면 되겠어요. 그가 당신과 나, 우리 모두를 해방시킬 때까지. 그날이 오면 고장이 나버린 당신의 머리를 아마 고칠 수 있을 거예요. 지나가던 돼지한테 던지면 돼지가 그걸 뒤집어쓰고 낭떠러지 밑으로 몸을 던질 거예요. 그렇게 원래 있어야 할 곳으로 되돌려놓을 거예요.

"잠깐 실례할게요." 나는 부엌에서 나와 빌 룬드보그와 최대한 멀리 떨어진 곳으로 건너가 벽에 기대고 서서 한쪽 팔에 얼굴을 묻었다. 따뜻한 눈물이 얼굴 위로 흘러내리는 게 느껴졌지만, 나는 아무 소리도 내지 않았다.

07

집 안 한구석에서 혼자 훌쩍이며 마음이 쓰이는 사람 생각에 눈물을 흘리는 내가 제프 같다는 생각이 들었다. 언제쯤이면 끝이 날까? 분명히 끝이 있을 텐데 끝이 나지 않았다. 끝없이 계속됐다. 정수보다 작은 숫자 중에서 가장 큰 숫자가 무엇인지 답이 없는 문제에 매달리고 열심히 고민하는 빌 룬드보그의 컴퓨터처럼, 폭탄이 계속 이어졌다.

그러고 나서 며칠 뒤, 키어스틴이 퇴원을 했다. 그녀는 소화 장애가 점차 누그러들다 완치되자 팀과 함께 영국으로 돌아갔다. 나는 두 사람이 미국을 떠나기 전에 그녀에게서 아들 빌이 철창신세를 지고 있다는 소식을 전해 들었다. 우체국에 취직됐다 해고를 당하자 샌머테이오 지국의 판유리 창을 깨부쉈다는 것이다. 그것도 맨주먹으로. 다시 발작을 일으킨 게 분명했다.

물론 그 전에도 계속 그런 상태였겠지만.

이렇게 해서 나는 모든 사람들과 연락이 끊겼다. 빌은 나를 찾아온 그날 이래 만난 적이 없다. 키어스틴과 팀은 몇 번 만났지만—둘 중에서도 키어스틴을 더 자주 만났지만—이제 나는 다시 그다지 행복하지 않은 혼자가 되어 이 세상의 밑바탕에 깔린 인식이 무엇인지, 그런 인식이 있기는 한지 고민하며 살았다. 빌 룬드보그가 온전한 정신으로 지내는 기간이 있을까 싶은 것처럼 그러한 의식의 존재 여부 역시 의심스러웠다.

그러던 어느 날, 법률사무소 겸 향초숍이 문을 닫았다. 두 변호사가 마약사범으로 체포된 것이다. 예견했던 사태였다. 향초보다는 코카인이 더 돈이 될 테니까. 그 당시 코카인은 지금 정도로 인기가 많지는 않았지만, 그래도 두 변호사가 유혹을 느낄 수밖에 없을 만한 금액의 수입을 보장했다. 관계당국에서는 목돈을 거부할 수 없었던 두 변호사의 사정을 감안해 각각 5년형을 내렸다. 나는 실업급여를 받으며 몇 달 동안 하는 일 없이 방황하다 채닝웨이 근처의 텔레그래프가에 있는 뮤직숍이라는 레코드 가게에 취직했고, 지금까지 거기서 일하고 있다.

정신병에는 여러 가지 종류가 있다. 모든 항목에 걸쳐 증상을 보일 수도 있고, 하나에만 집중될 수도 있다. 빌은 편재성 치매였다. 추측건대 정신병이 인생의 모든 부분에 침투해 있다는 뜻이 아닐까 싶다.

분명 불가능한 일임에도 불구하고 존재하는 현상에 매력을 느끼는 사람이라면, 고정관념 같은 정신병이 흥미진진하게 느껴질 것이다. 뭔가가 잘못될 가능성을 끊임없이 생각하는 것을 '오버 베일런스over-valence'라고 하는데, 상상만으로는 알 수 없는 증상이다. 이 증상이 백 퍼센트 발현된 것을 직접 목격해야 어떤 건지 제대로 이해할 수 있다. 옛날에는 그런 증상을 '강박관념'이라고 했는데, 실은 '오버 베일런스'라고 하는 것이 훨씬 더 알맞은 표현이다. 역학과 화학과 생물학에서 파생된 보다 도식적인 용어이고, '힘'이라는 개념이 내포되어 있기 때문이다. 베일런스에 해당되는 원자가原子價의 기본적인 속성이 힘이다. 내가 여기에서 이야기하고 싶은 것도 바로 그 힘이다. 어떤 사람의 머릿속으로 일단 들어오면 절대 사라지지 않을 뿐 아니라 머릿속에 들어 있는 모든 것을 소멸시켜 급기야 그 사람도 사라지게 하고, 이성이라는 것도 사라지게 하고, 오로지 하나의 생각만 남게 만드는 힘.

어떻게 그런 증상이 시작될 수 있을까? 어떨 때 그런 증상이 시작될까? 제목은 잊어버렸지만, 융이 어느 책에선가 어느 날 머릿속에 어떤 생각이 들어와 절대 사라지지 않은 사람, 그런 어떤 평범한 사람에 대해 이야기한 적이 있다. 그 생각이 들어온 순간부터 그 사람에게, 아니 그 사람의 머릿속에서 더 이상 새로운 일은 벌어지지 않는다. 시간이 멈추고 이성이 죽어버린 것이다. 살아 숨 쉬며 점점 성장해야 하는 이성이 죽어버린 것이다. 하지만 그 사람은 어떤 의미에서 계속 살아 있다.

가끔 실질적인 문제점 내지는 가상의 문제점이 퍼뜩 떠오르는 식으로 오버 베일런스 증상이 나타나는 경우도 있다. 흔히 볼 수 있는 현상이다. 예를 들면 밤늦게 잠자리에 들려는데 문득 자동차 전조등을 켜둔 채로 시동을 껐다는 생각이 드는 식이다. 집 앞길, 빤히 보이는 곳에 세워둔 차를 창문 너머로 확인해보면 전조등이 꺼져 있다. 하지만 '전조등을 계속 켜놓아서 배터리가 다 떨어진 게 아닐까? 나가서 확인해봐야겠다'라는 생각이 든다. 그래서 가운을 입고 밖으로 나가 차 문을 열고 들어가 전조등을 켜본다. 불이 들어온다. 이제 불을 다시 끄고 차에서 내려 문을 잠그고 집으로 들어간다. 이러는 순간만은 미쳤다고 볼 수 있다. 정신병 환자가 됐다고 볼 수 있는 것이다. 감각이 전하는 이야기를 믿지 않았으니까. 창밖으로 자동차 전조등이 꺼져 있는 것이 보임에도 불구하고 확인하러 나갔으니까. 보이는데도 믿지 않았다는 것, 이것이 결정적인 부분이다. 반대로 보이지 않는데 믿는 것도 마찬가지다. 이론상으로는 이런 경우 멈출 줄 모르는 쳇바퀴에 갇혀 차 문을 열고 전조등을 켜보고 다시 집으로 들어오느라 밤새도록 침실과 차 사이를 왔다 갔다 할 수도 있다. 그러면 그 순간부터 기계가 된다. 인간이 아닌 기계가 된다.

그런가 하면 실질적인 문제점 내지는 가상의 문제점이 아니라 해결책이 퍼뜩 떠오르는 식으로 오버 베일런스 증상이 나타나는 경우도 있다.

문제점의 형태로 오버 베일런스 증상이 나타나는 경우에는 이를 바라거나 즐기는 사람은 없을 테니 어떻게든 문제점을 해결하려고 애를 쓸 것이다. 하지만 해결책, 그것도 가짜 해결책의 형태로 나타나는 경우에는 효용 가치가 높으니 저항하지 않을 것이다. 필요한 것을 만들어낸 셈이니까.

이런 경우, 평생 동안 자동차와 침실 사이를 왔다 갔다 할 가능성은 거의 없다. 하지만 죄책감과 고민과 회의감으로 괴로워하던 사람이라면, 날마다 자책감이 파도처럼 덮쳐오는 사람이라면 해결책의 형태로 들어온 강박관념이 절대 지워지지 않는다. 나는 키어스틴이 퇴원하고 영국으로 건너갔다 다시 미국으로 돌아왔을 때, 키어스틴과 팀에게서 그런 모습을 보았다. 다시 런던으로 날아가 지내던 어느 날, 어떤 생각 하나가 두 사람의 머릿속으로 찾아들면서 오버 베일런스 증상이 시작됐고, 그길로 두 사람은 끝장이었다.

키어스틴이 팀보다 며칠 먼저 돌아왔다. 나는 공항으로 마중 나가지 않고, 그레이스 대성당이 있는 샌프란시스코의 그 당당한 동산에 지어진 세인트 프랜시스 호텔 꼭대기 층에서 그녀를 만났다. 몇 개인지 모를 가방에서 바쁘게 짐을 꺼내고 있는 그녀와 마주친 순간 나는 '우와, 이렇게 젊어 보일 수가!' 하는 생각이 들었다. 지난번과 비교하면…… 얼굴에서 빛이 났다. 어떻게 된 걸까? 주름살도 없어지고 몸놀림도 유연했다. 내가 방 안으로 들어서자 그녀가 고개를 들고 미소를 짓는데, 그동안 수없이 접했던 심술 맞은 분위기와 다양한 무언의 비난들이 전혀 느껴지지 않았다.

"왔어?" 그녀가 말했다.

"우와, 얼굴이 정말 좋아 보여요."

내 말에 그녀는 고개를 끄덕였다. "담배를 끊었거든." 그녀는 침대 위에서 입을 벌리고 있는 트렁크에서 포장된 꾸러미를 꺼냈다. "선물 몇 개 사왔어. 다른 건 배로 부쳤고. 가져올 여력이 이 정도밖에 안 되더라. 여기서 풀어볼래?"

"얼굴이 너무 좋아 보여서 아직도 얼떨떨해요."

"나, 살 빠진 것 같지 않아?" 그녀는 거울 앞으로 다가가 섰다. "그런 것 같아요."

"커다란 트렁크는 배로 부쳤어. 아, 자기도 어떤 트렁크인지 알겠다. 내가 짐 쌀 때 도와줬잖아. 할 얘기가 너무 많아."

"통화했을 때 듣기로—"

"맞아." 키어스틴은 침대에 앉아 핸드백을 열어 안에서 플레이어스 담배를 꺼내더니, 나를 쳐다보고 웃으며 불을 붙였다.

"담배 끊었다면서요."

그녀는 반사적으로 담배를 껐다. "지금도 어쩌다 한 대씩 피워. 습관적으로." 그녀는 나를 보며 계속 엉뚱하면서도 은근한, 수수께끼 같은 미소를 지었다.

"그나저나 선물이 뭔데요?" 내가 물었다.

"테이블 위에 있어."

테이블 위를 쳐다보니 커다란 공책이 한 권 놓여 있었다.

"열어봐."

"네." 나는 공책을 집어 열어보았다. 백지인 곳도 있었지만, 곳곳에 키어스틴의 글씨가 적혀 있었다.

키어스틴이 말했다. "제프가 돌아왔어. 저승에서."

내가 그 순간, "부인, 제정신이 아니로군요"라고 했다 한들 상황은 전혀 달라지지 않았을 테니 왜 그렇게 말하지 않았느냐 고 스스로를 자책하지는 않겠다. "아하." 나는 그저 고개를 끄 덕일 수밖에 없었다. "그럴 수가." 그리고 공책에 뭐라고 적혀 있는지 읽어보려고 애를 썼지만 알 수가 없어서 다시 질문을 했다. "그게 무슨 말이에요?"

"불가사의한 현상이지. 팀하고 나는 그렇게 부르고 있어. 밤 이 되면 제프가 내 손톱 밑을 바늘로 찌르고 시계를 전부 6시 30분에 맞춰. 자기가 죽은 바로 그 시각으로."

"맙소사."

"다 적어놨어. 자기한테 편지나 전화로 알리고 싶지는 않았 어. 직접 만나서 알려주고 싶더라. 그래서 지금까지 기다린 거 야." 그녀는 신이 나서 두 팔을 올렸다. "앤젤, 제프가 돌아온 거야!"

"저는 이제 망했네요." 나는 기계적으로 대답했다.

"사건들이 너무너무 많아. 불가사의한 현상들도 너무너무 많 고. 아래층 바로 가자. 우리가 영국으로 돌아가자마자 벌어진 일이야. 팀이 영매를 찾아갔는데 영매도 진짜라고 했어. 우리 도 진짜인 줄 알고는 있었지. 하지만 혹시라도, 만의 하나라도 귀신일 수 있으니까 확인하고 싶었어. 그런데 귀신이 아니라 진짜 제프였어!"

"이런 젠장할."

"내가 지금 농담하는 것 같아?"

"아뇨." 나는 진지한 목소리로 대답했다.

"우리 둘이서, 두 눈으로 똑똑히 목격했거든. 원철 씨 부부도 봤고. 원철 씨 부부는 런던에서 만난 우리 친구야. 이제 미국으로 돌아왔으니까 자기도 경험을 하고 기록해주었으면 좋겠어. 팀이 이걸 주제로 책을 쓰고 있거든. 우리 둘뿐 아니라 모든 사람들에게 의미 있는 일이잖아. 인간이 이승에서 죽더라도 저승으로 건너가서 산다는 증거니까."

"그러게요. 바로 내려가죠."

"새 책 제목이 『저승에서』야. 벌써 계약금으로 만 달러 받았어. 편집자 말로는 팀이 쓴 책 중에서 최고의 베스트셀러가 될 거래."

"놀랄 노자로군요."

"내 말 안 믿는 거 알아." 그녀의 말투가 딱딱하게 변하면서 화가 났는지 살짝 날카로워졌다.

"왜 제가 선배 말을 못 믿을까요?"

"믿음이 없으니까."

"공책을 일단 읽어볼게요."

"제프가 내 머리에 불을 지른 것만 열여섯 번이야."

"와우."

"그리고 우리 아파트에 있는 거울을 모조리 깨트렸어. 그것도 한 번이 아니라 여러 번. 아침에 일어나보면 깨져 있는 거야. 우리 둘 다 간밤에 아무 소리도 못 들었는데. 우리가 찾아간 영매는 메이슨 박사라는 사람인데, 그분 말로는 자신이 우

151

리를 용서했다는 것을 알아줬으면 해서 그러는 거래. 제프는 자기도 용서했대."

"어머나."

"그런 식으로 빈정거리지 마."

"앞으로는 빈정거리지 않게 진짜 열심히 노력할게요. 이게 저한테 얼마나 놀라운 일인지 알잖아요. 말문이 막힐 정도예요. 시간이 좀 지나면 괜찮아지겠죠?" 나는 문 쪽으로 걸어갔다.

에드거 베어풋은 KPFA의 강연에서 인도의 어느 힌두교단이 계발한 추론 방식을 소개한 적이 있다. 아주 오래됐고 인도뿐 아니라 서구 세계에서도 많은 연구가 이루어진 방식이다. 정확한 인식을 통해 지식을 습득하는 수단 중에서 두 번째로 꼽히는 것이 '비량anumana'인데, 산스크리트어로 '다른 것에 비추어 판단함, 추리'라는 뜻이다. 비량에는 다섯 단계가 있는데 복잡하게 설명할 필요 없이 핵심만 요약하자면, 이 다섯 단계를 정확히 따르면―제대로 따르고 있는지 어떤지 정확하게 판단할 수 있는 안전장치도 갖추어져 있다―전제에서 출발해 정확한 결론에 이를 수 있다.

비량의 다섯 단계 중에서 가장 그럴듯한 것이 세 번째 단계인 '예시udaharana'인데, 예시를 하려면 소위 말하는 필연의 관계vyapti(문자 그대로 해석하면 '만연')가 성립되어야 한다. 추론에 의한 비량은 필연의 관계가 확실하게 성립되어야 유효하다. 그냥 관계만 있으면 되는 게 아니라 필연의 관계가 성립되어야 한다. 예를 들어 밤늦게 어디에선가 시끄럽고 날카롭게 펑 하고 울리는 소리가 들리면 '어느 집 자동차 엔진이 터진 모양이네. 엔진이 터지면 그런 소리가 들리니까'라고 생각할 수 있다. 바로 이것이 결과에서 원인을 도출하는 추론의 약점이다. 서양의 수많은 논리학자들이 귀납법을 미심쩍어하고 연역법만 믿을 수 있다고 생각하는 이유이기도 하다. 인도의 비량은 충분한 근거를 확보하는 데 총력을 기울인다. 예시를 하려면 실질적인 관찰의 결과가 있어야 한다. 그리고 실례를 들 수 없는 관계는 필연의 관계라고 할 수 없다. 서양에는 비량에 상응하는 추론 방식이 없다. 그에 상응하는 추론 방식이 있었다면 팀 아처 주교가 알았을 테고, 알았더라면 자다 일어나보니 정부의 머리카락이 그슬려 있다 하더라도 죽은 아들이 저승에서 환생해, 그러니까 본질적으로 무덤에서 살아 돌아와 저지른 일이라고 생각하지는 않았을 테니 유감스러운 일이다. 그리스 사상—그러니까 서양 사상—에는 논리상의 오류라는 것이 존재하기 때문에 아처 주교도 부당가정의 오류라는 단어를 여기저기서 남발할 수 있었다. 하지만 비량은 인도의 방식이다. 힌두교 논리학자들은 비량을 망치는 잘못된 근거를 콕 집어서 '겉으로만 타당한 근거처럼 보이는 것'이라는 뜻의 '사인似因, hetvabhasa'이라고 부르는데, 이런 부분은 다섯 단계로 구성된 비량의 한 단계에 불과하다. 그들은 다섯 단계로 이루어진 추론 구조를 깨트리는 온갖 요인들을 밝혀놓았는데, 아처 주교 정도의 지능과 교육 수준을 갖춘 사람이라면 누구든 이해할 수 있을 것이다. 그가 이유를 설명할 수 없는 몇 가지 희한한 사건들을 제프가 (어딘가에) 살아 있을뿐더러 살아 있는 사람들과 교감까지 할 수 있다는 증거로 믿은 것을 보면 알 수 있듯, 30년 전쟁 때 발렌슈타인이 별점을 가지고 그랬다시피 정확한 인지 능력은 결국 실제 현실이 아니라 마음가짐에 따라 좌우된다. 몇 백 년 전에 살았던 힌두교 논리학자들은 제프의 환생을 운운하는 추론의 기본적인 오류를 한눈에 알아차릴 수 있었을 텐데. 믿고 싶어 하는 마음과 이성이 충돌하면 언제나 전자가 승리를 거두는 모양이다. 나는 내가 목격한 것을 바탕으로 이런 결론을 내릴 수밖에 없었다.

인간은 누구나 그런다. 자주 그런다. 하지만 이건 너무 심하고 너무 기본적인 착각이라 그냥 지나칠 수가 없었다. 누가 봐도 정신분열증인 키어스틴의 아들조차 2보다 작으면서 가장 큰 숫자를 컴퓨터에게 물으면 왜 불가해한 질문이 되는지 알고 있는데, 변호사이자 학자이자 정상적인 성인인 아처 주교가 침대 시트에 떨어져 있는 바늘을 보고 죽은 아들이 저승에서 보내온 신호라고 속단하다니! 그것만으로도 모자라 책을 써서 출간하려 하다니, 말도 안 되는 이야기를 그냥 믿는 정도가 아니라 공개적으로 믿으려는 것이었다.

아처 주교는 그의 정부와 함께 "온 세상에 이 소식이 알려질 때까지 두고 보라"라고 선언했다. 이단 심판에서 승리를 거두자 자신은 절대 오류를 범할 리 없다는 자신감이 생긴 모양이었다. 아니면 오류를 범하더라도 어느 누구도 자신을 무너트리지 못할 거라는 자신감인가. 하지만 둘 다 그의 착각이었다. 그는 오류를 범했고, 이 세상에는 그를 무너트릴 수 있는 사람들이 존재했다. 스스로 무너질 수도 있었다.

그날 키어스틴과 함께 세인트 프랜시스 호텔의 바에 있으면서, 나는 이 모든 게 훤히 내다보였다. 하지만 어쩔 도리가 없었다. 그들의 경우에 강박관념은 문제가 아니라 이미 해결책의 형태를 띠고 있었기 때문에 나중에 그로 인한 문제가 발생한다 해도 논리적으로 설득할 방법이 없었다. 그들은 문제를 다른 문제로 해결하려고 했다. 그러면 안 된다. 문제점이 생겼을 때 더 심각한 문제로 해결하면 안 되는 법이다. 으스스할 정도로 발렌슈타인을 닮았던 히틀러가 2차 세계대전 때 그런 식으로 승리를 쟁취하려고 했다. 팀은 나더러 부당가정의 오류를 저지르고 있다고 실컷 나무라더니 싸구려 소설에나 나옴 직한 황당무계한 발상의 노예가 되었다. 다른 태양계의 고대 우주비행사들이 제프를 데려다 줬다고 믿는 쪽이 차라리 나았을 것이다.

이런 생각을 하면 아프다. 다리가 아프다. 온몸이 아프다. 길을 걷다 나더러 부당가정의 오류를 지적했던 아처 주교인데, 그는 주교이고 나는 캘리포니아 대학교에서 인문학을 전공한 젊은 여자에 불과한데, 어느 날 밤 힌두교의 비랑을 운운하는 에드거 베어풋의 강연을 듣고 났더니 내가 캘리포니아 주교보다 아는 것도 많고 할 줄 아는 것도 많아지다니. 하지만 그래봐야 소용없는 일이었다. 캘리포니아 주교는 자기 정부 말고는 어느 누구의 말도 듣지 않을 테니까. 두 사람은 똑같이 죄책감과 세간에 알릴 수 없는 둘의 관계에서 비롯된 사통과 기만으로 망가져 이성을 잃은 지 오래였다. 두 사람은 감옥에 갇혀 있는 빌 룬드보그가 정신 차리라고 할 만한 수준이었다. 지나가던 택시를 막고 운전수에게 물어봐도 두 사람이 일부러 자기들 인생을 망치고 있다는 대답을 들을 만한 수준이었다. 그런 걸 믿고 있다는 것만으로도 엄청난 타격인데, 그걸 책으로 출간할 생각까지 하다니……. 좋아요. 마음대로 하세요. 당신네 우라질 인생, 마음껏 파괴해보세요. 현대 역사상 가장 끔찍한 전쟁이 한창인데, 별자리나 살피고 별점이나 치세요. 역사서 계보에 '바보'로 족적을 남길 수 있을 테니까. 한쪽 구석에 놓인 높은 의자에 앉아야 할 거예요. 고깔모자를 써야 할 거예요. 지금까지 이 시대의 가장 위대한 지성들과 함께했던 그 모든 사회운동은 잊어버려야 할 거예요. 마틴 루서 킹 목사는 그걸 위해 목숨을 바쳤는데. 당신은 그걸 위해 셀마에서 행진을 했는데. 그런데 이제 와서 죽은 아들의 유령이 찾아와 잠을 자고 있는 정부의 손톱 밑을 바늘로 찌른다고 지껄이다니. 꼭 책으로 출간하세요. 예, 좋으실 대로 하세요.

두말하면 잔소리지만, 키어스틴과 팀은 결과에서 원인으로 거꾸로 추론한 데서 논리적 오류를 빚었다. 원인은 찾지 않고 이른바 '불가사의한 현상'들만 보고, '저승'에서 건너온 혹은 '이승'에 있는 제프야말로 이런 현상을 은밀히 벌인 원인이라고 결론을 내렸다. 비량 체계에 따르면 이런 식의 귀납법은 추론이라 할 수 없다. 비량 체계에서는 일단 전제에서부터 시작해 다섯 단계를 거쳐 결론을 내리고, 각 단계가 전후 단계와 빈틈없는 관계라야 한다. 그런데 깨진 유리, 그슬린 머리카락, 멈춰진 시계, 기타 등등과 이것이 죽은 사람들이 살아 있는 또 다른 세상의 증거라는 결론 사이에는 빈틈없는 관계가 성립하지 않는다. 단순히 미신을 잘 믿는 성격이고, 정신연령이 여섯 살 수준이라는 증거일 뿐이다. 현실 검증력이 없고 소원 성취와 자폐증에 넋을 놓았다는 증거일 뿐이다. 그리고 자폐증 중에서도 일반적인 분야와 총체적인 집중력은 전혀 건드리지 않고 한 가지 생각의 주변만 계속 맴도는 섬뜩한 자폐증이다. 그는 이 사이비 전제, 이 잘못된 결론에서 벗어나기만 하면 분명 똑똑하고 사리분별이 분명한 사람이다. 다른 때는 정상적으로 이야기하고 행동할 수 있는, 부분적인 정신병이다. 일을 해서 돈을 벌고, 목욕을 하고, 차를 몰고, 쓰레기를 치우는 데 아무 문제가 없기 때문에 보호시설에 갇혀 지내지 않는다. 빌 룬드보그처럼 미친 것도 아니고, 어떤 의미에서는('미쳤다'는 것을 어떤 식으로 정의하느냐에 따라) 완벽하게 정상이라고 할 수도 있다.

티모시 아처 주교는 목회 활동을 계속하는 데 아무 문제가 없었다. 키어스틴도 샌프란시스코에서 제일 으리으리한 가게에서 옷을 사는 데 아무 문제가 없었다. 둘 다 맨주먹으로 우체국 유리창을 부수지도 않았다. 죽어서 저승으로 건너간 아들이 이승과의 접촉을 시도하는 중이라고 믿는다고 해서, 저승이라는 게 존재한다고 믿는다고 해서 체포할 수는 없는 법이다. 이런 식의 강박관념은 보통 종교로 흡수된다. 저승을 지향하는 여러 계시 종교의 일부분이 된다. 보이지 않는 하느님을 믿는 것과 보이지 않는 아들을 믿는 것이 뭐가 다를까. 보이지 않는 것은 둘 다 마찬가지인데. 그럼에도 불구하고 둘이 서로 다르기는 하지만 어디가 어떻게 다른지 말로 설명하려면 막연하다. 일반적인 의견이라는 애매한 영역과 연관이 있기 때문이다. 하느님을 믿는 사람은 많지만, 죽은 제프 아처가 잠을 자고 있는 키어스틴 룬드보그의 손톱 밑을 바늘로 찌른다고 믿는 사람은 거의 없다. 그것이 둘의 차이점인데, 이런 식으로 설명하면 문제의 주관성이 분명해진다. 키어스틴과 팀이 가지고 있는 것은 결국 그 빌어먹을 바늘과 불에 그슬린 머리카락, 깨진 거울, 멈춘 시계다. 그런데 그것들을 가지고 논리적인 오류를 범하고 있다. 하느님을 믿는 사람들도 오류를 범하고 있다고 해야 하는 건지, 그건 나도 잘 모르겠다. 그들의 믿음은 진위를 판단할 수 있는 대상이 아니라 신앙일 뿐이니까.

이제 나는 추가적으로 벌어질 '불가사의한 현상'의 목격자가 되어달라고 공식적으로 요청을 받은 셈이다. 불가사의한 현상이 벌어지면 팀, 키어스틴과 함께 증인이 되어 출간을 앞둔 팀의 저서에 이름을 올릴 수 있을 것이다. 담당 편집자의 말에 따르면 기존의 저서보다 좀 더 파격적인 주제를 다룬 이번 작품이 훨씬 더 많이 팔릴 게 분명하다고 했다. 그러니 내가 무관심한 태도를 보일 수는 없었다. 제프는 내 남편이다. 나는 그를 사랑했다. 나도 믿고 싶었다. 그보다 더 본질적으로는, 키어스틴과 팀이 어떤 심리 상태인지 알 것 같았다. 그들의 믿음을,

그들의 순진함을 깨트릴 수는 없었다. 내가 냉소적인 반응을 보이면 어떻게 될지 뻔했다. 두 사람 다 빈손으로 돌아가 예전처럼 감당하지 못하는 죄책감에 휘청거릴 것이다. 나는 최소한 형식적으로나마 동조할 수밖에 없는 입장이었다. 믿는 척, 관심 있는 척, 흥분한 척해야 했다. 중립적인 태도로는 모자랄 터였다. 열광하는 모습을 보여주어야 했다. 내가 발을 담그기 전에 영국에서 이미 벌어진 사단이었다. 이미 결정 난 일이었다. 내가 헛소리라고 해본대도 두 사람은 하던 일을 계속할 것이다. 나를 원망하면서. 냉소적인 반응은 개나 줘버려야겠다. 나는 그날 키어스틴과 함께 세인트 프랜시스 호텔의 바에 있으면서 그렇게 생각했다. 냉소적인 반응을 보여봐야 얻는 것은 없고 잃는 것만 많은 데다. 그러거나 말거나 상관없이 팀은 책을 써서 출간할 것이다.

이것은 잘못된 논법이다. 불가피한 일이라는 이유로 기꺼이 동참해서는 안 된다. 하지만 그것이 내가 내린 결론이었다. 키어스틴과 팀에게 내 진심을 알리면 그들은 두 번 다시 나를 부르지 않을 것이다. 나와의 인연을 끊고 나를 내쳐버리고 없는 셈 칠 것이다. 나는 레코드 가게에서 계속 일을 할 테지만 아처 주교와의 인연은 과거지사가 될 것이다. 그와의 인연은 내게 너무나 소중했다. 그걸 포기할 수는 없었다.

그것이 나의 부적절한 의도이자 바람이었다. 나는 그들을 계속 만나고 싶었다. 그래서 공모인 줄 알면서 공모할 작정을 했다. 나는 그날, 세인트 프랜시스 호텔에서 결심했다. 아무 말도 하지 않고 내 진심은 내비치지 말고 예견된 불가사의한 현상을 기록으로 남기겠다고. 한심한 짓인지 뻔히 알지만 그래도 동참 하겠다고. 파멸의 길을 선택한 아처 주교를 보면서 말리고 싶 었던 게 이번이 처음은 아니었다. 키어스틴과 불륜을 저질렀을 때도 말리고 싶었지만 아무 소용 없었다. 하지만 이번만은 그 가 나를 논리적으로 설득하기보다 의절을 선택할 것이다. 그것 은 나로서는 감당하기 힘든 대가였다.

나는 그들의 강박관념을 믿지 않았다. 하지만 그들의 행동을 따라하고 그들의 이야기를 따라했다. 아처 주교의 책을 보면 내 이름이 등장한다. '날마다 제프가 어떤 식으로 출현했는지 기록'하는 데 있어 '값진 도움'을 준 고마운 사람으로. 하지만 제프는 출현한 적이 없다. 세상은 이런 식으로 굴러가는 모양 이다. 약점을 통해. 예이츠가 "선한 자들은 확신이 없는 반면" 어쩌고 하는 시를 썼을 때부터. 어떤 시인지 다들 알 테니 내가 굳이 인용할 필요는 없겠지.

"왕을 죽이려거든 확실히 숨통을 끊어야 한다." 전 세계적으 로 유명한 사람에게 바보라고 말하려면, 잃어버리면 절대 안 되는 것을 잃어버릴 각오를 해야 한다. 그래서 나는 빌어먹을 입을 다물고, 술을 마시고, 키어스틴과 내가 마신 술값을 계산 하고, 그녀가 런던에서 사온 선물을 받고, 속공으로 진행되는 불가사의한 현상을, 온갖 새로운 사태를 예의 주시하겠노라고 약속했다.

똑같은 상황이 다시 벌어진다 해도 그렇게 할 것이다. 나는 키어스틴과 팀을 진심으로 사랑했다. 내 양심 따위 버릴 수 있을 만큼 사랑했다. 두 사람과의 우정은 커다랗게 다가왔고, 양심의 가책은 점점 쪼그라들다 영영 사라져버렸다. 나는 청렴결백에 이별을 고하고 우정을 지켰다. 내가 올바른 판단을 내렸는지 여부는 다른 사람이 판단해야 할 것이다. 나에게는 아직도 사심이 남아 있다. 제프가 죽은 뒤로 더욱 간절히 보고 싶었던 친구들이, 없으면 살 수 없는 친구들이 몇 달 만에 외국에서 돌아온 데다, 그날까지 나 스스로 인정하지 않았던 미묘한 요소가 마음 깊은 곳에서 나를 부추겼다. 나는 셀마에서 킹 목사와 함께 행진했던 사람, 데이비드 프로스트가 인터뷰할 만큼 유명한 사람, 현대 지식인층에 많은 영향을 미친 사람과 아는 사이라는 데 자부심을 느꼈던 것이다. 바로 그거였다. 그게 핵심이었다. 나는 아처 주교의 며느리 겸 친구라는 관점에서 나라는 인물의 정의를 내렸다.

나는 이런 사악한 의도에 스스로 걸려들었다. 꽉 붙잡히고 만 것이다. "티모시 아처 주교가 나하고 아는 사람이야." 나는 한밤중에 이런 식으로 혼자 중얼거렸다. 이런 식으로 중얼거리면서 자부심을 느꼈다. 그러는 한편으로 자살한 제프에 대한 죄책감을 느꼈고, 아처 주교의 삶과 시간, 그의 습관과 버릇에 동참하는 과정을 통해 나에 대한 의구심을 떨쳐버렸다. 아니, 떨쳐버리지 못하더라도 최소한 덜 수는 있었다.

하지만 내 논법에는 논리적인 오류와 도덕적인 오류가 있었는데, 나는 그걸 알지 못했다. 미신에 넘어가 한심한 짓을 저지름으로써 자신의 영향력과 공론을 좌우하는 능력을 줄이려는 것이 캘리포니아 주교의 의도였다. 내가 만약 그날, 세인트 프랜시스 호텔에서 과거의 기억을 제대로 되새겼더라면 이 사태를 예견할 수 있었을 것이다. 이 사태를 예견하고 다르게 행동했을 것이다. 그는 머지않아 위인의 반열에서 내려올 텐데. 저 스스로 권위자에서 기인奇人으로 전락할 텐데. 내가 그에게서 느꼈던 매력은 조만간 대부분 사라져버릴 텐데. 따라서 이런 관점에서 보자면 나 역시 그와 마찬가지로 그저 현혹된 상태였다. 하지만 그날의 나는 그런 생각을 하지 못했다. 몇 년 뒤가 아니라 당시 그의 모습만 보았다. 나 역시 정신연령이 여섯 살 수준이었던 셈이다. 그로 인해 남에게 피해를 주지는 않았지만 도움이 되지도 않았고, 아무것도 아닌 일로 품위를 잃었다. 그 무렵을 돌이킬 때마다 지금 알고 있는 것을 그때도 알았더라면 얼마나 좋았을까 싶어서 씁쓸해진다. 우리는 아처 주교를 사랑하고 믿었기 때문에 그가 틀렸다는 걸 알면서도 함께 휩쓸려갔다. 이 얼마나 끔찍한 깨달음인가. 이 얼마나 도덕적으로, 정신적으로 두려워해야 할 현상인가. 지금은 두렵다. 하지만 그 당시에는 그렇지 않았다. 두려워졌을 때에는 이미 엎질러진 물이었다. 뒤늦은 깨달음이 언제나 그렇듯.

이것이 당신에겐 지루한 종알거림으로 들릴지 모르겠지만 나에게는 특별한 의미가 있는 이야기다. 절망한 내 심장의 이야기인 것이다.

08

빌 룬드보그의 철창신세는 그리 오래가지 않았다. 아처 주
교가 빌의 만성적인 정신병력을 근거로 석방을 주선하자 이내
그가 키어스틴이 짜준 스웨터와 헐렁한 바지 차림에 포동포
동하고 온화한 얼굴을 하고 텐더로인의 아파트로 찾아왔다.

나는 개인적으로 그를 만나서 반가웠다. 어떻게 지내고 있나
싶어 여러 번 생각이 났었다. 그는 감옥 생활로 달라진 게 별로
없었다. 어쩌면 주기적으로 갇혀 지냈던 병원 생활과 별 차이
가 없었을지 모른다. 나는 양쪽 모두 겪어보지 않아서 잘 모르
겠지만, 그다지 다를 게 없어 보였다.

"앤젤 씨, 안녕하세요." 아파트로 들어선 나를 향해 그가 말
했다. 나는 주차 단속을 피해 새로 산 혼다를 다른 곳으로 이동
주차하고 오는 길이었다. "요즘 어떤 차 타요?"

"혼다 시빅요."

"엔진 좋죠? 소형차답지 않게 과회전도 하지 않고. 변속도 좋고. 4단이에요, 5단이에요?"

"4단요." 나는 외투를 벗어 복도 붙박이장에 걸었다.

"차축 거리가 짧은데도 승차감이 정말 좋죠. 그런데 충격을 받으면, 미국 차에 받히거나 하면 박살 날 거예요. 구를 수도 있어요."

그는 일대일 충돌 사고의 사망률을 알려주었다. 소형 외제차 운전자 입장에서는 암울한 수치였다. 예컨대 머스탱 같은 차와 충돌했을 때 내가 목숨을 건질 가능성은 제로에 가까웠다. 빌은 새롭게 출시된 전륜구동 올즈모빌을 가리켜 트랙션 휠과 로드 핸들링의 일대 혁명이라고 하며 열심히 침을 튀겼다. 내가 좀 더 큰 차를 타야 한다고 생각하는지 나를 걱정하는 눈치였다. 나는 감동을 받았다. 게다가 그는 알지도 못하면서 그냥 지껄이는 게 아니었다. 내 주변에서도 폭스바겐 비틀을 타고 가다 일대일 충돌 사고로 목숨을 잃은 친구가 두 명 있었다. 양쪽 뒷바퀴가 위로 휘면서 차가 굴러버렸다. 빌의 말로는 1965년부터 그런 디자인이 성공적인 개조 과정을 거쳤고, 그때부터 폭스바겐이 스윙 차축이 아니라 고정 차축을 썼다고 했다. 그래서 심하게 토인*을 할 수 없다고 했다.

내가 쓴 용어들이 맞는지 모르겠다. 이런 식의 자동차 관련 정보는 오롯이 빌에게 들은 것이다. 키어스틴은 무심한 표정으

---

* toe-in, 자동차 앞바퀴를 살짝 안쪽으로 향하게 만드는 것.

로 빌의 이야기를 들었다. 아처 주교는 흥미를 보이는 척했지만, 내 눈에는 아무래도 연기인 것 같았다. 그가 이런 이야기에 관심이 있거나 이해할 리 없었다. 우리도 마찬가지지만 주교 입장에서도 토인이니 하는 것은 난해한 문제였다. 공론空論 중에서도 하찮은 공론이었다.

빌이 쿠어스 맥주를 꺼내러 부엌으로 사라지자 키어스틴이 나를 보며 소리 없이 입만 벙긋거렸다.

"네?" 나는 양손을 귀에 대고 물었다.

"강박증이라고." 그녀는 말하기조차 싫다는 듯이 우울한 표정으로 고개를 끄덕이며 입을 벙긋거렸다.

맥주를 들고 돌아온 빌이 하던 이야기를 계속했다. "운전자의 생명을 좌우하는 것이 서스펜션이에요. 가로로 놓인 토션바 서스펜션이 있으면—"

이때 키어스틴이 말허리를 잘랐다. "자동차 이야기 조금만 더 들으면 입에서 비명이 튀어나올 것 같아."

"죄송해요." 빌이 말했다.

"빌, 내가 차를 바꾸고 싶은데 어떤 차를 사는 게 좋을까?" 아처 주교가 물었다.

"금액이—"

"금액은 상관없고."

"BMW 아니면 벤츠요. 벤츠의 한 가지 장점이 아무도 훔칠 수 없다는 거예요." 그는 놀라울 정도로 정교한 벤츠의 잠금장치에 대해 설명을 늘어놓기 시작했다. "심지어 할부금을 내지

165

않아서 회수해가더라도 문을 따느라 애를 먹거든요. 벤츠 한 대 훔치는 시간이면 캐딜락 여섯 대, 포르쉐 세 대를 훔칠 수 있어요. 그래서 건드리질 않으니까 카스테레오를 그냥 두고 내려도 돼요. 다른 차 같은 경우에는 떼서 들고 다녀야 하거든요." 이어진 설명에 따르면 내연기관으로 움직이는 승용차와 그 엔진을 처음으로 만든 사람이 카를 벤츠였다. 1926년에 벤츠는 다임러 자동차회사와 합병해 다임러벤츠사를 설립했고, 이곳에서 메르세데스 벤츠 자동차를 생산했다. '메르세데스'는 카를 벤츠와 잘 아는 사이였던 소녀의 이름인데, 빌은 그 소녀가 딸이었는지 손녀였는지 잘 생각이 나지 않는다고 했다.

팀이 말했다. "'메르세데스'가 자동차 디자이너나 엔지니어가 아니라 아이 이름이었구나. 아이 이름이 전 세계적으로 가장 훌륭한 자동차 이름이 된 거였어."

"맞아요." 빌은 또다시 아는 사람이 거의 없는 차 이야기를 꺼냈다. 리어 엔진 공랭식 디자인은 폭스바겐과 포르쉐를 디자인한 포르쉐 박사가 고안한 작품이 아니었다. 독일군이 체코슬로바키아를 점령했을 때 그곳의 자동차 회사에서 발견한 디자인이었다. 빌의 말로는 체코슬로바키아의 무슨 차였는지 이름은 생각 안 나지만, 4기통이 아니라 8기통이 달린 고성능 자동차로 워낙 밟으면 밟는 대로 속도가 났기 때문에 급기야 독일군 장교들 사이에서 운전 금지령이 내려질 정도였다고 했다. 그리고 포르쉐 박사가 히틀러의 명령을 받들어 이 8기통 고성능 디자인을 개조했다. "히틀러는 공랭식 디자인을 상용화하려고 했어요. 소련을 점령한 뒤에 그곳 아우토반에서 폭스바겐을 타려고 했는데, 날씨며 추위 때문에—"

"재규어는 어때요?" 키어스틴이 말허리를 자르며 팀에게 물었다. 그러자 빌이 대답했다.

"으아, 안 돼요. 이 세상에서 제일 불안정하고 말썽을 잘 일으키는 차 중 하나가 재규어예요. 너무 복잡해서 1년 내내 정비소에 맡겨야 할 정도예요. 하지만 DOHC만은 지금까지 만들어진 엔진 중에서 가장 고성능을 자랑하죠. 30년대의 16기통 투어링카 다음으로."

"16기통요?" 나는 입을 떡 벌리며 물었다.

"승차감이 아주 끝내췄어요. 30년대에는 싸구려 경차하고 값비싼 투어링카 사이에 엄청난 차이가 존재했죠. 지금은 그런 게 없지만. 예를 들면 기본적인 교통수단이라 할 수 있는 앤젤 씨의 혼다 시빅과 롤스로이스 사이에 다양한 차종이 존재하잖아요. 가격과 성능이 점진적으로 향상되면서. 좋은 현상이에요. 그 당시와 지금 사회가 어떻게 달라졌는지 평가할 수 있는 척도죠." 그가 증기 자동차가 어떤 것이고 왜 실패했는지 이야기를 시작하려는 찰나, 키어스틴이 자리에서 일어나더니 무시무시한 눈초리로 그를 노려보았다.

"나는 이제 그만 들어가서 자야겠다." 키어스틴이 말했다.

팀이 물었다. "내가 내일 라이온스 클럽에서 몇 시에 강연을 하기로 되어 있지요?"

"어머나, 그 원고 아직 완성 못 했는데."

"즉석에서 생각나는 대로 이야기하지, 뭐."

"테이프에 들어 있어요. 받아서 적기만 하면 돼요."

"그럼 내일 오전에 하면 되겠구먼."

이번에는 그녀가 그를 노려보았다.

"아니면 아까 말한 것처럼 즉석에서 생각나는 대로 하면 될 테지."

키어스틴은 빌과 나를 향해 "즉석에서 생각나는 대로 하면 된단다"라고 하면서 계속 팀을 노려보았다. 팀은 불편한 듯 자세를 바꾸었다. "망할." 그녀가 말했다.

"왜 그러는 거요?" 팀이 물었다.

"아무것도 아니에요." 그녀는 침실 쪽으로 걸어갔다. "원고 만들어놓을게요. 안 그랬다가는 내일— 왜 이런 이야기를 계속 되풀이해야 하는지 모르겠네. 제발 부탁인데, 조로아스터교 어쩌고 하는 장광설은 좀 참아주세요."

팀은 작지만 단호한 목소리로 말했다. "교부사상의 근원을 파헤치려면—"

"라이온스 클럽 회원들이 2세기 사막의 교부들과 수도원 생활에 대해 과연 듣고 싶어 할까요?"

"그러니까 내가 이야기를 해야 하는 것 아니겠소?" 팀은 이렇게 대답하고 빌과 나에게 말했다. "한 수도승이 병석에 누운 성인에게 줄 약을 들고 어느 도시로 급파되었단다. 사람과 도시 이름은 몰라도 된다. 병석에 누운 성인이 아프리카 북부에서 사랑과 존경을 한몸에 받고 있었다는 것만 알면 되니까. 수도승은 사막을 가로질러 오랜 여행을 한 끝에 도시에 도착했는데—"

"잘들 자요." 키어스틴은 이렇게 말하고 침실로 사라졌다.

"잘 자요." 우리도 일제히 화답했다.

잠시 후 팀은 나지막한 목소리로 하던 이야기를 계속했다. "도시에 도착했는데 어디로 가면 좋을지 알 수가 없더란다. 그런데 밤이라 어둠 속에서 더듬거리다 시궁창에 빠져 끙끙대고 있던 거지와 마주치지 않았겠니. 수도승은 이 상황의 종교적인 측면을 놓고 고민을 하다 가지고 간 약을 거지에게 먹였다. 거지는 금세 차도를 보였지. 하지만 병석에 누워 있는 고귀한 성인에게는 줄 게 없지 뭐냐. 그래서 수도승은 다시 수도원으로 돌아갔단다. 수도원장한테 어떤 소리를 들을까 두려워 몸서리치면서. 그에게 자초지종을 들은 수도원장은 '합당한 일을 했구나'라고 했지." 팀의 이야기는 이것으로 끝이었다. 우리 셋은 아무 말 없이 그저 앉아 있었다.

"그걸로 끝인가요?" 빌이 물었다.

"기독교에서는 비천한 자와 고귀한 자, 가난한 자와 그렇지 않은 자를 차별하지 않는단다. 그 유명하고 위대한 성인에게 주려고 약을 아껴두지 않고 처음 만난 병자에게 약을 먹인 수도승은 구세주의 의중을 파악한 셈이다. 예수 생전에 평민들을 폄하해서 부르던 용어가 있었는데…… '암 하아레츠', 히브리어로 보잘것없는 '땅의 백성'이라는 뜻이란다. 예수는 이 사람들, 이 암 하아레츠들에게 이야기하고, 그들과 더불어 밥을 먹고, 그들의 집에서 잠을 잤지. 물론 가끔은 부유한 사람들의 집에서도 잠을 잤지만 말이다. 부유하다고 제외시키면 안 되는 거니까." 팀은 어째 의기소침한 얼굴이었다.

"'영감.' 어머니는 뒤에서 주교님을 그렇게 부르는데." 빌이 웃으며 말했다.

팀은 아무 대꾸도 하지 않았다. 다른 방에서 키어스틴이 부스럭거리는 소리가 들렸다. 뭔가가 떨어지자 그녀가 욕을 했다.

"주교님은 어째서 하느님이 존재한다고 생각하세요?" 빌이 팀에게 물었다.

한참 동안 팀은 말이 없었다. 몹시 피곤한 얼굴이었다. 하지만 어떻게든 대답하려는 듯 천천히 눈을 비비며 중얼거렸다. "존재론적인 증거가 있지……. 성 안셀무스의 존재론적인 증명. 어떤 존재를 상상할 수 있다면─" 그는 말을 하다 말고 고개를 들더니 눈을 깜빡였다.

"제가 원고 타이핑해드릴게요. 법률사무소에서 제가 타이피스트였잖아요. 잘해요." 나는 이렇게 말하면서 자리에서 일어섰다. "제가 가서 키어스틴한테 말할게요."

"그럴 것 없다."

"원고 보면서 강연하는 게 더 낫지 않으세요?"

"내가 하고 싶은 강연의 내용은─" 팀은 말을 하다 말고 나를 쳐다보았다. "앤젤, 나는 키어스틴을 사랑한다. 나를 위해서 얼마나 많은 걸 해주었는지 몰라. 제프가 죽었을 때 그녀가 없었더라면…… 내가 무슨 짓을 했을지 모른다. 너도 이해하겠지?" 그는 이번에는 빌을 향해 말했다. "나는 네 어머니를 끔찍하게 아낀다. 이 세상에서 나와 가장 가까운 사람이지."

"하느님이 존재한다는 증거가 있나요?" 빌은 다시금 물었다.

잠깐의 침묵이 흐른 뒤 팀이 입을 열었다. "여러 주장이 있는데, 생물학계에서 테야르 드 샤르댕*이 제기한 주장이 제일 유명하지. 진화가, 진화라는 사실 자체가 설계자의 존재를 증명하는 듯하다는. 그런가 하면 모리슨은 우리 지구가 복잡한 형태의 생명체가 살기에 아주 좋은 환경이라고 주장했지. 그럴 수 있는 가능성이 상당히 낮음에도 불구하고 말이다. 미안하구나." 그는 고개를 저었다. "몸이 안 좋네. 이 문제는 나중에 이야기하자꾸나. 하지만 간단하게 한마디만 하자면 만물이 설계되어 있고 만물에 존재 이유가 있다는 목적론적인 주장이 가장 설득력 있지."

"빌, 주교님이 피곤하시대요." 내가 말했다.

가운으로 갈아입고 슬리퍼를 신은 키어스틴이 방문을 열고 나왔다.

"피곤하시겠지. 주교님은 늘 피곤하시거든. 너무 피곤해서 질문에 대답도 못 하시겠지. 하느님이 존재한다는 증거가 있느냐고? 아니, 없어. 알카 셀처** 어디 있어요?"

"내가 마지막 남은 거 먹었는데." 팀이 싸늘한 목소리로 대답했다.

"제 핸드백에 몇 알 있어요." 내가 말했다.

---

* 프랑스의 가톨릭계 신학자. 철학자이자 고생물학자.
** 미국의 대중적인 발포성 진통제 겸 소화제.

키어스틴은 쾅 하는 소리와 함께 방문을 닫았다.

"증거들이 있지." 팀이 말했다.

"하지만 하느님은 아무한테도 말을 하지 않잖아요." 빌이 말했다.

"그렇지." 팀은 다시 기운을 차리고서 허리를 펴고 자세를 가다듬었다. "하지만 구약성서를 보면 야훼가 선지자들을 통해 백성들에게 말씀을 전하는 장면이 숱하게 등장하지 않니. 이런 예언의 샘이 결국 말라버리기는 했지. 이제 하느님은 우리에게 더 이상 아무 말씀도 하지 않아. 이런 '오랜 침묵'이 2000년 동안 계속되고 있지."

빌이 말했다. "하느님이 성서에서 사람들에게 이야기를 한 건 저도 알아요. 옛날에는 그랬는데 왜 요즘은 아무 말도 없는 걸까요? 왜 더 이상 말을 하지 않는 걸까요?"

"글쎄다."

팀은 더 이상 아무 말도 하지 않았다. 그것으로 끝이었다. 나는 속으로 중얼거렸다. 그렇게 끝내면 어떻게 해요. 거기서 끝내면 안 되잖아요.

"말씀 계속하세요." 내가 말했다.

"지금 몇 시니?" 팀이 물으며 주위를 두리번거렸다. "시계가 없네."

빌이 물었다. "제프가 저승에서 환생했다는 말도 안 되는 이야기는 또 뭐예요?"

이런 젠장. 나는 속으로 중얼거리면서 눈을 감았다.

빌이 말했다. "설명을 꼭 듣고 싶어요. 불가능한 일이잖아요. 있을 수 없는 일이잖아요. 불가능한 일이잖아요." 그는 팀의 대답을 기다렸다. "어머니한테 들었어요. 그렇게 황당한 이야기는 난생 처음이에요."

"제프가 우리한테 연락을 해오고 있다. 불가사의한 현상을 통해서. 여러 번, 다양한 방식으로." 이렇게 대답하는 팀의 얼굴이 갑자기 벌게졌다. 그가 자세를 바로잡자 그의 내면 깊숙이 숨어 있던 위신이 겉으로 드러났다. 그는 개인적으로 문제가 있는 피곤한 중년 남자에서 권위자로 변신했고, 확신의 힘이 말로 전달됐다. "하느님은 우리와 함께하시고, 우리를 통해 더 밝은 미래를 보여주시지. 내 아들이 지금 그와 함께 있고 지금 이 방에 우리와 함께 있다. 내 아들은 이승을 떠난 적이 없어. 육신만 죽었을 뿐. 물질적인 것은 모두 소멸하게 되어 있지. 온 세상이 소멸하게 되어 있어. 모든 물질세계가 소멸할 거야. 그럼 아무것도 존재하지 않는 게 되는 걸까? 네 논리에 따르면 그렇게 될 테니 말이다. 지금 당장은 외부 세계의 존재를 증명할 방법이 없긴 해. 데카르트가 말한 것처럼. 그것이 근대 철학의 근간이지. 지금 장담할 수 있는 것은 너의 정신세계가, 너의 의식이 존재한다는 사실뿐. '나는 스스로 있는 자'라고 말할 수 있을 뿐, 그게 전부지. 그것은 야훼가 모세에게 했던 말이다. 사람들이 누구냐고 묻거든 그렇게 대답하라고. 야훼는 히브리어로 '에흐예'라고 했다. '스스로 있는 자'라고. 그렇게 말을 하면 그것으로 끝이다. 그게 전부야. 네 눈에 보이는 세상은 너의 머리로 만들어낸 세상이다. 네가 경험한 모든 것은 믿음으로 아는 것이고. 어쩌면 네가 꿈을 꾸고 있는 것일 수도 있다는 생각은 안 해봤니? 플라톤이 한 이야기가 있지. 어느 노년의 현자가, 아마도 오르페우스 교단이었을 텐데, 그에게 이런 말을 했단다. '우리는 지금 죽어서 감옥 비슷한 곳에 있는 것'이라고. 플라톤은 그 말을 듣고 황당한 소리라고 생각하지 않았어. 생각해봐야 할 중요한 문제라고 여겼지. '우리는 지금 죽었다'라는 것, 어쩌면 이승은 없는 것인지도 모른다는 것. 나는, 아니 너희 어머니하고 나는 제프가 우리 곁으로 돌아왔다는 증거를, 이승이 존재한다는 증거만큼이나 충분히 확보하고 있다. 우리는 제프의 부활을 믿는 게 아니야. 체험하고 있는 거지. 삶 속에서 몸소 겪고 있는 거란다. 그러니까 그건 우리의 개인적인 의견이 아니라 하나의 사실이다."

"주교님 입장에서는 그렇겠죠." 빌이 말했다.

"이보다 더한 진실이 어디 있을까?"

"어쨌든 저는 안 믿어요."

"지금 문제는 우리의 경험이 아니라 너의 사고방식이야. 너의 사고방식의 틀 안에서 그런 일은 있을 수 없는 일로 간주되니까. 무엇이 가능하고 무엇이 불가능한지 어느 누가 판단할 수 있을까. 무엇이 가능하고 불가능한지 우리는 절대 알 수 없다. 한계를 정하는 것은 우리가 아니라 하느님이니까." 빌을 가리키는 팀의 손가락은 흔들림이 없었다. "우리가 무엇을 믿고 무엇을 경험하는가는 결국 하느님이 결정하는 부분이다. 네 마음대로 동의하고 거부할 수 있는 게 아니야. 이러한 종속 관계가 하느님의 선물이지. 하느님은 우리에게 이 세상을 하사하고 그 세상에 대한 복종을 강요하지. 우리를 위해 이 세상을 실재하게 만드는 것, 그것이 하느님의 권능이다. 예수님이 하느님의 아들이고, 하느님 그 자체라는 건 믿니? 그것도 안 믿는구나. 그럼 제프가 저승에서 돌아온 걸 내가 무슨 수로 증명할 수 있겠니? 사람의 아들이 2000년 전에 우리를 위해 이 땅에 태어나 우리를 위해 살다 우리의 죄를 대신해 죽고 나서 사흘 만에 영광스럽게 부활한 것도 증명하지 못하는데. 그렇지 않니? 너는 그것도 인정하지 않을 테지? 그럼 네가 믿는 것은 무엇이냐? 우리는 물건에 집착하고, 차를 타고 동네를 돌아다니지. 하지만 물건이라는 것도, 동네라는 것도 존재하지 않는 것일지 모른다. 어떤 사람이 데카르트에게 말했다. 우리가 사악한 악마에게 씌어, 있지도 않은 세상에 복종하는 건 아니냐고. 겉보기에만 그럴 듯한 세상의 껍데기에 속고 있는 건 아니냐고. 만약 그렇다 하더라도 우리는 모를 테지. 믿어야 한다. 하느님을 믿어야 한다. 나는 하느님이 나를 속이지 않을 거라고 믿는다. 나는 주님이 신실하고 진실하고 거짓 없는 분이라고 생각한다. 하느님의 존재를 부인하는 너에게는 그런 질문 자체가 성립하지 않겠지만. 증거가 있느냐고 물었지? 지금 이 순간에도 내 귀에는 하느님의 음성이 들린다고 하면 믿겠니? 당연히 안 믿겠지. 하느님에게 뭐라 이야기하는 사람은 독실하다는 평가를 받고, 하느님의 음성을 듣는 사람은 미쳤다는 평가를 받지. 지금은 믿음이 부족한 시대다. 하느님이 죽은 게 아니라 우리의 믿음이 죽은 거야."

"하지만—" 빌은 손짓을 섞어가며 맞받아쳤다. "말이 안 되잖아요. 제프가 뭣하러 돌아오겠어요?"

"그럼 애당초 제프는 뭣하러 이 세상에 태어났던 걸까? 그걸 가르쳐주면 그 아이가 뭣하러 돌아왔는지 알려주마. 너는 뭣하러 이 세상에 태어났을까? 무엇을 위해 탄생되었을까? 너를 만든 사람이 있다 해도 너는 그가 누구인지 알지 못하고, 그가 너를 만든 이유가 있다 해도 그 이유 또한 알지 못하지. 어쩌면 너를 만든 사람이 없을 수도 있고, 네가 태어난 이유가 없을 수도 있다. 이 세상도, 삶의 목적도, 조물주도 존재하지 않으니 제프도 환생하지 않은 것이다. 너는 그렇게 생각하는 게냐? 너는 그런 식으로 사는 게냐? 하이데거가 말한 존재가 너에게는 그런 의미인 게냐? 그렇다면 피폐하고 거짓된 존재로구나. 나약하고 메마르고 종국에는 헛된 존재로구나. 빌, 네가 믿는 것이 무언가 분명히 있을 게다. 너 자신은 믿니? 너, 빌 룬드보그는 존재한다고 생각하니? 그렇겠지. 좋다. 다행이야. 실마리가 생긴 셈이로구나. 네 몸을 살펴보거라. 감각기관이 있지? 보고, 듣고, 맛보고, 만지고, 냄새 맡고. 이런 지각 체계는 정보를 받아들이기 위해 만들어진 것이겠지? 만약 그렇다면 정보라는 것이 존재한다고 간주해도 될 테고, 정보라는 것이 존재한다면 그것은 무언가와 연관이 있겠지? 그렇다면 어쩌면 이 세상이라는 것이 존재하고, 우리는 감각기관을 통해 이 세상과 연결되어 있는 게 아닐까? 네가 먹는 음식이 네 손으로 직접 만든 것일까? 네가 너에게서 벗어나, 네 육신에서 벗어나 네가 살아가는 데 필요한 음식을 만들어낸 걸까? 그렇지는 않을 게다. 그러니까 너는 이 바깥세상에 종속되어 있는데, 바깥세상이라는 존재에 대해 꼭 필요한 정보가 아니라 그럴듯한 정보만 알고 있구나. 우리에게 이 세상은 불가피한 진실이 아니라 불확실한 진실이야. 이 세상은 무엇으로 이루어져 있을까? 그곳에는 무엇이 있을까? 감각기관도 거짓말을 할까? 거짓말을 한다면 어떤 이유에서 하는 걸까? 감각기관은 우리가 만든 걸까? 아니, 그건 아니다. 누군가 아니면 무언가가 만든 것이다. 그 누군가가 누구일까? 너는 혼자가 아니다. 유일하게 존재하는 실체가 아니야. 다른 누군가가 너를 설계하고 만든 것이다. 카를 벤츠가 최초의 승용차를 만든 것처럼. 예전에 카를 벤츠라는 사람이 살았다는 것을 내가 어떻게 알고 있을까? 너한테 들었기 때문이겠지? 나는 너한테 제프가 돌아왔다고 이야기했는데—"

"어머니가 이야기하셨죠." 빌이 지적하고 나섰다.

"너희 어머니는 거짓말을 잘하는 사람이니?"

"아뇨."

"저승으로 떠났던 제프가 우리 곁으로 돌아왔다고 이야기했을 때 너희 어머니와 내가 얻는 이득이 무엇일까? 못 믿겠다고 하는 사람들이 대부분일 텐데. 우리가 그렇게 이야기하는 것은 우리가 그것을 사실이라고 믿기 때문이다. 그리고 사실이라고 믿을 만한 이유도 있고. 우리 둘 다 여러 가지를 보았고, 목격했거든. 지금 이 방에서 내 눈에 카를 벤츠가 보이지는 않지만 나는 그가 한때 실존했던 인물임을 믿는다. 메르세데스 벤츠가 어떤 여자아이와 어떤 남자의 이름을 조합해서 만든 상표임을 믿는다. 나는 변호사야. 어떤 기준에 따라 기초적인 사실을 면밀하게 조사하는 데 통달한 사람이지. 우리에게는, 키어스틴과 나에게는 제프가 돌아왔다는 증거도 있어. 그 불가사의한 현상들 말이다."

"네, 하지만 그 불가사의한 현상이라는 것은 사실 아무 증거도 못 되잖아요. 주교님께서 제프가 그랬다고, 제프가 벌인 일로 추정하고 계시는 것에 불과하니까요. 실상은 아무도 모르잖아요."

"내가 예를 하나 들어볼까? 네가 어느 날 주차해놓은 차 밑을 보니 물웅덩이가 있었다 치자. 그런데 그 물이 네 차에서 흘러나온 건지 아닌지 정확히 알 방법은 없어. 증거를 보고 그렇지 않을까 추정할 수밖에. 나는 변호사 출신이라 증거를 구성하는 요소가 무엇인지 알고 있다. 너는 자동차 정비공으로서—"

"자기 집에 주차한 거예요? 아니면 슈퍼마켓이나 뭐 그런 공용 주차장에 주차한 거예요?"

팀은 빌의 질문을 듣고 살짝 당황했는지 잠시 머뭇거렸다. "무슨 소리냐?"

"자기 집 주차장이면 자기 차에서 나온 물이겠죠. 어찌됐건 엔진은 아니고, 냉각기나 냉각 펌프나 어느 호스에서 나온 거겠지만요."

"아무튼 증거를 바탕으로 네가 추정을 하는 거란 말이지."

"파워 스티어링 오일일 수도 있어요. 물하고 아주 비슷하거든요. 조금 불그스름하고요. 그리고 오토 차량인 경우에는 미션 오일도 그 비슷한 액체예요. 파워 스티어링이에요?"

"뭐가 말이냐?"

"주교님 차 말이에요."

"글쎄다. 나는 지금 그런 차가 있다고 가정해보자는 건데."

"아니면 엔진 오일일 수도 있어요. 엔진 오일이면 불그스름하지 않아요. 물인지 오일인지, 파워 스티어링인지 트랜스미션인지 확인해야 해요. 다른 것일 수도 있고요. 만약 공용 주차장이면 내 차 밑에 물웅덩이가 있더라도 별일 아닐 수 있어요. 그 자리에 다른 여러 사람들이 차를 세웠을 테니까. 그 전에 세운 차에서 흘러나온 것일 수도 있잖아요. 가장 좋은 방법은—"

"아무튼 추정만 할 수 있을 따름이지. 네 차에서 나온 건지 아닌지 확실히 장담할 수는 없고."

"당장은 모르지만 알아낼 수는 있어요. 좋아요. 나만 쓰는 우리 집 주차장이라고 해보죠. 제일 먼저 알아보아야 할 것은 어떤 액체인가 하는 거예요. 자동차 밑으로 손을 넣어서—먼저 차를 뒤로 살짝 옮겨야겠네요—손가락을 담가보세요. 불그스름한가요? 갈색인가요? 오일인가요? 물인가요? 물이라면 흔히 나타나는 현상이에요. 냉각기에서 넘친 물일지 모르거든요. 시동을 껐는데 냉각수가 점점 뜨거워져서 파이프를 통해 흘러나올 때도 있어요."

"그게 물이라고 해도 자동차에서 나온 물인지 아닌지 확실히

179

장담할 수는 없지." 팀은 집요했다.

"그럼 어디에서 나온 물이겠어요?"

"그야 알 수 없지. 넌 지금 정황증거로 추론을 하고 있어. 차에서 물이 흘러나오는 것을 보지도 않았는데."

"좋아요. 그럼 시동을 켜고 공회전시키면서 지켜보죠. 밑에서 물이 떨어지는지."

"너무 시간이 오래 걸리지 않을까?"

"그래도 알아내야 하잖아요. 파워 스티어링 오일이 얼마나 남았는지도 확인해야죠. 트랜스미션과 냉각기, 엔진 오일도 확인하고. 정기적으로 점검해야 하는 부분들이에요. 기다리는 동안 이런 걸 점검하면 되죠. 트랜스미션 오일처럼 시동을 켜놓은 상태에서 확인해야 하는 것들도 있거든요. 그리고 타이어 공기압도 체크해야 돼요. 보통 어느 정도로 유지하세요?"

"뭘 말이냐?" 팀이 되묻자 빌은 미소를 지었다.

"타이어 공기압요. 타이어는 도합 다섯 개가 있어요. 트렁크에 있는 스페어타이어까지 포함해서. 다른 타이어 공기압은 체크하면서 스페어타이어는 깜빡할 수 있어요. 어느 날 갑자기 타이어가 펑크 났는데 스페어타이어에 공기가 하나도 없으면 어떻게 해요? 범퍼 잭이나 액슬 잭은 가지고 다니세요? 그나저나 차종이 뭐죠?"

"뷰익인 것 같은데."

"크라이슬러예요." 내가 조용히 알려주었다.

"아." 팀이 말했다.

빌이 이스트베이로 다시 돌아가기 위해 떠나고 텐더로인 아파트 거실에 팀과 나 둘만 남았을 때, 팀이 툭 터놓고 솔직하게 이야기를 꺼냈다. "키어스틴하고 내가 요즘 어려움을 겪고 있단다." 그는 나와 함께 소파에 나란히 앉아서 침실에 있는 키어스틴에게 들리지 않게 나지막이 속삭였다.

"키어스틴이 진정제를 얼마나 먹고 있나요?"

"바르비투르산염 말이냐?"

"네, 바르비투르산염요."

"잘 모르겠다. 달라는 대로 뭐든 주는 의사가 있어서……. 한 번에 백 알씩 받아 온단다. 세코날*이랑 아미탈**도 있어. 그건 다른 의사한테 받아 오는 것 같던데."

"얼마나 먹는지 알아보시는 게 좋겠어요."

"빌은 왜 제프의 환생을 믿지 않으려는 걸까?"

"아무도 모를 일이죠."

"내가 이 책을 쓰는 이유는 사랑하는 사람을 잃고 상심해 있는 사람들에게 위안을 주고 싶어서란다. 탄생의 충격 이후에 삶이 시작되는 것처럼 죽음의 충격 이후에 시작되는 삶도 있다는 사실을 알게 되면 그보다 더 마음이 놓이는 일이 어디 있겠니? 내세가 기다리고 있다는 것은 예수님이 장담한 일이지. 구원의 약속도 내세가 있기에 이루어지는 거란다. '나는 부활이요 생명이니 나를 믿는 사람은 죽더라도 살겠고, 또 살아서 믿

---

* 최면제 상표명.
** 진통제 상표명.

181

는 사람은 영원히 죽지 않을 것이다.'* 그리고 나서 예수님은 마르타에게 물었지. '너는 이것을 믿느냐?' 이에 마르타는 '예, 주님. 주님께서는 이 세상에 오시기로 약속된 그리스도이시며 하느님의 아드님이신 것을 믿습니다.'**라고 대답했다. 나중에 예수님은 이런 말씀도 하셨지. '나는 내 마음대로 말하지 않고 나를 보내신 아버지께서 무엇을 어떻게 말하라고 친히 명령하시는 대로 말하였다. 나는 그 명령이 영원한 생명을 준다는 것을 안다.'*** 성서를 펼치마." 팀은 작은 테이블에 놓여 있던 성서 쪽으로 손을 뻗었다. "고린도전서 15장 12절. '그리스도께서 죽은 자들 가운데서 다시 살아나셨다는 것을 우리가 전파하고 있는데, 여러분 가운데 어떤 사람은 죽은 자의 부활이 없다고 하니 어떻게 된 일입니까? 만일 죽은 자가 부활하는 일이 없다면 그리스도께서도 다시 살아나셨을 리가 없고, 그리스도께서 다시 살아나지 않으셨다면 우리가 전한 것도 헛된 것이요, 여러분의 믿음도 헛된 것일 수밖에 없을 것입니다. 만일 죽은 자가 다시 살아나는 일이 없다면 하느님께서 그리스도를 다시 살리셨을 리가 없습니다. 그렇다면 하느님께서 그리스도를 다시 살리셨다고 증언하는 우리는 결국 하느님을 거스르는 거짓 증인이 되는 셈입니다. 만일 죽은 자들이 다시 살아나는 일이 없다면 그리스도께서도 다시 살아나실 수 없었을 것입니다. 만일 그리스도께서 다시 살아나시지 않았다면 여러분의 믿음은

* 요한복음 11장 25~26절.
** 요한복음 11장 27절.
*** 요한복음 12장 49~50장.

헛된 것이 되고, 여러분은 아직도 죄에서 헤어나지 못하고 있을 것입니다. 그리고 그리스도를 믿다가 세상을 떠난 사람들도 멸망했을 것입니다. 만일 그리스도를 믿는 우리가 이 세상에만 희망을 걸고 있다면 우리는 누구보다도 가장 가련한 사람일 것입니다. 그러나 그리스도께서는 죽은 자들 가운데서 다시 살아나셔서 죽었다가 부활한 첫 사람이 되셨습니다.'" 팀은 성서를 덮었다. "여기 이렇게 분명하고 명백하게 적혀 있지 않니. 의심의 여지가 있을 수 없게."

"그러게요."

"다마스쿠스 와디에서 발견된 증거들이 얼마나 많은지 모른다. 초기 기독교회의 복음을 조명하는 증거들이. 우리도 이제는 그만큼 알게 되었지. 바울은 비유를 들어서 이야기한 게 아니었다. 죽은 자가 실제로 부활한 거였어. 그들에게는 그런 기술이 있었지. 과학기술이. 요즘은 그걸 의학기술이라고 한다만. '와디'에 '아노키'가 있었던 게다."

"버섯 말이죠?"

그는 나를 빤히 쳐다보았다. "그래, '아노키' 버섯."

"빵과 수프."

"그렇지."

"하지만 지금은 '아노키'가 없잖아요."

"그 대신 성찬식이 있잖니."

"하지만 성찬식에 제일 중요한 알맹이가 없잖아요. 원주민들이 가짜 비행기를 만들어놓고 받들어 모시는 화물 숭배* 비슷한 거 아니냐고요."

"그거하고는 전혀 다르지."

"어떻게 다른데요?"

"성령이—" 그는 말을 하다 말고 멈추었다.

"제 말이 그 말이에요."

"성령의 조화로 제프가 환생한 게 아닐까 싶구나."

"그러니까 주교님은 성령이 현재 존재하고 있을 뿐 아니라 예전부터 존재해왔고, 성령이 곧 하느님이며 하느님의 한 형태라고 생각하시는 거네요?"

"지금은 그렇게 생각한다. 증거를 보았으니까. 제프가 죽은 시각으로 시계가 맞춰지고, 키어스틴의 머리가 그슬리고, 거울이 깨지고, 바늘이 키어스틴의 손톱 밑을 찌르고, 이런 증거들을 보기 전에는 안 믿었지. 키어스틴의 옷이 온통 흐트러지고 그랬단다. 너를 불러서 보여주었더라면 좋았을 텐데. 살아 있는 사람의 소행은 분명 아니었다. 그렇다고 우리가 증거를 위조할 리도 없고. 우리가 사기를 치거나 그럴 사람들로 보이니?"

"아뇨."

"책장에 꽂혀 있던 책들이 바닥으로 떨어진 날도 있었지. 집에 아무도 없었는데 말이다. 너도 네 눈으로 확인했어야 하는 건데……."

"'아노키' 버섯이 지금도 있다고 생각하세요?"

---

* 초자연적인 근원으로부터 여러 가지 상품을 실은 특별한 '화물'이 도착하면 새로운 축복의 시대가 열린다고 믿었던 멜라네시아 원주민들의 신앙.

"모르겠다. 플라니우스가 쓴 『박물지』 제8권에 '비타 베르나'라는 버섯이 나오기는 한다만. 플라니우스가 1세기 인물이니까…… 대충 시기가 맞아떨어지는구나. 게다가 테오프라스토스*의 책에서 인용한 게 아니라 그가 두 눈으로 목격한 버섯이거든. 로마의 뜰에서 직접 본 거란 말이다. 그게 '아노키'였을 수도 있지. 하지만 추측에 불과한 일이야. 확실히 알 수 있으면 좋으련만." 그는 이렇게 말하고, 늘 그러듯이 불쑥 화제를 바꾸었다. 팀 아처의 관심은 한곳에 오래 머무는 법이 없었다. "빌이 정신분열증이지?"

"네."

"하지만 일은 할 수 있고."

"병원에 입원해 있을 때하고 자기 세계 안으로 파고들어서 병원에 입원하기 직전일 때 빼고는요."

"지금은 상당히 괜찮아 보이던데. 하지만 가설을 이해하지는 못하는 것 같더구나."

"추상적인 사고를 잘 못해요."

"앞으로는 어떻게 될지……. 키어스틴 말로는 예후가 안 좋다고 하던데……."

"회복될 가능성이 제로예요. 영. 빵. 하지만 마약에 손을 댈만큼 어리석지는 않으니까 됐죠, 뭐."

"교육의 혜택도 못 누리고 말이다."

"그런 교육을 과연 혜택이라고 할 수 있을까요? 저도 레코드

---

* 고대 그리스 소요학파 철학자. 아리스토텔레스의 제자.

185

가게에서 일하는 게 고작이잖아요. 그것도 캘리포니아 대학교 영문학과 졸업장하고는 아무 상관없는 일이고요."

"안 그래도 베토벤의 〈피델리오〉 음반을 추천해달라고 할 참이었다."

"클렘페러*가 앤젤 레코드에서 낸 음반요. 레오노라 역은 크리스타 루드비히."

"크리스타 루드비히의 아리아 참 좋던데."

"'Abscheulicher! Wo Eilst Due Hin?(가증스러운 인간아! 어디를 그리 바삐 가는가?)' 참 잘 부르죠? 하지만 몇 년 전에 나온 프리다 라이더 음반이 최고예요. 소장용이랄까요. LP판으로 만들어졌는지도 모르겠는데, 저는 못 봤어요. 몇 년 전에 한 번 KPFA에서 들은 게 전부거든요. 그런데도 절대 잊히지가 않네요."

"베토벤은 인류 역사상 가장 위대한 천재이자 가장 위대한 예술가 아니었을까? 인간의 자아관을 바꾸어놓았잖니."

"맞아요. 〈피델리오〉에서 감옥에 갇혔던 사람들이 밝은 세상 속으로 나왔을 때 그 장면은 정말이지…… 그렇게 아름다운 악절이 또 있을까 싶어요."

"아름답다는 단어로는 부족할 정도지. 자유의 본질을 절감하는 순간이니 말이다. 베토벤이 말년에 작곡한 4중주 같은 경우를 보면, 가사도 없는 추상적인 음악이 인간의 자의식과 존재론적인 본성에 어쩌면 그렇게 심오한 영향을 미칠 수 있을까

---
* 독일의 유명한 지휘자.

하는 생각이 들지 않니? 쇼펜하우어도 예술, 그중에서도 특히 음악에는 무분별하고 전투적인 태도를 잠재우는 힘이 있다고 했지. 일시적인 종교 체험에 비유하면서. 여하튼 예술, 특히 음악에는 인간을 본질적으로 충족될 수 없는 생물학적 본능에 좌우되는 무분별한 존재에서 이성적인 존재로 변모시키는 힘이 있지. 베토벤의 〈현악 4중주 13번〉 마지막 악장을 난생 처음 들었을 때가 생각나는구나. '대푸가' 말고 나중에 그 대신 넣은 알레그로 말이다. 참 희한한 악장이지…… 너무 씩씩하고 가볍고, 너무 밝아."

"어디선가 읽었는데 가장 최후에 만든 곡이래요. 베토벤이 살아 있었더라면 4기를 여는 첫 작품이 됐을 거라던데요? 3기하고는 어울리지 않는 곡이라고."

"베토벤은 인간의 자유라는 완전히 새롭고 독창적인 발상을 어디에서 얻었을까? 베토벤이 박학다식했던가?"

"괴테와 실러 시대의 인물이었죠. '아우프클레룽Aufklärung'이라고 불린 독일 계몽주의 시대요."

"실러. 시작은 항상 실러야. 실러에서부터 네덜란드가 스페인을 상대로 폭동을 일으킨 저지대의 전쟁이 있기까지. 이 사건은 괴테의 『파우스트』2권에도 등장하는데, 네덜란드가 북해의 영토를 되찾았을 때 파우스트도 드디어 '시간아, 멈추어라' 하고 외치고 싶을 만큼 만족스러운 순간과 맞닥트리지. 그 순간을 묘사한 구절을 내가 예전에 직접 번역한 적이 있단다. 마음에 드는 번역이 없어서 말이다. 그걸 어디다 뒀는지 모르겠네…… 하도 오래전 일이라. 베이어드 테일러 번역본을 너도 알고 있니?" 그는 자리에서 일어나 줄줄이 꽂힌 책 중에서 한 권을 뽑아들고 자리로 되돌아오면서 책장을 펼쳤다.

저 산줄기에 늪이 하나 생겨
오랜 세월에 걸쳐 복구한 땅을 더럽히고 있구나.
악취가 나는 저 늪의 물을 없애는 것이
내 가장 훌륭한 최후의 업적이 되리니.
이로써 수많은 백성들에게
안정적이지는 않아도 열심히 일굴 수 있는 땅이 생기리라.
인간과 가축은 푸르고 비옥한 들판,
이 새로운 땅에 당장 정이 들 테고,
용감하고 부지런한 민중들이 일군
굳건한 언덕 기슭에 금세 뿌리를 내리리라.
여기 이 천국과도 같은 땅의
방죽까지 거센 파도가 들이닥쳐
그 방죽을 사납게 갉아먹더라도
모두가 하나로 힘을 모아 막으리니.
그렇다! 나는 이런 생각을 꿋꿋하게 믿고 있으니
이것이 궁극적이고도 참된 지혜.
자유와 존재는 스스로 얻는 자의 것ㅡ

내가 옆에서 거들었다. "'그것은 날마다 싸워서 얻는 자의 것.'"

"그렇지." 팀은 『파우스트』 2권을 덮고 "내가 번역한 걸 어쨌는지 모르겠구나"라고 하더니 다시 책을 펼쳤다. "내가 나머지 부분을 읽어도 되겠니?"

"그럼요."

　　그리하여 이곳에서는 위험에 에워싸여 있더라도
　　어린 시절과 어른 시절과 일생과 활기 넘치는 하루가 순탄하게
　　흘러가리니
　　나는 그러한 사람들을 기쁘게 바라보며
　　자유로운 땅에서 자유로운 백성과 더불어 살고 싶도다!
　　그러면 스쳐가는 순간을 향해 나 감히 이렇게 말할 수 있으리라.
　　멈추어라. 너 정말 아름답구나!

"그 시점에서 하느님이 내기에서 이겼죠."

"그렇지." 팀은 고개를 끄덕였다.

　　속세의 존재인 내가 남긴 흔적은
　　영원토록 사라지지 않고 그 자리에 있을지니!
　　이처럼 고결한 지복을 예감하며
　　지금 나는 최고의 순간을 맛보고 있노라, 이 순간을.

"번역이 아주 훌륭하고 명쾌하네요."

"괴테는 죽기 1년 전에『파우스트』를 썼지. 그 구절에서 생각나는 독일어 단어가 딱 하나로구나. 베르디에넨verdienen. 쟁취한다는 뜻이지. '자유를 쟁취하다.' 자유는 아마 프라이하이트일 게다. 이런 식이었던 것 같은데. '베르디엔트 자이네 프라이하이트Verdient seine Freiheit—'" 그는 말을 잠깐 멈추었다 다시 이었다. "그 정도밖에 생각이 안 나는구나. '그것, 즉 자유와 존재는 날마다 싸워서 얻는 자의 것.' 이때에 이르러 독일 계몽주의가 정점에 달했는데, 어쩌면 그렇게 곤두박질칠 수가 있었는지. 괴테, 실러, 베토벤에서 제3제국과 히틀러라니 어쩌면 그럴 수가 있을까 싶지 않니?'"

"그런데 그게 발렌슈타인을 통해 이미 예견이 됐죠."

"별점을 쳐서 휘하의 장수들을 뽑은 그를 통해서 말이다. 그렇게 지적이고 교양 있던 위인이, 그 시대에 가장 엄청난 권력을 쥐고 있던 사람이 어쩌다 그런 걸 믿게 됐을까? 나로서는 알 수 없는 일이다. 영원히 풀리지 않을 수수께끼랄까."

나는 그가 피곤해하는 기색을 느끼고 외투와 핸드백을 집어 작별 인사를 한 뒤 밖으로 나왔다.

내 차에 주차 위반 딱지가 붙어 있었다. 젠장. 나는 속으로 중얼거리며 와이퍼에 끼워진 딱지를 꺼내 주머니 속으로 쑤셔 넣었다. 우리가 괴테의 작품을 읽는 동안 사랑스러운 주차 단속 요원께서 내 차에 딱지를 붙이고 있었다니. 참 신기한 세상이다. 아니, 참 신기한 세상 '들'이라고 해야겠다. 양쪽 세상이 서로 겹치지는 않으니까.

09

티모시 아처 주교는 숱한 기도와 고민, 거기다 놀라운 분석력까지 동원한 끝에 성공회 캘리포니아 교구 주교 감투를 벗고—그의 표현을 빌리자면—민간 분야로 옮기는 수밖에 없겠다는 결론을 내렸다. 그는 키어스틴과 나를 앉혀놓고 이 문제를 장황하게 의논했다.

"나는 이제 그리스도의 실체를 못 믿겠다. 절대로. 이런 상태로 신약성서의 복음을 계속 설파하는 것은 양심상 못 할 일이지. 신도들 앞에 설 때마다 그들을 속이고 있다는 기분이 들어."

"그날 밤에 빌 룬드보그한테는 제프의 환생이 그리스도의 실체를 입증하는 증거라고 하셨잖아요." 내가 말했다.

"그렇지가 않아. 상황을 철저하게 조사했는데 그리스도의 실체를 입증하는 증거라 할 수가 없더구나."

191

"그럼 뭘 입증하는 증거인가요?" 키어스틴이 물었다.

"사후세계. 하지만 그리스도의 실체를 입증하는 증거는 못 된다오. 예수는 일개 선생에 불과했고, 교리마저 자기 것이 아니었어요. 개럿 박사라고 샌타바버라에 사는 영매가 있다는데 그를 찾아가서 제프와의 대화를 시도해볼 생각이에요. 메이슨 씨에게 소개받은 사람인데……" 팀은 종이 한 장을 물끄러미 바라보다 다시 입을 열었다. "이런. 개럿 박사가 여자로군. 레이첼 개럿. 흠……. 나는 남자인 줄 알았는데." 그는 샌타바버라에 같이 갈 의향이 있느냐고 우리 둘에게 물었다. 그의 설명에 따르면 가서 제프에게 그리스도에 대해 물어볼 생각이라고 했다. 그리스도가 진짜인지 아닌지, 하느님의 아들이라는 사실과 교회에서 가르치는 내용들이 전부 맞는지, 제프가 영매인 개럿 박사를 통해 알려줄 수 있을 거라고 했다. 이번 여행은 중요했다. 팀의 주교직 사임 여부가 이번 여행에 달려 있었다.

게다가 팀의 믿음과도 관련 있는 문제였다. 몇 십 년에 걸쳐 성공회 교회 안에서 승진을 거듭한 그가 이제 와 기독교의 정당성 여부를 놓고 고민하고 있었다. '정당성'은 팀이 쓴 표현이었다. 내가 생각하기에는 팀의 가슴과 머릿속에서 벌어지고 있는 엄청난 밀고 당기기에 비해 너무 박력 없고 시류에 부합하는 단어였다. 하지만 팀은 전혀 흥분한 기미 없이 차분하게 그 단어를 내뱉었다. 마치 어떤 옷을 살까 말까 따위를 고민하는 사람 같았다.

"그리스도는 어떤 사람이 아니라 어떤 역할을 지칭하는 단어란다. 히브리어로 기름부음을 받은 자, 선택된 자를 뜻하는 '메시아'를 잘못 음역한 거야. 물론 메시아는 세상의 종말 때 찾아와 지금 우리가 살고 있는 철의 시대를 종식하고 황금의 시대를 펼칠 인물이지. 이것이야말로 베르길리우스가 쓴 「네 번째 목가」에서 가장 아름다운 문구랄까. 어디 보자…… 그 책이 있을 텐데." 그는 심각한 순간에 늘 그렇듯이 책장 쪽으로 걸어갔다.

"베르길리우스의 시까지 들을 필요는 없잖아요." 키어스틴이 비꼬는 투로 말했다.

"여기 있구나." 팀은 그녀의 말이 안중에도 없는 듯했다.

"'Ultima Cumaei venit iam carminis aetas; magnus—'"

"그만하라고요." 키어스틴이 날카롭게 쏘아붙였다.

팀은 어리둥절한 표정으로 그녀를 쳐다보았다.

키어스틴이 말했다. "주교직을 사임하겠다니, 어이가 없을 만큼 멍청하고 이기적인 발상 아닌가요?"

"내가 목가를 해석해줄 테니 들어보겠소? 그럼 당신도 내 뜻을 이해할 수 있을 거요."

"당신은 지금 당신 인생과 내 인생을 모두 망치려 하고 있어요. 나는 어쩌라고요?"

그는 고개를 저었다. "나는 복지시설협회에 들어갈 거요."

"그게 도대체 뭔데요?" 키어스틴이 물었다.

"샌타바버라에 있는 싱크탱크예요." 내가 대답했다.

"샌타바버라에 내려간 김에 그쪽 사람들을 만나볼 생각이로군요?" 키어스틴이 물었다.

"그렇지." 그는 고개를 끄덕였다. "그 단체를 총괄하고 있는 포메로이와 약속을 잡아놓았소. 펠턴 포메로이. 내가 신학고문을 맡을 생각이오."

"아주 평판이 좋은 단체예요." 내가 말했다.

키어스틴은 나무도 시들게 만들 법한 눈빛으로 나를 노려보았다.

팀이 말했다. "결정된 건 아직 아무것도 없어요. 기왕에 레이첼 개럿을 만나기로 했으니…… 가는 김에 그 사람도 만나면 좋겠다고 생각한 거지. 그러면 한 번에 두 가지 일을 해결할 수 있으니까."

"약속을 잡는 건 제 소관이잖아요." 키어스틴이 말했다.

"사실 철저하게 비공식적인 만남이라오. 점심 식사를 하면서 다른 고문들도 만나보고…… 그 단체 건물과 꽃밭도 좀 둘러보고. 꽃밭이 아주 예쁘거든. 몇 년 전에 본 적이 있는데 아직도 생각이 날 만큼." 그는 이렇게 말하고 내 쪽으로 고개를 돌렸다. "앤젤, 너도 보면 무척 마음에 들 게다. 온갖 종류의 장미가 심겨 있거든. 특히 피스 품종이 많고. 별 5개짜리 장미들이 모두 모여 있지. 장미도 별 개수로 등급을 매기는지 그건 잘 모르겠다만. 이제 베르길리우스의 목가가 어떤 내용인지 번역본을 읽어볼까?"

이제 쿠마이의 시빌이 노래한

194

최후의 시대가 도래하고,

위대한 신기원이 잇따라 탄생하리니.

이제 성모마리아가 돌아오고 사투르누스*의 시대가 돌아오고,

이제 새로운 종족이 하늘 높은 곳에서 강림하리니.

오, 순결한 루시나, 탄생의 여신이여!

갓 태어난 남자아이를 보고 미소를 짓는도다.

이 아이로부터 철의 종족이 끝이 나고

황금의 종족이 온 세상에서 등장하리니.

그대들의 아폴론이 이제 왕이도다.

키어스틴과 나는 서로 쳐다보았다. 키어스틴의 입술이 달싹였지만 아무 소리도 나지 않았다. 팀이 자신의 이력과 인생을 결딴내던 그 순간, 그녀가 무슨 말을 하려 했고 무슨 생각을 했을지 알 수 없는 일이었다. 그때 그는 신념에 찬 얼굴이었지만, 사실 그렇게 된 원인은 신념 부족이었다. 구세주에 대한 믿음이 부족한 탓이었다.

키어스틴의 문제는 단순했다. 문제가 뭔지 모르고 있는 게 문제였다. 그녀에게 있어 팀의 딜레마는 현학적인 이유에서 만들어진, 실체가 없는 딜레마였다. 그녀가 생각하기에 그는 언제든지 마음만 먹으면 문제를 해결할 수 있는 사람이었다. 그런데 주교라는 직업이 싫어져서 변화를 모색하고 있을 뿐이었다. 예수 그리스도에 대한 신념을 잃었다는 핑계로 전업을 합

---

* 로마 신화에 등장하는 농경과 계절의 신.

리화하려는 것이었다. 그녀로서는 그런 어리석은 발상에 찬성할 수가 없었다. 그의 지위 덕분에 얻은 것이 얼마나 많았는데……. 그녀의 말마따나 팀은 그녀 생각은 조금도 하지 않고 자기 생각만 하고 있었다.

"개럿 박사는 아주 평판이 좋은 사람이야." 팀은 우리 둘 중한 명이라도 자기편이 되어주길 바라는 듯 애처로운 목소리로 이렇게 말했다.

"아버님. 제 생각에는—"

내가 입을 열자 키어스틴이 말허리를 잘랐다. "쓸데없는 생각 말고 가랑이 단속이나 잘하시지."

"네?"

"내 말 허투루 듣지 마. 내가 방으로 먼저 들어간 날, 둘이 속닥거린 거 다 알아. 단둘이서. 그리고 만나온 것도 다 알고 있어."

"만나다니, 누가 누구를요?"

"둘이 서로."

"하느님 맙소사."

"'하느님 맙소사!' 또 하느님 타령이로군. 너의 그 이기심과 꿍꿍이속을 감추려고 늘 하느님을 부르지. 구역질 나. 두 사람다 구역질 나." 그녀가 이번에는 팀을 향해 말했다. "당신이 지난주에 저 아이가 일하는 레코드 가게로 찾아갔던 거 다 알아요."

"음반을 사러 갔던 거요. 〈피델리오〉를 사러."

"여기서도 살 수 있잖아요. 아니면 나한테 사다 달라고 부탁

할 수도 있었고."

"어떤 게 있는지 보고 싶어서—"

"저 아이한테 있는 건 뭐든 나한테도 다 있다고요."

"〈장엄 미사〉 말이오." 팀은 힘없이 대답을 하더니 멍한 표정으로 나를 보며 애원하는 투로 말했다. "네가 설명을 좀 해주겠니?"

"설명 따위 필요 없어요. 어떻게 된 일인지 다 알고 있으니까." 키어스틴이 말했다.

"키어스틴, 진정제를 끊는 게 좋겠어요." 내가 말했다.

"너는 하루에도 다섯 번씩 하는 그걸 끊는 게 좋겠고." 그녀가 어찌나 표독스러운 표정을 짓고 있는지 내 눈이 의심스러울 정도였다. "네가 피워대는 마리화나가—" 그녀는 말을 끊었다다시 이었다. "샌프란시스코 경찰서에서 한 달 동안 거둬들이는 분량보다 더 많잖아. 미안. 몸이 안 좋네. 잠깐 실례할게." 그녀는 방 안으로 들어가 조용히 문을 닫았다. 그녀가 안에서 부스럭거리다가 욕실로 들어가 물을 트는 소리가 들렸다. 바르비투르산염을 먹는 모양이었다.

나는 멍하니 넋을 잃고 서 있는 팀에게 말했다. "바르비투르산염을 먹으면 저런 식으로 성격이 달라져요. 약 때문에 그런 거예요."

그는 이내 정신을 차렸다. "아무래도 샌타바버라에 가서 개럿 박사를 꼭 만나야겠다. 여자라 좀 그런 것 같니?"

"키어스틴이오? 아니면 개럿이오?"

"개럿 말이다. 분명 남자라고 들은 것 같은데 이름을 지금에 서야 봤구나. 내가 잘못 들었을 수도 있겠지. 키어스틴이 그것 때문에 화가 난 것일지도 몰라. 곧 화가 풀릴 거야. 다 같이 가 자꾸나. 메이슨 박사 말로는 개럿 박사가 나이도 많고 거의 은 퇴한 거나 다름없는 노부인이라 했으니 일단 만나보면 키어스 틴도 안심하겠지."

나는 화제를 바꾸려고 이렇게 물었다. "저한테 사 가신 〈장엄 미사〉 들어보셨어요?"

"아니. 시간이 없어서." 팀은 멍하니 대답했다.

"제일 훌륭한 음반은 아니에요. 컬럼비아사는 마이크 배치 가 독특하거든요. 개별 악기들의 소리를 담겠다고 마이크를 곳 곳에 설치해요. 의도는 좋은데 그 때문에 연주회장 분위기가 죽죠."

"내가 주교직을 그만두겠다고 하니 심란한 모양이다."

"좀 더 생각해보세요, 성급하게 그만두지 마시고. 그나저나 영매를 만나고 싶으신 거 확실해요? 정신적인 위기가 찾아왔을 때 교회 내에서도 찾아갈 만한 사람이 있지 않나요?"

"제프와 의논할 생각이다. 영매는 수동적인 대리인에 불과하 지. 전화처럼 말이다." 그는 이윽고 영매에 대한 세간의 오해에 대해 이야기하기 시작했다. 나는 듣는 시늉만 했다. 별 감흥도 관심도 없었다. 익숙해졌음에도 불구하고, 적의를 보이는 키어 스틴에게 화가 났다. 이 정도면 상습적인 신경질로 간주할 수 있는 수준이 아니었다. 빨간 약 중독자라면 나도 익히 알고 있었다. 성격이 바뀌고 예민하게 반응하고 망상증이 생기고. 그녀는 우리한테 화풀이를 하고 있었다. 점점 쓸모없는 인간이 되어가고 있었다. 그런데 자기 혼자만 쓸모없는 인간이 되는 게 아니라 우리까지 움켜쥐고 억지로 끌고 가려 하고 있었다. 젠장. 기분이 더러웠다. 팀 아처 같은 사람이 이런 상황에서 참아야 하다니. 내가 참아야 하다니.

키어스틴이 방문을 열고 팀에게 말했다. "들어와보세요."

"잠깐만."

"당장 들어와보세요."

결국 내가 "저 이제 그만 갈게요"라고 하자 팀이 말했다.

"아니, 아직 가면 안 된다. 너하고 의논할 일들이 남았거든. 너도 내가 주교직을 그만두면 안 된다고 생각하는 거냐? 제프 책을 출간하면 그만둘 수밖에 없을 게다. 그런 식으로 논쟁의 소지가 다분한 책을 교회에서 용납할 리 없으니까. 너무 과격한 책이거든. 다르게 표현하자면 교회가 너무 보수적이지. 내 책은 시대를 앞서 나갔고, 교회는 시대에 뒤떨어져 있다고 할까? 나는 이 문제를 대하는 입장과 베트남 전쟁을 대하는 입장이 다를 게 없단다. 전쟁 문제로 기성 체제에 저항했으니 이론적으로는 사후 세계 문제도 기성 체제에 저항할 수 있어야 하는 거겠지. 그런데 전쟁 때는 미국 젊은이들의 응원이 있었지만, 이 문제에 있어서는 어느 누구도 나를 응원해주지 않는구나."

이 말을 듣고 키어스틴이 대꾸했다. "내가 응원해주고 있는데, 그건 조금도 중요하지 않은 모양이로군요."

"내 말은 대중적인 응원 말이오. 권력층, 여론을 좌우하는 사람들의 응원."

"내 응원은 조금도 중요하지 않은 모양이로군요." 키어스틴은 똑같은 말을 반복했다.

"무척 중요하지. 당신이 없었더라면 감히 그런 책을 쓸 생각도 못 했을 거요. 당신이 없었더라면 심지어 믿지도 않았을 테고. 나한테 힘을 주는 사람이 당신 아니오. 이해할 수 있는 능력을 주는 사람이. 그리고 제프도 그렇지. 제프와 접촉하면 어떤 식으로든 그리스도에 대해 알게 될 거요. 다마스쿠스 문서에서 은연중에 내비친 것처럼, 예수가 그동안 들은 가르침을 간접적으로 전달한 것에 불과했는지 아닌지가 밝혀질 거요. 어쩌면 제프는 지금 예수와 함께 있다고 말할지 모르오. 지금 그 아이가 있는 저승에서, 우리 모두 언젠가는 가게 될 저 위 세상에서 우리를 향해 열심히 손을 내밀고 있다고 말이오. 신의 가호가 함께하길."

"그럼 아버님은 이번 제프 일을 일종의 기회로 생각하고 계신 거네요? 다마스쿠스 문서의 의미에 대한 의혹을 해결하기 위한—"

"그건 이미 해결했다고 본다." 팀은 짜증이 난 듯 내 말허리를 잘랐다. "그래서 그 아이와 반드시 대화를 나누어야 한다는 거야."

회한한 일이었다. 죽은 아들을 의도적으로 이용해 역사적인 문제를 해결하려 하다니. 하지만 생각해보면 단순히 역사적인 문제가 아니었다. 이것은 팀 아처의 총체적인 믿음, 총괄적인 신앙 자체가 걸린 문제였다. 신앙을 유지할 것인가, 버릴 것인가. 신앙과 허무주의가 서로 맞서는 구조였다. 팀에게 그리스도를 잃는 것은 모든 것을 잃는 것과 마찬가지였다. 그런데 그는 그리스도를 잃었다. 그날 밤, 그가 빌에게 한 말은 요새가 무너지기 직전에 내뱉은 최후의 변론이었다. 요새는 그때 이미 무너졌는지 모른다. 아니, 그 전에 무너졌을지 모른다. 팀은 최후의 만찬 미사 때 기도서를 읽듯 연설문을 앞에 펼쳐놓고, 기억을 바탕으로 설전을 벌였다.

　나는 제프를 한 번도 그런 식으로 취급한 적이 없었건만 이제 그의 아들이, 나의 남편이 학구적인 문제에 귀속되었다. 이것은 제프 아처의 인간성을 거세하는 것과 다름없는 조치였다. 그가 하나의 수단으로, 배움을 위한 도구로 변질된 것이다. 마치 그냥 오디오북이 되어버린 것처럼 말이다! 팀이 항상 참고하는 책처럼, 위기의 순간이 찾아오면 더욱 열심히 찾는 책처럼. 책을 보면 알아야 할 모든 게 들어 있다. 이것을 역으로 해석하면 제프는 인간이 아니라 책이 되었을 때 의미를 갖는다. 책을 위한 책이 되었을 때. 팀이 진정으로 아들을 사랑하고 인정하려면, 아무리 불가능하게 느껴지더라도 아들을 책이라고 간주해야 한다. 팀 아처에게 우주란 거대한 책장이다. 가만있지 못하고 항상 옛것을 멀리하고 새로운 것을 추구하는 머리가 이끄는 대로 책을 골라서 뽑아드는 책장. 그가 낭송했던 『파우스트』의 구절과는 정반대다. 팀은 "멈추어라" 하고 외칠 만한 순간을 아직

찾지 못했다. 시간은 계속 움직이며 그에게서 도망치고 있었다.

　나도 별반 다를 게 없었다. UC 버클리 영문학과를 졸업한 나와 팀은 비슷한 부류였다. 학창시절에 단테의 『신곡』 마지막 편을 처음 접했을 때 꼭 내 이야기 같지 않았던가. 「천국편」 33곡이 나에게는 절정이었다.

> 나는 그 깊은 불꽃 속에서 보았다.
> 우주의 미로 속에 조각조각 흩어져 있던 것들이
> 한 권의 책 속에 사랑으로 묶인 것을.
> 본질과 사건과 그들의 관계가
> 혼연일체가 된 것처럼 그렇게
> 하나의 불꽃 속에 들어 있었다.

　영국의 시인 로렌스 비니언의 탁월한 번역에 언어학자인 C. H. 그랜전트가 이런 주석을 달았다.

> 하느님은 우주의 책이다.

　이 문구에 또 다른 학자는—누구였는지 이름은 잊었지만—'이야말로 플라톤주의적인 발상'이라고 주석을 달았다. 플라톤주의적인 발상이건 뭐건 간에 지금의 나를 만든 것이 바로 이 구절이었다. 이런 환상과 그에 대한 기록, 그리고 최후를 바라보는 이 같은 관점이 나의 근원이었다. 나는 기독교도라 할 수 없지만, 이런 시각과 이런 경외감을 잊지 못한다. 「천국편」의 마지막 곡을 난생처음 읽었던, 진심으로 읽었던 그날 밤이 아직도 생각난다. 나는 그날 충치 때문에 소름이 끼치고 견딜 수 없을 만큼 아파서 밤새도록 버번위스키를 스트레이트로 마시며 단테를 읽다 다음 날 아침 9시가 되자마자 전화도 예약도 없이 치과로 달려갔다. 그러고는 눈물을 뚝뚝 흘리며 데이비슨 선생님한테 어떻게 좀 해달라고 했고, 선생님은 치료를 해주었다. 그래서 그 마지막 곡은 내 위에, 내 안에 깊숙이 각인돼 있다. 말할 상대라곤 아무도 없던 그날, 밤새도록 몇 시간 동안이나 지독한 고통과 함께했으니까. 그 고통에서 벗어났을 때 나는 궁극의 사실들을 나만의 방식으로 해석하게 되었다. 정식도 아니고 공식도 아니었지만 그래도 하나의 방식이라면 방식이었다.

배우는 자는 아파야 한다. 잠을 자는 동안에도 잊히지 않는 고통이 한 방울씩 심장 위로 떨어질 때, 그런 절망의 순간에 하느님의 놀라운 은총으로 우리의 의지와는 상관없이 깨달음이 찾아온다.

뭐, 이 비슷한 식인데. 아이스킬로스*가 쓴 시였던가? 잊어버렸다. 아무튼 3대 비극작가 중 한 명이었는데…….
그러니까 내 입장에서는 치과에서 응급 신경치료를 받으며

* 고대 그리스의 극작가.

영적인 본질에 눈을 뜬 그 두 시간이야말로 내 생애 가장 위대한 깨달음의 순간이었다고 진심으로 말할 수 있다는 거다. 싸구려 버번위스키를 마시며 노래도 듣지 않고 아무것도 먹지 않고—뭘 먹을 수가 없었다—괴로워하며 단테만 읽은 그 열두 시간은 값진 시간이었다. 나는 죽을 때까지 그날을 잊지 못할 것이다. 따라서 나도 팀 아처와 다를 게 없었다. 내 입장에서도 책은 진짜로 살아 있는 존재다. 그 안에서 인간의 목소리가 흘러나와 나에게 복종을 강요한다. 팀이 말한, 세상에 대한 복종을 강요하는 하느님처럼. 그 정도로 심한 고통에 시달리고 나면, 그날 내가 행하고, 보고, 생각하고, 읽은 것들을 절대로 잊어버릴 수가 없다. 나는 아무것도 하지 않았고, 보지 않았고, 생각하지 않았다. 그저 읽고 기억했다. 나는 그날 밤 《하워드 덕》이나 《끝내주는 털북숭이 괴짜 삼형제》나 《스내치 코믹스》를 읽지 않았다. 단테가 쓴 『신곡』의 「지옥편」에서부터 「연옥편」을 거쳐 마침내 세 개의 빛깔을 지닌 세 개의 빛 고리에 이르자…… 때마침 아침 9시라 아침은커녕 커피까지 굶은 채 빌어먹을 차를 끌고, 막히는 길을 뚫고, 내내 울며 욕을 퍼부으며 데이비슨 선생님의 병원으로 달려갈 수 있었다. 땀 냄새와 버번위스키 냄새를 풍기며 실로 한심한 꼬락서니로 치과에 들이닥쳤을 때, 접수계 직원이 얼마나 기가 막혀 했는지 모른다.

그래서 내 경우 희한한 이유에서, 희한한 방식으로 책과 현실이 혼연일체가 된다. 하룻밤 사이 벌어진 하나의 사건을 통해 그 둘이 한데 뭉뚱그려진다. 하나로 합쳐져버린 나의 학문적인 영역과 현실적인 영역은—심하게 썩은 치아보다 더 현실적인 것은 없을 것이다—그날 이후 절대 둘로 갈라지지 않았다. 만약 내가 하느님을 믿는다면, 나는 그날 밤 하느님이 나에게 무언가를 보여주었다고 말할 것이다. 나에게 완전무결함이 무엇인지 보여주었다고 말할 것이다. 육신의 고통이 한 방울씩 떨어지다 그의 무시무시한 은총으로 찾아오는 깨달음……. 그런데 내가 깨달은 것은 무엇이었을까? 이 모든 것이 현실이라는 사실이었다. 염증이 생긴 치아도, 신경치료도, 현실 그 이상도 이하도 아니라는 사실이었다.

그 한가운데에서 이제 세 개의 동그라미가 등장하였다.
저마다 완전한 세 가지 빛깔의 동그라미가.

단테는 삼위일체 하느님을 이렇게 해석했다. 『신곡』을 읽으려 시도하는 사람들은 대부분 「지옥편」을 넘기지 못하고, 단테가 하느님을 끔찍한 광경으로 가득한 방으로 해석하는 줄 안다. 똥통에서 고개만 내밀고 있는 사람들, 똥통에 고개를 처박고 있는 사람들, 그리고 얼음 호수.* 하지만 이것은 여행의 시작에 불과하다. 이런 식으로 여행을 시작했을 뿐이다. 나는 그날 밤, 『신곡』을 끝까지 읽은 다음 데이비슨 선생님의 병원으로 총알같이 달려갔고, 그 뒤로 전과 다른 인간이 되었다. 예전의 나

———————
* 이슬람교에서 지옥은 얼음 호수로 묘사된다. 단테가 『신곡』을 쓰는 데 아라비아의 영향을 받았음을 알 수 있는 대목이다.

로 돌아가지 않았다. 그러니까 나에게도 책이 현실이었던 셈이다. 나는 책을 통해 다른 사람들뿐 아니라 그들의 환상과 연결이 된다. 그들이 보고 이해한 것들과 연결이 된다. 내 세상과 더불어 그들의 세상이 보인다. 그 고통과 눈물과 땀과 코를 찌르는 냄새와 싸구려 버번위스키가 나의 '지옥'이었고, 그것은 현실이었다. 내가 읽은 책에 '천국'이라는 제목이 달려 있었다면, 실제로 그것이 '천국'이었다. 이것이 단테의 환상이 일군 개가다. 모든 영역이 모두 동일한 현실이라는 것. 그리고 30년대 자동차들과 달리 급격한 수준 차가 없는 요즘 자동차들처럼, 모든 영역이 빌이 말한 것처럼 '점진적으로 향상'되면서 서로 한데 섞인다는 것. '점진적인 향상'이라니, 이 얼마나 적절한 표현인가.

하느님이 보우하사 그런 밤은 한 번으로 끝이었다. 하지만 젠장, 술을 마시고, 울고, 책을 읽고, 아파하며 그날 밤을 버티지 못했던들 내가 진정으로 태어날 수 있었을까. 그날이 내가 진짜 세상으로 나온 날이었다. 그리고 나에게 있어 진짜 세상은 고통과 아름다움이 혼재한 곳이고, 이것이야말로 진짜 세상을 올바르게 보는 방법이다. 현실을 이루는 요소가 고통과 아름다움이니까. 나는 그 요소들을 그날 밤에 모두 겪었다. 시련이 끝난 뒤 치과의사가 쥐여준 진통제까지도 현실을 이루는 일부분이었다. 나는 집으로 돌아가 약을 먹고 커피를 조금 마신 다음 잠자리에 들었다.

그런데 팀은 그러지 않았을 것 같은 예감이 든다. 그는 책과 고통이 한데 어우러지는 경험을 하지 못했거나 했더라도 엉뚱하게 해석한 게 분명하다. 멜로디는 아는데 가사는 모른다. 좀더 정확한 비유를 들자면 가사를 알긴 하지만 이 세상의 것이 아니라, 철학서와 논리학을 다룬 문건에서 '무한 퇴행'이라고 정의하는 다른 세상의 가사를 알고 있다. 그런 책과 문건을 보면 가끔 '또다시 퇴행의 그림자가 어른거린다'라는 표현이 등장한다. 어떤 학자가 악순환의 위기에 처했다는 뜻인데, 당사자들은 대부분 자기가 처한 상황을 알지 못한다. 날카로운 지성과 안목을 소유한 비평가라야 지나가다 지적할 수 있다. 아니면 그냥 지나갈 수도 있고. 팀 아처에게 나는 그런 비평가가 될 수 없었다. 어느 누가 그런 역할을 맡을 수 있을까? 사이코 빌이 시도해보려다 이스트베이 아파트로 쫓겨 가지 않았던가.

"제프가 내 궁금증의 해답을 알고 있다." 팀은 그렇게 말했다. 나는 그렇다고 맞장구를 쳐야 했겠지만, 제프는 이 세상에 없는 사람이다. 그리고 팀의 궁금증도 제프와 마찬가지로 비실질적일 가능성이 농후하다.

그러면 남는 것은 팀뿐이었다. 그런데 그는 이승으로 돌아온 제프를 소개하는 책을 준비하느라 정신이 없었다. 그런 책을 출간했다가는 성공회 교단에서 물러나야 하는 것은 물론이고 여론 조성자의 역할도 끝장이 난다는 것을 뻔히 알면서 말이다. 치러야 할 대가가 너무 크다. 진정한 무한 퇴행이다. 정말로 퇴행의 그림자가 어른거리고 있었다. 아니, 바로 코앞에 있었다. 영매라는 레이첼 개럿 박사를 만나러 샌타바버라로 떠날 날이 다가오고 있었으니 말이다.

캘리포니아 주 샌타바버라는 가장 가슴 뭉클하도록 아름다운 곳 가운데 하나로 내 뇌리 속에 박혀 있다. 원칙적으로는(그러니까 지리적으로는) 남 캘리포니아인데, 기질상으로는 그렇지가 않다. 실은 그게 아니라 우리 북부 사람들이 남부에 대해 엄청난 오해를 하고 있었던 것일지도 모르겠지만. 몇 년 전에도 반전운동을 벌이던 UC 샌타바버라 학생들이 아메리카 은행에 불을 질러 모든 사람들에게 은밀한 즐거움을 선사한 적이 있다. 그러니까 이 도시는 예쁘장한 꽃밭들에서 풍기는 분위기처럼 과격하기보다는 유순한 종족들만 모여 있는 장소인 것만은 아니었다. 결코 시대와 세상으로부터 단절된 고립 지대가 아니라는 뜻이다.

우리 셋은 샌프란시스코 국제공항을 출발해 샌타바버라의 조그만 공항으로 향했다. 샌타바버라 공항의 활주로가 워낙 짧아서 제트기를 감당할 수 없었기 때문에 모터 두 개짜리 프로펠러 비행기를 타고 가야 했다. 샌타바버라에서는 어도비 양식, 그러니까 스페인 식민지 양식을 보존하도록 법률로 지정되어 있기 때문에 생긴 일이었다. 택시를 타고 우리가 묵을 숙소로 가는데, 아케이드 양식의 쇼핑센터를 비롯해 모든 것이 스페인풍이었다. 내가 만약 베이지역을 떠나면 여기에서 살아도 괜찮겠다는 생각이 들었다.

우리에게 숙소를 제공한 팀의 친구들에 대해서는 별 감흥이 없었다. 우리한테 가타부타 하지 않고 한 발자국 떨어져 지내는 우아하고 부유한 사람들이었다. 집 안에 살림을 돕는 일손들까지 있었다. 키어스틴과 팀이 한 방을 쓰고 나는 그보다 좀 더 작은 방을 썼다. 남는 방이 없을 때에만 동원되는 게 분명한, 그런 방이었다.

다음 날 아침, 팀과 키어스틴과 나는 택시를 타고 레이첼 개럿 박사를 만나러 나섰다. 영매라고 하니 저세상으로 건너간 망자와 접촉하고, 환자를 고치고, 물을 술로 바꾸고, 기타 등등 온갖 기적을 보여줄 수 있겠거니 싶었다. 팀과 키어스틴은 흥분한 얼굴이었지만 나는 별다른 느낌이 없었다. 우리가 무슨 짓을 벌이고 있는지, 앞으로 어떤 일이 벌어질지 어렴풋이 인식하고 있는 게 전부였다. 심지어 호기심조차 없었다. 물이 찼다 빠졌다 하는 연못 밑바닥에 사는 불가사리 비슷한 기분이었다.

개럿 박사는 체구가 아담하고 성격이 비교적 활달하며 나이가 지긋한 아일랜드계 아주머니였다. 날씨가 따뜻한데도 불구하고 블라우스 위에 빨간 스웨터를 걸치고, 굽이 낮은 구두를 신고, 모든 잡일을 직접 처리하는 사람들 특유의 편안한 치마를 입고 있었다.

"그런데 누구시라고요?" 그녀가 양손을 귀에 대고 물었다. 집으로 찾아온 사람이 누구인지조차 파악하지 못하다니, 산뜻한 출발이라고 볼 수는 없었다.

이윽고 우리는 어두컴컴한 거실에 앉아 차를 마시며 개럿 박사가 열심히 늘어놓는 이야기를 들었다. 그녀는 교령회를 통해 번 돈을 모두 용감무쌍한 아일랜드 공화국군에 기부했다고 자랑스러운 목소리로 밝혔다. 그런데 '교령회'라는 단어는 비술 秘術을 연상시키기 때문에 잘못된 표현이라고 했다. 그녀가 하는 일은 정상적인 범주에서 벗어나지 않으니 과학이라고 해도 틀린 말이 아니라면서 말이다. 거실 한쪽 구석을 보니 똑같이 생긴 12인치 스피커가 두 개 달려 있고, 40년대에 매그나복스에서 생산된 라디오 겸 레코드플레이어가 고풍스러운 가구들 사이에 놓여 있었다. 그 레코드플레이어 양쪽으로 78회전 음반들이 잔뜩 쌓여 있었다. 빙 크로스비, 냇 킹 콜 등 그 시대의 온갖 잡동사니들이 모여 있었다. 개럿 박사가 지금도 저 음반들을 들을까? 나는 문득 그런 생각이 들었다. LP판과 요즘 가수들에 대한 정보도 특유의 초자연적인 수법으로 터득할까? 그건 아니겠지.

개럿 박사가 나를 향해 물었다. "그리고 이쪽은 두 분의 따님이신가요?"

"아뇨." 내가 대답했다.

"제 며느리입니다." 팀이 말했다.

"가이드가 인디언이네요?" 개럿 박사가 나에게 밝은 목소리로 이야기했다.

"그래요?" 나는 중얼거렸다.

"왼쪽 뒤편에 서 있어요. 머리가 아주 기네요. 그리고 오른쪽 뒤편에는 증조할머니가 서 계시고요. 두 사람이 항상 따라다녀요."

"어쩐지 그럴 것 같더라고요." 내가 말했다.

키어스틴이 특유의 복잡한 표정으로 나를 쳐다봤다. 나는 더 이상 아무 말도 하지 않고 쿠션으로 뒤덮인 소파에 몸을 묻었다. 그런 채로 꽃밭으로 나가는 문 옆에 놓인 큼지막한 오지그릇에서 자라는 고사리를 유심히 관찰했다. 벽에 걸린 잡다한 그림들도 꼼꼼히 뜯어보았다. 20년대의 유명한 실패작을 비롯해 그다지 유익하다고는 볼 수 없는 그림들이었다.

"아드님 일로 찾아오셨나요?" 개럿 박사가 물었다.

"네." 팀이 대답했다.

나는 지안 카를로 메노티가 컬럼비아 레코드에서 출시한 앨범 재킷에서 '플로라 부인의 괴상야릇하고 초라한 응접실'이 배경이라고 소개했던 오페라 〈영매〉 속에 들어와 있는 듯한 기분이 들었다. 이런 것이 교육의 문제점이다. 어디든 간접적으로 가보지 않은 곳이 없고, 구경하지 않은 것이 없다. 모든 것이 이미 경험한 일이다. 우리는 사이코 사기꾼 플로라 부인을 찾아온 고비노 부부다. 내가 기억하기로 고비노 부부는 거의 2년 동안 매주 플로라 부인의 교령회—혹은 과학 모임—에 참석했다. 그 무슨 한심한 짓인가. 게다가 팀이 내는 돈은 모두 영국군을 죽이는 데 쓰일 것이다. 즉 테러리스트를 위한 기금 마련 행사인 셈이다. 이렇게 멋질 수가!

"아드님 성함이 어떻게 되죠?" 개럿 박사가 물었다. 그녀는 낡은 등의자에 앉아 양손을 깍지 끼고 천천히 눈을 감았다. 그러고는 중환자처럼 입으로 숨을 쉬기 시작했다. 그녀의 피부는 말라비틀어진 잡초 비슷하게 생긴 털 뭉치가 여기저기 듬성듬성 달려 있어 병든 닭을 연상시켰다. 방 안 전체가 생기를 잃고 시들시들한 분위기로 돌변했다. 나도 원기를 빼앗기는 듯한 기분이 들었다. 어쩌면 햇빛 때문에 아니면 햇빛이 부족해서 이런 기분이 드는 것일지도 모른다. 아무튼 유쾌하달 수는 없었다.

"제프입니다." 팀은 이렇게 대답하고 똑바로 앉아서 개럿 박사를 응시했다. 키어스틴은 핸드백에서 담배를 꺼냈지만 불을 붙이지는 않고 들고만 있었다. 그런 채 잔뜩 기대하는 눈빛으로 팀처럼 개럿 박사를 빤히 쳐다봤다.

"제프는 머나먼 바닷가로 떠밀려갔네요." 그녀가 말했다.

신문에도 그렇게 기사가 났죠. 나는 속으로 중얼거렸다.

나는 개럿 박사가 장황하게 서론을 늘어놓을 줄 알았다. 그런데 오산이었다. 개럿 박사는 곧바로 본론으로 들어갔다.

"제프가 아버지한테 전하려는 말이 무엇인가 하면—" 개럿 박사는 무슨 소리에 귀를 기울이기라도 하는 양 잠깐 말을 멈추었다.

"죄책감 느낄 필요 없대요. 제프는 오래전부터 접촉을 시도했다는군요. 아버지를 용서한다는 말을 전하고 싶어서. 관심을 끌려고 여러 방법을 동원했대요. 손가락을 바늘로 찌르고, 물건을 부수고, 쪽지를 남기고—" 순간, 개럿 박사가 눈을 번쩍 떴다. "제프가 아주 흥분했어요—" 그녀는 말을 멈추었다 다시 이었다. "자살을 했군요."

백발백중이로군. 나는 속으로 신랄하게 빈정거렸다.

"네, 맞아요." 키어스틴이 대답했다. 개럿 박사의 발언이 계시나 놀라운 증거라도 되는 듯한 목소리였다.

"게다가 처참하게 죽었네요. 권총 자살인가 봐요."

"맞습니다." 이번에는 팀이 대답했다.

"제프는 이제 고통스럽지 않대요. 자살했을 때는 너무나 고통스러웠다는군요. 그런데 아버지한테는 비밀로 하고 싶었대요. 왜 살아야 하나 싶어서 괴로웠지만."

"저한테는 뭐래요?" 내가 물었다.

개럿 박사는 내가 누구인가 싶은지 한참 동안 눈을 뜨고 있었다.

"제가 부인인데요." 내가 말했다.

"사랑한대요. 당신을 위해 기도한대요. 행복하게 살았으면 좋겠대요."

그런다고 뭐가 달라지나? 나는 속으로 중얼거렸다.

"더 있어요. 아주 많아요. 한꺼번에 막 쏟아지네요. 아이고, 제프. 또 무슨 말을 하고 싶다고요?" 그녀는 격앙된 표정으로 한참 동안 아무 말 없이 귀를 기울였다. "식당 주인이 소련 뭐라고요?" 그녀는 또다시 눈을 번쩍 떴다. "어머나. 소련 비밀경찰이래요."

이럴 수가.

"하지만 걱정할 필요 없대요. 그는 나중에 천벌을 받을 거래요." 개럿 박사는 안심하는 표정으로 의자에 몸을 묻었다.

나는 키어스틴과 눈을 맞추려고 애를 쓰며 그녀 쪽을 흘끔거렸다. 그녀가 개럿 박사에게 언질을 준 게 있는지 궁금했다. 하지만 키어스틴은 말문이 막힌 표정으로 개럿 박사에게서 시선을 떼지 못했다. 그 표정으로 나의 궁금증도 곧장 해결된 셈이었다.

"제프가 말하길 아버지에게 키어스틴이, 키어스틴에게 아버지가 있어서 정말 기쁘대요. 안심이 된대요. 그 말을 하고 싶대요. '키어스틴'이 누군가요?"

"저예요." 키어스틴이 말했다.

"당신을 사랑한대요."

키어스틴은 아무 말도 하지 않았다. 내가 지금까지 본 중에서 가장 집중하는 표정으로 개럿 박사가 하는 말에 귀를 기울일 따름이었다.

"부적절한 감정이었다는군요. 미안하지만…… 어쩔 수가 없었대요. 그랬던 데 대해 죄책감을 느끼고 있고, 당신한테 용서를 구하고 싶대요."

"용서합니다." 팀이 말했다.

"제프가 말하길 자기는 용서가 안 된다는군요. 그리고 키어스틴이 자기하고 아버지 사이에 끼어들어서 화가 났대요. 아버지하고 키어스틴이 제프만 남겨두고 오랫동안 영국에 있었나봐요. 그게 너무 속상했대요." 개럿 박사는 또다시 말을 멈추었다 다시 이었다. "앤젤은 약을 끊어야 한다네요. 제프, 뭘 너무 많이 피운다고요? 잘 안 들리네. 넘버가 너무 많다고 하는데 그게 무슨 말인지 모르겠네요."

나도 모르게 웃음이 터졌다.

"무슨 말인지 알겠어요?" 개럿 박사가 물었다.

"알 것 같아요." 나는 최대한 말을 아꼈다.

"당신더러 레코드 가게에 취직해서 다행이래요. 그런데—" 개럿 박사는 문득 말을 멈추고 웃음을 터트렸다. "월급이 너무 짜다고. 예전 직장이 더 좋았대요. 무슨 가게라는데. 양초숍?"

"법률사무소 겸 향초숍요."

"희한하네요." 개럿 박사는 어리둥절한 표정을 지었다. "법률사무소 겸 향초숍이라니."

"버클리에 있었던 사무실이에요." 내가 대답했다.

"제프가 키어스틴과 아버지한테 긴히 할 말이 있대요." 개럿 박사의 목소리는 이제 희미한 속삭임에 가까웠다. 저 멀리서, 별들 사이에 달린 투명 전선을 타고 들려오는 목소리 같았다. "제프가 두 분께 전할 끔찍한 소식이 있다는군요. 그래서 필사적으로 두 분과 접촉을 시도했던 거라고. 그래서 바늘로 찌르고, 태우고, 뭘 깨트리고, 난장판으로 만들고, 흔적을 남겼던 거라고. 이유가 있대요. 끔찍한 이유가."

그러고는 정적.

나는 팀 쪽으로 몸을 기울이고 말했다. "개인적인 의견을 말씀드리자면 저는 이제 그만 일어나고 싶은데요."

"안 된다." 팀은 고개를 저었다. 표정이 어두웠다.

215

10

    이 무슨 헛소리와 족집게의 희한한 조합이란 말인가. 나는 레이첼 개럿 박사의 이야기가 이어지길 기다리는 동안 그런 생각이 들었다. KGB 요원인 프레드 힐 이야기하며, 제프가 내 마약 복용을 못마땅하게 생각한다는 것하며……. 신문에서 채집한 게 분명한 단편적인 사실들. 이를테면 제프의 자살 수법과 동기, 어이없는 정신분석과 쓰레기 같은 가십거리. 그런데 설명할 수 없는 조그만 파편 같은 것들이 여기저기 군데군데 박혀 있었다.

    개럿 박사가 폭로한 사실들은 대부분 마음만 먹으면 누구라도 쉽게 알 수 있는 내용이긴 했지만, 섬뜩한 부분이 있었다. 그러니까 그렇게 뒷조사를 했다 치더라도 분명 설명되지 않는 부분이 있었다. 나는 지난 몇 년 동안 이 부분에 대해 곰곰이 생각해보았다. 그런데 아무리 곰곰이 생각해도 설명할 방법이 없었다. 개럿 박사가 무슨 수로 배드 럭 레스토랑을 알았을까? 키어스틴과 팀이 맨 처음 만난 장소인 거야 알고 있었다 치더라도, 프레드 힐과 우리가 의심하는 그의 정체에 대해서는 어떻게 알아냈을까?

제프와 나는 버클리의 배드 럭 레스토랑 주인이 KGB 요원일 거라며 수도 없이 농담 삼아 이야기했지만, 어디에도 그 사실을 공개한 적이 없었다. FBI나 모스크바에 있는 KGB 총사령부 컴퓨터라면 모를까, 그 어디에도 그런 기록은 없었다. 내 마약 문제는 눈치로 때려 맞힌 것일 수도 있었다. 내가 버클리에 살고 있고, 온 세상이 알다시피 버클리 사람들은 하나같이 습관적으로 마약을 남용하는 경향이 있으니 말이다. 영매는 전통적으로 직감과 상식과 상대방이 무심결에 흘린 단서를 뭉뚱그려 활용한다. 그리고 사전 정보만 알고 있으면 제프는 당신을 사랑한다거나 제프는 이제 고통스럽지 않다거나 제프는 왜 살아야 하나 싶어 괴로웠다는 식의 대사는 누구에게나 적용할 수 있는 전형적인 헛소리다.

그런데 아일랜드 공화국군에 성금을 보낸다는 이 아일랜드계 사기꾼 아주머니를 앞에 두고, 우리 셋이 똑같이 이 방면의 전문가에게 홀딱 넘어가 단체로 돈을 뜯기게 생겼다는 확신이 드는데도 불구하고 섬뜩한 느낌이 가시질 않았다. '직통 영매'라는 단어가 암을 지칭하는 의학용어처럼 들렸다. 메이슨 박사가 수중에 있던 모든 정보를 전달한 게 분명했다. 우리 모두 알고 있다시피 영매들은 원래 그런 식이다.

자리에서 일어서려면 폭탄이 터지기 전에 일어서야 하는데, 돈이라면 사족을 못 쓰고 인간 심리의 나약한 부분을 기가 막히게 포착하는 능력을 갖춘 비양심적인 아주머니가 우리를 향해 폭탄을 터트리려 하고 있었다. 그런데 우리는 일어서야 할 때를 못 맞췄으니, 제프가 그렇게 흥분한 이유가 무엇인지, 팀과 키어스틴이 날마다 기록한 '불가사의한 현상'을 일으켜가며 그들 곁으로 돌아온 이유가 무엇인지 개럿 박사의 말을 들을 수밖에 없었다.

내 기분 탓인지 몰라도 레이첼 개럿이 등나무 의자에 앉아 있는 동안 노파로 변한 것 같았다. 먼 옛날, 영생을 요구하며 젊음이라는 조건을 단다는 걸 깜빡하는 바람에, 영생을 얻기는 했지만 너무 늙은 채로 살아야 했던 시빌이 생각나는 대목이었다. 델포이의 시빌이었는지, 쿠마이의 시빌이었는지는 모르겠지만, 아무튼 결국에는 친구들이 그녀를 자루에 넣어 벽에 걸어버렸다. 레이첼 개럿은 털 뭉치가 듬성듬성 달린 피부와 잡으면 부러질 것 같은 뼈마디를 하고 자루 속에서 중얼거리던 그 시빌을 닮은 구석이 있었다. 어느 왕국의 벽인지 모르겠지만, 시빌이 아직도 거기에 매달려 있을지 모른다. 레이첼 개럿이랍시고 우리 앞에 앉아 있는 이 여자가 그 시빌일지도 모른다. 나는 그녀가 하려는 말을 듣고 싶지 않았다. 자리에서 당장 일어나고 싶었다.

"앉아." 키어스틴이 말했다.

그 말을 듣고 정신을 차리고 보니 나 혼자만 일어나 있었다. 도피반응이었다. 대등한 적수와 맞닥트렸을 때 나타나는 본능적인 반응. 뇌에서 도마뱀을 닮은 부분이 보이는 반응.

레이첼 개럿이 "키어스틴"이라고 속삭였다. 그리고 이번에는 "시센"이라고 제대로 발음을 했다. 나도 못 하고, 제프도 못 했고, 팀도 못 하는 발음이건만. 키어스틴의 이름은 원래 '시센'이라고 불러야 맞는데, 미국에서는 제대로 불러주는 사람이 한 명도 없어서 포기한 채로 지내왔었다.

이 소리를 듣고 키어스틴은 헉 소리를 냈다. 등의자에 앉은 노파가 중얼거렸다.

Ultima Cumaei venit iam carminis aetas;

magnus ab integro saeclorum nascitur ordo.

Iam redit et Virgo, redeunt Saturnia regna;

iam nova—

"이럴 수가." 팀이 외쳤다. "베르길리우스의 「네 번째 목가」인데."

"됐어요." 키어스틴이 희미하게 말했다.

나는 속으로 중얼거렸다. 이 할머니가 내 생각을 읽고 있잖아. 내가 무슨 생각을 하는지 알고 있잖아.

나를 향해 레이첼 개럿이 읊조렸다.

Dies irae, dies illa,

Solvet saeclum in favilla:

Teste David cum Sibylla.

그녀는 정말로 내 생각을 읽고 있었다. 내 머릿속에 떠오르는 단상들을 고스란히 읊고 있었던 것이다. 심지어 내가 그걸 알아차렸다는 사실까지 알고 있었다.

"Mors Kirsten nunc carpit." 레이첼 개럿은 계속 중얼거렸다. "Hodie. Calamitas…… timeo……." 그녀는 등나무 의자에서 몸을 일으켜 세웠다.

"뭐라는 거예요?" 키어스틴이 팀에게 물었다.

"당신은 얼마 안 있어 죽을 거예요." 레이첼 개럿이 차분한 목소리로 그녀에게 말했다. "오늘인 줄 알았는데 오늘이 아니네요. 분명해요. 아직 때가 안 됐을 뿐. 제프도 똑같은 말을 하고 있어요. 그래서 돌아온 거래요. 당신한테 경고를 하기 위해서."

"어떤 식으로 죽는답니까?" 팀이 물었다.

"그건 모르겠대요." 레이첼 개럿이 대답했다.

"처참하게 죽는답니까?" 팀이 다시 물었다.

"모르겠대요. 하지만 그들이 키어스틴을 위해서 자리를 마련하고 있대요." 흥분의 기미는 모두 사라지고 이제 그녀는 침착하기 짝이 없었다. "끔찍한 소식이로군요. 키어스틴, 미안해서 어쩌죠? 그러니 제프가 그렇게 난리법석을 떨었을 수밖에요. 다들 이유가 있거든요. 그들이 돌아오는 데에는 다 그럴 만한 이유가 있어요."

"무슨 방법은 없고요?" 팀이 물었다.

"제프 말로는 피할 수 없는 운명이래요." 그녀는 한참 만에 대답했다.

"그럼 제프가 뭣하러 돌아왔대요?" 가시 돋친 말투로 묻는 키어스틴의 얼굴이 새하얬다.

"아버지한테도 경고를 하고 싶었던 거예요." 레이첼 개럿이 대답했다.

"어떤 경고를요?" 이번에는 내가 물었다.

"아버지는 그래도 살아야 한다는 거겠죠? 아, 그게 아니라네요. 아버지도 키어스틴의 뒤를 이어 조만간 죽는다고. 두 분 다 저세상으로 떠난대요. 머지않아서. 아버지는 아닐 수도 있지만 여자 쪽은 확실하대요. 이 이상은 알려드릴 게 없네요. 제프가 아직도 이 옆에 있긴 하지만, 더는 아는 게 없대요." 레이첼 개럿은 눈을 감고 한숨을 쉬었다.

그녀는 양손을 깍지 끼고 마치 산송장 같은 모습으로 낡은 의자에 앉아 있다 갑자기 몸을 앞으로 숙여 찻잔을 들었다.

"제프는 이걸 꼭 알려주고 싶었대요. 이제는 한결 홀가분하다는군요." 그녀는 밝고 씩씩한 목소리로 이렇게 말하며 우리를 향해 웃어 보였다.

여전히 해쓱한 얼굴을 한 채로 키어스틴이 중얼거렸다. "담배 좀 피워도 될까요?"

221

"안 피우셨으면 좋겠지만 꼭 피우셔야겠다면—"

"고맙습니다." 키어스틴은 손을 부들부들 떨며 담배에 불을 붙였고, 적의와 분노가 담긴 눈빛으로 개럿 박사를 노려보았다. 적어도 내가 느끼기에는 그랬다. 나는 속으로 중얼거렸다. 소식을 전하러 온 스파르타 병사를 죽여요. 그 병사한테 분풀이를 하라고요.

"정말 감사합니다." 팀이 개럿 박사에게 차분하고 감정이 배제된 목소리로 말했다. 그는 서서히 정신을 차리고 상황을 정리하고 있었다. "그러니까 제프가 사후세계에서 살고 있는 게 분명한 겁니까? 우리 곁으로 돌아와 '불가사의한 현상'을 일으킨 당사자가 제프가 맞는 겁니까?"

"그럼요. 레너드한테 확답을 받으셨잖아요. 레너드 메이슨한테. 이미 그런 줄 알고 계셨을 텐데요."

이번에는 내가 말했다. "마귀가 제프인 척한 것일 수도 있잖아요. 진짜 제프가 아니라."

개럿 박사는 눈을 반짝이며 고개를 끄덕였다. "참 빈틈이 없는 아가씨로군요. 맞아요, 그럴 수도 있죠. 하지만 이번에는 그렇지 않았어요. 어느 정도 경험이 쌓이면 알 수 있거든요. 이번에는 악의는 전혀 없고 애정 어린 마음으로 걱정하는 기미만 느껴졌어요. 앤젤—이름이 앤젤 맞죠? 남편이 키어스틴한테 그런 감정을 품었던 거 미안하대요. 당신한테 너무한 짓이었다는 거 알고 있다고. 하지만 당신이 이해해줄 거라고 생각한대요."

나는 아무 말도 하지 않았다.

"내가 이름을 제대로 안 거 맞죠?" 레이첼 개럿이 자신 없는 목소리로 소심하게 물었다.

"맞아요." 나는 대답하고 키어스틴을 향해 말했다. "담배 한 모금만 주세요."

"자." 키어스틴이 내 쪽으로 담배를 건네며 말했다. "자기가 다 피워. 나는 원래 담배 피우면 안 돼." 그러더니 이번에는 팀을 향해 말했다. "이제 그만 갈까요? 계속 있을 이유가 없는 것 같은데." 그리고 그녀는 지갑과 코트를 챙겼다.

팀이 개럿 박사에게 돈을 지불하고—얼마인지 보지는 못했지만 수표가 아니라 현금이었다—전화로 택시를 불렀다. 그러고 나서 십 분 뒤, 우리는 잠시 머물고 있는 거처를 향해 구불구불한 언덕길을 달렸다. 어느 정도 시간이 지났을 무렵, 팀이 혼잣말처럼 중얼거렸다. "베르길리우스의 목가 중에서도 내가 그날 너한테 읽어주었던 바로 그 작품이었어."

"저도 기억해요." 내가 말했다.

"정말 놀라운 우연의 일치로구나. 내가 그 작품을 가장 좋아하는 것을 알 리 없었을 텐데. 물론 그의 목가 중에서도 가장 유명한 작품이기는 하다만……. 그래도 그걸로는 설명이 안 되지. 나 말고는 그걸 인용하는 사람을 본 적이 없는데. 개럿 박사가 라틴어로 말을 하기 시작했을 때 내가 무슨 생각을 하고 있는지 읽힌 듯한 기분이더구나."

생각해보면 나도 그런 기분이었다. 팀의 표현이 정확했다. 정확하고 완벽했다.

내가 물었다. "아버님, 메이슨 박사님한테 배드 럭 레스토랑 이야기를 하셨어요?"

팀은 나를 빤히 쳐다보며 "배드 럭 레스토랑이라니?"라고 되물었다.

"우리가 만난 곳이잖아요." 키어스틴이 대답했다.

"아니. 이름은 잊어버렸는데. 거기서 먹었던 음식만 생각이 난다. 나는 전복을 먹었지."

"그럼 어떤 자리에서든 누구한테라도 프레드 힐 이야기를 하신 적 있으세요?" 내가 물었다.

"나는 그런 사람 모르는데. 미안하구나." 팀은 피곤한 듯 눈을 비볐다.

키어스틴이 말했다. "그런 사람들은 상대방 생각을 읽을 수 있어. 그런 식으로 정보를 얻는 거야. 그 여자는 내 건강 상태가 안 좋다는 걸 알아차렸어. 내가 폐에 생긴 점을 걱정하는 걸 알아차린 거지."

"점이라뇨?" 내가 물었다. 폐에 생긴 점이라니, 금시초문이었다. "정밀 검사 받아봤어요?"

이 말에 키어스틴 대신 팀이 대답했다. "점이 발견됐단다. 몇 주 전에 정기 엑스레이 검진을 하다가. 병원에서는 여러 가지 가능성이 있다고 했어."

"내가 조만간 죽는다는 뜻일 거예요." 키어스틴은 날이 선 목소리로 신랄하게 비꼬았다. "그 망할 할망구가 하는 얘기 못 들었어요?"

"스파르타 병사를 죽여요." 내가 말했다.

그러자 키어스틴이 나를 향해 표독스럽게 쏘아붙였다. "UC 버클리를 다니면 그런 교양 있는 대사를 배우는 모양이지?"

"그만해요." 팀이 힘없이 말했다.

내가 말했다. "그분 잘못도 아니잖아요."

"우리 둘 다 죽는다는 얘기를 들으러 100달러를 썼어. 그것 도 모자라서 고마워해야 된다는 거야?" 키어스틴은 정신병자 처럼 적의를 번뜩이며 나를 빤히 쳐다보았다. 내 평생 그런 눈 빛은 처음이었다. "너는 괜찮겠지. 너는 아무 일 없을 거라고 했으니까. 걸레 같은 년. 버클리 졸업한 나쁜 년. 너야 좋겠지. 내가 죽으면 팀을 차지할 수 있잖아. 제프도 없고 이제 나까지 사라질 테니까. 네가 꾸민 짓이지? 네가 벌인 짓이지? 벼락이 나 맞아라!" 그녀가 나를 향해 손을 휘두르며 택시 뒷자리에서 나를 치려고 했다. 나는 흠칫하며 뒤로 물러났다.

팀이 그녀의 양손을 잡고 택시 문 쪽으로 밀어붙여 꼼짝 못 하게 만들었다. "한 번만 더 그런 소리 했다가는 영영 날 못 볼 줄 아시오!"

"이 나쁜 새끼!"

그 뒤로 우리는 서로 아무 말도 하지 않았다. 들리는 소리라 고는 송수신 겸용 라디오에서 이따금 흘러나오는, 택시 회사 배차 요원의 지지직거리는 목소리뿐이었다.

숙소에 다 와갈 때 키어스틴이 말했다. "우리 중간에 내려서 한잔하자. 그 말없는 인간들 상대하기 싫어. 못 하겠어. 쇼핑도

하고 싶고." 그러더니 이번에는 팀을 향해 말했다. "당신만 들어가세요. 나는 앤젤이랑 같이 쇼핑할래요. 오늘은 정말 더 이상 감당 못하겠어요."

나는 "저는 지금 쇼핑할 기분 아닌데요"라고 했다.

그러자 키어스틴이 굳은 얼굴로 말했다. "부탁이야."

팀이 나를 보고 부드러운 목소리로 말했다. "우리 두 사람한테 선심 쓴다 생각해주렴." 그러고는 택시 문을 열었다.

"알았어요."

팀은 키어스틴에게 돈을 주고—수중에 있는 돈을 탈탈 턴 것 같았다—택시에서 내렸다. 우리는 문을 닫고 샌타바버라 시내에 있는 쇼핑가로 향했다. 귀여운 소규모 가게와 다양한 수제품이 수도 없이 많았다. 이윽고 키어스틴과 나는 나지막이 음악이 흐르는, 차분한 분위기의 근사한 술집에 자리를 잡고 앉았다. 열린 문틈으로 화창한 한낮의 햇살을 누리며 배회하는 사람들이 보였다.

"젠장." 키어스틴이 보드카 콜린스를 홀짝이면서 중얼거렸다. "조만간 죽을 거라는 소리나 듣다니 어이가 없네."

"개럿 박사가 제프의 귀환에서부터 역으로 유추한 거예요."

"그게 무슨 소리야?" 그녀는 술잔을 흔들며 물었다.

"제프가 돌아왔죠? 그건 기정사실이잖아요. 그래서 개럿 박사가 그 이유를 생각해낸 거예요. 가장 극적인 이유를. '제프가 돌아온 데는 이유가 있어요. 다들 이유가 있죠.' 빤한 얘기잖아요. 『햄릿』에 나오는 유령도 그렇고." 나는 손짓을 섞어가며 설명했다.

키어스틴은 미심쩍어하는 눈빛으로 나를 쳐다보았다. "버클리에서는 모든 일에 지적인 이유가 있다고 가르치나보지?"

"햄릿의 아버지 유령은 햄릿에게 클라우디우스가 범인이라고, 그자가 자기를 죽였다고 하죠."

"햄릿 아버지는 이름이 뭐야?"

"그냥 '햄릿의 아버지, 선왕先王' 이라고만 되어 있어요."

키어스틴은 똑똑한 척하는 표정을 지었다. "아니야. 아버지 이름도 햄릿이야."

"10달러 걸고 내기할까요?"

키어스틴이 손을 내밀었다. 우리는 서로 악수를 했다. "그 연극 말이야, 제목이 〈햄릿〉이 아니라 〈햄릿 2세〉가 됐어야 한다고." 우리는 둘 다 웃음을 터트렸다. "환장할 일이지. 여기까지 와서 그 따위 영매나 만나러 가다니 환장할 일이야. 물론 팀이 그 싱크탱크의 인텔리 지식인들과 잡아놓은 약속도 있긴 하지만. 팀이 정말 일하고 싶어 하는 데가 어딘지 알아? 다른 사람한테는 비밀인데, 민주제도연구센터에서 일하고 싶어 해. 제프가 돌아온 것 때문에—" 키어스틴은 잠깐 말을 멈추고 보드카 콜린스를 홀짝였다. "팀이 치러야 할 대가가 너무 커."

"책까지 쓸 필요는 없잖아요. 없던 일로 하면 안 돼요?"

키어스틴은 혼잣말처럼 중얼거렸다. "영매들 노하우가 뭘까? 초능력이겠지? 걱정하는 부분을 감지하는 거. 내 건강에 문제가 있는 걸 그 할망구가 무슨 수로 눈치 챘나 몰라. 역사는 그 빌어먹을 복막염으로 거슬러 올라가지. 내가 복막염에 걸렸었다는 건 다들 아는 사실이니까. 전 세계 영매들이 관리하는 파일이 있을 거야. 내 암도 그래. 내 몸이 중고차 비슷한 2등급인 걸 다들 아는 거지. 불량품인 걸 말이야. 하느님이 내 몸을 불량품으로 만든 거야."

"점 얘기를 저한테 왜 안 했어요?"

"자기가 신경 쓸 일이 아니니까."

"저는 신경이 쓰이는데요."

"레즈비언. 호모. 제프가 그래서 자살했잖아. 자기랑 내가 서로 사랑하는 사이라서." 우리는 서로 머리를 부딪쳐가며 깔깔대고 웃었다. 내가 그녀를 팔로 감싸 안았다. "내가 재미있는 이야기 하나 들려줄게. 앞으로는 멕시코 사람들을 '기름동자'라고 부르면 안 돼. 알았어?" 그녀는 이쯤에서 목소리를 낮추었다. "뭐라고 불러야 하느냐면—"

"루브리카노."*

그녀는 나를 흘끗 쳐다보았다. "뭐야, 짜증 나게."

"우리 헌팅해요."

"나는 쇼핑하고 싶어. 헌팅은 자기나 하셔." 키어스틴은 좀더 우울한 목소리로 말을 이었다. "여기 참 예쁘다. 우리, 여기서 살게 될지도 몰라. 팀이랑 내가 여기로 이사해도 자기는 계속 버클리에 있을 거야?"

---

* 윤활제를 뜻하는 'lubrication'과 멕시코인을 뜻하는 스페인어 'mexicano'를 합성해서 만든 단어이다.

"모르겠어요."

"자기하고 버클리에 있는 자기 친구들로 말할 것 같으면, 이스트베이 자웅동체 프리섹스 파트너 체인지 공동체잖아. 그것도 무한책임제로 운영되는. 앤젤, 버클리가 뭐가 그렇게 좋아? 왜 거길 지키고 있는 거야?"

"집 때문에요." 나는 이렇게 대답하고 나서 혼자 다시 이유를 생각해보았다. 제프에 대한 추억, 집에서 느껴지는 유대감, 우리가 즐겨 찾았던 유니버시티 대로의 협동조합. "유니버시티 대로에 있는 커피숍들이 좋아요. 특히 래리 블레이크. 한번은 래리 블레이크가 우리를 찾아온 적도 있어요. 지하 술집으로. 얼마나 잘해줬다고요. 틸턴 공원도 좋고." 나는 속으로 '그리고 버클리 캠퍼스도'라고 중얼거렸다. 나는 거기서 헤어날 수 없을 것이다. 옥스퍼드 옆 유칼립투스 숲 그리고 도서관. "제 고향 같은 곳이에요."

"샌타바버라도 곧 익숙해질걸?"

"아버님 앞에서 나더러 걸레 같은 년이라고 하지 마요. 아버님이 오해하실지도 모르잖아요."

"내가 죽으면 그이랑 잘 거야? 진지하게 묻는 거야."

"안 죽을 거예요."

"귀신 박사가 죽는다잖아."

"귀신 박사들은 원래 헛소리 전문이잖아요."

"그럴까? 어휴. 기분 정말 이상하더라." 키어스틴은 몸을 부르르 떨었다. "내 머릿속을 읽는 것 같더라니까? 단풍나무 수

액 빼내는 것처럼 생각들을 빨리는 듯한 기분이었어. 내가 두려워하는 부분들을 읽힌 듯한. 팀이랑 잘 거야? 진지하게 대답해줘. 알고 싶어."

"그럼 근친상간이 되는데요?"

"왜? 아, 그렇구나. 하지만 그 사람은 이미 죄를 저질렀는걸, 뭐. 거기다 근친상간 하나 보탠들 안 될 것 없잖아? 제프가 천국으로 갔고 거기서 내 자리를 마련하고 있다면 나도 천국으로 간다는 뜻이겠지? 그나마 다행이네. 그나저나 개럿 박사의 말을 어디까지 믿어야 할지 모르겠다."

"지나가던 개가 짖은 소리려니 하세요."

"하지만 제프가 돌아온 건 맞잖아. 확인을 받았잖아. 그걸 믿으면 다른 것도, 그러니까 그 예언도 믿어야 하는 거 아닐까?"

그녀의 이야기를 듣는데 〈디도와 에네아스〉의 어느 가사와 멜로디가 문득 생각났다.

알다시피 트로이의 왕자는
이탈리아 땅을 찾아야 할 운명이로다.
여왕과 그가 지금 사냥을 하는 중이지.

왜 이 가사가 떠올랐을까? 마법사라…… 제프 아니면 내가 읊었던 가사인데……. 음악은 우리 일상의 일부분이었고, 나는 우리 둘을 하나로 묶었던 것들을 생각하던 중이었다. 운명. 숙명. 아우구스티누스와 바울의 표현을 빌리자면 교리. 예전에 팀이 말하길 가혹한 운명을 숙명으로 포장하면서 기독교라는 밀의종교가 탄생되었다고 했다. 좀 더 정확히 말하면 숙명이 아니라 지옥에 갈 사람과 천당에 갈 사람이 정해져 있다는 이중 예정론이라 해야 할 것이다. 칼뱅의 이론이랄까.

"요즘 누가 운명을 믿어요. 고대가 저물면서 별점과 함께 사라진 단어인걸요. 아버님이 그랬어요."

"나도 그 이야기 들었지만 죽은 사람들은 예지력이 있잖아. 시간의 틀에서 벗어나 있으니까. 그래서 혼령을 깨워서 앞날에 대해 묻는 거고 말이야. 죽은 사람들은 앞으로 어떻게 될지 알고 있으니까. 그들에게는 이미 지나간 일이잖아. 그들은 하느님처럼 모든 걸 볼 수 있어. 우리는 엘리자베스 1세 시대 때 영국에서 살았던 디 선생*처럼 된 거야. 이 놀랍고 불가사의한 능력을 활용할 수 있게 됐으니까. 성령도 미래를 내다보고 예언하는 능력을 하사하지만 이게 그보다 훨씬 나아. 이 쭈그렁 할멈을 통해서 제프가 장담했잖아. 내가 조만간 꼴까닥할 거라고. 그런데 어떻게 의심할 수가 있겠어?"

"너무나 자연스럽게 의심이 가는데요."

"하지만 그 여자가 배드 럭 레스토랑까지 알고 있었는데? 앤젤, 이건 전부 믿든지 전부 안 믿든지 해야지, 취사선택할 수 있는 문제가 아니야. 그런데 안 믿겠다고 하면 제프가 우리를 찾아오지 않은 게 되고, 그럼 우리가 정신병자가 되는 거야. 믿겠다고 하면 제프가 우리를 찾아온 게 되는 거고. 거기까지는

---

* 영국의 연금술사, 점성술사, 수학자.

좋다 이거야. 문제는 그러면 내가 조만간 죽는다는 사실까지 받아들여야 한다는 거지."

그리고 아버님도 말이죠. 나는 속으로 중얼거렸다. 자기 걱정하느라 그건 깜빡하신 모양이네. 어련하시겠어.

"왜 그래?" 키어스틴이 물었다.

"아뇨. 개럿 박사가 아버님도 죽는다고 했잖아요."

"팀한테는 그리스도가 있잖아. 그러니까 죽지 않아. 몰랐어? 주교는 죽지 않아. 초대 주교만 해도 베드로인가 그런데, 아직도 죽지 않고 월급을 받고 있는걸? 주교들은 영생을 누리면서 월급도 많이 받아. 나는 죽고 월급도 쥐꼬리만큼 받고."

"그래도 레코드 가게에서 일하는 것보다는 낫겠죠."

"안 그래. 자기는 적어도 모든 걸 버젓이 드러낼 수 있잖아. 밤도둑처럼 살금살금 숨어 다니지 않아도 되잖아. 팀이 책을 출간하면, 그 책을 읽은 사람은 누구든 팀과 내가 그렇고 그런 사이인 걸 불 보듯 뻔히 알 수 있을 거야. 우리가 영국에서 함께 지내면서 불가사의한 현상들을 함께 목격했으니까. 하느님이 우리가 저지른 죗값을 치르게 하려고 그 노파를 보내 그런 예언을 하게 한 걸지도 몰라. 주교랑 잤으니까 죽어도 된다는 거지. '로마를 봤으면 죽어도 된'는 속담이 있는 것처럼. 그만한 값어치가 있는 일도 아닌데. 정말로. 차라리 자기처럼 버클리의 레코드 가게 점원으로 지냈으면 좋겠다……. 하지만 그 혜택을 백 퍼센트 누리려면 자기처럼 젊어야 돼."

"저는 남편이랑 사별했잖아요. 팔자가 좋은 것도 아니죠."

"그래도 죄책감은 없잖아."

"무슨 소리. 죄책감이 얼마나 크다고요."

"왜? 제프가—그러니까 제프가 그렇게 된 게 자기 잘못도 아닌데?"

"다 같이 죄책감을 느끼는 거죠, 다 같이."

"죽기로 예정된 사람이 죽은 것에 대해서? 자살도 DNA 속에 들어 있는 죽음의 띠에서 지시를 내려야 할 수 있는 거야. DNA 속에 정보가 들어 있다고. 몰랐어? 에릭 번*이 주장한 대로 '각본'이 있어야 되는 거라고 해야겠네. 번도 죽었잖아. 죽음의 각본인지 띠인지에 홀려서. 자기 이론을 입증한 셈이지. 그것도 자기 아버지하고 같은 나이에 말이야. 성 금요일에 죽고 싶다는 소원을 이룬 샤르댕처럼."

"소름 끼치는 이야기네요."

"그렇지." 키어스틴은 고개를 끄덕였다. "내가 조만간 죽을 거라는 이야기를 조금 전에 들었으니 자기나 나나 소름 끼칠 수밖에. 그런데 자기는 웬일로 면제받았네? 폐에 점도 없고 암에 걸린 적도 없어서 그런 거겠지만. 그 할망구가 죽으면 좋잖아. 왜 나하고 팀이 죽어야 해? 그러고 보니 제프, 못됐다. 이런 게 자성예언**이라는 거잖아. 귀신 전문가한테 내가 죽을 거라고 말해놓고 그 결과 내가 정말로 죽으면 좋아하겠지. 자기 아버지하고 잤다고 나를 미워했으니까. 둘 다 육시랄 인간들이

---

* 미국의 심리학자.
** 자기가 바라는 일을 항상 생각하고 말하면 정말 그대로 이루어지는 것.

야. 내 손톱 밑을 바늘로 찌른 것도 그래. 증오의 표현이잖아. 처음부터 그런 줄 알고 있었어. 팀이 책에서 그런 부분을 지적해줬으면 좋겠다. 아, 지적하겠네. 거의 대부분 내가 쓰고 있으니까. 팀은 시간이 없거든. 그리고 솔직히 말하면 글재주도 없어. 글이 뒤죽박죽이야. 내가 적나라한 진실을 하나 알려줄까? 팀은 다변증이라는 정신병을 앓고 있어. 말하는 속도를 보면 알 수 있지."

"듣고 싶지 않아요."

"팀이랑 자봤어?"

"아뇨!" 나는 깜짝 놀란 목소리로 외쳤다.

"뻥치시네."

"나 원 참. 미친 거 아니에요?"

"왜, 또 내가 먹는 빨간 약 때문이라고 해보시지?"

나는 그녀를 노려보았다. 그녀도 나를 노려보았다. 눈 한 번 깜빡 않고 날이 선 표정으로.

"미쳤어, 정말."

"네가 팀하고 나 사이를 갈라놓고 있어."

"뭐가 어째요?"

"팀은 나만 없었으면 제프가 죽지 않았을 거라고 생각해. 하지만 육체적인 관계를 먼저 제안한 쪽은 그 사람이었어."

"도대체—"

나는 입을 열었지만 할 말이 없었다. 그래서 결국 "기분이 좋았다 나빴다 하는 게 점점 더 심해지네요?"라고 했다.

키어스틴은 사나운 목소리로 날카롭게 쏘아붙였다. "모든 게 점점 더 잘 보이거든. 가자." 그녀는 술잔을 비우고 자리에서 일어나 비틀거리며 나를 향해 씩 웃었다. "쇼핑하러. 멕시코에서 들여온 인도 은 액세서리 사러 가자. 여기서 팔거든. 너는 나를 늙고 토 나오는 빨간 약 중독자라고 생각하지? 네가 나를 그런 식으로 생각하는 것에 대해서 팀하고도 의논했어. 그이는 그게 내 정신 건강을 해치는 중상모략이라고 생각해. 조만간 너한테 일침을 놓겠다고 했으니까 각오해. 교리 어쩌고 할 테니까. 거짓말은 교리에 어긋나는 행동이야. 그이는 네가 훌륭한 기독교도가 못 된다고 생각해. 솔직히 말하면 기독교도가 아니라고 생각하지. 너를 좋아하지도 않아. 알아?"

나는 아무 말도 하지 않았다.

"기독교도들은 남 평가하는 걸 좋아하지. 주교들은 더하고. 나는 팀이 나와 동침하는 죄를 지었다고 매주 고해하는 것을 견디며 살아야 해. 그게 어떤 기분인지 알아? 정말 힘들어. 그리고 이제는 나까지 하게 해. 나까지 성찬을 받고 고해성사를 한다고. 넌더리가 나. 기독교 자체가 넌더리가 난다고. 그이가 주교를 그만두고 민간 분야로 옮겼으면 좋겠어."

"아."

나는 문득 이해가 됐다. 팀이 민간 분야로 옮기면 그녀가 자기 여자라고 선언하고 그녀와의 관계를 공개할 수 있을 것이다. 내가 이제야 그걸 알아차리다니, 희한한 일이었다.

"그이가 그 싱크탱크랑 일을 하면 치욕스럽게 숨을 필요도 없을 거 아냐. 그 사람들은 상관하지 않을 테니까. 그 사람들은 비신도잖아. 교회에 다니지도 않고 남을 비난하지도 않지. 구원받지도 않을 테고. 앤젤, 내가 뭐 하나 알려줄까? 팀은 나 때문에 하느님과 연을 끊었어. 그이 입장에서나 내 입장에서나 끔찍한 일이지. 그이는 최초의 타락 때처럼 나 때문에 자기하고 하느님의 관계가 단절됐다는 걸 뻔히 알면서 매주 일요일마다 미사를 주관하고 설교를 해야 해. 티모시 아처 주교가 나 때문에 최초의 타락을 재현하고 있어. 자초한 일이지. 스스로 선택한 일이기도 하고. 그이를 타락하게 만든 사람도 없고, 그러라고 말한 사람도 없어. 내 잘못이야. 맨 처음 그이가 같이 자자고 했을 때 내가 안 된다고 했어야 하는 건데. 그랬더라면 훨씬 좋았을 텐데……. 하지만 나는 기독교에 대해서 쥐똥만큼도 몰랐어. 바울의 죄론에, 원죄론이라는 그 망할 것에 슬금슬금 전염된다는 것이 그에게는 어떤 의미인지, 궁극적으로 나에게는 어떤 의미인지 알지 못했어. 인간은 천성이 사악하다니, 뭐 그런 미친 교리가 다 있니? 잔인하잖아. 유대교에서는 그러지 않아. 예수가 십자가에서 죽은 걸 설명하려고 바울이 만들어낸 거야. 이해가 안 되는 예수의 죽음을 이해해보려고. 사실 원죄를 믿지 않는다면 예수는 아무 이유 없이 죽은 셈이잖아."

"그래서 지금은 믿어요?"

"내가 죄를 지었다고 생각해. 사악하게 태어났는지 그건 잘 모르겠지만, 지금은 죄를 짓고 있는 게 맞아."

"상담 치료를 좀 받아야겠네요."

"온 교회가 상담 치료를 받아야지. 아무리 둔한 인간이라도 나하고 팀을 보면 그렇고 그런 사이인 걸 한눈에 알 수 있을 거야. 언론에서도 모두들 알고 있어. 그런데 책이 출간되면—팀은 물러나야 해. 그이의 믿음에 문제가 있거나 그이가 예수에 대한 믿음을 잃어서가 아니라 나 때문이야. 내가 그이의 출셋길을 막고 있어. 내가 그러고 있다고. 그 망령 난 할망구는 내가 이미 알고 있던 사실을 되짚어주었을 뿐이야. 지금 우리가 저지르는 그런 짓을 저지르면 안 되는 거지. 그런 짓을 저지르면 대가를 치러야 해. 차라리 죽는 게 낫겠어. 진심이야. 이건 살아도 사는 게 아니야. 어디 갈 때마다 호텔 방을 각자 하나씩 잡아놓고 나중에 내가 몰래 그이의 방으로 건너간다니까? 점쟁이가 아니라도 빤히 알 수 있었을 거야. 우리 얼굴에 다 쓰여 있었을 테니까. 뭐 해? 쇼핑하러 가자."

"돈 좀 빌려주세요. 안 들고 나와서 뭘 살 수가 없거든요."

그녀는 핸드백을 열었다. "교회 돈이야. 마음껏 쓰세요."

"자기 자신이 싫은 거죠?" 나는 터무니없는 생각이라고 덧붙일 셈이었는데, 키어스틴이 말허리를 잘랐다.

"지금 내가 처한 이 상황이 싫은 거야. 팀 때문에 나 자신과 내 몸과 내가 여자란 사실이 부끄럽게 느껴지는 것도 싫고. 우리가 여성해방운동협회를 설립한 게 그런 이유 때문인데, 내가 40달러에 몸을 파는 매춘부처럼 될 줄은 꿈에도 몰랐어. 가끔 우리 둘이 수다 좀 떨자. 내가 그이의 원고를 작성하고 약속을 잡느라 정신없이 바빠지기 전에 그랬던 것처럼. 나는 주교가 얼마나 바보 같고 아이 같은지 사람들 앞에서 들통 나지 않게 단속하는 비서잖아. 내가 온갖 일을 책임지고 있는데, 쓰레기 같은 취급을 당하고 있는 거지."

그녀는 핸드백에서 돈을 닥치는 대로 집어 나에게 주었다. 나는 어마어마한 죄책감을 느꼈지만 그래도 받았다. 키어스틴이 말한 것처럼 어차피 교회 돈이었다.

술집을 등지고 환한 길거리로 나섰을 때, 그녀가 말했다. "그 와중에 한 가지 배운 게 있다면 자잘한 글씨를 읽는 법이지."

"그 할머니 덕분에 선배 말문이 트였다는 것만은 인정해야겠네요."

"아냐. 샌프란시스코를 벗어나서 그런 거야. 베이지역이랑 그레이스 대성당 밖에서 날 만난 적 없지? 나는 자기도 마음에 안 들고, 내가 싸구려 매춘부가 된 것도 마음에 안 들고, 내 인생 자체가 별로 마음에 안 들어. 심지어 팀을 사랑하는지 그것조차도 잘 모르겠어. 이런 생활을 계속하고 싶은지도 잘 모르겠고. 그 아파트만 해도—팀을 만나기 전에 살았던 아파트가 훨씬 더 근사했는데. 물론 그런 게 중요하지는 않지만. 그런 걸 중요하게 생각해서도 안 될 테고. 하지만 나는 아주 보람찬 인생을 살고 있었어. 그런데 DNA에 입력된 대로 팀과 얽히게 됐고, 이제는 어느 역겨운 할망구가 나더러 조만간 죽는다잖아. 내 생각을 알려줄까? 내 진심을 알려줄까? 이제는 그러거나 말거나 상관없어. 그럴 줄 알고 있었거든. 그 할망구는 내가 속으로 무슨 생각을 하는지 읽고 이야기했을 뿐이야. 교령회인지 뭔지를 하는 내내 그 생각뿐이었으니까. 나 자신과 내 인생과 과거에 대한 깨달음을 제삼자의 입을 통해 들은 거야. 그러고 났더니 피할 수 없는 현실을 똑바로 바라보면서 해야 할 일을 실행에 옮길 용기가 생겼어.”

“해야 할 일이 뭔데요?”

“조만간 알게 될 거야. 내가 중대 결단을 내렸거든. 오늘 일 덕분에 머리가 맑아졌어. 이제 알 것 같아.” 키어스틴은 더 이상 아무 말도 하지 않았다. 무슨 꿍꿍이속인지 밝히지 않고 신비주의 전략을 쓰는 것이 그녀의 습관이었다. 그녀는 그래야 매력을 더할 수 있다고 생각했다. 하지만 실상은 그렇지가 않았다. 그로 인해 상황은 더욱 암울해질 따름이었고, 피해자는 주로 그녀 자신이었다.

나는 더 이상 캐묻지 않았다. 이윽고 우리는 교회 돈을 써버릴 방법을 찾아 배회하기 시작했다.

우리는 주말이 되자 쇼핑한 물품과 피곤한 몸을 이끌고 샌프란시스코로 돌아왔다. 주교는 샌타바버라 싱크탱크의 일자리를 비밀리에 확보해놓고, 조만간 캘리포니아 주교직에서 물러나겠다고 공표할 예정이었다. 마음의 결정을 내렸고 새로운 일자리도 확보해놓았으니 공표는 기정사실이었다. 한편 키어스틴은 정밀 검사를 위해 시온 산 병원에 입원했다.

그녀는 걱정 때문에 말수가 줄고 뚱해졌다. 내가 문병을 가도 거의 아무 말도 하지 않았다. 뛰쳐나가고 싶다는 생각을 하며 내가 안절부절 옆에 앉아 있는 동안, 그녀는 머리카락을 만지작거리면서 투덜거렸다. 나는 나 자신이 못마땅했다. 단짝 친구라 할 수 있는 그녀와 소통하는 능력이 없어진 듯했고, 그녀의 에너지와 더불어 우리 관계마저 시들어가고 있었다.

이 무렵 주교는 사후세계에서 돌아온 제프를 다룬 저서의 교정지를 받아놓은 상태였다. 그는 내가 추천한『잔인한 죽음아』를 제목으로 정했다. 원래는 헨델이 작곡한〈벨사자르〉의 가사인데, 문장을 통으로 소개하자면 다음과 같다.

잔인한 죽음아, 이곳에서 너의 위협을 멈추어라.

그는 본문에서도 이 가사를 인용했다.

늘 수많은 중요한 일들을 능력 이상으로 맡아놓고 처리하느라 공사다망한 그는, 교정지를 병원으로 들고 가 키어스틴에게 교정을 맡기고 곧장 병원을 나섰다. 내가 찾아가보니 그녀는 베개로 등을 받치고 한 손에는 담배를, 다른 손에는 펜을 든 채 두꺼운 교정지를 무릎에 얹어놓고 있었다. 폭발하기 직전이었다.

"이게 말이 돼?" 그녀가 인사 대신 물었다.

"제가 할게요." 내가 침대 가장자리에 걸터앉으며 말했다.

"내가 여기다 토해놓으면 하고 싶어도 못 할걸?"

"죽으면 더 열심히 일을 해야 할 텐데요."

"아니, 나는 절대로 안 할 거야, 절대로. 이걸 읽으면서 계속 무슨 생각이 들었는지 알아? 이런 헛소리를 누가 믿을까? 진짜 헛소리라니까? 우리 솔직히 인정하자. 여길 봐." 나는 그녀가 가리킨 부분을 읽어보았다. 내 생각도 그녀와 같았다. 문장이 억지스럽고 애매모호하고 참담할 정도로 현학적이었다. 팀이 빨리빨리 끝내자는 식으로 속사포처럼 말을 쏟아내 고스란히 받아 적게 해놓고, 두 번 다시 읽어보지 않은 게 분명했다. 나는 속으로 중얼거렸다. 책 제목을 『뒤돌아볼 줄 아는 사람이 되어라, 이 밥통아』로 바꿔야겠네.

내가 말했다. "제일 마지막 장부터 시작해서 거꾸로 거슬러 올라오면 어때요? 그러면 원고를 읽을 필요가 없잖아요."

"바닥에 던져버릴 거야. 어머나." 그녀는 교정지를 바닥에 떨어트렸다 얼른 집는 척했다. "순서가 바뀌어도 상관없을 거 아냐. 막 섞어버리자."

"아무 말이나 적어요. '이 부분 완전 구림.' 아니면 '꼴값하네' 하는 식으로."

키어스틴은 뭐라고 끼적이는 척하면서 중얼거렸다. "'제프는 음경을 손에 쥐고 알몸으로 우리 앞에 나타났다. 그런 채로 〈성조기여, 영원하라〉를 불렀다.'" 우리는 깔깔대고 웃었다. 내가 그녀 쪽으로 쓰러져 서로 끌어안았다.

"그 문장 넣으면 100달러 드릴게요." 나는 웃느라 말을 잇는 것조차 힘들었다.

"그 돈은 아일랜드 공화국군에 기부할게."

"안 돼요. 국세청에 내야죠."

"나는 수입 신고 안 해. 매춘부들은 원래 그런 거 안 하거든."

그 순간, 그녀를 둘러싼 분위기가 달라지면서 기분이 가라앉는 게 느껴졌다. 그녀는 가만히 내 팔을 토닥이고 입을 맞추었다.

"왜 그래요?" 나는 가슴이 뭉클했다.

"점으로 보인 게 종양이래."

"어머나."

"그렇대. 간단하게 요약하자면."

그러더니 그녀는 분노를 애써 감추며―잘 감춰지지도 않았지만―나를 밀쳤다.

"무슨 방법이 없대요? 그러니까―"

"수술하면 된대. 폐를 들어내면."

"그런데도 담배를 피운단 말이에요?"

"이제 와서 담배를 끊기에는 조금 늦었잖아. 될 대로 되라지. 재미있는 궁금증이 하나 떠올랐어. 이런 생각을 하는 게 내가 처음은 아닐 텐데…… 육신이 부활한다면 완벽한 상태로 부활할까, 아니면 살아생전에 있었던 온갖 흉터와 상처와 모자란 부분들까지 고스란히 복원되어 부활할까? 예수는 도마한테 자기 상처를 보여주었잖아. 자기 옆구리에 손을 넣어보게 하고 말이야. 그 상처에서 교회가 탄생한 거 알아? 로마 가톨릭교회는 그렇게 믿어. 예수가 십자가에 못 박혀 있는 동안 창에 찔린 그 옆구리 상처에서 피와 체액이 흘러나왔지. 거기가 음부야. 예수의 음부." 그녀는 농담을 하는 사람 같지 않았다. 뭔가를 곰곰이 생각하는 듯 표정이 진지했다. "영적인 제2의 탄생을 의미하는 신비로운 상징이지. 우리 모두에게 생명을 준 그리스도."

나는 침대 옆 의자에 앉아서 아무 말도 하지 않았다. 새로운 소식, 그러니까 키어스틴의 검사 결과 때문에 멍하고 겁이 나서 뭐라고 대꾸를 할 수가 없었다. 그런데 그녀는 오히려 평소보다 침착해 보였다.

병원에서 진정제를 줬구나. 나는 속으로 생각했다. 이런 소식을 전할 때 원래 그러잖아.

"이제는 기독교도가 된 것 같아요?" 결국 나는 이렇게 물었다. 이보다 더 적절한 말이 생각나지 않았다.

"마지막 보루랄까. 이 제목 어때? 『잔인한 죽음아』."

"제가 지은 거예요."

그녀는 나를 빤히 쳐다보았다.

"왜 그런 얼굴로 봐요?"

"팀은 자기가 지은 거라고 하던데?"

"뭐, 그런 셈이긴 하죠. 제가 원문을 알려드렸거든요. 여러 개 추천한 것 중 하나였어요."

"그게 언제였어?"

"잘 모르겠어요. 얼마 전이었는데. 확실히 기억이 안 나요. 왜요?"

"제목이 어이가 없잖아. 처음 봤을 때부터 딱 싫더라. 그 사람이 교정지를 내 무릎에 던져놓고 갔을 때, 아무 말도 없이 말 그대로 던져놓고 갔을 때 처음 봤는데―" 그녀는 말을 하다 말고 담배를 껐다. "책 제목은 이래야 한다는 고정관념이 있는 사람이 지은 것 같더라고. 다른 책 제목이나 어설프게 흉내 내고

진짜 책 제목은 한 번도 지어본 적 없는 사람 말이야. 편집자가
어째서 순순히 받아들였나 몰라. 놀랐어."

"저 들으라고 하는 말이에요?"

"글쎄? 자기가 알아서 생각해." 그러더니 그녀는 나를 무시
한 채 교정지를 살피기 시작했다.

"저 그만 갈까요?" 잠시 후에 내가 쭈뼛거리며 물었다.

"좋을 대로 해. 나는 전혀 상관없으니까." 그녀는 하던 일을
계속했다. 그러다 이내 잠깐 멈추고 담배에 불을 붙였다. 그녀
의 침대 옆에 놓인 재떨이가 반쯤 피우다 만 담배꽁초로 가득
한 것이 그제야 내 눈에 들어왔다.

11

나는 팀에게 전화로 그녀의 자살 소식을 전해 들었다. 때마침 남동생이 나를 만나러 와 있었다. 그날은 일요일이라 출근하지 않았다. 나는 그 자리에 우두커니 서서 키어스틴이 "떠나버렸다"라고 전하는 팀의 말을 듣고 있어야 했다. 키어스틴을 많이 좋아했던 남동생이 보였다. 남동생은 그때 발사나무로 된 SPAD 13 전투기 모형을 조립하고 있었는데, 전화를 한 사람이 팀인 건 알고 있었다. 이제는 키어스틴마저 제프의 뒤를 따라 저세상 사람이 되었다는 것은 몰랐지만.

"너는 강한 아이니까 이번 일도 잘 견뎌낼 수 있을 거라고 믿는다." 팀의 목소리가 내 귓전에서 울렸다.

"그리될 줄 알았어요." 내가 말했다.

"그러게 말이다." 팀의 목소리는 무미건조했지만, 얼마나 억장이 무너졌는지 느낄 수 있었다.

"바르비투르산염이었어요?"

"글쎄다. 확실치 않다고 하더구나. 그걸 먹고 기다렸던 모양이야. 때를 조절한 거지. 그런 다음 나를 찾아와서 말을 걸더니 쓰러지지 뭐냐. 나는 어떻게 된 영문인지 알아차렸지. 내일 시온 산 병원에 다시 입원하기로 되어 있었거든."

"119에는—"

"구급 요원들이 와서 당장 병원으로 싣고 갔지. 병원 측에서는 모든 방법을 다 시도해봤다고 하더구나. 그런데 키어스틴이 먹은 약이 이미 한계치로 온몸에 축적되어 있던 상태에서 또 그걸 먹었으니 과다 복용을 한 셈이 돼서—"

"원래 그런 식이죠. 그러면 위를 세척해봐야 아무 소용 없어요. 이미 온몸으로 퍼져버렸으니까."

"이쪽으로 와주겠니? 시내로? 네가 같이 있어주면 정말 고맙겠구나."

"하비가 와 있어요."

남동생이 나를 올려다보았다.

내가 말했다. "키어스틴이 죽었대."

그러자 그는 "아" 하더니 잠시 후 다시 전투기 모형 조립으로 돌아갔다. 〈보체크〉* 비슷하네. 나는 이런 생각이 들었다. 〈보체크〉하고 결말이 똑같군. 모든 걸 문화, 오페라, 소설, 오라토리오, 시의 관점에서 해석하는 버클리 출신 지식인 납시오. 여기

---

* 오스트리아 작곡가 알반 베르크가 쓴 오페라.

에 연극이 빠지면 섭섭하지.

Du! Deine Mutter ist tot!(얘! 너희 엄마가 죽었어!)

그러면 마리의 아들이 말한다.

Hopp, hopp! Hopp, hopp! Hopp, hopp!(이랴, 이랴! 이랴, 이랴! 이랴, 이랴!)

너 이런 식으로 계속하다가는 머리 고장 나겠다. 나는 속으로 중얼거렸다. 남동생은 모형 비행기만 계속 조립할 뿐 지금 이 상황을 이해하지 못했다. 공포가 두 배로 닥쳐왔다.

"하비를 맡아줄 만한 사람을 찾는 대로 갈게요." 내가 말했다.

"데리고 와도 괜찮단다." 팀이 말했다.

"아니에요." 나는 반사적으로 고개를 저었다.

그리고 그날 하루 동안 하비를 동네 사람에게 맡기기로 하고, 이내 혼다를 몰고 샌프란시스코-오클랜드 만 다리를 건너 샌프란시스코로 달려갔다.

그러는 내내 베르크의 오페라 가사가 머릿속에서 귀신 들린 듯 울려 퍼졌다.

사냥꾼의 인생은 자유롭고 즐거워,
사냥은 누구에게나 공짜!

나는 사냥꾼이 될 거라네,

사냥꾼이 될 거라네.

게오르크 뷔히너의 대사라고 해야겠지. 나는 속으로 중얼거
렸다. 그 작자가 쓴 희곡이니까.

차를 몰고 가는데 결국 울음이 터졌다. 눈물이 뺨을 타고 흘
러내렸다. 나는 라디오를 켜서 버튼을 누르고 또 누르며 채널을
바꾸고 또 바꾸었다. 어느 록 채널에서 산타나의 옛날 노래가
흘러나왔다. 나는 볼륨을 높이고, 내 작은 차 안에서 쿵쾅거리
는 음악을 따라 고함을 질렀다. 그때 문득 이런 소리가 들렸다.

애! 너희 엄마가 죽었어!

나는 큼지막한 미국 차를 뒤에서 들이받기 직전에 오른쪽 차
로로 휙 핸들을 틀었다. 천천히 가자. 나는 속으로 중얼거렸다.
우라질. 두 명이나 죽었으면 됐잖아. 한 명 더 추가하고 싶어?
그럼 계속 그런 식으로 운전하든가. 세 명 더하기 상대 차에 타
고 있던 사람들……. 그때 문득 빌이 생각났다. 어느 정신병원
에 있을 사이코 빌 룬드보그. 팀이 빌한테도 연락했을까? 내가
알려야겠구나.

이 인생 종친 불쌍한 개자식아. 나는 빌과 순하게 생긴 그의
포동포동한 얼굴을 떠올리며 속으로 중얼거렸다. 그와 그 멍청
한 바지와 멍청한 표정은 새로 난 네 잎 클로버처럼, 배부른 소

처럼 사람을 기분 좋게 만드는 구석이 있었는데……. 이제 어느 우체국 유리창이 다시 한 번 박살 나겠구나. 그가 찾아가서 팔뚝으로 피가 흘러내릴 때까지 큼지막한 판유리를 주먹으로 내리칠 테니. 그러면 그는 또 어딘가에 갇힐 것이다. 어디에 갇히든 그로서는 마찬가지일 테니 아무 상관없을 것이다.

어쩌면 아들한테 그럴 수가 있을까 하는 생각이 들었다. 어쩌면 그렇게 심술궂을 수가 있을까. 우리 모두에게 어쩌면 이토록 지독하게 잔인할 수 있을까? 그녀는 진심으로 우리를 증오했다. 이것이 우리가 치러야 할 죗값이었다. 나는 앞으로 계속 나 때문이라고 생각할 것이다. 팀은 앞으로 계속 자기 때문이라고 생각할 테고. 빌도 마찬가지일 것이다. 물론 어느 누구의 잘못도 아니면서 또 어떻게 생각하면 우리 모두의 잘못일 수 있지만, 아무튼 이제 와 왈가왈부해봐야 의미 없고 부질없고 공허한 이야기였다. 하느님의 절대적인 비존재를 지칭할 때처럼 '무궁하게 공허한' 이야기였다.

〈보체크〉에는 "지독한 이 세상"쯤으로 번역되는 가사가 있다. 나는 시속 몇 킬로미터인지도 아랑곳하지 않은 채 샌프란시스코-오클랜드 만 다리를 쌩하니 달리며 그 말이 정답이라는 생각을 했다. 이야말로 고도의 예술이었다. "지독한 이 세상". 이 안에 모든 진실이 들어 있다. 우리가 돈을 내고 작곡가와 화가와 위대한 소설가의 작품을 사는 이유가 이런 데 있다. 이런 문장을 듣기 위해서다. 이런 문장을 만들어내는 것이 그들의 직업이다. 이 얼마나 날카롭고 탁월한 통찰력인가. 이 얼마나 예리한 식견인가. 만약 말을 할 수 있다면 시궁창에 사는 쥐들도 나와 똑같은 말을 했을 것이다. 만약 쥐들도 말을 할 수 있다면, 나는 그 녀석들이 시키는 대로 하겠다. 내가 알고 지냈던 흑인 여자친구는 이럴 때 쥐 말고 거미에 비유했다. 그러니까 그녀의 경우에는 '거미들도 말을 할 수 있다면'이었다. 그녀가 털던 공원에서 설사가 나는 바람에 집까지 태워다 준 적이 있고, 신경증에 걸린 친구였다. 백인이랑 결혼했는데…… 이름이 뭐였더라? 버클리에서만 있을 수 있는 일이었다.

비즈viz. 이 말은 고트족 중에서도 고상한 서고트족Visigoths의 줄임말이다. 그런가 하면 '사후세계에서 돌아온 망자의 방문visitation'이라고 할 때 쓰이는 방문이라는 단어의 줄임말이기도 하다. 그 할머니도 이번 사태에 일정 부분 책임이 있다. 책임져야 할 사람을 딱 한 명 꼽으라면 그 할머니다. 하지만 그건 스파르타 병사를 잡는 것과 다름없는 짓이다. 그렇게 입바른 소리를 해놓고 결국에는 내가 그런 짓을 저지르고 있다. '경고: 이 여자는 정신이 나갔음.' 모두 비켜라. 깨끗하게 세차한 커다란 차에 타고 있는 너희 모두 영영 골로 갈 수 있으니까.

나는 속으로 중얼거렸다. '파괴적인 전쟁아, 이곳에서 너의 한계를 인식해라. 잔인한 죽음아, 이곳에서 너의 위협을 멈추어라. 폭군들에게 나는 적일 뿐이요, 미덕과 그 벗들에게는 친구일지니.' 그러자 자연스럽게 『잔인한 죽음아』로 연결이 된다. 이건 무언가를 어설프게 흉내 낸 게 아니라 정말로 훌륭한 제목이다. 팀이 내가 추천한 제목을 써놓고 새가슴답게 군이 혹은 깜빡하고 말을 하지 않은 게 잘못이었다. 말을 하기는커 녕 자기가 지은 거라고 했다. 어쩌면 정말로 그렇게 생각하고 있을지 모른다. 인류 역사를 장식한 값진 아이디어는 모두 티모시 아처의 작품이니까. 지동설을 창안한 사람도 티모시 아처였다. 그가 없었더라면 우리는 지금도 천동설을 믿고 있었을 것이다. 어느 시점에서 아처 주교가 사라지고 하느님이 시작될까? 좋은 질문이다. 그에게 물어보아야겠다. 그러면 여러 책을 인용해가며 궁금증을 해소해줄 것이다.

머무는 것은 아무것도 없고 모든 게 개판이 되는 법. 바로 그거다. 키어스틴의 묘비 문구로 팀에게 추천해야겠다. 스웨덴 꼴통아, 노르웨이에 가서 아이들을 가르쳐라. 나는 농담인 척 그녀에게 상처가 될 말을 수없이 던졌다. 그녀의 머리는 그걸 기억해두었다가 꾸벅꾸벅 조는 팀 옆에서 잠 못 이루는 늦은 밤이면 재생하곤 했을 거다. 그녀는 잠을 이룰 수 없어 진정제를 점점 더 많이 먹었고, 그 바르비투르산염에 목숨을 잃었다. 우리는 결국 그렇게 될 줄 알고 있었다. 문제는 과다 복용이 실수인지 의도적인 것인지의 여부인데, 둘 중 어느 쪽이건 달라지는 건 없다.

나는 텐더로인의 아파트에서 팀을 만나 같이 그레이스 대성당으로 가기로 했다. 팀은 시뻘겋게 충혈된 눈을 하고 넋을 놓지 않았을까 싶었다. 그런데 의외로 전보다 더 강인하고 단단해 보였고, 실질적으로는 마지막으로 만났을 때보다 더 거대하게 느껴졌다.

그는 나를 끌어안으며 말했다. "끔찍한 전쟁이 나를 기다리고 있겠구나."

"스캔들 말씀이세요? 신문과 뉴스에 보도되겠죠?"

"내가 유서를 일부분 없앴다. 경찰에서 남은 부분을 읽고 있어. 벌써 다녀갔거든. 나중에 또 찾아올 게다. 내가 아무리 영향력이 있다 한들 신문이나 방송까지 입막음할 수는 없지. 그저 세간의 추측 선에서 끝나길 바랄 따름이다."

"유서에 뭐라고 적혀 있었는데요?"

"내가 없앤 부분 말이냐? 생각이 안 나는구나. 잊어버렸어. 우리에 대한 이야기와 나에 대한 그녀의 감정을 운운한 부분이었어. 어쩔 수가 없었단다."

"그렇겠죠."

"자살 여부는 의심의 여지가 없어. 동기는 물론 암이 재발한 데 따른 두려움이고. 키어스틴이 바르비투르산염 중독자였던 것도 밝혀졌지."

"그렇게 생각하세요? 중독자였다고?"

"물론이지. 의심의 여지가 없지 않니."

"언제부터 알고 계셨어요?"

"처음 만났을 때부터. 그 약을 먹는 걸 처음 봤을 때부터. 너도 알고 있었지?"

"네. 저도 알고 있었어요."

"앉아서 커피 좀 마셔라." 팀은 거실에서 부엌으로 건너갔다. 나는 낯익은 소파에 무의식적으로 앉으며 아파트 어느 구석을 뒤지면 담배가 나올까 하는 생각을 했다.

"커피에 설탕이나 크림 넣니?" 팀이 부엌 입구에서 물었다.

"넣는지 안 넣는지 잊어버렸어요. 어느 쪽이든 상관없어요."

"차라리 술을 줄까?"

"아뇨." 나는 고개를 저었다.

"레이첼 개럿이 한 말이 맞았다는 거 아니?"

"알아요."

"제프가 경고를 하고 싶었던 거야. 키어스틴한테."

"그런 모양이에요."

"이제 다음 차례는 나고."

나는 그를 올려다보았다.

"제프가 그랬잖니."

"그러게요."

"끔찍한 전쟁이 되겠지만 내가 이길 게다. 나는 뒤따라가지 않을 게다. 제프와 키어스틴을 뒤따라가지 않을 거야." 그는 분개한 듯 매정한 목소리였다. "그리스도가 이 세상에 오신 이유가 이런 결정론에서, 이런 지배론에서 인간을 구원하기 위해서였지. 미래는 바꿀 수 있는 거다."

"저도 그럴 수 있길 소망할게요."

"나의 소망은 그리스도이다. '그러니 빛이 있는 동안에 빛을 믿고 빛의 자녀가 되어라.' 요한복음 12장 36절 말씀이지. '너희는 걱정하지 마라. 하느님을 믿고 또 나를 믿어라.' 요한복음 14장 1절. '주의 이름으로 오시는 이여, 찬미 받으소서!' 마태복음 23장 39절." 팀은 그 육중한 가슴을 올렸다 내렸다 거친 숨을 몰아쉬며 나를 가만히 쳐다보다 내 쪽을 손가락으로 가리키며 말했다. "나는 그러지 않을 게다, 앤젤. 둘 다 스스로 목숨을 끊었지만, 나는 절대 그럴 생각이 없다. 도살장에 끌려가는 양처럼 그렇게 가지 않을 게다."

아, 고마워라. 나는 속으로 중얼거렸다. 정말로 열심히 싸울 생각이시로군요.

"예언이건 뭐건, 레이첼이 시빌이라 해도 나는 목을 베어 제물로 바쳐질 어리석은 짐승처럼 내 발로 그 길을 향해 걸어갈 생각은 없다." 그의 두 눈이 강렬하게 번뜩이며 이글거렸다. 그가 그레이스 대성당에서 설교를 할 때 가끔 이런 모습을 보인 적이 있었다. 사도 베드로가 부여한 권위의 힘으로 설교하는 팀 아처의 모습이었다. 성공회 안에서 온전하게 이어져 내려온 사도의 전통을 잇는 팀 아처의 모습이었다.

내 혼다를 타고 그레이스 대성당으로 가는 길에 팀이 말했다. "내가 발렌슈타인의 전철을 밟고 있구나. 점성술에 영합하고 별점을 치고."

"개럿 박사 말씀이세요?"

"그래. 개럿 박사도 그렇고 메이슨 박사도 그렇고. 박사라고 할 수도 없지. 그건 제프가 아니었다. 제프는 저승에서 돌아온 적이 없어. 그 딱한 아이 말처럼 황당한 이야기지. 키어스틴의 아들 말이다. 오, 이런. 그 아이한테 연락을 안 했구나."

"제가 알릴게요."

"소식을 들으면…… 아니, 아닐 수도 있겠다. 우리가 생각하는 것보다 더 강한 아이일 수도 있으니 말이다. 제프가 돌아왔다는 게 말도 안 되는 이야기인 줄 간파할 정도였잖니."

"정신분열증 환자들이 원래 거짓말을 못 하죠."

"그럼 정신분열증 환자들이 더 많아져야겠구나. 벌거벗은 임금님하고 비슷한 건가? 너도 알아차렸지만 이야기하지 않았지."

"아느냐 모르느냐의 문제가 아니라 어떤 식으로 평가하느냐의 문제잖아요."

"하지만 너는 우리 말을 믿지 않았잖니."

나는 잠시 망설이다 "잘 모르겠어요"라고 대답했다.

"우리가 말도 안 되는 이야기를 믿는 바람에 키어스틴이 죽었다. 그걸 믿고 싶었기 때문에 믿었던 건데, 이제는 그럴 이유가 없어졌구나."

"그러게요."

"우리가 인정사정없이 현실과 맞섰더라면 키어스틴이 죽지 않았을 텐데. 이쯤에서 이제 그만 정리하고…… 나중에 그녀의 뒤를 따르고 싶은 마음뿐이로구나. 개럿과 메이슨은 키어스틴을 보고 환자인 줄 알아차렸겠지. 그들이 심란해하는 환자를 이용한 거야. 이제 그녀가 죽었으니 두 사람에게 책임을 묻고 싶다." 그는 잠깐 말을 멈추었다 다시 이었다. "나는 키어스틴에게 재활 치료를 받으라고 설득했단다. 여기 샌프란시스코에서 그쪽 분야에 몸담고 있는 친구들이 몇 명 있거든. 나는 약물 중독에 대해 익히 알고 있었고, 전문가의 도움을 받아야 한다는 것도 알고 있었지. 너도 알다시피…… 내가 경험자 아니냐. 알코올 의존증."

나는 아무 말도 하지 않고 묵묵히 차를 몰았다.

"책 출판은 이미 엎질러진 물이야."

"담당 편집자한테 연락해서—"

"그 책 판권은 이미 그들의 손으로 넘어갔어."

"아주 명망 있는 출판사잖아요. 출간을 취소하자고 하면 아버님 말씀을 들을 거예요."

"출판사 측에서 홍보용 보도자료도 이미 발송했다. 가제본과 원고 사본도 여기저기 뿌렸고. 그러니까—"

팀은 잠깐 고민하는 눈치였다.

"책을 다시 한 권 써야겠다. 거기서 키어스틴의 죽음을 이야기하고 비술을 재평가해야겠어. 그 방법이 제일 좋겠구나."

"『잔인한 죽음아』 출간을 취소하시는 게 좋을 것 같은데요."

하지만 그는 이미 마음을 정한 상태인지 열심히 고개를 저었다. "아니, 예정대로 출간해야 한다. 내가 이런 문제에 관한 한 오랜 경험을 자랑하지 않겠니? 자신의 어리석음은 인정해야 하는 법이지. 인정한 다음 바로잡기 시작해야 하는 거다. 다음 책이 그걸 바로잡는 작업이 될 거야."

"선인세가 얼마였어요?"

팀은 나를 잽싸게 곁눈질했다. "가능성에 비하면 많은 액수도 아니었지. 계약하면서 만 달러를 받았고, 완성된 원고를 넘기면서 만 달러를 받았거든. 책이 출간되면 마지막으로 만 달러를 받을 게다."

"3만 달러면 큰돈이죠."

팀은 혼잣말처럼 중얼거렸다. "헌사를 추가할까 싶구나. 키어스틴에게 바친다고. 추모하는 뜻에서. 그녀에 대한 내 감정도 몇 마디 적고."

"제프하고 키어스틴, 두 사람에게 바쳐도 좋겠네요. 그러면서 이렇게 적는 거예요. '그러나 하느님의 은총으로—'"

"아주 훌륭한 생각이로구나."

"저하고 빌도 추가해주세요. 이왕 하시는 김에. 저희도 이 영화의 등장인물이잖아요."

"영화?"

"버클리식 표현이에요. 사실 영화가 아니라 알반 베르크가 작곡한 오페라 〈보체크〉이긴 하지만. 목마를 탄 남자아이만 빼고 모두 죽어요."

"전화로 헌사 얘기를 해야겠다. 교정을 끝낸 원고를 이미 뉴욕으로 보냈거든."

"그럼 키어스틴이 끝낸 건가요? 맡은 바 임무를?"

"그렇지."

그가 막연하게 대답했다.

"제대로 했어요? 몸도 안 좋았잖아요."

"제대로 했을 게다. 나는 확인해보지도 않았어."

"키어스틴을 위해 미사를 집전하실 거죠? 그레이스에서."

"물론이지. 그래서 내가—"

"그럼 키스를 부르세요. 아주 훌륭한 록 밴드예요. 전부터 록 음악과 함께하는 미사를 계획하셨잖아요."

"키어스틴이 키스를 좋아했니?"

"샤나나 다음으로요."

"그럼 샤나나를 불러야지."

그 뒤로 한동안 말없이 달리다 내가 퍼뜩 외쳤다.

"패티 스미스 그룹."

"키어스틴에 대해서 몇 가지 묻고 싶은 게 있는데."

"뭐든 물어보세요."

"장례식 때 그녀가 좋아했던 시를 읽고 싶거든. 몇 편 알려줄 수 있겠니?" 그는 외투 주머니에서 수첩과 금색 펜을 꺼내 들고 기다렸다.

"D. H. 로렌스가 뱀에 대해서 쓴 아주 아름다운 시가 있거든요. 그걸 좋아했어요. 어떤 시인지 읊어드리지는 못하겠어요. 지금은 안 되겠어요. 죄송해요." 나는 울음을 참으려고 눈을 감았다.

12

장례식 때 티모시 아처 주교는 D. H. 로렌스가 쓴 뱀에 대한 시를 낭송했다. 어찌나 근사하게 낭송을 하던지 모두들 감동을 받은 얼굴이었다. 조문객이 많지는 않았다. 키어스틴 룬드보그를 아는 사람은 별로 없었다. 나는 그녀의 아들 빌이 대성당 어디 앉아 있는지 계속 찾았다.

내가 전화로 소식을 알렸을 때, 그는 별다른 반응을 보이지 않았다. 아마 예견하고 있었던 모양이다. 병원과 유치장은 그를 더 이상 어쩌지 못했다. 이제 빌은 자유롭게 돌아다니든, 자동차 도색을 하든, 무엇이든 하고 싶은 대로 할 수 있었다. 지금 당장은 누구보다도 열심히 인생을 즐기고 있었다.

키어스틴이 스스로 목숨을 끊은 뒤 아처 주교의 머릿속을 덮었던 안개가 걷혔으니, 그녀의 죽음은 헛되지 않았다고 볼 수 있을 것이다. 물론 그 상실감은 어디에도 비할 바 아니지만, 그래도 인간을 일깨우는 죽음의 힘이란 놀랍기 그지없다. 그 어떤 말이나 주장보다도 무게가 실린다. 궁극의 힘이다. 마음과 시간을 빼앗고 사람을 바꾸어놓는다.

나는 죽음을 통해, 그것도 사랑하던 사람의 죽음을 통해 힘을 얻는 팀을 보고 당황스러웠다. 나로서는 상상할 수 없는 일이었지만, 이것이 그의 장점이었다. 그를 훌륭한 주교, 훌륭한 인간으로 만드는 장점이었다. 상황이 악화될수록 그는 강해졌다. 죽음을 반기지는 않았지만 두려워하지도 않았다. 머릿속에서 안개가 걷히자 그는 죽음을 이해했다. 교령회와 미신이라는 말도 안 되는 해결책을 시도해보았지만 실패로 돌아갔다. 또다른 죽음을 초래했을 뿐이다. 그래서 이제 그는 작전을 바꿔 이성적인 접근을 시도했다. 그럴 만한 심각한 이유가 있었다. 지금껏 자기 목숨을 미끼처럼 내놓고 있었던 것이다. 옛날 사람들이 말하는 '불길한 운명'을 부르는 미끼처럼. 요절을 부르는 미끼처럼.

고대의 사상가들은 죽음, 그 자체를 불길하게 생각하지는 않았다. 인간이라면 누구나 죽기 마련이니까. 그들이 불길하게 생각한 것은 요절, 그러니까 인간이 자기 할 일을 다 마치기 전에 찾아오는 죽음이었다. 사신死神이 익기도 전에 따서 휙 던져버린 딱딱하고 파랗고 조그만 사과. 사신조차 흥미를 보이지 않는 존재.

아처 주교는 할 일을 다 마치지도 않았고, 삶으로부터 떨어져나갈 생각도 없었다. 그는 이제 발렌슈타인과 비슷한 운명을 향해 조금씩 움직이고 있는 자신의 모습을 정확히 인식했다. 발렌슈타인의 경우 미신과 남들이 하는 말에 현혹되는 바람에 월터 데버루라는 별로 유명하지도 않은 잉글랜드 장군이 휘두른 미늘창에 찔려 죽었다(자비를 빌었지만 소용없었다. 상대방의 손에 미늘창이 쥐어진 다음에 자비를 빌어봐야 엎질러진 물이다). 자다 깬 발렌슈타인은 바로 그 마지막 순간에 정신적으로도 깨어났을지 모른다. 적병이 들이닥친 순간, 그 모든 천궁도와 별점으로도 이 사태를 예견하지 못했으니 얼마나 부질없는 짓이었는지 퍼뜩 깨달았을 것이다. 하지만 발렌슈타인과 팀은 몇 가지 면에서 결정적으로 다르다. 먼저 팀에게는 발렌슈타인이라는 선례가 있다. 팀은 어리석은 발상으로 인해 위인들이 어떻게 됐는지 익히 알고 있었다. 둘째로 팀은 지적이고 교양 있는 잡담을 끊임없이 늘어놓기는 해도 기본적으로 현실주의자였다. 어느 쪽이 그에게 유리하고 어느 쪽이 그에게 불리한지, 잠시도 경계를 늦추지 않고 예리하게 감지하는 안목을 타고났다. 키어스틴이 자살한 순간에도 먼저 영리하게 유서의 일부분을 없앴다. 그는 빈틈이 없었고, 두 사람의 관계를 언론은 물론이고 성공회 교단 내부에서도 모르게 하는 놀라운 능력을 발휘했다(물론 나중에는 들통 났지만, 그 무렵 팀은 저세상 사람이었으니 들통이 나든 말든 상관없었을 것이다).

본질적으로 실리적인 사람이, 심지어 기회주의자라고까지 할 수 있는 사람이 어쩌다 그렇게 자기 발등을 찍는 허튼짓을 저질렸는지 놀랍기 그지없지만, 팀의 인생이라는 보다 큰 그림 속에 놓고 보면 그 허튼짓마저 쓸모가 있었다. 팀은 자신이 맡은 역할에 엄격하게 구속되는 것을 좋아하지 않았다. 예전에 스스로 변호사입네 하지 않았던 것처럼 주교가 되어도 주교입네 하지 않았다. 그는 주교이기 이전에 인간이었고, 그런 시각에서 자신을 바라보았다. 그는 수많은 분야에 몸담고 다양한 방면으로 뻗어나가는 인간이었다. 학창시절에는 르네상스를 공부하며 많은 것을 터득했다. 한번은 그가 나에게 르네상스는 중세를 타도하거나 멸망시킨 게 절대 아니라고 말한 적이 있다. T. S. 엘리엇의 생각과는 달리 '중세를 완성시켰다'라는 것이었다.

그러면서 예로 든 것이 단테의 『신곡』이었다. 집필 연대만 놓고 보면 『신곡』은 중세의 소산이었다. 중세의 세계관을 완벽하게 요약한 최고의 꽃이었다. 그럼에도 불구하고(이에 동의하지 않는 평론가들이 많겠지만) 『신곡』에 담긴 방대한 사상은 사실 그다지 극단적이지 않다. 예컨대 시스티나 예배당 천장화를 그릴 때 이 작품을 상당 부분 참고한 미켈란젤로의 관점과는 다른 것이다. 팀은 기독교가 르네상스 때 절정에 이르렀다고 생각했다. 르네상스기가 고대의 재연이자 기독교의 시대라 할 수 있는 중세시대를 제압한 시기라고 보지 않았다. 종교를 압도했다기보다 종교, 그중에서도 특히 기독교가 마지막으로 찬란하게 꽃을 피운 때가 르네상스기였다. 따라서 팀이 내린 결론에 따르면 이승과 저승, 양쪽 세계에 정통한 이상적인 기독교도야말로 르네상스를 대변하는 인물(즉 모든 방면에 걸쳐 모르는 게 없는 박학다식한 인물)이었다. 물질적인 세계와 정신적인 세계의 완벽한 조합, 굳이 말하자면 신성한 물질세계, 변형이 되었지만 그래도 물질은 물질인 세계. 최초의 타락 이전으로 돌아가 다시 하나로 어우러진 이승과 저승.

팀은 이런 이상형을 스스로 구현하고자 했다. 그런데 그가 생각하기에 완벽한 인간은 아무리 귀한 일을 하더라도 직업에 얽매이지 않는 법이었다. 자기 자신을 그저 구두 고치는 사람으로 간주하는 구두 수선공은 제 손으로 선을 긋는 죄를 저지르는 셈이었다. 마찬가지 이유에서 주교도 전인全人이라는 신분에 걸맞게 모든 분야를 섭렵해야 했다. 이런 분야 가운데 하나가 성性이었다. 여론은 이를 용납하지 않았지만, 팀은 아랑곳하지 않았고 소신을 굽히지 않았다. 그는 르네상스형 인간에게 어울리는 것이 무엇인지 알고 있었고, 자신이 르네상스형 인간에 완벽하게 부합하는 것 또한 알고 있었다.

이런 실험 정신이 팀 아처가 몰락한 이유인 것은 어느 누구도 부인할 수 없는 사실이다. 그는 너무 많은 발상을 검토하고 잠깐 써보다 폐기 처분했다. 하지만 그중 일부는 마치 살아 있기라도 한 것처럼 창고 저쪽 구석에서 되돌아와 그의 발목을 잡았다. 그것도 과거지사다. 지나간 일이다. 팀은 이제 죽은 사람이니까. 그의 발상들은 제대로 풀리지 않았다. 발상들은 그저 그를 붕 띄웠다 배신하고 공격했다. 그에게 버림받기 전에 먼저 선수를 쳤다. 하지만 그럼에도 불구하고 부정할 수 없는 한 가지 사실이 있다. 그 생각들 속에 꼼짝 못하게 붙들렸다는 사실을 알아차렸을 때, 팀 아처가 완강하게 방어 태세를 취했다는 사실이다. 그는 키어스틴이 죽은 날 나에게 말했던 것처럼 결코 항복하지 않았다. 운명의 여신은 팀 아처를 칼로 찌른 다음에야 끌고 갈 수 있었다. 그는 제 손으로 자기 몸에 칼을 꽂을 위인이 아니었다. 응분의 벌을 내리러 나선 운명의 여신을 발견하고 그 속셈을 간파한 뒤에는 절대 손을 잡을 위인이 아니었다. 지금만 해도 자신을 찾아 나선 운명의 여신과 맞닥트렸지만, 도망치지도 않고 협조하지도 않았다. 우뚝 선 채로 맞서 싸웠고, 그 자세 그대로 전사했다. 호락호락하게 넘어가지 않고 끝까지 버티다 전사한 것이다. 그는 운명의 여신에게 살해당할 때까지 버텼다.

운명의 여신이 무슨 수로 소기의 목적을 달성할지 고민하는 동안 팀은 모든 지적 능력을 총동원해 필연을 피하려고 애를 썼다. 어쩌면 그래서 '운명'이라고 하는 건지 모르겠다. 필연적인 게 아니라면 운명이라는 단어를 쓰지 않았을 것이다. 운명이 아니라 액운이라고 했을 것이다. 우연한 사고 운운했을 것이다. 운명은 우연한 사고가 아니다. 운명에는 계획이 있다. 세상이 쪼그라들기라도 하는 것처럼 사방에서 동시에 옥죄어오는 잔인한 계획이 있다. 마지막 순간에 남는 것은 주인공과 그의 불길한 숙명뿐. 그는 자신의 뜻과 상관없이 항복하도록, 올가미에서 벗어나려고 몸부림을 치다 절망하고 지쳐 훨씬 더 빨리 항복하도록 예정되어 있다. 그러면 어찌 됐건 승리를 거두는 쪽은 운명의 여신이다.

여기까지 내가 한 말은 대부분 팀에게 직접 들은 내용이다. 그는 기독교를 공부하면서 이 문제에 대해 연구했다. 고대에 등장한 그리스와 로마의 밀의종교에서는 신도를 우주 저 너머에 존재하는 신, '별의 영향'을 뛰어넘을 수 있는 신에게 연결시켜줌으로써 운명을 극복하려 했다. 요즘은 DNA 속에 들어 있는 죽음의 띠와 과거의 인물, 친구, 부모에게서 받은 정신적인 영향 등등을 운운하지만 결론은 똑같다. 무슨 짓을 하건 죽을 사람은 죽게 되어 있다는 결정론이다. 그리되지 않으려면 외부에서 개입해 상황을 바꾸어주어야 한다. 신상에 해로운 짓을 저지르도록 이미 예정이 되어 있기 때문에 저 스스로는 상황을 바꿀 도리가 없다. 피하고 싶은 운명을 향해 제 발로 뛰어들면서 자기한테 도움이 되는 행동을 하고 있다고 착각한다.

탐은 이 모든 사실을 알고 있었지만 정작 별 도움은 안 됐다. 그래도 그는 최선을 다했고, 노력했다.

실리를 중요시하는 사람들은 제프나 키어스틴 같은 짓을 하지 않는다. 그런 충동을 느끼면 저항한다. 그런 낭만적인 충동은 일종의 약점이다. 후천적으로 학습된 수동적인 태도이자 학습된 체념이다. 아들이 죽었을 때 팀은 그것을 특이한 사건으로 간주하고—어느 누구에게 전염이 된 것은 아니라는 결론을 내리고—무시할 수 있었지만, 키어스틴이 똑같은 전철을 밟자 생각을 바꿔 제프의 죽음을 재조명했다. 알고 보니 그 안에서 2차적인 비극의 씨앗이 자라고 있었고, 또 다른 비극이 그를 덮칠 준비를 하고 있었다. 그는 제프의 자살을 기점으로 빠져든 허튼 발상들을 당장 내동댕이쳤다. 메노티의 적절한 표현을 빌리자면, 비술과 결부된 괴상하고 한심한 생각들을 당장 내동댕이쳤다. 귀신과 접촉하겠답시고 플로라 부인과 테이블을 마주하고 앉는 바보짓을 저지르고 있었다는 사실을 문득 깨달은 것이다. 그는 평소의 모습으로 돌아가 몹쓸 짐짝을 폐기 처분하고 보다 안정적이고 튼튼한 것으로 대체했다. 배를 구하려면 가끔 짐짝을 포기해야 하는 법이다. 짐짝을 던질 때도 잘 따져보아야 한다. 배에 아무 탈이 없도록 한 번에 영차 들어서 휙 던져야 한다. 짐짝은 배에 문제가 생겼을 때에나 포기하는 건데, 팀이 바로 그런 상황이었다. 개럿 박사의 선언에 따르면 키어스틴과 팀, 양쪽 모두에게 사신이 찾아오는데 키어스틴이 먼저라고 했다. 첫 번째 예언은 실현되었다. 그렇다면 그가 다음 차례였다. 응급조치를 취해야 했다. 응급조치는 절박하고 똑똑한 사람들이 하는 것이고, 팀은 이 양쪽 모두에 해당되는 사람이었다. 게다가 그래야 할 필요성까지 있었다. 그는 버리면 안되는 배와 버려도 되는 짐짝의 차이를 알고 있었다. 스스로 생각하기에 그는 배였다. 그리고 귀신에 대한 믿음, 저승에서 찾아온 아들에 대한 믿음은 짐짝이었다. 이런 식으로 분명하게 선을 그을 줄 아는 것이 그의 장점이었다. 정신을 차리는 게 문제였지만. 믿음을 저버리는 것은 지금 그의 처지에 타협도, 타락도 아니었다. 그 덕분에 그가 목숨을 건질 일말의 가능성이 생기는 거였다.

나는 팀이 다시금 정신을 차린 데 환호성을 질렀다. 하지만 상당히 비관적이었다. 그가 정신을 차린 것은 살아야겠다는 결심 때문이었다. 그건 좋은 현상이었다. 끝까지 버티겠다는 의지를 나무랄 수는 없는 법이다. 문제는 너무 늦지 않았느냐는 것이었다. 시간이 지나면 알 수 있겠지만.

배의 안전이 확보되면 짐짝을 포기한 사람들이 우선 구조 대상이 된다. 이것이 해상법이다. 어느 나라 출신이건 모두 다 기본적으로 이렇게 생각한다. 팀도 의식적으로 혹은 무의식적으로 이 사실을 알고 있었다. 그는 자신의 선택을 실천하는 와중에 누가 보더라도 수긍할 수 있는 존경스러운 결단을 내렸다. 나는 그런 그를 이해했다. 그런 상황이라면 누구라도 그와 같은 결단을 내릴 것이다. 아들이 저승에서 찾아온 게 맞건 아니건 다 끝난 문제를 놓고 징징거릴 때가 아니었으니까. 자기 목숨을 위해 싸워야 할 때였으니까. 그는 최선을 다해 열심히 싸웠다. 나는 옆에서 지켜보다 기회가 닿을 때마다 거들었다. 그의 싸움은 결국 패배로 돌아갔지만 노력이 부족하거나 정신력이 달려서 패한 것은 아니었다.

그가 편의주의적인 선택을 한 것은 아니다. 심기일전하고 최후의 방어를 펼쳤다. 말년의 팀을 가리켜 살겠답시고 모든 신념을 내동댕이친 채 짐승처럼 물불 안 가린 비열한 인간이라고 한다면 엄청난 착각이다. 생명이 위태로울 때 똑똑한 사람이라면 일련의 방식으로 대응을 하기 마련인데, 팀도 그런 방식으로 대응을 했을 뿐이다. 그는 버릴 수 있는 것을 모두 버리고 당장이라도 물어뜯을 것처럼 송곳니를 번뜩였다. 살아남기 위해 짐짝 따위 개에게나 줘버리겠다는 정신으로 무장한 인간은 원래 그런 법이다. 키어스틴이 죽었을 때 팀은 조만간 자신의 목숨마저 장담할 수 없는 위태로운 상황에 직면했음을 알아차렸다. 말년의 그를 이해하려면 그의 이런 깨달음을 감안해야 하고, 그의 인식과 깨달음이 맞아떨어졌다는 사실도 감안해야 한다. 상담가들이 쓰는 표현을 빌리자면 그는 실제 현실을 자각하고 있었던 셈이다. '실제 현실'과 그냥 '현실'이 어떻게 다른지는 모르겠지만. 그는 죽지 않길 바랐다. 그건 나도 마찬가지다. 누구라도 그럴 것이다. 그렇다면 키어스틴이 세상을 떠나고 자신마저 그 뒤를 잇기 전까지 아처 주교가 어떤 생각을 하고 살았을지 누구라도 짐작할 수 있을 것이다. 그때만 해도 키어스틴의 죽음은 기정사실이었지만, 그의 죽음은 불길할지언정 진위가 의심스러운 하나의 가능성에 불과했다. 이제 와 생각해보면 그의 죽음 역시 피할 수 없는 운명이었지만, 지나고 나서 생각하면 뭐든 그렇기 마련이다. 이미 벌어진 일들이니 모든 게 피할 수 없는 운명이다.

팀은 자신의 죽음이 피할 수 없는 운명이었다 해도, 예언에 의해, 시빌에 의해 결정된 사안이었다 해도—아폴론이 시빌의 입을 빌려 전달한 사안이었다 해도—포기하지 않고 최선을 다해 싸웠을 것이다. 이야말로 칭찬을 받아 마땅한 훌륭한 자세 아닐까. 그가 한때 신봉하고 설교했던 수많은 헛소리를 저버린 것은 중요한 문제가 아니다. 그 모든 허섭스레기를 다 끌어안고, 눈을 감고 입을 다문 채 해탈한 자세로 죽었어야 하는 건 아니지 않을까. 나는 두 눈으로 똑똑히 목격하고 간파했다. 나는 짐짝이 사라지는 것을 목격했다. 개럿 박사의 첫 번째 예언이 실현되는 순간 그것이 배 밖으로 버려지는 것을 목격했다. 그걸 보며 '하느님, 감사합니다'라고 중얼거렸다.

그래도 내가 제목을 붙인 그 빌어먹을 『잔인한 죽음아』만은 출간하지 말았어야 한다고 생각한다. 3만 달러가 걸린 문제였으니 출간을 강행한 것도 실리를 중요시하는 그의 성격상 당연한 일이라 할 수 있겠지만, 잘 모르겠다. 팀 아처의 어떤 부분들은 지금까지도 내게 수수께끼로 남아 있다.

아직 엎질러지지 않은 물을 주워 담으려 하는 것은 팀의 스타일이 아니었다. 일단 저지르고 나서 그의 말마따나 후속편을 통해 수정하면 될 일이었다. 하지만 생존이 걸린 문제는 예외였다. 그런 문제의 경우엔 미리 계획을 세우고 앞날을 예측했다. 날마다 먹는 암페타민에서 힘을 얻기라도 하는 것처럼 자기 자신을 앞지르고 추월하며 살던 남자가, 느닷없이 달리기를 멈추고 고개를 돌려 운명의 여신을 바라보며 이런 대사를 읊었다. "내가 여기 서 있나이다. 그것 말고는 아무것도 할 수가 없나이다." 독일의 실존주의자 마르틴 하이데거는 이를 가리켜 '거짓된 존재의 참된 존재로의 변형'이라고 표현했다. 내가 대학교에서 배운 용어다. 내 평생 내 주변에서는 그런 일이 없을 줄 알았더니 그런 일이 실제로 벌어졌고, 내가 두 눈으로 똑똑히 목격했다. 아름다웠지만 실패로 돌아간 일이라니, 정말 슬펐다.

나는 죽은 남편의 귀신이 내 머릿속을 들여다보면서 재미있어하는 모습을 혼자 상상했다. 제프가 살아 있었더라면 주교를 송곳니를 드러낸 화물선에 비유하는 거냐며 그 이질적인 조합에 몇 날 며칠 동안 푹 빠져 끝도 없이 종알거렸을 것이다. 나는 키어스틴이 자살한 뒤로 정신을 놓기 시작했다. 레코드 가게에서 출고 내역과 송장의 목록을 비교할 때도 멍하니 기계적으로 움직였다. 내 안으로 침잠해 들어갔고, 다른 직원들과 사장님이 걱정할 정도였다. 그런가 하면 곡기도 거의 끊었다. 점심시간이 되면, 쓰레기 봉지를 들고 아래층으로 내려가다 심장마비를 일으켜 쓰레기 봉지 안에 머리를 박고 죽었다는 델모어 슈워츠의 작품을 읽었다. 시인이 그런 식으로 생을 마감하다니!

자아성찰의 문제는 끝이 없다는 거다. 『한여름 밤의 꿈』에서 바텀이 꾸는 꿈처럼 밑도 끝도 없다.* 나는 UC 버클리에서 영문학을 공부하는 동안 비유를 만들고, 가지고 놀고, 섞어서 사람들 앞에 내놓는 법을 배웠다. 나로 말할 것 같으면 똑똑한 고학력 비유 중독자다. 생각을 너무 많이 하고, 책을 너무 많이 읽고, 사랑하는 사람들에 대해 너무 많이 걱정한다. 그런데 내가 사랑하는 사람들이 하나둘씩 죽기 시작했다. 남은 숫자가 많지 않다. 대부분 고인이 되었다.

그들은 모두 빛의 세상으로 사라지고
나 홀로 이곳에 남아 있도다.

---

* 영어의 '바텀bottom'에 밑이라는 뜻이 있는 것을 이용한 중의적인 표현.

그들의 추억은 아득하게 반짝이고
내 슬픈 상념들만 선명해.

헨리 본*이 1655년에 쓴 이 시는 이렇게 끝이 난다.

지나가며 내 앞에서 흐릿하게 넘실대는
이 안개를 걷어주오.
아니거든 렌즈가 필요 없는 저 언덕으로
나를 이제 옮겨주오.

여기에서 '렌즈'는 망원경을 의미한다. 내가 다 찾아봤다. 별로 알려지지 않은 17세기 주지파 시인들이 학창시절 내 전공이었다. 나는 키어스틴을 떠나보내고 나서 그들의 작품을 다시 찾았다. 내 관심사가 그들처럼 사후세계로 바뀌었기 때문이다. 남편이 그곳으로 건너갔다. 단짝 친구도 그곳으로 건너갔다. 팀도 조만간 그곳으로 건너갈 예정이었다.

안타깝게도 이제는 팀을 만나는 횟수가 점점 줄었다. 이것이 나에게는 가장 큰 타격이었다. 정말로 사랑하는 사람과의 연결고리가 끊겼으니 말이다. 연결고리를 끊은 쪽은 팀이었다. 그는 캘리포니아 교구 주교직을 사임하고 싱크탱크가 있는 샌타바버라로 내려갔다. 아무리 생각해도 내지 말았어야 하는 책이 출간되면서 그가 얼마나 어리석은 인물인지 만천하에 공개돼

---

* 잉글랜드계 웨일스의 시인. 신비주의자.

버렸다. 여기에 키어스틴과의 추문까지 결부됐다. 팀이 증거를 조작했음에도 불구하고 두 사람의 비밀 관계가 언론에 포착됐던 것이다. 성공회 주교 생활이 이렇게 돌연 막을 내렸다. 그는 짐을 싸서 샌프란시스코를 떠났고, (스스로 이야기했던 것처럼) 민간 분야로 자리를 옮겼다. 민간 분야로 건너가면 편안하고 행복하게 지낼 터였다. 답답한 기독교 교리와 윤리에서 벗어나 살 수 있었다.

나는 그가 보고 싶었다.

그와 성공회의 관계를 절단 내는 데 결정적인 역할을 한 세 번째 요소가 있다면, 그것은 그 빌어먹을 다마스쿠스 문서였다. 팀은 그 문서를 가만히 내버려둘 수가 없었던 것이다. 이제 키어스틴도 죽었고, 비술의 환상에서도 깨어난 팀은, 고대 히브리의 어느 교파가 남긴 문서에 맹목적인 믿음을 온전히 바치며, 그 안에 예수의 진정한 출처가 들어 있다고 여러 강연과 인터뷰와 기고문을 통해 거듭 강조했다. 팀은 분란을 일으켜야 직성이 풀리는 성격이었다. 그와 분란은 운명 공동체였다.

나는 잡지와 신문을 통해 팀의 근황을 접했다. 이런 식으로 전해 듣는 소식이 전부였다. 이제는 그와 개인적으로 아는 사이라고 할 수 없었다. 이것이 나에게는 엄청난 비극이었다. 어느 누구에게도, 심지어 정신 상담가한테도 말하지 않았지만 내겐 이것이 제프와 키어스틴을 잃은 것보다 더 엄청난 비극이었다. 빌 룬드보그하고도 연락이 끊겼다. 내 인생에서 빠져나와 정신병원에 입원하는가 싶더니 그길로 자취를 감추었다. 나는 빌의 소재를 파악하려다 실패하고 포기해버렸다. 어떤 식으로 계산하느냐에 따라 이 모든 인간관계의 승률이 0일 수도 있고 10할일 수도 있었다.

그런데 어떤 식으로 계산하든 결론은 마찬가지였다. 알고 지내던 사람을 모두 잃었으니 이제 새로운 친구를 사귈 때가 됐다는 것. 나에게 있어 음반 판매는 단순한 직업이 아니라 일종의 소명이었다. 나는 1년 만에 레코드 가게 점장으로 승진했고 구입 품목을 정하는 데 있어 무소불위의 권력을 휘둘렀다. 사장단의 간섭을 전혀 받지 않았다. 주문 여부가 전적으로 내 손에 좌우됐고 영업사원들, 그러니까 다양한 음반사 대리인들도 그 사실을 알고 있었다. 덕분에 공짜로 점심을 얻어먹은 게 한두 번이 아니었고, 재미있는 데이트도 즐길 수 있었다. 나는 껍질을 깨고 나와 좀 더 많은 사람들을 만나기 시작했다. 표현이 좀 구식이기는 하지만 남자친구도(버클리에서는 절대 쓰이지 않는 단어였다) 생겼다. 내가 쓰고 싶은 단어는 '애인'이 아닐까 싶지만. 제프와 함께 구입한 집에서 남자친구인 햄프턴과 동거를 시작하며 연애 면에서도 신선한 새 출발을 맞았다.

팀이 출간한 『잔인한 죽음아』는 판매 성적이 생각보다 신통치 않았다. UC 버클리의 새더 게이트 인근 여러 서점에서 떨이로 내놓은 것이 보였다. 값은 너무 비싸고 내용은 너무 장황했다. 자기가 직접 쓴 책이었다면 분량을 좀 줄일 수 있었을 텐데. 시간을 내서 읽어보니 이건 키어스틴의 작품이었다. 다른 건 몰라도 최종 원고만은 따발총처럼 쏟아지는 팀의 구술을 바탕으로 그녀가 쓴 게 분명했다. 그는 약속과 달리 오류를 수정한 후속편을 출간하지 않았다.

어느 일요일 오전, 나는 햄프턴과 함께 거실에 앉아 새로 산 마리화나를 피우며 텔레비전에서 방송되는 어린이 만화를 보고 있다 생각지도 못했던 팀의 전화를 받았다.

"안녕, 앤젤. 쉬고 있는데 내가 괜히 방해한 건 아닌지 모르겠구나." 그가 특유의 따뜻하고 상냥한 목소리로 말했다.

"아니에요." 나는 실제로 팀의 목소리인지 마리화나 때문에 환청이 들리는 건지 헷갈려하며 우물쭈물 대답했다. "어떻게 지내셨어요? 저는—"

"내가 무슨 일로 전화를 했느냐면 말이다—" 팀은 내 말을 듣지도 못한 양 말허리를 잘랐다. "클레어몬트 호텔에서 열리는 회의 참석차 다음 주에 버클리에 가는데 네 얼굴을 좀 보고 싶어서."

"좋아요." 나는 신이 난 목소리로 대답했다.

"만나서 저녁이나 같이할까? 버클리 식당이야 네가 더 잘 알겠지? 너에게 선택권을 넘기마." 그는 이렇게 말하며 쿡쿡거렸다. "널 다시 만나면 얼마나 반가울까. 옛날로 돌아간 것 같겠지."

나는 망설이다 어떻게 지냈느냐고 물었다.

"다 좋아. 아주 바쁘단다. 다음 달에는 이스라엘에 가거든. 그 일로 너랑 상의할 게 있다."

"우와, 재미있겠네요."

"와디를 찾아갈 거야. 다마스쿠스 문서가 발견된 곳 말이다. 이제 번역 작업이 모두 끝났어. 마지막으로 발견된 부분에 아주 흥미진진한 내용이 들어 있는데, 자세한 이야기는 나중에 만나서 하마."

"알겠어요." 나는 다마스쿠스 문서 이야기를 듣고 흥분이 됐다. 늘 그렇듯 팀의 열정은 상대방까지 전염시켰다. 《사이언티픽 아메리칸》에 실린 장문의 기사 봤어요. 마지막으로 발견된 부분에—"

"수요일 저녁에 데리러 가마. 너희 집으로. 가능하면 정장을 입어주겠니?"

"저희 집이 어디인지—"

"너희 집이 어디인지 당연히 기억하고말고."

그가 초고속으로 말을 서두르는 듯한 기분이 들었다. 아니면 마리화나 때문에 그렇게 느낀 걸까? 아니다, 마리화나를 하면 모든 속도가 느려진다. 나는 허둥지둥 말했다. "그런데 수요일에는 제가 야간 근무를 하는데요."

팀은 내 말을 듣지 못한 사람처럼 말했다. "8시쯤 데리러 가마. 그때 보자. 안녕." 찰칵. 그는 그렇게 전화를 끊었다.

젠장. 나는 속으로 중얼거렸다. 수요일은 9시까지 근무하는 날인데. 다른 직원에게 대신 근무를 서달라고 해야겠다. 팀이 이스라엘로 떠나기 전에 저녁을 먹자는데 그 기회를 놓칠 수는 없었다. 그제야 그가 이스라엘에 얼마나 있을 생각인지 궁금해졌다. 잠깐 있다 오겠지. 그가 전에도 이스라엘에 가서 삼나무를 심은 적이 있었던 게 생각이 났다. 언론에서 그걸 가지고 제법 호들갑을 떨었더랬다.

"누구야?" 청바지와 티셔츠를 입고 텔레비전 앞에 앉아 있던 햄프턴이 물었다. 키가 크고 호리호리하고 신랄하며, 까만 철사 머리에 안경을 쓴 내 남자친구.

"시아버지. 아니, 예전 시아버지."

"제프의 아버지 말이로구나." 햄프턴은 고개를 끄덕이며 삐딱한 미소를 지었다. "자살하는 사람들을 어떻게 처리하면 좋을지 생각났어. 자살한 사람에게는 피에로 옷을 입힌다고 법으로 정하는 거야. 그 옷을 입히고 사진을 찍어서 신문에 싣는다고. 실비아 플라스*처럼. 특히 실비아 플라스처럼."

그러더니 햄프턴은 플라스와 친구들이 부엌 레인지에 달린 오븐 속에 누가 더 오래 머리를 넣고 있나 내기를 하면서 얼마나 시시덕거렸는지 아느냐고 상상 속의 이야기보따리를 풀어놓으며 혼자 낄낄거렸다.

"하나도 재미없어." 나는 이렇게 말하며 부엌으로 건너갔다.

뒤에서 햄프턴이 외쳤다. "설마 오븐 속에 머리를 집어넣으려는 건 아니겠지?"

"지랄하네."

"코에는 커다란 고무공을 다는 거야." 햄프턴은 혼잣말처럼 계속 조잘거렸다. 그의 목소리와 텔레비전에서 흘러나오는 왁자지껄한 어린이 만화가 나를 집요하게 괴롭혔다. 나는 손으로

---

* 미국의 시인이자 단편소설 작가. 오븐에 머리를 넣고 자살했다.

귀를 막았다. "오븐에서 머리 꺼내!" 햄프턴이 소리를 질렀다.

나는 거실로 다시 돌아가 텔레비전을 끄고 햄프턴 쪽으로 고개를 돌렸다. "그 두 사람이 얼마나 고통스러웠겠어. 그렇게 고통스러워한 사람들이 웃겨?"

햄프턴은 몸을 동그랗게 말고 바닥에 앉아서 몸을 앞뒤로 흔들며 씩 웃었다. "그리고 펄럭거리는 커다란 손도 달아야지. 피에로 손을."

나는 현관문을 열었다. "좀 걷다 올게." 나는 이렇게 말하고 문을 닫았다.

잠시 후 현관문이 휙 열리더니 햄프턴이 밖으로 나와서 입에 손을 대고 외쳤다. "히히. 내가 오븐 속에 머리를 집어넣을 거야. 베이비시터가 제때 도착하나 보자. 베이비시터가 제때 올지 내기할 사람?"

나는 돌아보지 않고 계속 걸었다.

걸으면서 팀을 생각하고, 이스라엘을 생각했다. 이스라엘은 날씨가 덥고, 사막과 바위와 키부츠가 있겠지. 키부츠에서 농사를 짓겠지. 예수가 태어나기 전부터 수천 년 동안 유대인들이 경작해온 그 땅에서. 어쩌면 덕분에 팀의 관심사가 사후세계에서 흙으로 바뀔지도 모른다. 원래 있어야 할 현실세계로 돌아올지 모른다.

과연 그럴 수 있을까 싶었지만, 어쩌면 내가 팀을 오해하고 있는 것일지도 몰랐다. 그러자 팀과 같이 가고 싶다는 생각이 들었다. 레코드 가게를 그만두고 훌쩍 떠나고 싶었다. 돌아오지 말고 평생 이스라엘에서 사는 건 어떨까? 국적도 바꾸고 유대교로 개종도 하고. 꼭 그래야 한다면. 어쩌면 팀이 잘 처리해줄 수도 있고. 이스라엘에 가면 비유를 섞고 시를 외우는 내 버릇이 사라질지 모른다. 단어를 재활용해 문제를 해결하려는 습관도 없어질지 모른다. 여기저기서 조금씩 떼어낸, 남들이 쓰던 문구. 외워도 이해하지는 못했던, 이해해도 활용하지는 못했던, 활용해도 제대로 하지는 못했던 대학 시절의 편린들. 친구들의 파멸을 지켜본 방관자. 죽은 사람들의 이름을 메모지에 적을 뿐, 그중 단 한 명도 구하지 못한 자.

나는 팀에게 따라가도 되느냐고 물어볼 것이다. 팀은 안 된다고 하겠지만, 그럴 수밖에 없겠지만, 그래도 물어볼 것이다.

팀을 현실세계에 묶어두려면 먼저 그의 관심을 사로잡아야 하는데, 만약 그가 지금도 각성제를 먹고 있다면 그러기가 불가능할 것이다. 그의 정신세계는 허공을 향해 제멋대로 춤을 추고 끊임없이 환상적인 천국의 설계도를 구상할 것이다. 주변 사람들도 시도는 해보겠지만 나처럼 실패할 것이다. 내가 따라가면 도울 수 있을지 모른다. 이스라엘 사람들과 내가 힘을 합치면 나 혼자서는 불가능했던 일을 해낼 수 있을지 모른다. 내가 이스라엘 사람들의 관심이 팀에게 쏠리게 만들면 그다음 차례로 그들이 팀의 관심을 흙 쪽으로 쏠리게 만드는 거다. 젠장. 내가 따라가야겠잖아. 꼭 그래야겠잖아. 이스라엘 측에서는 문제가 뭔지 알아차리지 못할 것이다. 그는 여기서 잠깐, 저기서 잠깐, 이런 식으로 스치고 지나가며 절대 내리지 않고, 절대 머물지 않고, 절대—

누군가 나를 향해 경적을 울렸다. 내가 나도 모르는 새 어슬렁어슬렁 차도로 내려가 주위를 살피지도 않은 채 길을 건너고 있었던 것이다.

"죄송합니다." 나는 눈을 부라리는 운전자를 향해 사과했다.

생각해보니 나나 팀이나 오십보백보였다. 이스라엘에서 나는 아무런 도움이 되지 못할 것이다. 그래도 따라나서고 싶었다.

13

수요일 저녁이 되자 팀이 렌트한 폰티악을 몰고 나를 데리러 왔다. 나는 어깨끈이 없는 검은색 드레스를 입고, 구슬이 박힌 조그만 클러치 백를 들었다. 머리에 꽃도 꽂았다. 팀은 차 문을 잡고 나를 물끄러미 쳐다보며 예쁘다고 했다.

"고맙습니다." 나는 부끄러웠다.

우리는 유니버시티 대로의 섀턱 바로 옆에 있는 식당으로 향했다. 얼마 전에 문을 연 중국 음식점이었다. 나도 아직 안 가 봤지만, 레코드 가게를 찾아온 손님들이 밥 먹기 좋은 식당이 새로 생겼다며 추천한 곳이었다.

"머리를 늘 그렇게 하니?" 웨이트리스의 안내를 받으며 테이블로 걸어가면서 팀이 물었다.

"오늘 저녁을 위해서 특별히 한 거예요." 나는 이렇게 말하고 귀걸이를 보여주었다. "예전에 제프가 사준 거예요. 평소에는 잘 안 해요. 한쪽을 잃어버릴까 봐서."

"살이 좀 빠졌구나." 나는 그가 꺼내준 의자에 조심스럽게 앉았다.

"일 때문에 그래요. 밤늦게까지 주문을 넣어야 하거든요."

"법률사무소는 잘 되어가고?"

"저 요즘 레코드 가게 점장으로 일하고 있는데요."

"아, 그렇지. 내가 너희 가게에서 그〈피델리오〉앨범을 샀지. 자주 듣지는 못했다만……." 그는 메뉴판을 펼치더니 나를 잊고 메뉴판에 집중했다. 주의가 참 산만하기도 하지. 나는 속으로 중얼거렸다. 아니, 주의가 산만하다기보다 초점이 시시각각 달라지는 것이다. 변하는 것은 관심 그 자체가 아니라 관심의 대상이다. 그는 변화무쌍한 세상 속에서 살고 있다. 헤라클레이토스가 말한, 부단히 변화하는 세상을 구현한 인물이랄까.

팀은 아직도 사제복을 입고 있었다. 보기 좋았다. 그래도 되는 걸까? 뭐, 내가 상관할 바도 아니지만. 나도 메뉴판을 집어들었다. 이곳은 광둥식이 아니라 본토식 중국 음식점이다. 달짝지근하다기보다 맵고 견과류가 많이 들어간다는 뜻이다. 생강도 그렇고. 나는 배가 고팠고 행복했다. 친구를 다시 만난 게 정말 기뻤다.

팀이 말했다. "앤젤, 이스라엘에 같이 가자."

나는 눈을 동그랗게 뜨고 그를 쳐다보았다. "네?"

"비서로."

나는 그를 계속 쳐다보며 물었다. "그러니까 키어스틴을 대신해서요?" 문득 몸이 떨리기 시작했다. 웨이터가 다가왔다. 나는 저리 가라는 뜻에서 손을 내저었다.

"음료 주문하시겠습니까?" 그가 내 손짓을 못 본 척하고 물었다.

"비켜요." 나는 협박조로 말하고 팀을 향해 "망할 놈의 웨이터 같으니"라고 중얼거렸다. "그런데 비서라뇨? 어떤 종류의—"

"진짜 비서를 말하는 거다. 개인적인 감정이 개입되거나 그런 건 전혀 아니야. 너한테 정부가 되어달라고 부탁하는 줄 알았니? 키어스틴이 하던 일을 처리해줄 사람이 필요하거든. 키어스틴이 없으니까 나 혼자 감당이 안 돼서."

"이런. 전 아버님이 정부가 되어달라고 그러시는 건 줄 알았어요."

"말도 안 되는 소리." 팀은 그건 절대 불가능한 일이라는 듯 단호하고 강경한 목소리로 말했다. "나는 여전히 너를 며느리로 생각한단다."

"제가 맡고 있는 레코드 가게는 어쩌고요?"

"예산으로 지원되는 경비가 제법 된다. 아마 너한테 법률사무소, 아니 레코드 가게에서 받는 수준의 보수를 지불할 수 있을 게다."

"생각해볼게요." 나는 웨이터를 불렀다. "마티니 주세요. 엑스트라 드라이로. 주교님은 됐고요."

팀은 쓴웃음을 지었다. "나는 이제 주교도 아닌걸."

"못 가겠어요, 이스라엘에. 여기서 할 일이 너무 많아요."

팀은 조용한 목소리로 말했다. "네가 같이 안 가겠다고 하면 나는 절대—" 그는 말을 끊었다 다시 이었다. "개럿 박사를 다시 만났다. 얼마 전에. 제프가 저승에서 찾아왔어. 너를 이스라엘에 데리고 가지 않으면 내가 거기서 죽을 거라고 하더구나."

"헛소리예요. 순전히 말도 안 되는 헛소리. 이제 그런 거 안 믿기로 하셨잖아요."

"불가사의한 현상들이 점점 많아졌어." 그는 더 이상 설명을 하지 않았다. 안색은 창백했고, 표정은 경직되었다.

나는 팀의 손을 잡았다. "개럿하고 이야기하지 마세요. 저하고 이야기해요. 이스라엘에 가세요. 그 할머니는 잊어버리고. 그런 말을 하는 사람은 제프가 아니라 개럿이에요. 아버님도 아시잖아요."

"시계들이 키어스틴이 죽은 시각에 멈추었어."

"아무리 그래도—"

"제프하고 키어스틴이 둘 다 찾아온 게 아닐까 싶다."

"이스라엘에 가서 거기 사람들, 이스라엘 사람들하고 이야기를 나눠보세요. 현실에 발을 붙이고 있는 사람이라면—"

"시간이 별로 없다. 당장 사해 사막으로 건너가서 와디를 찾아야 해. 그런 다음 얼른 돌아와서 버크민스터 풀러*를 만나야 하고. 내가 만나야 할 사람이 버크민스터가 아닐까 싶은데. 이름을

---

* 미국의 발명가, 엔지니어, 건축가.

적어놓았다만⋯⋯." 그는 외투를 만지작거리며 머뭇거렸다.

"버크민스터는 죽지 않았나요?"

"아니, 네가 잘못 알고 있는 거다." 그는 나를 뚫어져라 쳐다보았다. 나도 그를 뚫어져라 쳐다보았다. 그러다 둘이서 슬그머니 웃음을 터트렸다.

나는 여전히 그의 손을 잡은 채 말했다.

"보세요. 제가 아무 도움이 안 되잖아요."

"제프하고 키어스틴은 네가 도움이 될 거라고 했다."

"아버님, 발렌슈타인을 생각해보세요."

"나는 선택의 기로에 서 있지." 팀은 나지막하지만 분명한 목소리로 말했다. 권위가 느껴지는 목소리였다. "있을 법하지 않은 멍청한 이야기를 믿느냐 아니면⋯⋯." 그는 말끝을 흐렸다.

"아니면 안 믿느냐." 내가 대신 마무리를 지었다.

"발렌슈타인은 살해당했지."

"아버님은 그럴 일 없을 거예요."

"두렵구나."

"아버님, 세상에서 제일 나쁜 게 비술 어쩌고 하는 헛소리예요. 제가 알아요. 제 말 믿으세요. 키어스틴이 그것 때문에 죽었잖아요. 키어스틴이 죽었을 때 아버님도 깨달으셨잖아요. 기억 안 나세요? 다시 그때로 돌아가시면 안 돼요. 그랬다가는 입지가—"

"죽은 정승이 산 개만 못하다는 속담이 있지. 그러니까 현실적이고 과학적이며 이성적인 회의론자가 되어 이스라엘에서 죽느니 헛소리를 믿는 게 낫다는 말이다." 팀은 신경질적인 목소리로 받아쳤다.

"그럼 가지 마세요."

"내가 알아야 할 게 거기 와디에 있다. 내가 알아내야 할 게. 아노키 말이다, 앤젤. 그 버섯이 거기 있는데, 그 버섯이 바로 그리스도야. 예수로 상징되는 실제 그리스도. 예수는 진정한 성령의 힘, 진정한 근원인 아노키를 전하는 전달자였어. 내 눈으로 직접 확인하고 싶다. 직접 찾아보고 싶어. 그 동굴에서 자라고 있을 거야. 분명 그럴 거야."

"예전에는 그랬겠죠."

"지금도 그럴 거다. 그리스도가 거기 있는 거야. 그리스도에게는 운명의 사슬을 끊을 수 있는 힘이 있지. 나는 누군가 운명의 사슬을 끊고 나를 풀어줘야 살아날 수 있다. 그러지 않으면 제프와 키어스틴의 뒤를 따를 수밖에 없어. 그리스도가 그런 역할을 한다. 행성의 힘을 무기력하게 만드는. 바울도 옥중 서신에서 말했지. 그리스도는 이 별에서 저 별로 솟아오른다고." 그는 또다시 으스스하게 말끝을 흐렸다.

"지금 마술 이야기를 하시는 거예요?"

"하느님 이야기를 하는 거다!"

"하느님은 도처에 계시잖아요."

"하느님은 와디에 계시다. 성스러운 존재의 재림이랄까. 사두가이파를 위해 그곳에 존재하셨듯 지금 다시 찾아오신 거다. 운명의 힘은 본질적으로 천지의 힘인데, 그리스도로 대변되는 하느님만이 천지의 힘을 터트릴 수 있지. 실 잣는 이들의 책에 내가 죽을 거라고 적혀 있고, 오로지 그리스도의 피와 살만이 나를 구할 수 있다. 다마스쿠스 문서에서는 천지창조 이전부터 모든 인간의 운명이 기록되어 있다는 책을 언급하는데, 그것이 바로 실 잣는 이들의 책이야. 일종의 토라 비슷한 거지. 실 잣는 이들은 게르만족의 신화에 등장하는 노르누처럼 운명을 상징하는 자다. 인간의 운명을 엮는 사람들이지. 이 세상에서 오로지 그리스도만이 하느님의 대리인으로 실 잣는 이들의 책을 읽고 그 안에 든 내용을 인간에게 전달해 그의 운명을 알린 뒤 자신의 온전한 지혜를 통해 운명을 피할 방법을 알려주지. 출구를 알려준달까." 그는 잠시 침묵을 지키다 다시 입을 열었다. "주문을 하는 게 좋겠구나. 기다리는 사람들도 있으니까."

"프로메테우스는 인간을 위해 불을 훔쳤죠. 불의 비밀을. 그리스도는 실 잣는 이들의 책을 입수해 읽은 다음 그 안에 든 내용을 알려줌으로써 인간을 구하는 건가요?"

"그렇단다." 팀은 고개를 끄덕였다. "대충 신화와 비슷한 내용이라 할 수 있지. 하지만 이건 신화가 아니야. 그리스도는 실존하고 있으니까. 영혼의 형태로 와디를 지키고 있으니까."

"저는 같이 못 가겠어요. 죄송해요. 아버님 혼자 가셔야겠어요. 그러면 개럿 박사가 아버님의 두려움을 이용했다는 걸 깨달으실 거예요. 키어스틴의 두려움을 이용하고 악용했던 것처럼."

"대신 운전만 해주어도 좋겠다만."

"사막을 잘 아는 운전기사들이 이스라엘에 있을 거예요. 저는 사해 사막에 대해서 아무것도 모르는걸요."

"너는 방향감각이 좋잖니."

"저도 길을 잘 잃어버려요. 뭐가 뭔지 헷갈리기도 하고요. 지금만 해도 뭐가 뭔지 모르겠어요. 저도 아버님과 같이 가고 싶지만 직장도 있고, 제 생활도 있고, 친구들도 있다보니…… 버클리를 떠나고 싶지 않네요. 여기가 제 고향이니까요. 죄송하지만 그게 절대 진리예요. 제가 워낙 오래전부터 버클리에 살았잖아요. 지금 당장은 여기를 떠날 마음의 준비가 안 되어 있어요. 나중이라면 모르겠지만." 내가 주문한 마티니가 나왔다. 간헐적으로 꿀꺽꿀꺽 한입에 들이켜다보니 숨이 찼다.

팀이 말했다. "아노키로 말할 것 같으면 하느님의 순수의식이야. 그러니까 하기아 소피아, 하느님의 지혜란 말이다. 이런 온전한 지혜가 있어야 실 잣는 이들의 책을 읽을 수 있지. 그래도 거기 적힌 내용을 바꿀 수는 없지만, 책의 허를 찌를 방법은 알아낼 수 있어. 적힌 내용 자체는 기정사실이라 절대 바뀌지 않겠지만." 그는 이제 좌절한 얼굴이었다. 포기 쪽으로 마음이 기운 것이다. "앤젤, 나는 그런 지혜가 필요하다. 그게 있어야 해."

"사탄하고 비슷한 생각을 하고 계시네요." 말을 내뱉고 보니 술기운이 벌써 나를 덮친 모양이었다. 그런 식으로 공격할 생각은 없었는데.

"아니야." 팀은 이렇게 말해놓고 잠시 후 고개를 끄덕였다. "그래, 네 말이 맞구나."

"죄송해요."

287

"나는 짐승처럼 죽임을 당하는 건 싫다. 실 잣는 이들의 책에 뭐라고 적혔는지 읽을 수 있다면 해답을 찾을 수 있겠지. 그리스도는 해답을 찾는 능력을 갖추고 있어. 하기아 소피아, 그리스도. 구약성서의 위격位格은 신약성서의 위격과 상응하지." 하지만 그는 완전히 포기한 눈치였다. 뭐라 해도 내 생각을 절대 바꿀 수 없음을 깨달은 것이다. "이유가 뭐냐, 앤젤? 왜 같이 가지 않겠다는 게냐?"

"사해 사막에서 죽기 싫거든요."

"알겠다. 나 혼자 가마."

"누군가는 살아남아야 하잖아요."

팀은 고개를 끄덕였다. "나도 네가 살아남았으면 좋겠다. 앤젤. 그러니 여기 있어라. 미안하구나."

"용서해주세요."

그는 희미하게 미소를 지었다. "낙타도 탈 수 있는데."

"냄새가 지독하다면서요. 그렇다고 들었어요."

"내가 만약 아노키를 발견하면 하느님의 지혜를 접하게 되는 거다. 2000여 년 동안 자취를 감추었던 지혜를. 다마스쿠스 문서에서 이야기하는 바가 바로 그거지. 한때 우리에게 공개되었던 그 지혜. 그게 어떤 의미일지 생각해보렴!"

웨이터가 우리 테이블로 와서 주문을 받아도 되겠느냐고 물었다. 나는 좋다고 했지만 팀은 여기가 어디인지 이제야 깨달은 사람처럼 어리둥절한 눈빛으로 그를 쳐다보았다. 그렇게 당황스러워하는 모습을 보고 있으려니 가슴이 아팠다. 하지만 나는 이미 마음의 결정을 내렸다. 내 인생은 지금 이대로 너무나 소중했다. 게다가 나는 이 남자와 엮이는 게 두려웠다. 그로 인해 키어스틴은 목숨을 잃었고, 내 남편도 미묘하게나마 마찬가지 처지가 되었다. 나는 이 모든 것을 뒤안길에 묻고 이미 새로운 삶을 시작했다. 더 이상 뒤돌아보지 않았다.

팀은 시들한 목소리로 웨이터에게 주문을 전했다. 이제는 나를 잊어버린 듯한 눈치였다. 내가 배경 속으로 사라지기라도 한 것처럼. 나도 메뉴판을 펼쳐보았다. 내가 원하는 게 그 안에 들어 있었다. 내가 원하는 것은 즉각적이고 변하지 않으며 현실적이고 실체를 갖추고 있어야 했다. 이 세상에 속해 있고 손으로 만질 수 있어야 했다. 내 집, 내 직업과 연결되어 있어야 했고, 내 머릿속에서 드디어 사라져가는 생각들, 다른 생각에 대한 생각들, 영원히 꼬리에 꼬리를 물고 무한하게 거슬러 올라가는 생각들과 연결되어 있어야 했다.

웨이터가 들고 온 음식은 맛이 기가 막혔다. 팀과 나는 즐겁게 식사를 했다. 손님들 말이 맞았다.

"저한테 화나셨어요?" 식사를 마쳤을 때 내가 물었다.

"아니, 기쁘다. 너는 살아남을 테니까. 너는 지금 모습 그대로일 테니까." 그러더니 그는 위엄이 넘치는 표정을 지으며 나를 손가락으로 가리켰다. "하지만 원하던 걸 찾으면 나는 달라지겠지. 나는 예전의 내가 아닐 거야. 다마스쿠스 문서를 모두 읽었지만, 그 안에는 해답이 없더구나. 대답과, 대답이 있는 곳을 가리킬 뿐 해답은 없더구나. 해답은 와디에 있어. 나는 지금 위험을 감수하고 있다만 그럴 만한 가치가 있는 일이지. 아노키를 찾을 수 있을지 모른다는 사실만으로도 그럴 만한 가치가 있으니 기꺼이 위험을 감수하려는 게다."

문득 어떤 깨달음이 내 뇌리를 스치고 지나갔다. "불가사의한 현상은 더 일어나지 않았죠?"

"그렇다."

"개럿 박사를 다시 찾아가시지도 않았고요."

"그렇다." 그는 뉘우치거나 당황스러워하는 기색이 없었다.

"저를 데리고 가고 싶어서 그런 거짓말을 하신 거였군요."

"너를 데리고 가고 싶다. 운전기사로. 안 그러면 내가 원하는 걸 과연 찾을 수 있을까 싶거든." 그는 미소를 지었다.

"젠장. 아버님 말씀을 믿었는데."

"여러 번 꿈을 꾸었지. 심란한 꿈을. 하지만 누가 손톱 밑을 바늘로 찌르거나 하지는 않았어. 머리카락이 불에 그슬리지도, 시계가 멈추지도 않았고."

나는 더듬더듬 물었다. "그 정도로 저를 데리고 가고 싶으셨어요?" 문득 따라가고 싶은 마음이 속에서 불끈 솟았다. "같이 가면 저한테도 좋을 거라고 생각하신 모양이네요."

"그랬지. 하지만 네가 한사코 안 가겠다고 하니 뭐 어쩌겠니." 그는 예의 그 교활한 미소를 지었다. "나는 할 만큼 했다."

"그럼 제가 틀에 박힌 생활을 하는 건가요? 버클리에서?"

"만년 학생으로 살고 있는 거지."

"레코드 가게 점장으로 있는데요."

"찾아오는 손님들이 학생이고 교직원이잖니. 너는 여전히 대학에 묶여 있어. 아직 그 끈을 자르지 못했잖니. 그 끈을 잘라야 완전히 어른이 되었다고 할 수 있는 거야."

"저는 버번 위스키를 마시면서 『신곡』을 읽은 날 밤에 태어났어요. 충치로 고생한 날 밤에요."

"그때부터 태어나기 시작한 거지. 더 정확히는 탄생에 대해 알게 된 거고. 하지만 이스라엘에 가보기 전에는……. 그곳에서 너는 태어나는 거다. 사해 사막에서. 그곳 시나이 산에서 모세와 함께 우리의 영적인 생활이 시작됐잖니. 인류 역사상 가장 위대한 순간이랄까."

"여차하면 가고 싶어질 것 같네요."

"그럼 가자꾸나." 그는 손을 내밀었다.

"무서워서요."

"그게 문제로구나. 과거의 유산이, 제프의 죽음과 키어스틴의 죽음이, 그게 너에게 영영 지워지지 않을 자국을 남겼구나. 사는 걸 무서워하게 만들었어."

"죽은 정승이 산 개만—"

"하지만 너는 진짜로 살아 있는 게 아니다. 아직 태어나지 않았으니까. 예수님이 말씀하신 거듭남의 의미가 그런 거란다. 성령 안에서 혹은 성령으로부터의 탄생. 위로부터의 탄생. 사막에 있는 게 그것이다. 내가 찾으려는 것도 그것이고."

"찾으세요. 하지만 저 없이 찾으세요."

"'자기 목숨을 얻으려는 사람은—'"*

"성서 인용은 그만하세요. 인용문은 제 것이나 남의 것이나 지겹도록 들었으니까요, 네?"

팀이 손을 내밀었고, 우리는 엄숙하게 아무 말 없이 악수를 했다. 잠시 후 그는 살짝 미소를 짓더니 내 손을 놓고 금으로 된 회중시계를 확인했다. "이제 너를 그만 집으로 데려다 줘야겠구나. 오늘 저녁에 약속이 하나 더 있거든. 이해하지? 나를 알잖니."

"네. 괜찮아요. 그나저나 아버님은 전략의 대가세요. 아버님이 키어스틴을 처음 만났을 때도 제가 옆에서 지켜보았는데 오늘은 포구를 저한테 돌리셨네요." 그리고 하마터면 제가 넘어갈 뻔했죠. 나는 속으로 중얼거렸다. 몇 분만 더 있었더라면 무너졌을 거예요. 아버님의 공격이 조금만 더 계속됐더라면.

"내가 영혼을 구하는 일을 하고 있잖니." 팀은 알쏭달쏭하게 말을 했다. 반어법인지 진짜 그렇다는 건지 알 수가 없었다. 정말 알 수가 없었다. "네 영혼은 구원받을 자격이 있다." 그가 자리에서 일어서며 말했다. "서둘러서 미안하다만 시간이 없구나."

아버님은 항상 시간이 없으시잖아요. 나도 덩달아 자리에서 일어서며 속으로 중얼거렸다. "저녁 정말 맛있었어요."

"그랬니? 나는 몰랐구나. 딴 생각을 하느라. 이스라엘로 떠나기 전에 끝내야 할 일들이 너무 많거든. 모든 걸 대신해서 정리

---

* 마태오복음 10장 39절.

해주던 키어스틴마저 없으니…… 키어스틴이 얼마나 일을 잘했나 몰라."

"조만간 다른 사람이 나타나겠죠."

"네가 제격이라고 생각했거든. 오늘 밤에는 어부가 되어 너를 낚으려 했는데, 네가 걸려들지 않았구나."

"나중에는 걸려들지 모르죠."

"아니, 나중은 없다." 그의 말은 과장이 아니었다. 그는 과장할 필요가 없었다. 왠지 모르지만 나도 그렇다는 걸 알고 있었다. 팀의 말이 맞다는 걸 감지하고 있었다.

팀 아처가 이스라엘로 날아갔을 때 NBC 방송국에서는 철새의 이동을 소개하듯 잠깐 언급하고 지나갔다. 하도 흔한 일이라 중요하게 다룰 필요는 없지만, 국제 문제에 여전히 열심히 참여 중인 前 성공회 주교 티모시 아처의 모습을 시청자들에게 알려야 한다는 투였다. 우리 미국 시청자들은 그러고 나서 일주일 정도 아무 소식도 듣지 못했다.

나는 그가 보낸 카드를 받았지만, 그 전에 엄청난 뉴스가 먼저 터졌다. 아처 주교가 버리고 간 닷선 자동차가 울퉁불퉁하고 구불구불한 도로의 비죽 튀어나온 돌부리에 뒤꽁무니를 걸친 채 발견되었는데, 주유소에서 받은 지도가 조수석에 그대로 놓여 있었다는 속보였다.

이스라엘 정부는 모든 수단을 가동해 신속한 대응에 나섰다. 병력이 있으니 가능한 일이었다. 이스라엘 정부 측에서는 그렇게 모든 방법을 동원했지만, 방송가에서는 팀 아처가 사해 사막에서 죽은 것을 기정사실로 간주했다. 그곳의 낭떠러지와 계곡을 오르내리며 목숨을 부지할 수 있는 사람은 없었다. 그곳에서 살아남을 수 있는 사람은 없었다. 결국 그의 시신이 발견되었는데, 현장에 파견된 기자의 전언에 따르면 기도를 하는 것처럼 무릎을 꿇고 있었다고 했다. 하지만 사실은 아득하게 높은 낭떠러지에서 추락한 것이었다. 나는 그 소식을 들은 뒤에도 평소처럼 차를 몰고 출근해 레코드 가게 문을 열고 금전등록기에 돈을 넣었다. 이번에는 울지 않았다.

왜 직접 차를 몰았을까? 방송가에서는 그 부분을 궁금해했다. 왜 주유소 지도와 코카콜라 두 병을 들고 사막에 홀로 뛰어들었을까? 나는 정답을 알고 있었다. 시간이 없었기 때문이다. 그는 운전기사를 구하려면 시간이 너무 많이 걸릴 거라고 생각한 게 분명했다. 그때까지 기다릴 겨를이 없었다. 그날 밤에 중국 음식점에서 나를 만났을 때 그랬던 것처럼 그는 계속 움직여야 했다. 한곳에 머물러 있을 수가 없었다. 그는 바쁜 남자였고, 그래서 사막으로 달려 나갔다. 빌 룬드보그가 캘리포니아 고속도로에서도 안전하지 않다고 말한 그 조그만 4기통짜리 차를 몰고. 소형차가 얼마나 위험한데.

나는 셋 중에서 그를 가장 사랑했다. 뉴스를 들었을 때 나는 전과 다른 방식으로 그 사실을 깨달았다. 하나의 감정이나 느낌과는 다른 방식으로. 그가 죽었다는 소식을 접했을 때 나는 절뚝거리며 몸을 웅크리는 환자가 되었지만, 그래도 출근해서 금전등록기를 채우고 전화를 받고 손님들에게 뭘 찾느냐고 물었다. 나는 아픈 사람이나 동물처럼 병이 난 게 아니라 기계처럼 고장이 났다. 몸은 계속 움직였지만, 팀이 말하길 온전하게 태어나지 못했던 내 영혼은 죽어버렸다. 아직 조금밖에 태어나지 못해서 좀 더 완벽하게 태어나고 싶어 했던 그 영혼은 죽고, 몸만 기계적으로 끊임없이 움직였다.

그 주에 떠나버린 영혼은 다시 돌아오지 않았다. 나는 몇 년이 지난 지금도 기계다. 존 레논의 사망 소식을 접한 기계, 슬퍼하고 번민하며 차를 몰고 소살리토로 건너가 에드거 베어풋의 세미나를 듣는 기계. 기계는 그런 법이니까. 기계는 원래 그런 식으로 끔찍한 소식을 맞이하는 법이니까. 기계는 이보다 더 좋은 방법을 알지 못한다. 그저 삐걱거리거나 아니면 윙윙거릴 뿐이다. 기계가 할 수 있는 일은 그것뿐이다. 기계한테 그 이상을 기대하면 안 된다. 이게 한계치다. 그래서 우리가 그것을 기계라고 부르는 것이다. 머리로는 이해하지만, 심장 대신 펌프 역할을 하는 기계가 달려 있어 가슴으로는 이해하지 못하기 때문에.

그렇게 기계는 펌프질을 하고, 절뚝거리며 관성으로 움직이고, 알지만 알지 못한다. 그렇게 일상을 반복한다. 그렇게 삶이라는 것을 살아나간다. 정해진 일과를 지키고 법을 준수한다. 리처드슨 다리를 지날 때 규정 속도를 준수하며 혼잣말을 중얼거린다. 나는 비틀스를 좋아해본 역사가 없어. 진부하다고 생각했지. 제프가 〈러버 소울〉을 집에 들고 왔을 때도…… 이런 식으로 자기가 했던 생각과 들은 말을, 삶이라는 시뮬레이션을 스스로 반복한다. 한때는 그 녀석에게도 삶이 있었건만 지금은 없다. 지금은 사라져버렸다. 그 녀석은 자기가 뭐가 뭔지 모른다는 것을 알고 있다. 이건 어느 철학책에서 혼란스러워진 철학자를 가리켜 썼던 표현인데, 누구인지는 잊어버렸다. 아마 로크였을 것이다. "그리고 로크는 자신이 뭐가 뭔지 모른다고 믿고 있다." 그렇게 철학책치고는 색다른 문구가 인상적이었다. 나는 그 문구를 찾아본다. 나는 훌륭한 산문체로 간주되는 재치 있는 문구와 맞닥트리면 사족을 못 쓴다.

나는 만년 학생이고 앞으로도 계속 그럴 것이다. 달라지지 않을 것이다. 변화의 기회가 주어졌지만 내가 거부했다. 나는 뭐가 뭔지 모르는 채로 현재에 갇혀 있다.

14

우리를 보고 달처럼 환하게 웃으며 에드거 베어풋이 말했다. "마지막 악장에 도달하는 것이 어느 교향악단의 유일한 목표라면 음악은 어떻게 될까요? 한 번 '쾅' 하자마자 끝이 나겠죠. 음악은 과정 속에, 펼쳐짐 안에 있는 겁니다. 재촉하면 망치게 되죠. 그러다 음악이 끝나고요. 다들 생각해보시기 바랍니다."

좋아. 나는 속으로 중얼거렸다. 나중에 생각해보지, 뭐. 오늘은 생각하고 싶은 게 아무것도 없다. 뭔가 중요한 일이 벌어졌는데, 기억하고 싶지가 않다. 모두가 그럴 것이다. 주변을 둘러보니 모두 똑같은 반응이다. 100달러를 내고 5번 게이트의 이쾌적한 하우스보트를 찾아온 다른 사람들도 나와 똑같은 반응을 보이고 있다. 100달러면 팀과 키어스틴이 샌타바버라에 사는 그 돌팔이 괴짜 영매에게 건넨 금액과 똑같다. 우리 모두를 몰락시킨 그 원흉에게.

100달러가 마법의 금액인 모양이지. 깨달음으로 인도하는 금액. 그래서 내가 여기 있는 거다. 내 주변 사람들이 그렇듯 나역시 깨달음에 인생을 바쳤다. 의미에 이르고자 하는 시끌벅적한 아우성이 베이지역을 규정하는 소음이다. 배움이 우리의 존재 목적이다.

가르침을 주시죠, 베어풋. 나는 속으로 중얼거렸다. 내가 모르는 뭔가를 이야기해보세요. 내가 아는 게 부족하다 보니 뭐라도 배우고 싶거든요. 나부터 시작하면 돼요. 내가 제일 집중하고 있는 학생이니까요. 당신이 내뱉는 모든 말을 믿으니까요. 완전 바보니까 어서 와서 마음대로 해요. 이야기해요. 계속 웅얼거려줘요. 그 소리에 취해 잊을 수 있으니.

"아가씨." 베어풋이 불렀다.

화들짝 놀라 눈을 떠보니 나를 부르는 소리였다.

"네." 나는 정신을 차리며 대답했다.

"이름이 어떻게 되시죠?" 베어풋이 물었다.

"앤젤 아처요."

"어쩐 일로 여길 오셨나요?"

"도망치고 싶어서요."

"무엇으로부터요?"

"모든 것으로부터요."

"왜요?"

"아프니까요."

298

"존 레논 말씀인가요?"

"네, 그리고 더 있어요. 다른 것들도."

"아까부터 당신을 주목하고 있었어요. 졸고 있길래. 당신은 자기가 조는 줄 몰랐을 수도 있겠네요. 알고 있었나요?"

"알고 있었어요."

"내가 그런 식으로 당신을 인식했으면 좋겠어요? 조는 사람으로?"

"그냥 내버려두세요."

"졸게 내버려두란 말이죠."

"네."

"'한 손으로 박수 치는 소리는―'"* 베어풋이 유명한 구절을 인용했다.

나는 아무 말도 하지 않았다.

"내가 때려줄까요? 아니면 수갑을 채울까요? 어떤 식으로 깨워줄까요?"

"마음대로 하세요. 나는 상관없으니까."

"어떻게 하면 당신이 깨어날 수 있을까요?"

나는 대꾸를 하지 않았다.

"사람들을 깨우는 게 내가 하는 일인데."

"당신도 어부로군요."

"맞습니다. 고기를 낚는 어부죠. 영혼을 낚지는 않아요. 영혼

---

* 일본에서 선종 불교를 되살리는 데 이바지한 하쿠인 에카쿠가 던진 선문답의 일부분이다.

에 대해서는 아는 게 없거든요. 나는 고기밖에 몰라요. 어부는 고기를 낚는 사람이죠. 자기가 뭐든 낚을 수 있다고 생각하는 사람은 바보예요. 자기 자신과 자신이 낚으러 나선 사람들을 속이고 있는 거죠."

"그럼 날 낚아주세요."

"원하는 게 뭐죠?"

"영원히 깨어나지 않았으면 좋겠어요."

"그럼 이리 나오세요. 나와서 내 옆에 서세요. 자는 법을 가르쳐줄게요. 자는 것도 깨어나는 것만큼 어려운 일이거든요. 비결을 모르면 푹 잘 수가 없어요. 난 자는 법도 깨어나는 법만큼 잘 가르쳐요. 뭐든 원하는 대로 가르쳐드리죠. 그런데 그걸 원하는 게 확실해요? 속으로는 깨어나길 바랄 수도 있는데. 착각하고 있는 것일 수도 있는데. 아무튼 이리 나오세요." 그가 손을 내밀었다.

"건드리지는 마요. 누가 날 건드리는 건 싫으니까." 나는 앞으로 걸어가며 말했다.

"그건 알고 있는 거로군요."

"그건 확실해요."

"어쩌면 평생 건드려준 사람이 없다는 게 당신의 문제일 수도 있어요."

"마음대로 생각하세요. 나는 할 말이 없으니까. 하고 싶은 말은 전부 다—"

"당신은 아무 말도 하지 않았어요. 평생 침묵을 지켰죠. 입만 종알거렸을 뿐."

"뭐, 그렇게 생각하신다면."

"이름이 뭐라고 하셨죠?"

"앤젤 아처요."

"비밀 이름 있나요? 아무도 모르는?"

"그런 거 없는데요." 나는 이렇게 말해놓고 다시 덧붙였다. "나는 배신자예요."

"누굴 배신했는데요?"

"친구들요."

"자, 배신자 아가씨. 친구들을 무너뜨린 이야기를 들어볼까요? 어떤 식으로 친구들을 무너뜨렸나요?"

"말로 무너뜨렸어요. 지금처럼."

"말을 잘하시는군요."

"아주 잘해요. 병이 있어요. 말하기 좋아하는 병. 전문가들한테 배웠어요."

"뭐라 드릴 말씀이 없군요."

"알았어요. 그럼 내가 열심히 들을게요."

"이제 슬슬 깨닫기 시작하셨군요."

나는 고개를 끄덕였다.

베어풋이 물었다. "집에서 기르는 애완동물 있습니까? 개나 고양이나 아니면 다른 동물이라도."

"고양이가 두 마리 있어요."

"그 아이들 털도 깎아주고 먹이도 주고 보살펴줍니까? 온전히 책임지고 있습니까? 아프면 동물병원에도 데리고 가고요?"

"그럼요."

"당신한테 그렇게 해주는 사람은 누군가요?"

"나한테 그렇게 해주는 사람요? 없는데요."

"그럼 자기 자신을 감당할 여력이 되나요?"

"네, 돼요."

"그럼 앤젤 아처, 당신은 살아 있는 겁니다."

"의식적으로 살아 있는 건 아니죠."

"그래도 살아 있는 겁니다. 당신은 그렇게 생각하지 않겠지만, 살아 있어요. 말에 짓눌려, 말이라는 병을 앓으며 살아 있어요. 말을 쓰지 않고 알려드리려고 했는데 그게 안 되네요. 우리가 가진 게 말밖에 없으니까요. 다시 자리로 돌아가 귀를 기울여보세요. 지금부터 내가 하는 모든 말이 당신을 향한 겁니다. 당신에게 이야기하는 겁니다. 하지만 말을 하지는 않을 거예요. 무슨 뜻인지 알겠어요?"

"아뇨."

"그럼 그냥 자리에 앉으세요."

나는 다시 자리에 가서 앉았다.

"앤젤 아처, 당신은 착각을 하고 있어요. 당신은 아픈 게 아니라 굶주려 있습니다. 굶주림이 당신의 생명을 앗아가고 있어요. 말하고는 아무 상관없는 일이에요. 당신은 평생 굶주려왔어요. 영혼을 어쩌고 하는 일들은 도움이 안 됩니다. 그런 건 필요 없어요. 지금 이 세상에는 영혼 어쩌고 하는 일들이 너무 많아요. 앤젤 아처, 당신은 바보예요. 그런데 훌륭한 바보가 아니에요."

나는 아무 말도 하지 않았다.

"당신에게 필요한 것은 영혼의 양식과 영혼의 음료가 아니라 진짜 양식과 진짜 음료예요. 당신의 육신이 성장할 수 있게 진짜 음식을 드리죠. 당신은 굶주린 배를 안고 먹을거리를 찾아 이곳에 왔는데, 그걸 모르고 있어요. 오늘 여길 왜 찾아왔는지 전혀 모르고 있어요. 그걸 알려주는 게 내 일입니다. 사람들이 강연을 듣겠답시고 찾아오면 나는 샌드위치를 줍니다. 멍청한 사람들은 내가 하는 이야기를 듣고, 현명한 사람들은 샌드위치를 먹죠. 내가 지금 황당한 이야기를 하는 게 아니에요. 진실을 알려드리는 겁니다. 여러분 중 어느 누구도 상상하지 못했겠지만, 나는 여러분에게 진짜 양식을 드립니다. 샌드위치를요. 말은, 이야기는 바람에 불과해요. 아무것도 아니에요. 여러분은 100달러를 내고 이 자리에 참석했지만, 돈으로 따질 수 없는 깨달음을 얻고 갑니다. 집에서 기르는 개나 고양이가 배고파하는데 개네들한테 말을 걸겠습니까? 아니죠, 사료를 주죠. 내가 양식을 주는데, 여러분은 그걸 몰라요. 여러분은 모든 게 거꾸로예요. 대학교에서 그렇게 가르쳤으니까요. 잘못 가르친 거예요. 여러분한테 거짓말을 한 거예요. 그리고 이제는 여러분이 자기 자신에게 거짓말을 해요. 거짓말도 제대로 배워서 얼마나 잘하는지 몰라요. 샌드위치 드세요. 말에 대해서는 더 이상 생각하지 말고. 여러분을 이 자리로 불러 모은 것으로 말의 역할

303

은 끝났어요."

나는 이상하다는 생각이 들었다. 그의 말은 농담이 아니었다. 내 안에 자리 잡고 있던 비애가 조금씩 사라져갔다. 평온함이 나를 감싸는 것을 느꼈다.

누군가 뒤에서 몸을 숙이더니 내 어깨를 툭툭 쳤다. "안녕, 앤젤."

나는 고개를 돌렸다. 얼굴이 오동통한 금발의 젊은 남자가 순진한 눈빛으로 나를 보며 웃고 있었다. 터틀넥 스웨터와 회색 바지를 입고, 여기에 놀랍게도 허시퍼피 구두를 신은 빌 룬드보그였다. 그가 부드러운 목소리로 물었다.

"나 기억해요? 답장 안 보낸 거 미안해요. 어떻게 지내고 있을지 궁금했는데."

"잘 지내요. 아주 잘 지내요."

"우리, 시끄럽게 떠들면 안 되겠죠?" 그는 다시 의자에 기대고 앉아 팔짱을 끼고 에드거 베어풋의 이야기에 집중했다.

강연이 말미에 이르렀을 때 베어풋이 내 쪽으로 걸어왔다. 나는 계속 꼼짝 않고 앉아 있었다. 베어풋이 허리를 숙이고 물었다. "아처 주교님과 친척이신가요?"

"네. 며느리예요."

"나는 주교님과 아는 사이였어요. 오래전부터. 그렇게 돌아가셨다니 정말 충격이에요. 함께 종교를 논하곤 했는데."

빌 룬드보그는 우리 뒤로 다가와 아무 말도 하지 않고 가만히 이야기를 듣기만 했다. 내 기억 속에 남아 있는 예전의 그 미소와 함께.

베어풋이 말했다. "그런데 오늘은 존 레논까지 죽다니. 좀 전에 앞으로 나오라고 해서 당황스럽지 않았는지 모르겠네요. 하지만 어딘가 잘못됐다 싶었거든요. 지금은 좀 괜찮아 보이네요."

"괜찮아졌어요."

"샌드위치 드실래요?" 베어풋은 방 뒤쪽 테이블 주변에 모여 있는 사람들을 손으로 가리켰다.

"아뇨."

"내 말 안 듣고 있었네요. 당신한테 한 말을. 농담한 게 아닌데. 앤젤, 말로는 살 수 없어요. 말로는 배를 채울 수 없잖아요. 예수님은 '사람이 빵으로만 사는 것이 아니다'라고 하셨지만 나는 이렇게 말합니다. '사람이 말로만 사는 것이 아니다'라고. 샌드위치 먹어요."

"뭐라도 먹어요, 앤젤." 빌 룬드보그가 말했다.

"아무것도 먹고 싶지 않아요. 미안해요."

그냥 내버려둬 줬으면 좋겠는데. 나는 속으로 중얼거렸다.

빌이 허리를 숙이고 나를 쳐다봤다. "당신, 너무 말랐어요."

"일 때문에 그래요." 나는 쌀쌀맞은 목소리로 대답했다.

베어풋이 말했다. "앤젤, 이쪽은 빌 룬드보그예요."

그러자 빌이 "서로 아는 사이예요. 예전부터"라고 했다.

그 말을 듣고 베어풋이 내게 물었다. "그럼 빌이 보살인 것도 아시겠네요?"

"그건 몰랐어요."

베어풋이 다시 물었다. "보살이 뭔지는 아세요?"

"부처하고 연관 있는 거 아닌가요?"

"남을 도우려고 열반에 오를 기회를 포기한 사람이죠. 보살의 입장에서는 연민도 지혜만큼이나 중요한 목표니까요. 그것이 보살의 본질적인 깨달음입니다."

"좋은 말씀이네요." 내가 말했다.

"에드거의 가르침에서 깨닫는 게 많아요. 이쪽으로 오세요." 빌은 이렇게 말하면서 내 손을 잡았다. "당신한테 뭘 먹이고야 말겠어요."

"당신도 스스로 보살이라고 생각해요?" 내가 물었다.

"아뇨." 빌이 대답했다.

그러자 베어풋이 설명을 했다. "보살이 돼놓고 자기는 모를 때도 있어요. 자기도 모르는 새 깨달음을 얻는 경우가 있거든요. 물론, 깨달음을 얻었다고 생각하지만 아직은 아닌 경우도 있고요. 부처는 '깨우친 자'라는 뜻이에요. '깨우침'은 '깨달음'과 같은 거죠. 우리 모두 잠을 자고 있는데, 그걸 몰라요. 우리는 꿈속에서 살고 있죠. 꿈속에서 길을 걷고 움직이면서 살고 있어요. 대부분 꿈속에서 말을 하고요. 우리의 지껄임은 꿈을 꾸는 사람들의 비현실적인 지껄임이에요."

지금처럼 말이죠. 나는 속으로 중얼거렸다. 지금 당신이 하는 이야기처럼 말이에요.

빌이 보이지 않았다. 나는 그를 찾느라 주변을 두리번거렸다.

"당신한테 뭘 먹이려고 가지러 갔어요." 베어풋이 말했다.

"너무 이상해요. 오늘 하루 종일 꿈을 꾸고 있는 듯한 기분이에요. 좀 전에 말씀하신 것처럼. 방송국마다 비틀스의 예전 노래를 틀질 않나."

"내가 예전에 겪은 일을 이야기해줄게요." 베어풋은 내 옆에 자리를 잡고 앉아 양손을 깍지 끼고 몸을 앞으로 숙였다. "아주 어렸을 때, 아직 학생이었을 때 일이에요. 나는 스탠퍼드에 입학했지만 졸업은 하지 않았거든요. 철학 수업만 엄청 들었죠."

"저도 그랬어요."

"어느 날 편지를 부치러 집을 나설 때였어요. 나는 그 당시 보고서를 쓰는 중이었죠. 제출용이 아니라 나 혼자 쓰는 보고서였어요. 내 입장에서는 아주 중요한, 심오한 철학 사상을 논하는. 그런데 한 가지 문제가 해결이 안 되는 거예요. 칸트가 말한 존재론적인 범주에 관한 문제였는데, 인간의 이성이 경험을 어떤 식으로 체계화하는가 하면—"

"시간, 공간, 인과관계. 저도 알아요. 배웠어요."

"길을 걸어가다 문득, 실질적으로 생각해보면 내가 경험하는 세상은 내가 만든 것이라는 사실을 깨달은 거예요. 내가 그 세상을 만들고 인식하고, 북 치고 장구 친 거죠. 걸어가는 동안 이런 생각이 아주 또렷하게 퍼뜩 떠올랐어요. 바로 전까지만 해도 없던 생각이 갑자기 떠오른 거예요. 몇 년 동안 찾아 헤매던 해답이었는데……. 나는 흄의 저서를 읽고, 칸트가 말한 인과관계를 흄이 비판한 것에 대해 어떤 식으로 응수하는 게 좋을지 생각해놓은 상태였죠. 그런데 칸트의 이론에 어떤 식으로 응수하면 좋을지 완벽한 해답이 퍼뜩 떠오른 거예요. 나는 발걸음을 서둘렀어요."

빌 룬드보그가 다시 나타났다. 샌드위치와 과일 펀치 비슷한 게 담긴 컵을 들고 있었다. 나는 그가 내미는 음식을 기계적으로 받아들었다.

베어풋이 하던 이야기를 계속했다. "나는 허둥지둥 왔던 길을 거슬러 올라갔죠. 대오각성 한 것을 잊어버리기 전에 적어놓아야 했으니까요. 펜도 종이도 없는 집 밖에서 길을 걷다가 개념에 따라 정렬이 된 세계를 인식하게 된 거잖아요. 시간과 공간과 인과관계로 정렬된 세계가 아니라 어느 위인이 뇌에 기억을 저장하는 방식으로 만들어냈음 직한 세계를. 나는 시간과 공간과 인과관계에 따라 내 손으로 정렬한 세계가 아니라 자체적으로 정렬이 된 세계를 언뜻 들여다본 거예요. 칸트가 말한 물자체物自體를 말이죠."

"칸트의 주장에 따르면 물자체는 인식할 수 없다잖아요."

"보통은 그렇죠. 그런데 어찌된 영문인지 몰라도 내가 인식한 거예요. 모든 게 의미에 따라 정리가 되어 있으며 어떤 사건이 벌어질 때마다 여기에 추가가 되고, 온갖 상호관계가 나뭇가지 모양으로 그물처럼 얽힌 엄청난 구조를. 그전에는 현실의 절대적인 본질을 그런 식으로 이해한 적이 한 번도 없었는데 말이에요." 그는 잠깐 하던 이야기를 멈추었다.

"그래서 집으로 돌아가서 적어놓았나요?" 내가 물었다.

"아뇨. 적어놓지 못했어요. 서둘러 발걸음을 옮기다 두 꼬맹이를 만났거든요. 그중 한 명은 젖병을 들고 있었는데 길거리를 오르락내리락 달리고 있더군요. 차들이 수도 없이 쌩쌩 지나가는 길거리를. 나는 잠깐 지켜보다 다가갔어요. 어른이 안 보였거든요. 아이들한테 다가가서 어머니가 계신 곳으로 안내해달라고 했죠. 그런데 아이들이 영어를 모르더라고요. 라틴아메리카계 이주민들이 사는 아주 가난한 동네였거든요……. 나도 그 당시 돈이 없었어요. 그 길로 아이들 어머니를 찾아갔더니 '나 영어 못 해요' 하면서 면전에서 문을 닫더군요. 웃는 얼굴로. 그 얼굴이 아직도 생각나요. 나를 보면서 활짝 웃던 그 얼굴이. 외판원인 줄 알았나 봐요. 아이들이 조만간 죽을 수도 있다고 알려주러 간 건데 천사처럼 웃으며 면전에서 문을 닫더라고요."

"그래서 어떻게 하셨어요?" 빌이 물었다.

"길가에 앉아서 두 아이를 감시했어요. 오후 내내. 애들 아버지가 퇴근할 때까지. 아버지는 영어를 조금 할 줄 알더군요. 내 말뜻을 이해하고는 고맙다고 했어요."

"잘하신 거예요." 내가 말했다.

"그래서 내가 생각해낸 우주 모형을 글로 옮기지 못했어요. 아주 희미한 기억만 남아 있죠. 빛이 바랜 거예요. 일생에 한 번 있을까 말까 한 대오각성이었는데, 인도에서는 그런 걸 '해탈'이라고 해요. 완전한 깨달음이 퍼뜩 뇌리를 스치고 지나가는 현상이죠. 제임스 조이스는 이렇게 사소한 계기에서 비롯되

거나 아무 이유 없이 그냥 찾아오는 깨달음을 '에피파니'라고
했어요. 세상에 대한 완벽한 통찰이라고 할까요?" 그는 그러고
나서 아무 말이 없었다.

내가 "그러니까 어느 멕시코 아이의 인생이—"라고 이야기를
꺼낸 순간 베어풋이 나를 향해 물었다.

"당신 같으면 어떻게 했겠어요? 집으로 가서 철학적인 발상
을, 그러니까 '해탈'한 내용을 적었을까요, 아니면 아이들을 옆
에서 지켰을까요?"

"경찰을 불렀을 거예요." 내가 대답했다.

"그러려면 전화기가 있는 곳으로 가야 하잖아요. 그러면 아
이들만 내버려두어야 하고요." 베어풋이 말했다.

"감동적인 이야기네요. 나도 감동적인 이야기를 잘하는 사람
을 한 명 알고 있는데 죽었어요." 내가 말했다.

"어쩌면 그는 이스라엘에서 찾으려던 것을 찾았을지 몰라요.
죽기 전에 그랬을지도." 베어풋이 말했다.

"과연 그랬을까 싶은데요."

"나도 그랬을까 싶긴 하지만, 어쩌면 그보다 더 대단한 걸 발
견했을 수도 있죠. 찾아 나섰어야 하는데 그럴 생각을 하지 못
했던 것. 내가 하고 싶은 이야기는 우리 모두 자기가 보살인
줄도 모르고 심지어 보살이 되고 싶어 하지도 않지만, 그래도
보살이라는 거예요. 자기도 모르는 새 되어버린 거죠. 그런 건
상황에 따라 떠맡겨지는 거예요. 나는 그날 그 위대한 깨달음
을 잊어버리기 전에 종이에 적어놓고 싶은 생각밖에 없었어요.

정말 위대한 깨달음이었거든요. 그것만은 장담할 수 있어요. 나는 보살이 되고 싶은 마음이 없었어요. 보살이 되겠다고 자청하지도 않았고, 보살이 될 거라고 상상조차 못했죠. 심지어 당시에는 보살이라는 단어조차 몰랐어요. 그 상황에서는 누구라도 나처럼 했겠지만."

"누구라도 그렇지는 않았을 거예요. 대부분이라면 모를까."

"당신 같으면 어떻게 했겠어요? 그런 상황에서."

"깨달음을 기억할 수 있길 바라면서 당신과 똑같이 했을 거예요."

"하지만 나는 기억하지 못했어요. 그게 관건이죠."

이때 빌이 나에게 물었다. "이스트베이까지 차 좀 얻어 타고 갈 수 있을까요? 내 차는 견인차에 끌려갔어요. 퍼져버려서―"

"그래요." 나는 뻣뻣하게 자리에서 일어섰다. 뼈마디가 쑤셨다. "저는 베어풋 씨 강연을 KPFA에서 숱하게 들었어요. 처음에는 진부하다 싶었는데 지금은 잘 모르겠네요."

"가기 전에 친구들을 어떤 식으로 배신했는지 이야기해주세요." 베어풋이 말했다.

"그런 적 없어요. 혼자 그렇다고 생각하는 거예요." 빌이 말했다.

베어풋이 내 쪽으로 몸을 기울이더니 팔로 나를 감싸 다시 자리에 앉혔다.

"죽는 걸 옆에서 보고만 있었어요. 특히 아버님의 경우에 가장 심했고요."

"팀은 죽음을 피할 수 없었을 거예요. 이스라엘에 간 것도 죽기 위해서였죠. 그가 원한 게 죽음이었어요. 그가 찾아 나선 것도 죽음이었고요. 좀 전에 그가 이스라엘에서 찾으려던 것을 찾았을지 모른다고, 그보다 더 대단한 걸 발견했을 수도 있다고 한 것도 그 때문이에요."

나는 깜짝 놀랐다. "아버님은 죽음을 찾아 나서지 않았어요. 지금까지 제가 본 중에서 어느 누구보다 용감하게 운명에 맞서 싸우셨는걸요."

"죽음과 운명은 다른 거랍니다. 그는 운명을 피하기 위해 죽음을 선택한 거예요. 사해 사막에서 죽는 것보다 더 끔찍한 운명이 그를 기다리고 있었거든요. 그래서 죽음을 찾아 나섰고 결국 죽음을 찾은 거예요." 베어풋은 이렇게 말하고 빌에게 물었다. "빌, 자네는 어떻게 생각하나?"

"말 안 할래요." 빌이 말했다.

"하지만 자네도 알잖아." 베어풋이 말했다.

"어떤 운명이 기다렸는데요?" 내가 베어풋에게 물었다.

"당신과 똑같은 운명이죠. 당신을 집어삼킨 운명. 당신도 이미 알고 있는 운명."

"그게 뭔데요?"

"의미 없는 말 속에서 길을 잃는 것. 삶과의 접점을 잃어버린 채 말의 노예가 되는 것. 팀은 이미 심각한 상태였죠. 나는 『잔인한 죽음아』를 여러 번 읽었어요. 그런데 내용이 전혀 없더군요. 말만 있고. 플라투스 보치스, 즉 공허한 소음뿐이었어요."

나는 잠깐 뜸을 들이다 "맞아요. 저도 읽었어요"라고 말했다. 이 얼마나 끔찍하고 서글픈 진실인가.

베어풋은 하던 이야기를 계속했다. "그런데 팀은 그걸 알고 있었어요. 나한테 이야기했거든요. 이스라엘로 떠나기 몇 달 전에 나를 찾아와서 수피즘에 대해 가르쳐달라더군요. 자기가 평생 동안 축적한 의미를 다른 것과 바꾸고 싶어 했어요. 아름다움이나 뭐 그런 것과. 당신한테 산 음반이 있는데 한 번도 틀어보질 못했다는 이야기도 했어요. 베토벤의 〈피델리오〉. 항상 너무 바빴으니까요."

"그럼 제가 누군지 알고 계셨던 거네요. 저한테 듣기 전부터."

"그래서 앞으로 나오라고 했던 거예요. 누군지 알아차리고. 팀이 당신과 제프 사진을 보여준 적이 있거든요. 처음에는 긴가민가했죠. 전에 비해 너무 말라서."

"일이 워낙 힘들거든요."

빌 룬드보그와 나는 함께 리처드슨 다리를 건너 이스트베이로 향했다. 라디오에서 끝없이 이어지는 비틀스 노래를 들으며.

빌이 말했다. "당신이 나를 찾으려고 했던 거 알아요. 그런데 나도 사는 게 쉽지 않았거든요. 결국 '파과병破瓜病'*이라는 진단을 받았어요."

나는 화제를 바꾸려고 "음악 때문에 우울하면 꺼도 돼요"라고 말했다.

---

* 흔히 20세 전후에 발생하는 정신분열증의 일종.

"나는 비틀스 좋아요." 빌은 이렇게 대답했다.

"존 레논이 죽은 거 알아요?"

"그럼요. 모르는 사람이 없잖아요. 이제 레코드 가게 점장이 됐단 말이죠?"

"맞아요. 내 밑으로 직원이 다섯이고 뭐든 마음대로 주문할 수 있어요. 캐피틀 레코드에서 LA 근처에 있는 버뱅크인가 하는 데로 내려가서 일해보지 않겠느냐는 제안도 받은 적 있고요. 음반 소매업계에서 최고의 자리에 올랐다고 볼 수 있죠. 레코드 가게 점장이 최고니까. 물론 사장이 되면 더 좋겠지만, 그럴 만한 돈은 없고요."

"파과병이 뭔지 알아요?"

"알아요."

나는 이렇게 대답하고, 심지어 어원까지 알고 있다고 속으로 중얼거렸다. "헤베*가 그리스 신화에서 젊음의 여신이잖아요."

"나는 한 번도 나잇값을 못했어요. 파과병의 특징이 주책없는 거예요."

"그렇다고 들었어요."

"파과병에 걸리면 뭐든 재미있게 느껴져요. 어머니의 죽음조차 재미있더라고요."

그럼 정말 파과병이로군요. 나는 운전을 계속하며 속으로 중얼거렸다. 재미있을 게 하나도 없는 일인데. "주교님이 죽었다는 소식을 들었을 때는 어땠어요?" 내가 물었다.

---

* 파과병이 영어로 'hebephrenia' 다.

314

"재미있다 싶은 부분도 있었어요. 그 상자처럼 생긴 소형차 말이에요. 콜라 두 병도 그렇고. 팀은 아마 지금 내가 신고 있는 이런 신발을 신었을 거예요." 그는 발을 들어 자기가 신고 있는 허시퍼피 구두를 보여주었다.

"어쨌든."

"하지만 전반적으로 하나도 재미없었어요. 우선 팀이 찾고 있었던 게 재미없었어요. 베어풋은 잘못 알고 있어요. 팀은 죽음을 찾아 나선 게 아니었는데."

"의식적으로는 아니었더라도 무의식적으로는 정말 그랬을지 몰라요."

"무의식적인 동기 어쩌고 하는 것은 헛소리예요. 그런 식이면 뭐든 단정할 수 있게요? 검증이 불가능하니까 아무거나 동기로 갖다 붙일 수 있잖아요? 팀은 그 버섯을 찾고 있었어요. 엉뚱한 데서 찾긴 했죠. 사막이었으니. 버섯은 축축하고 서늘하고 그늘진 곳에서 자라는데."

"거기 동굴이 있잖아요."

"맞아요. 뭐, 아무튼 실제로 버섯도 아니었고요. 그것도 억측이긴 하죠. 근거 없는 가정. 존 알레그로라는 학자의 발상을 팀이 슬쩍한 거예요. 팀의 문제는 스스로 뭘 생각할 줄 모른다는 거였어요. 다른 사람들의 발상을 듣고 자기가 생각한 걸로 착각했잖아요. 사실은 슬쩍한 거면서."

"그래도 의미 있는 발상들을 아버님이 하나로 통합했잖아요. 다양한 발상들을 한데 묶었고요."

315

"별로 훌륭한 발상들도 아니었는걸요."

나는 빌을 흘끗 쳐다봤다. "지금 누굴 놓고 이러쿵저러쿵하는 거예요?"

"당신이 팀을 사랑했던 거 알아요. 하지만 그런 식으로 항상 변호할 필요는 없잖아요. 내가 공격을 하는 것도 아닌데."

"내 귀에는 공격하는 것처럼 들리는데요."

"나도 팀을 사랑했어요. 아처 주교를 사랑한 사람이 얼마나 많았는데요. 그만한 위인은 앞으로도 만나기 힘들 거예요. 하지만 바보였다는 건 당신도 인정하잖아요."

나는 아무 말도 하지 않고 운전을 하며 건성으로 라디오를 들었다. 지금은 〈예스터데이〉가 흘러나오고 있었다.

"그런데 에드거가 당신한테 한 말은 맞았어요. 대학을 졸업하지 말고 중퇴했어야 하는 건데. 공부를 너무 많이 했단 말이죠."

나는 씁쓸한 목소리로 되받아쳤다. "공부를 너무 많이 했다고요? 젠장. 여론, 교육에 대한 불신. 그런 헛소리는 이제 지긋지긋해요. 나는 이만큼 알고 있는 게 기쁜 사람이라고요."

"그 때문에 폐인이 됐잖아요."

"악담을 그냥 막 던지네요?"

빌은 차분하게 할 말을 했다. "당신은 지금 속이 배배 꼬여 있고 몹시 슬퍼하고 있어요. 키어스틴과 팀과 제프를 사랑했던 착한 사람인데, 그들에게 벌어진 일을 극복하지 못했죠. 과거에 받은 교육은 이런 일에 대처하는 데 아무 도움이 안 되고요."

"대처할 방법이 없잖아요! 셋 다 착한 사람들이었는데 전부

다 죽었다고요!" 나는 버럭버럭 소리를 질렀다.

"'너희의 조상들은 광야에서 만나를 먹고도 다 죽었지만—'"*

"그게 뭐예요?"

"예수가 한 말이에요. 미사 때 들은 것 같아요. 어머니하고 그레이스 대성당 미사에 몇 번 참석한 적 있거든요. 한번은 팀이 성배를 건네면서 제단 앞에 무릎을 꿇고 앉아 있던 어머니의 손가락에 슬그머니 반지를 끼워준 적도 있어요. 아무도 못 봤는데 어머니한테 얘기를 들었어요. 상징적인 의미의 결혼반지였죠. 그때 팀은 완벽하게 예복을 갖춰 입고 있었대요."

"자세하게 이야기해봐요." 나는 이를 갈며 말했다.

"이야기하고 있잖아요. 이 얘기 알아요?"

"반지 이야기는 나도 알아요. 키어스틴한테 들었어요. 반지도 봤고."

"두 사람은 정신적으로 결혼한 사이라고 생각했어요. 민법상으로는 아니지만 하느님 앞에서, 하느님이 보시기에는 부부라고. '너희의 조상들은 광야에서 만나를 먹고도 다 죽었지만—' 아마 구약성서를 지칭하는 말일 거예요. 예수가—"

"오, 하느님. 이런 이야기는 이제 졸업한 줄 알았더니. 더 이상 듣고 싶지 않아요. 그때도 아무 도움이 안 됐는데, 나중이라고 도움이 되겠어요? 베어풋이 쓸데없는 말 어쩌고 했죠? 그런 게 바로 쓸데없는 말이에요. 베어풋은 왜 당신더러 보살이라고 하는 거예요? 당신한테 있다는 그 연민과 지혜는 다 어디 갔어

---

* 요한복음 6장 49절.

요? 해탈의 경지에 이르렀지만 다른 사람들을 도우러 돌아왔다면서요."

"해탈할 수도 있었지만 거부했어요. 돌아오려고."

"미안하지만 무슨 소리 하는 건지 모르겠네요." 나는 지친 목소리로 말했다.

"나는 이 세상으로 돌아왔어요. 저승에서. 연민 때문에. 내가 그 사막에서, 사해 사막에서 배운 게 그거예요." 그의 목소리는 차분했다. 표정도 차분하기 그지없었다. "내가 발견한 게 그거예요."

나는 그를 말똥말똥 쳐다보았다.

"내가 팀 아처예요. 저승에서 돌아왔어요. 사랑하는 사람들 곁으로." 그는 수수께끼 같은 미소를 활짝 지었다.

15

잠깐 정적이 흐른 뒤 내가 물었다.

"에드거 베어풋한테 그 이야기 했어요?"

"네." 빌이 대답했다.

"또 누구한테 이야기했어요?"

"아무한테도 안 했어요."

"이게 언제부터 시작된 거예요?" 나는 이렇게 묻다가 이윽고 폭발해버렸다. "이런 염병할 사이코 같으니라고. 도대체 끝이 없잖아. 계속되고, 또 계속되고. 한 명씩 미치더니 죽어나가는 거야? 나는 레코드 가게 운영하고, 가끔 마리화나로 알딸딸한 상태에서 살 좀 섞고, 책 몇 권 읽을 수 있으면 만족해. 이런 걸 바란 적 없다고." 내가 옆으로 차로를 옮겨 서행하는 차를 앞지르자 타이어에서 끼익하는 소리가 났다. 우리는 리처드슨 다리를 거의 다 지나서 리치몬드에 진입하기 직전이었다.

"앤젤." 빌이 내 이름을 부르며 부드럽게 내 어깨에 손을 얹었다.

"그 더러운 손 당장 치워요."

그는 손을 치우고 말했다. "내가 돌아왔어요."

"파과병 걸린 이 사이코 양반이 또 실성을 하신 모양이네. 병원에 가야겠구먼. 내가 이걸 견디느라, 이런 이야기를 계속 듣고 있느라 얼마나 괴로워하는지 안 보여요? 내가 당신을 어떻게 생각했는지 알아요? 실제로는 제정신 박힌 사람이 우리 중에서 당신 하나밖에 없다고 생각했어요. 정신병자라는 꼬리표를 달고 있지만 사실은 정상이라고. 우리는 정상이라는 꼬리표를 달고 있지만 사실은 정신병자라고. 그런데 이게 뭐예요. 당신만은 이러지 않을 줄 알았더니—" 나는 하던 말을 멈추었다 다시 이었다. "젠장. 여기저기서 발작을 일으키니 도무지 통제가 안 되네. 나는 항상 이렇게 중얼거렸어요. 빌 룬드보그는 현실과 맞닿아 있다고. 차를 생각하는 사람 아니냐고. 그랬다면 아버님한테 콜라 두 병과 주유소에서 받은 지도를 들고 소형차를 몰고 사해 사막으로 나가면 안 되는 이유를 알려드릴 수도 있었을 거라고. 그런데 지금 보니까 그 사람들하고 똑같이 제정신이 아니잖아요. 아니, 그들보다 더 심하게 미쳤어요." 나는 손을 뻗어 라디오 볼륨을 높였다. 비틀스의 노랫소리가 차 안을 가득 채웠다. 빌이 바로 라디오를 껐다. 완전히 꺼버렸다.

"제발 부탁인데 속도 좀 줄여요." 빌이 말했다.

"제발 부탁인데 톨게이트 도착하면 내려서 다른 차 얻어 타고 가줄래요? 에드거 베어풋한테는 계속 사기를 치건 말건 마음대로 하시고—"

"에드거를 가지고 왈가왈부하지 마요. 에드거가 아니라 내쪽에서 먼저 꺼낸 이야기니까. 속도 줄이라고요!" 빌이 쏘아붙이며 자동차 열쇠를 향해 손을 내밀었다.

"알았어요." 나는 브레이크를 밟았다.

"이러다 이 생선 통조림 같은 차가 굴러서 우리 둘 다 죽겠어요. 게다가 당신 지금 안전벨트도 안 하고 있잖아요."

"다른 날도 아니고 오늘, 존 레논이 살해당한 오늘 같은 날에 내가 그런 이야기를 듣고 있어야겠어요?"

"나는 아노키 버섯을 못 찾았어요." 빌이 말했다.

나는 아무 말도 하지 않고 계속 차를 몰았다. 최선을 다해서.

"굴러떨어졌어요. 낭떠러지에서."

"그랬죠. 나도《크로니클》기사 읽었어요. 아프던가요?"

"햇빛과 더위 때문에 이미 정신을 잃은 상태였어요."

"그런 식으로 그 아래로 뛰어들다니 정신을 잃었던 게 분명하네요." 그때 문득 연민을 느꼈다. 내가 그에게 퍼부은 폭언이 주체할 수 없을 만큼 부끄러워졌다. "빌, 미안해요."

"괜찮아요." 그는 이렇게 대답하고 그만이었다.

나는 무슨 말을 하면 좋을까 고민하다 입을 열었다. "뭐라고 불러야 할까요? 빌? 아버님? 지금 둘이 같이 있는 건가요?"

"둘이 같이 있어요. 둘이 합쳐져서 하나가 됐어요. 아무 이름으로나 불러도 돼요. 그런데 다른 사람들은 알아차리지 못하게 빌이라고 부르는 게 좋을 수도 있겠네요."

"왜 비밀로 하려는 거예요? 이렇게 의미심장하고 특이하고 엄청난 일은 널리 알려야 하는 거 아닌가요?"

"그러면 다시 병원으로 끌려갈 테니까요."

"그럼 앞으로 빌이라고 부를게요."

"팀이 죽고 한 달쯤 지났을 때 그가 나를 찾아왔어요. 나는 그때 어리둥절했어요. 이게 무슨 일인가 싶었어요. 여러 색깔의 빛줄기가 보이는가 싶더니 내 머릿속에 누가 들어와 있는 거예요. 그 낯선 존재는 나보다 훨씬 똑똑해서 나는 상상도 못 했던 온갖 것들을 생각해내더라고요. 그리스어, 라틴어, 히브리어도 할 줄 알고, 신학에 대해서 모르는 게 없고. 그의 뇌리에는 당신이 또렷하게 새겨져 있었어요. 이스라엘에 정말 데리고 가고 싶어 했더라고요."

그 말에 그를 힐끗 훔쳐보는데, 등골이 서늘했다.

"그날 밤, 중국 음식점에서 당신을 열심히 설득했잖아요. 그런데 당신은 나름대로 세워놓은 인생 계획이 있다고 했죠. 버클리를 떠날 수 없다고."

나는 액셀러레이터에서 발을 뗄 때 저절로 속도가 줄게 만들었다. 차는 점점 천천히 움직이다 급기야 멈추었다.

"다리 위에서 차를 세우는 건 불법이에요. 엔진에 문제가 있거나 기름이 다 떨어졌거나 하면 모를까. 계속 가세요."

팀이 이야기했구나. 나는 멍하니 기어를 1단으로 바꾸고 다시 액셀러레이터를 밟았다.

"팀은 당신한테 마음이 있었어요." 빌이 말했다.

"그래서요?"

"그래서 더더욱 당신과 함께 이스라엘에 가고 싶었던 거죠."

"지금 3인칭 시점에서 아버님 이야기를 하네요? 그러니까 실제로는 당신 스스로 자신이 아버님이라거나 아버님이 되었다고 생각하지는 않는 거죠? 빌 룬드보그 입장에서 아버님 이야기를 하는 거죠?"

"나는 빌 룬드보그예요. 하지만 팀 아처이기도 해요."

"아버님이라면 나한테 육체적으로 끌렸다는 식의 이야기는 하지 않았을 거예요."

"알아요. 하지만 지금 이야기하는 사람이 나잖아요."

"그날 중국 음식점에서 우리가 뭘 먹었게요?"

"모르겠는데요."

"어느 음식점이었게요?"

"버클리에 있는 음식점이었어요."

"버클리 어디요?"

"기억이 안 나요."

"히스테론 프로테론*의 뜻이 뭔지 말해봐요."

"내가 그걸 어떻게 알아요? 라틴어잖아요. 팀은 라틴어 알지만, 나는 몰라요."

"그리스어예요."

---

* '부당가정의 오류'라는 뜻이다.

"그리스어도 몰라요. 팀의 생각을 들여다보면 가끔 그리스어로 생각하고 있을 때가 있는데, 나는 그게 무슨 뜻인지 몰라요."

"내가 당신 말을 믿으면 어떻게 되는 거예요?"

"그럼 옛 친구가 살아 있는 거니까 행복해지겠죠."

"그게 관건이라는 거죠?"

그는 내 말에 고개를 끄덕였다. "맞아요."

나는 조심스럽게 이야기를 꺼냈다. "내가 보기에는 그건 관건이 아니에요. 온 세상 사람들에게 엄청난 의미가 있는 기적이 일어난 거잖아요. 과학자들이 연구해보아야 할 문제라고 생각해요. 영생이, 사후세계가 존재한다는 증거잖아요. 아버님과 키어스틴이 믿었던 게 전부 다 사실이었다는 거고요.『잔인한 죽음아』가 진짜라는 뜻이잖아요. 안 그래요?"

"네, 그렇겠죠. 팀이 생각하는 것도 그런 거예요. 그런 생각들을 많이 해요. 내가 책을 써주길 바라는데 못 하겠어요. 글에는 소질이 없어서."

"아버님의 비서 역할을 하면 되잖아요. 어머니가 그랬던 것처럼. 아버님이 말하면 받아 적는 거예요."

"주저리주저리 얼마나 말이 많은지 알아요? 받아 적으려고 해봤는데, 이런 말해서 미안하지만 그가 생각하는 방식이라는 게 얼마나 엿 같은지 몰라요. 온통 뒤죽박죽이고 이리로 갔다 저리로 갔다……. 게다가 무슨 말을 하는지 절반은 못 알아듣겠어요. 그리고 사실 대부분 말이 들리는 게 아니라 그냥 느낌이 전해지는 것이기도 하고요."

"지금 아버님 목소리가 들려요?"

"아뇨. 지금은 안 들려요. 보통 나 혼자일 때, 옆에서 이야기하는 사람이 아무도 없을 때 들리거든요. 그래야 주파수 같은 걸 맞출 수 있어요."

"히스테론 프로테론은 입증해야 할 명제가 전제 안에 들어 있다는 뜻이에요. 그러니까 증명을 해봐야 헛수고라는 말이죠. 빌, 나는 두 손 들었어요. 어쩌면 좋을지 도무지 알 수가 없네요. 아버님이 주유 펌프 박살낸 거 기억하나요? 아니다, 주유 펌프는 무슨 망할 놈의 주유 펌프."

"팀이라는 존재에 대해 생각하기 나름이죠. 아, 팀이 거길 찾아갔어요. '존재'라고 하니까 생각났다. 팀이 그 단어를 자주 써요. 어떤 존재가 사막에 있었다고."

"재림의 증거가 있었다고요?"

"맞아요." 빌은 열심히 고개를 끄덕였다.

"그게 아노키였을 거예요."

"그랬을까요? 팀이 찾던 거잖아요."

"찾은 게 분명해요. 베어풋은 이 일에 대해서 뭐래요?"

"이 일에 대해서 알게 됐을 때 나더러 보살이라고 했어요. 내가 돌아왔다고. 아니, 팀이 돌아왔다고 말이에요. 사랑하는 사람들, 그러니까 당신 같은 사람들을 향한 연민 때문에."

"베어풋은 앞으로 어떻게 하겠대요?"

"가만히 있을 거래요."

"가만히 있겠다―" 나는 그 말을 따라하며 고개를 끄덕였다.

"의심하는 사람들한테 증명할 방법이 없잖아요. 에드거가 그 랬어요."

"왜 못 해요? 간단하잖아요. 아버님이 아는 모든 것을 당신이 알잖아요. 아까 말했던 것처럼 신학적인 측면에서도 그렇고 아 버님의 사생활에 대해서도 그렇고. 수많은 사실들을 알잖아요. 이 세상에서 가장 간단한 문제 아닌가요?"

"당신도 설득을 못 하는데요? 당신 앞에서조차 증명을 못 하 잖아요. 하느님에 대한 믿음 비슷한 거예요. 하느님을 알지만, 하느님이 존재한다는 사실을 알고 있지만, 하느님을 느낄 수 있지만, 하느님을 느낀 것을 다른 사람들한테 증명할 방법은 없잖아요."

"이제는 하느님을 믿어요?"

"그럼요." 그는 고개를 끄덕였다.

"이제는 많은 것을 믿게 된 모양이네요."

"팀이 내 안에 들어온 뒤로 많은 걸 알게 됐어요. 단순히 신 앙의 차원이 아니라—" 그는 하던 말을 멈추고 열심히 손짓을 섞었다. "컴퓨터나 백과사전이나 도서관을 통째로 삼킨 것 같 은 기분이에요. 온갖 사실과 사상들이 왔다 갔다 머릿속에서 쉭쉭 지나가요. 너무 빨리 지나가는 게 문제예요. 그래서 이해 를 못 하겠어요. 기억도 못 하겠고, 적지도 못 하겠고, 다른 사 람들한테 설명도 못 해요. KPFA가 머릿속에서 24시간 켜져 있 는 것하고 비슷해요. 여러 면에서 괴로운데 재미있어요."

마음껏 즐겨요. 나는 속으로 중얼거렸다. 해리 스택 설리번

326

이 말하길 정신분열증 환자들이 그런다고 했으니까. 세상을 잊은 채 온갖 생각을 하며 한없이 즐거워한다고 했으니까.

누가 빌 룬드보그 같은 이야기를 꺼낼 때 듣는 사람 입장에서는 할 말이 별로 없다. 그런 이야기를 꺼내는 사람이 또 있다는 전제 아래 하는 말이지만. 제프가 죽은 뒤 영국에서 돌아온 팀과 키어스틴이 터트린 이야기와 비슷한 구석이 있기는 했다. 하지만 빌에 비하면 두 사람의 이야기는 약과였다. 빌의 폭로야말로 궁극적 단계이자 불후의 명작 그 자체였다. 여기에 비하면 팀과 키어스틴의 이야기는 불후의 명작을 가리키는 지표에 불과했다.

정신병은 작은 물고기처럼 숙주의 몸속을 돌아다니고 그 사례가 다양하다. 절대 고독을 즐기지 않는다. 현재 상태에 만족하지도 않는다. 벌판을 가로질러 혹은 바다를 가로질러 사방으로 흩어진다.

맞아. 나는 속으로 중얼거렸다. 우리는 지금 물속에 있는 거야. 베어풋이 말한 것처럼 꿈을 꾸는 게 아니라 수조 속에서 관찰을 당하고 있는 거야. 나는 비유 중독자다. 빌 룬드보그는 만족할 줄 모르는 정신병 중독자다. 정신병이라면 사족을 못 쓰고 무슨 수를 써서라도 그 병에 걸리려고 한다. 정신병이 온 세상을 뒤덮은 것 같은 바로 이때, 존 레논이 죽더니 이제는 이런 난리라니. 그것도 같은 날에.

잘 모르겠지만, 지금의 그는 너무나 설득력이 있다. 빌은 설득력이 있는 사람이 아니었고, 지금 이 문제는 황당하기 짝이 없건만. 어쩌면 에드거 베어풋도 그걸 감지했는지 모르겠다. 이번 정신병은 고통에서, 어머니를 잃은 상실감에서, 진정한 의미에서 아버지에 한없이 가까운 존재를 잃은 데서 비롯됐다. 나도 그런 고통을 느꼈고, 느끼고 있고, 죽을 때까지 계속 느낄 것이다. 하지만 빌의 해결책이 나의 해결책이 될 수는 없었다.

레코드 가게 운영이라는 나의 해결책이 그의 해결책이 될 수도 없었다. 우리는 각자 해결책을 찾아야 할 뿐 아니라 무엇보다도 죽음으로 인해 생긴 문제를 해결해야 한다. 하지만 이것만으로 끝나는 게 아니다. 결국에는 우리를 죽음이라는 최종 목적지 겸 논리적인 귀결로 이끌 정신병도 해결해야 한다.

빌 룬드보그의 정신병에 대한 분노가 잦아들자 그것이 재미있다는 생각이 들었다. 빌 룬드보그는 현실에 발을 딛고 있다는 것이 장점이었다. 그런데 바로 그 현실감각을 잃어버린 것이다. 에드거 베어풋의 세미나에 출현한 것이 변화의 증거였다. 내가 예전에 알던 그라면 이런 곳에 발을 들여놓을 리가 없었다. 빌은 우리의 전철을 밟았다. 죽음의 전철을 밟았다는 뜻이 아니라 우리의 지적인 전철을 밟아 헛소리와 바보짓이 난무하고, 속죄의 기미 없이 고통만 느낄 따름인 세계로 발을 들여놓았다는 뜻이다.

한 가지 차이점이 있다면 빌이 전염병처럼 들이닥친 다양한 죽음에 감정적으로 대처할 줄 알게 되었다는 것이다. 내 해결책이 이보다 낫다고 할 수 있을까? 나는 일을 했다. 책을 읽고 음악을 들었다. 음반이라는 형태로 유통되는 음악을 주문했다. 이렇게 전문직 생활을 하면서 캘리포니아 남부에 있는 캐피틀 레코드의 A&R 부서로 옮기고 싶어 했다. 그곳에 내 미래가 있었다. 음반은 이제 나에게 취미생활이 아니라 일단 사놓고 파는 물건이었다.

아처 주교가 저승에서 돌아와 빌 룬드보그의 머릿속에 살고 있다니, 여러 가지 이유에서 불가능한 일이었다. 누구라도 본능적으로 알 수 있었다. 왈가왈부할 필요도 없는 절대 진실이었다. 있을 수 없는 일이었다. 빌을 붙잡고 팀과 나만 아는 일을 알고 있는지 집요하게 물어볼 수도 있겠지만, 그래봐야 부질없는 짓일 것이다. 예를 들어 버클리의 유니버시티 대로에 있는 중국 음식점에서 저녁식사를 했다는 것만 해도 모든 기본 정보가 의심스러웠다. 인간이 어떤 기본 정보를 유추해내는 방법은 많다. 이스라엘에서 죽은 남자의 영혼이 지구 반대편에 있는 미국으로 날아와 다른 사람도 아닌 빌 룬드보그의 머릿속으로 들어가서 똬리를 틀고, 온갖 견해와 생각과 추억과 설익은 의견을 마구 쏟아내는 게 아닐까 상상하는 것보다 훨씬 더 설득력 있는 방법들이 많다. 아처 주교가, 우리가 아는 그 주교가 무슨 플라스마처럼 그의 머릿속으로 들어갔다니 현실세계에서는 불가능한 일이었다. 어머니는 자살하고 아버지나 다름없던 사람마저 갑작스럽게 저세상으로 떠나보낸 젊은 남자가, 슬픔에 겨워 그 이유를 이해하려고 애를 쓰다 정신착란으로 만들어낸 이야기였다. 티모시 아처 주교가 들어온 게 아니라 티모시 아처라는 '개념'이, 티모시 아처의 영혼이 자기 안에 있다는 '생각'이 어느 날 문득 빌의 머릿속에 떠오른 것이다. 실제와 생각은 서로 다른 법이다.

그래도 분노가 잦아들고 보니 빌이 딱하게 느껴졌다. 어쩌다 이렇게 됐는지 이해가 갔던 것이다. 그는 이런 삐딱한 길을 스스로 선택한 게 아니었다. 그러니까 말하자면 좋아서 정신병에 걸렸다기보다 정신병으로 인해 좋으나 싫으나 어쩔 수 없이 이렇게 된 것이었다.

우리 중에서 첫 번째 정신병자였던 빌 룬드보그가 이제 마지막 정신병자가 됐다. 이 상황에서 유일한 쟁점을 한마디로 요약하자면 '무슨 조치를 취할 수 있을까'일 텐데, 여기에서 더 심오한 문제가 야기된다. 꼭 무슨 조치를 취해야만 하는 걸까?

나는 그 뒤로 몇 주 동안 고민에 고민을 거듭했다. 빌의 이야기에 따르면 그는 친구다운 친구가 없었다. 그런가 하면 멕시칸 카페에서 끼니를 해결하며 이스트오클랜드의 셋방에서 혼자 살았다. 어쩌면 나는 빌 문제를 해결해야 제프와 키어스틴과 팀에게 진 빚을 갚을 수 있을지 모른다. 그래야 살아남은 사람이 생길 테니 말이다. 물론 나도 살아남은 사람이기는 하지만.

나는 분명 살아남았다. 어느 정도 시간이 지난 뒤에 깨달은 것처럼 기계 같은 인간으로 살아남았지만, 그래도 살아남은 건 살아남은 거다. 최소한 그리스어와 라틴어와 히브리어로 생각하고 무슨 뜻인지 모를 용어를 남발하는 낯선 존재가 내 머릿속으로 쳐들어오지는 않았다. 어찌됐건 나는 빌이 좋았다. 그를 다시 만나고, 그와 함께 시간을 보내는 것이 전혀 부담스럽지 않았다. 우리 둘이서 사랑했던 사람들을 다시 불러들일 수도 있을 것이다. 우리 둘의 추억을 합치면 정황증거들이, 추억을 현실과 닮아가게 만드는 그 자잘한 조각들이 몇 보따리는 쏟아져 나올 테니. 그러니까 화려한 수사를 제거하고 이야기하자면, 내가 빌 룬드보그를 만나면 팀과 키어스틴과 제프를 다시금 느낄 수 있을 거라는 뜻이다. 빌도 나처럼 과거에 그들을 겪었으니 내가 누굴 말하는지 알아들을 게 아닌가.

어쨌든 빌과 나는 둘 다 에드거 베어풋의 세미나를 듣고 있었다. 그러니 좋든 싫든 거기서 만날 수밖에 없었다. 나는 베어풋에게 전보다 호감을 느꼈다. 두말하면 잔소리겠지만 그가 개인적으로 나에게 관심을 보였기 때문이다. 나는 그런 관심에 가슴이 훈훈해졌다. 나에게는 그런 관심이 필요했다. 베어풋도 그걸 감지한 거였다.

팀이 나에게 육체적으로 관심이 있었다는 빌의 주장은 자기가 나에게 육체적으로 관심이 있는 것을 그렇게 우회적으로 표현한 거라고 해석하기로 했다. 나는 곰곰이 생각해보다 빌은 너무 어리다는 결론을 내렸다. 게다가 파과병 진단을 받은 정신분열증 환자와 엮이고 싶은 사람이 어디 있을까? 예전에 약간의—사실 약간이라고 하기에는 심각한—망상증과 경조증을 앓았던 남자친구 햄프턴만 해도 골치가 아팠고, 그를 떼어내느라 얼마나 애를 먹었는지 모른다. 사실 지금도 떼어낸 게 맞는지 불분명했다. 햄프턴이 계속 전화해 자기가 엄선해서 구입한 음반과 책과 화보집을 집에서 쫓겨 나올 때 챙기지 못했다고 투덜거렸으니 말이다.

내가 빌과 접촉하면서 신경 쓰이는 부분은 정신병의 그 포악한 본능이었다. 자기 주인을 다 먹어치운 다음 주위를 두리번거리며 또 다른 희생양을 찾는 것이 정신병이라는 녀석이었다. 내가 만약 부실한 기계라면 정신적으로 그렇게 단단하지 않기 때문에 희생양이 될 수 있었다. 수많은 사람들이 이미 정신이상으로 목숨을 잃었는데, 나까지 거기 낄 필요가 뭐가 있을까?

게다가 나는 어떤 미래가 빌을 기다리고 있는지 짐작할 수 있었다. 그에게는 미래가 없었다. 파과병 환자는 변화와 성장과 시간으로 이루어진 게임에서 빠져나와 자기만의 짜릿한 생각을 무한 재생한다. 전송된 정보처럼 변질이 된 생각일지라도 음미하고 또 음미한다. 그런 생각들은 결국 소음이 된다. 그리고 이성의 신호는 사라진다. 빌도 한때 컴퓨터 프로그래머를 꿈꾸었으니 이런 사실을 알고 있을 것이다. 섀넌의 여러 가지 정보 이론도 알고 있을 것이다. 이런 상황에 엮이고 싶을 사람은 없지 않을까.

나는 하루 쉬는 날, 남동생 하비와 빌을 태우고 앤저 호수와 클럽하우스와 바비큐 그릴이 있는 틸던 공원으로 향했다. 거기서 우리 셋은 햄버거를 구워 먹고 원반 던지기 놀이도 하면서 아주 신나게 놀았다. 라디오와 카세트테이프 플레이어가 결합된 2채널 2스피커 방식의 걸작이라 할 수 있는 일제 휴대용 스테레오도 들고 가서 록그룹 퀸의 노래를 들었다. 그리고 빌과 나, 이렇게 둘이서만 맥주를 마시고 이리저리 뛰어다니다 사람들이 안 보는 틈을 타서 마리화나를 나눠 피웠다. 그동안 하비는 휴대용 스테레오의 열 감지 센서를 만지작거리다 단파로 '라디오 모스크바' 주파수를 잡는 데 열중했다. 그걸 보고 빌이 말했다. "그러다 감옥 갈 수도 있어. 적의 방송을 듣는다고."

"뻥치시네." 하비가 말했다.

"우리가 지금 이러는 걸 봤다면 아버님과 키어스틴이 뭐라 했을지 궁금하네요." 내가 빌에게 말했다.

"팀이 뭐라고 하는지 알려줄까요?" 빌이 대답했다.

"뭐라고 하는데요?" 마리화나 덕분에 온몸의 긴장이 풀린 내가 물었다.

"뭐라고 말하느냐면 아니, 뭐라고 생각하느냐면 여기 이렇게 있으니까 평화롭다고, 마침내 평화를 찾았다고 해요."

"잘됐네요. 내가 아버님을 마리화나의 세계로 유혹하지는 못했을 텐데."

"팀도 마리화나 피웠어요. 우리 없을 때 어머니와 둘이서. 그때는 그저 그랬는데, 지금은 좋대요."

"이거 아주 질 좋은 마리화나거든요. 두 분은 아마 이 동네에서 만든 걸 피웠을 거예요. 어차피 뭘 피우나 마찬가지였겠지만." 나는 빌이 한 말을 곰곰이 생각해보았다. "두 분이 정말로 마리화나를 피운 적 있어요? 진짜예요?"

"네. 팀이 지금 그때를 열심히 떠올리고 있어요. 기억을 더듬고 있나 봐요."

나는 그를 물끄러미 쳐다보았다. "어떻게 생각하면 당신은 행운아네요. 해결책을 찾았으니까. 아버님이 내 안으로 들어왔어도 좋았을 텐데. 내 머릿속으로 말이에요." 나는 이렇게 말하면서 키득거렸다. 이것이 마리화나의 효과였다. "그럼 이렇게 외롭지 않았을 텐데." 나는 잠시 후 다시 물었다. "왜 내가 아니라 당신한테로 돌아왔을까요? 내가 아버님을 더 잘 아는데."

빌은 잠깐 고민하더니 이야기했다. "그랬더라면 당신이 망가졌을 테니까요. 나는 남의 목소리와 생각을 듣는 데 이골이 나 있어서 그걸 받아들일 수 있잖아요."

"보살은 당신이 아니라 아버님이에요. 연민 때문에 돌아온 사람도 아버님이고." 그러다 나는 화들짝 정신을 차렸다. 맙소사, 내가 이제 믿는 거야? 비싼 마약에 취하면 뭐든지 믿게 된다. 그래서 사람들이 그 비싼 돈을 주고 마약을 사는 거다.

빌이 말했다. "맞아요. 나도 팀의 연민이 느껴져요. 팀은 하기아 소피아라고 부르면서 하느님의 성스러운 지혜를 찾아 나섰죠. 그게 바로 하느님의 순수한 의식을 의미하는 아노키라고 하면서. 그런데 그곳에서 성스러운 존재가 그의 몸 안으로 들어오자 자신이 원하는 게 지혜가 아니라 연민이라는 걸 알게 된 거예요. 지혜는 이미 가지고 있었지만, 그 자신에게나 어느 누구에게도 도움이 되지 못했으니까요."

"맞아요. 나한테 하기아 소피아 운운하셨어요."

"라틴어로 그런 단어를 떠올리고 있네요."

334

"그리스어인데."

"아무튼요. 팀은 그리스도의 온전한 지혜가 있으면 실 잣는 이들의 책을 읽고, 어떤 미래가 자신을 기다리는지 알아내고, 운명을 피하는 방법을 밝힐 수 있을 거라고 생각했죠. 그래서 이스라엘로 간 거예요."

"알아요."

"그리스도는 실 잣는 이들의 책을 읽을 수 있어요. 모든 인간의 운명이 거기 적혀 있죠. 그걸 읽은 인간은 한 명도 없고요."

"그 책이 어디 있는데요?"

"온 사방에 있지 않을까요? 나는 그렇게 생각하는데. 어? 팀이 무슨 생각을 하네요. 아주 또렷하게 느껴져요." 그는 잠시 아무 말도 하지 않았다. "팀이 이런 생각을 하고 있어요.「마지막 편.『신곡』33편」그리고 또「하느님은 우주의 책이다」. 당신이 읽었대요. 충치로 앓던 날 밤에 읽었대요. 맞아요?" 빌이 물었다.

"맞아요.『신곡』마지막 부분을 읽고 깊은 감동을 받았죠."

"에드거 말로는『신곡』의 밑바탕에 수피즘이 깔려 있다는데."

"그럴 수도 있죠." 나는 단테의『신곡』을 놓고 빌이 한 말에 살짝 놀랐다. "희한하네요. 그런 걸 기억하는 것도 그렇고, 그런 걸 기억하는 이유도 그렇고. 내가 충치로 앓긴 했는데―"

"팀 말로는 그리스도가 마련한 통증이었대요.『신곡』의 마지막 부분이 당신에게 절대 지워지지 않는 감동을 남길 수 있게. '하나의 불꽃 속에.' 젠장. 또 외국어로 생각하기 시작하네."

"들리는 대로 따라해봐요."

빌은 더듬더듬 말을 이어나갔다.

> Nel mezzo del cammin di nostra vita
>
> Mi ritrovai per una selva oscura,
>
> Che la diritta via era smarrita.

나는 미소를 지으며 말했다. "『신곡』도입부예요."

"아직 끝나지 않았어요."

> ……Lasciate ogni speranza, voi ch'entrate!

"'여기 들어오려는 자여, 모든 희망을 버릴지어다!'" 내가 말했다.

"당신한테 하고 싶은 말이 한 가지 더 있대요." 빌이 말했다. "그런데 뭐라는 건지 잘 못 알아듣겠어요, 아, 이제 알겠다. 팀이 나를 생각해서 아주 또렷하게 다시 한 번 떠올려주네요."

> La sua voluntate è nostra pace……

"그건 뭔지 잘 모르겠는데."

내가 말했다.

"팀 말로는 그게 『신곡』의 기본 메시지래요. '우리의 평화는 그분의 뜻 안에 있습니다.'* 하느님을 가리키는 거겠죠?"

"그렇겠죠."

"사후세계에서 그걸 깨달았나 봐요. 여기에서는 모르다가."

하비가 우리 쪽으로 걸어오며 물었다. "퀸 테이프 질렸어. 다른 거 없어?"

"'라디오 모스크바' 주파수는 잡혔어?" 내가 물었다.

"응. 그런데 '보이스'랑 막 섞여서 들리더라. 러시아 사람들이 주파수를 바꿨어. 30미터 주파수로. 찾는 것도 이제는 지겨워. '보이스'랑 계속 섞이잖아."

"좀 있다 집에 가자." 나는 이렇게 말하고 남은 마리화나를 빌에게 건넸다.

---

* 천국편 3곡 85행.

16

빌은 내가 생각했던 것보다 훨씬 더 일찍 병원에 재입원했다. 이를 피할 수 없는 현실로 인정하고 제 발로 걸어 들어갔다. 사실 그에게는 이것이 벗어날 수 없는 현실이기는 했다.

나는 빌을 입원시킨 뒤 담당인 그리비 박사를 만났다. 그는 콧수염을 기르고 테 없는 안경을 쓰고 있었으며, 땅딸막하고 뚱뚱한 편이지만 성격 좋고 전문가적인 인상을 풍기는 중년의 남자였다. 그는 내가 저지른 잘못 중에서 가장 심각한 것부터 내림차순으로 차근차근 지적했다.

"빌에게 약물을 권하면 안 됩니다." 빌의 파일을 책상 위에 펼쳐놓은 채 그가 말했다.

"마리화나도 '약물'로 간주되나요?" 내가 물었다.

"빌처럼 정신적으로 불안정한 사람에게 환각제는 아무리 경미한 것이라도 위험합니다. 한번 빠지면 영영 헤어나지 못할 수 있어요. 현재 정신분열증 치료제를 투여 중입니다. 부작용을 견딜 수 있을 것 같아서요."

"그게 빌한테 그렇게 안 좋은 줄 알았더라면 권하지 않았을 거예요."

그는 나를 흘끗 쳐다보았다.

"인간은 실수를 통해 배우는 법이잖아요." 내가 말했다.

"아처 양—"

"아처 부인이라고 불러주세요."

"빌의 예후가 좋지 않습니다. 아처 부인. 가장 가까운 사이니까 아셔야 할 것 같아서 말씀드리는 겁니다." 그리비 박사는 이렇게 말하고 얼굴을 찡그렸다. "아처라……. 작고하신 티모시 아처 성공회 주교님과 친척 관계이신가요?"

"며느리예요."

"빌은 자기가 아처 주교님이라고 생각하던데요."

"미치고 팔짝 뛸 일이죠."

"빌은 신비로운 체험 이후에 부인의 시아버님이 되었다는 망상에 시달리고 있습니다. 아처 주교님의 모습을 보고 목소리를 듣는 수준이 아니라 자기 자신이 아처 주교님이라고 생각해요. 그런데 빌은 아처 주교님과 개인적으로 아는 사이였군요."

"타이어를 같이 갈던 사이였어요."

"부인은 상당히 되바라진 성격이시네요."

나는 그 말에는 아무 대꾸도 하지 않았다.

"빌이 다시 입원하는 데 부인도 일조하신 겁니다." 그리비 박사가 말했다.

"저희는 즐거운 시간을 함께 보냈어요. 먼저 세상을 떠난 친구들 때문에 힘들었던 시간도 함께 보냈고요. 빌의 상태가 악화된 데에는 틸던 공원에서 마리화나를 피운 것보다 그들의 죽음이 더 많은 영향을 미쳤을 거라고 생각하는데요."

"앞으로는 빌을 만나지 마세요."

"뭐라고요?" 나는 화들짝 놀란 한편 당황스러웠다. 두려움이 엄습했고, 가슴이 아파서 얼굴이 벌게지는 게 느껴졌다. "잠깐만요. 우리는 친구 사이인데요."

"부인은 저를 대하는 태도도 그렇고, 세상을 대하는 태도도 그렇고 모든 면에서 거만하시네요. 주립대학교 시스템 아래서 고등교육을 받은 분이시겠죠. UC 버클리 영문학과를 졸업하지 않으셨을까 싶은데, 세상 모든 걸 다 알고 있다 싶으시죠? 부인은 지금 세상물정 어둡고 단순한 빌에게 아주 안 좋은 영향을 미치고 있습니다. 그러면 부인 자신에게도 안 좋은데, 그건 제 소관이 아니고요. 부인처럼 차갑고 냉정한 분은—"

"하지만 그 사람들은 제 친구였어요."

"버클리 안에서 다른 친구를 찾으세요. 빌하고는 접촉을 삼가주시고요. 아처 주교님의 며느리인 부인을 만나면 빌의 망상이 더 심해집니다. 까놓고 말씀드리자면, 부인에 대한 내재화, 즉 전위된 육체적인 집착이 무의식적으로 발산돼 망상이 나타난 것일 수도 있어요."

"선생님은 난해한 헛소리만 잔뜩 늘어놓는 분이시고요."

"저는 지금까지 의사 생활을 하면서 부인 같은 분을 여럿 만났습니다. 부인이 뭐라 하건 당황스럽지도 않고 관심도 없습니다. 버클리는 부인 같은 여자분들로 넘쳐나니까요."

"앞으로는 안 그럴게요." 내가 말했다. 공황으로 심장이 터질 것 같았다.

"과연 그러실 수 있을까요?" 그리비 박사는 이렇게 말하며 빌의 파일을 덮었다.

나는 그의 진료실에서 나와—사실상 쫓겨난 셈이었다—병원을 정처 없이 헤맸다. 당황스럽기도 하고 멍하기도 하고 두렵기도 하고 화가 나기도 했다. 아무 생각 없이 나불거린 나 자신에게 화가 났다. 불안해서 그런 거였는데, 이미 엎질러진 물이었다. 젠장. 나는 속으로 중얼거렸다. 이제 나는 마지막 남은 한 사람마저 잃어버린 셈이었다.

레코드 가게로 돌아가서 뭐가 왔고 뭐가 아직 안 왔는지 이월 주문이나 체크해야겠다. 나는 이렇게 생각했다. 계산대 앞은 손님들로 장사진을 이룰 테고, 전화통에서 불이 날 것이다. 플리트우드 맥의 앨범은 잘 팔리고, 헬렌 레디의 앨범은 그렇지 않을 것이다. 달라지는 것은 아무것도 없을 것이다.

나는 달라질 수 있어. 그 비곗덩어리가 착각한 거야. 아직 늦지 않았어.

아버님, 왜 제가 아버님과 함께 이스라엘로 떠나지 않았을까요?

병원을 나서 주차장 쪽으로 걸어가는데—내가 모는 빨간색 혼다 시빅이 멀리서 보였다—정신병동 뒤에 일렬로 서 있는 환자들이 보였다. 노란 버스에서 내려 병실로 돌아가는 길이었다. 나는 외투 주머니에 손을 넣고 빌도 저기 있을까 생각하며 그쪽으로 방향을 바꿨다.

빌은 보이지 않았지만, 그래도 나는 벤치와 분수대를 지나 계속 걸어갔다. 병원 저편에서 자라나는 삼나무들이 작은 숲을 이루었고, 몇몇 사람들이 잔디밭 여기저기 앉아 있었다. 병원 안팎을 마음대로 들락거릴 수 있는 환자들인 게 분명했다. 잠깐 동안은 엄격한 통제에서 벗어나도 될 만큼 괜찮아진 환자들인 게 분명했다.

평소에 애용하던 치수가 안 맞는 바지와 셔츠를 입고, 나무 옆에 앉아 손에 쥔 물건을 열심히 들여다보고 있는 빌 룬드보그가 보였다.

나는 아무 소리도 내지 않고 천천히 그에게 다가갔다. 그는 내가 바로 옆에 갈 때까지 아무 반응이 없다 퍼뜩 내 존재를 알아차리고 고개를 들었다.

"안녕, 빌." 내가 말했다.

"앤젤, 내가 뭘 발견했는지 알아요?"

나는 뭔가 싶어 무릎을 굽혔다. 그가 발견한 것은 밑동 옆에서 자라는 버섯이었다. 하얀색인데, 하나 뽑아보니 주름은 분홍색이었다. 주름이 분홍색이나 갈색인 버섯들은 대부분 먹어도 된다. 독버섯이 아니다. 주름이 하얀 버섯은 절대 먹으면 안 된다. 독버섯으로 간주되는 광대버섯류일 가능성이 크다.

"이게 뭐예요?" 내가 물었다.

"이스라엘에서 찾던 게 여기서 자라고 있지 뭐예요." 빌은 놀라워하는 목소리였다. "내가 이걸 찾으려고 그 먼 곳까지 갔었는데. 이게 플리니우스가 『박물지』에서 말한 '비타 베르나' 버섯이에요. 몇 권에서 언급했는지는 기억이 가물가물하지만." 그는 특유의 사람 좋아 보이는 표정을 지으며 빙그레 웃었다. "아마 8권일 거예요. 그 설명과 딱 맞아떨어져요."

"내가 보기에는 매년 이맘때가 되면 사방에서 자라는 식용버섯 같은데요."

"이게 아노키예요."

"빌―"

"지금은 팀이에요." 빌이 기계적으로 바로잡았다.

"빌, 나 이제 가요. 그리비 박사님이 그러는데 나 때문에 당신이 망가졌대요. 미안해요." 나는 자리에서 일어섰다.

"그럴 리가요. 하지만 이스라엘에 같이 갔더라면 좋았을 텐데. 앤젤, 당신은 일생일대의 실수를 저지른 거예요. 그날 저녁에 중국 음식점에서도 내가 그랬잖아요. 당신은 이제 기존의 사고방식에서 벗어날 수 없게 됐어요."

"달라질 수 있는 방법은 없을까요?"

빌은 특유의 순진한 미소를 지으며 나를 올려다보았다. "상관없어요. 내가 원하던 걸 찾았으니까. 이걸 찾았으니까." 그는 조금 전에 뽑은 버섯을, 흔히 볼 수 있는 식용버섯을 조심스럽게 나에게 건넸다. "이것이 내 살이고 이것이 내 피이니 먹고 마시면 영생을 얻으리라."

나는 허리를 숙이고, 다른 사람은 아무도 듣지 못하게 그의 귀에 입을 바짝 대고 속삭였다. "빌 룬드보그, 당신이 다시 괜찮아질 때까지 내가 싸울게요. 차를 고치고 스프레이로 도색하고 다른 여러 가지 일들을 할 수 있게. 예전 모습으로 돌려놓을게요. 포기하지 않을 거예요. 당신은 본래의 자신을 다시 기억하게 될 거예요. 내 말 들려요? 무슨 말인지 알겠어요?"

빌은 나를 외면한 채 중얼거렸다. "'나는 참 포도나무요 나의 아버지는 농부이시다. 나에게 붙어 있으면서 열매를 맺지 못하는 가지는 아버지께서 모조리 쳐내시고―'"*

"아니에요. 당신은 자동차를 도색하고 트랜스미션을 고치는 사람이에요. 내가 그걸 기억하게 만들겠어요. 때가 되면 퇴원할 수 있을 거예요. 그때까지 기다릴게요, 빌 룬드보그." 나는 그의 관자놀이에 입을 맞추었다. 그러자 그는 아무 생각도 없고 아무것도 모르는 어린아이처럼 멍하니 그 부분을 손으로 닦았다.

"'나는 부활이요 생명이니―'"** 빌이 말했다.

"나중에 다시 만나요." 나는 이렇게 말하고 내 갈 길을 떠났다.

---

* 요한복음 15장 1~2절.
** 요한복음 11장 25절.

다음번 세미나에 참석했을 때 에드거 베어풋은 빌이 오지 않은 것을 알아차리고, 강연이 끝난 뒤 나에게 어떻게 된 일이냐고 물었다.

"다시 갇혔어요."

"나를 따라오세요." 베어풋은 나를 거실로 안내했다. 거실에 처음으로 발을 들여놓은 순간, 나는 그의 취향이 동양적이기보다는 손때 묻은 떡갈나무에 가까운 것을 보고 적잖이 놀랐다. 그는 월드퍼시픽 레코드에서 복제 출시한 에토 기미오의 고토* 음반—직업이 직업이다 보니 모를 수가 없었다—을 턴테이블에 올려놓았다. 50년대 후반에 출시되었고 컬렉터들 사이에서 제법 비싸게 거래되는 희귀 음반이었다. 베어풋은 에토가 직접 작곡한 〈미도리 노 아사〉를 틀었다. 무척 아름답지만 일본색은 전혀 느껴지지 않는 곡이었다.

"15달러 드릴 테니까 이 음반 저한테 파세요." 내가 말했다.

"테이프에 녹음해줄게요."

"음반 자체가 필요한 거예요. 가끔 찾는 손님이 있거든요." 중요한 건 음악이라는 둥 그런 소리는 하지 마요. 나는 속으로 중얼거렸다. 컬렉터들이 목숨을 거는 건 음반 그 자체니까. 이건 가타부타할 문제가 아니에요. 나는 음반계를 알아요. 내 일이니까.

"커피 마실래요?" 베어풋이 물었다.

나는 커피 잔을 받아들고, 생존하는 고토 연주자 가운데 으뜸

---

* 우리의 거문고와 비슷한 일본의 전통 현악기.

345

가는 대가가 줄을 퉁기는 소리를 베어풋과 함께 들었다.

"아시겠지만 빌은 평생 병원을 들락날락할 거예요." 베어풋이 음반을 뒤집는 동안 내가 말했다.

"거기에 대해서 책임감을 느껴요?"

"병원에서 제 책임이라는 소리를 들었지만, 저는 그렇게 생각하지 않아요."

"그렇게 생각하다니 다행이네요."

"팀 아처가 자기 곁으로 돌아왔다고 생각하는 사람은 당연히 병원에 가야죠."

"그리고 토라진도 먹어야 하고요."

"이번에는 더 강한 걸 처방받았어요. 한 단계 업그레이드된 걸로. 더 정확히 말하면 신종 정신분열증 치료제라고 할까요?"

"초창기 교부들 중에서 어떤 사람은 '불가능한 일이기 때문에' 부활을 믿었어요. '불가능한 일임에도 불구하고'가 아니라 '불가능한 일이기 때문에' 말이에요. 테르툴리아누스였던 것 같은데. 예전에 팀한테 들었어요."

"진짜 기발한데요?"

"기발하긴요. 테르툴리아누스도 진지하게 한 말일 거예요."

"저로서는 인생을 왜 그런 식으로 사는지 이해가 안 가요. 이 말도 안 되는 현상이 그 한마디로 요약되는 것 같아요. 불가능한 일이기 때문에 믿다니. 제 주변 사람들은 먼저 실성을 하고 그런 다음 죽어요. 1단계가 정신병, 2단계가 황천행이에요."

"그러니까 빌도 죽을 거라고 생각하는군요."

"아뇨, 빌이 퇴원할 때까지 기다릴 생각이에요. 빌은 죽음 대신 저를 맞이하게 될 테고요. 어떻게 생각하세요?"

"죽음을 맞이하는 것에 비하면 훨씬 좋죠."

"그럼 저를 좋게 보신 거네요? 빌을 담당한 의사는 저 때문에 빌이 다시 입원했다고 생각하는데."

"지금 동거인이 있나요?"

"혼자 살고 있어요."

"빌이 퇴원하고 나서 당신과 같이 살았으면 좋겠네요. 자기 어머니 외에 다른 여자하고는 살아본 적이 없을 텐데."

"그건 오랫동안 고민해봐야겠어요."

"왜요?"

"제가 그런 문제는 원래 고민을 많이 한 다음 결정을 내리거든요."

"빌을 생각해서 한 이야기가 아닌데요."

"네?" 나는 그 말을 듣고 깜짝 놀랐다.

"당신을 생각해서 한 이야기예요. 그래야 그가 팀인지 아닌지 알 수 있잖아요. 그래야 궁금증을 해결할 수 있을 테고요."

"저는 궁금한 거 없어요. 확실해요."

"빌을 당신 집으로 데리고 가서 같이 살아요. 돌봐주세요. 그러면 어떤 의미에서는 팀을 돌보는 것일 수도 있잖아요. 당신은 예전부터 팀을 돌보아왔거나 돌보고 싶어 했을 것 같은데. 그렇지 않았다면 의무를 게을리한 거예요. 그는 정말 아무것도 할 줄 모르는 사람이거든요."

"빌요, 아니면 아버님요?"

"지금 입원한 사람요. 당신이 신경 쓰는 그 사람. 다른 사람들과 당신을 이어주는 마지막 연결고리."

"저도 친구 있어요. 남동생도 있고요. 가게 직원들도…… 손님들도 있어요."

"그리고 나도 있고요."

나는 잠깐 망설이다 "맞아요. 당신도 있지요"라고 대답하고 고개를 끄덕였다.

"내가 정말로 그가 팀일지 모른다고 했다면 어땠을 것 같아요? 팀이 돌아온 게 분명하다고 했다면?"

"그럼 세미나에 더 이상 참석하지 않았을 거예요."

그는 내 대답을 듣더니 나를 뚫어져라 바라보았다.

"정말이에요."

"이리저리 잘 휩쓸리지 않는 성격이로군요."

"네. 저는 지금까지 몇 가지 엄청난 실수를 저질렀어요. 키어스틴과 아버님이 제프가 돌아왔다고 했을 때 팔짱을 끼고 보고만 있었죠. 제가 그러는 바람에 두 사람이 죽었잖아요. 두 번 다시 그런 실수는 하지 않을 거예요."

"정말로 빌이 죽을 거라고 생각하는 모양이로군요."

"네."

"빌을 데리고 살면 지금 듣고 있는 에토 기미오 음반을 줄게요." 그는 이렇게 말하며 미소를 지었다. "이 노래 제목이 〈키보 노 히카리〉예요. 희망의 빛. 딱 맞아떨어지는 것 같은데요?"

348

"테르툴리아누스가 정말로 불가능한 일이기 때문에 부활을 믿는다고 했어요? 그럼 이런 일이 오래전부터 있어왔다는 뜻이 잖아요. 키어스틴과 아버님에서부터 시작된 게 아니라."

"앞으로 세미나에서 당신 얼굴을 못 보겠네요."

"정말 아버님이 맞다고 생각하세요?"

"네. 빌이 원래는 할 줄 모르는 외국어를 쓰거든요. 예를 들면 단테를 이탈리아어로 읊는다든지 라틴어도 그렇고—"

"제노글로시 현상인 거죠."

배드 럭 레스토랑에서 만난 날, 팀이 성령의 존재를 입증하는 증거라고 했던 제노글로시 현상. 팀은 그런 능력을 더 이상 믿지 않는다고 했다. 애초부터 그런 능력은 존재하지 않았던 것 같다고 했다. 능력이 닿는 데까지 열심히 알아보았지만, 자기가 생각하기에는 그렇다고 했다. 그런데 팀이라고 주장하는 빌 룬드보그에게 그런 능력이 생겼다니.

베어풋이 말했다. "내가 빌을 데리고 살게요. 이 하우스보트에서 같이 살면 돼요."

"안 돼요. 그런 걸 믿는 사람이 빌을 데리고 살면 안 돼요. 차라리 버클리에 있는 우리 집으로 가는 게 나아요." 나는 그의 수법에 넘어간 것을 그제야 퍼뜩 깨닫고 에드거 베어풋을 물끄러미 바라보았다. 그는 씩 웃어 보였다. 그의 미소를 본 순간 이런 생각이 들었다. 이런 식으로 사람을 주무르다니 아버님하고 수법이 비슷하네. 빌이 아니라 베어풋이 훨씬 팀 아처에 가까운데?

"좋아요." 베어풋이 이렇게 말하면서 손을 내밀었다. "약속하는 의미에서 악수할까요?"

"그럼 에토 기미오 음반 주시는 거죠?"

"테이프에 녹음한 다음 줄게요."

"내가 음반을 갖는 거 맞죠?"

"맞아요."

내 손을 잡은 베이풋의 손에서 힘이 느껴졌다. 그것도 팀과 비슷했다. 어쩌면 우리 곁에 정말로 팀이 있는지 모를 일이었다. 이런 방식 혹은 저런 방식으로. 그가 존재하는 방식은 '팀 아처'를 어떤 사람으로 보느냐에 따라 달라졌다. 라틴어와 그리스어와 중세 이탈리아어로 된 문장을 인용할 줄 아는 사람으로 보느냐, 아니면 인류를 구원할 수 있는 사람으로 보느냐. 둘 중 어느 쪽이 됐건 팀은 계속 우리 곁에 있는 듯했다. 아니, 우리 곁으로 돌아온 듯했다.

"세미나는 계속 참석할게요."

"나 생각하느라 그럴 거 없어요."

"아니에요. 제가 오고 싶어요."

"샌드위치 먹으러 오는 날도 있을까요? 과연 그럴까 싶은데. 당신은 죽을 때까지 말이라는 방패막이를 찾을 사람 같아요."

그렇게 비관적으로 단정 짓지 마요. 나는 속으로 중얼거렸다. 내가 허를 찌를지도 모르잖아요.

우리는 고토 음반을 끝까지 들었다. 뒷면 마지막 곡이 〈하루노 스가타〉, 즉 '봄의 기운'이었다. 그 곡이 끝나자 에드거 베어풋이 음반을 재킷에 넣어 나에게 주었다.

"고맙습니다."

나는 남아 있던 커피를 다 마시고 그의 하우스보트를 나섰다. 날씨가 화창했다. 기분이 한결 좋아졌다. 게다가 그 음반을 팔면 거의 30달러는 챙길 수 있을 것이다. 오래전에 절판이 돼서 나도 몇 년 동안 구경 못 한 음반이었다.

레코드 가게를 운영하려면 이런 것들을 계속 기억하고 있어야 한다. 그날 그 음반을 입수한 것이 나에게는 일종의 포상이었다. 내가 원래 계획하고 있었던 일을 하는 것에 대한 포상. 에드거 베어풋의 허를 찔렀더니 아주 기분이 좋았다. 팀도 기뻐했을 것이다. 살아 있었더라면.

역자 후기

    사족 같은 설명이지만, 필립 K. 딕이라고 하면 1962년에 출간돼 1963년에 휴고 상을 수상한『높은 성의 사내』, 1956년에 출간돼 2002년에 동명의 영화로 만들어진『마이너리티 리포트』, 1966년에 출간돼 1990년에 영화「토탈 리콜」의 원작으로 쓰인『도매가로 기억을 팝니다』, 1968년에 출간돼 1982년에 영화「블레이드 러너」의 원작으로 쓰인『안드로이드는 전기양의 꿈을 꾸는가?』등이 대표작으로 거론되며, SF계의 거장이라는 수식어가 수반되는 작가이다. 심지어『솔라리스』로 유명한 스타니스와프 렘은『마이크로월드』라는 에세이집에서 이 세상에 존재하는 SF 작가는 H. G. 웰스, 필립 K. 딕, 러시아의 스트루가츠키 형제, 이렇게 세 명이고 그 나머지는 모험담을 썼을 뿐이라고 했다(논란의 여지가 많은 발언인데다 정확히 따지면 세 명이 아니라 네 명이기는 하지만).

    하지만 우리가 SF라고 하면 떠올리는 이미지와 그가 딱 맞아떨어지지는 않는다. 그는 미래를 예측하는 데 집착하지 않았고, 그의 작품은 대부분 가까운 미래와 태양계 내부가 배경이었다. 그의 주된 관심사는 스페이스 오페라가 아니라 정신 착란을 일으킬 만큼 기이한 상황에 놓인 평범한 사람들의 이야기였다. 그의 작품에 등장하는 인물들은 노이로제 환자이거나 인간관계에 한없이 서툴다든지 하는 식의 상당히 인간적인 약점을 가지고 있다. 필립 K. 딕을 영화 「토탈 리콜」, 「블레이드 러너」, 「마이너리티 리포트」의 원작자로만 알고 있었던 독자들에게 『티모시 아처의 환생』은 조금 이질적으로 느껴질지 모르지만, 위와 같은 그의 특징을 감안했을 때 어떻게 보면 상당히 '필립 K. 딕스러운' 작품이라고 볼 수 있다.

필립 K. 딕은 1974년 2월과 3월에 환각과 환청을 통해 계시를 받는 이른바 '2-3-74' 체험을 한 뒤 당시 경험을 고민하고 이때 받은 계시를 해석하는 데 말년을 바쳤다. 그 고민의 흔적이 고스란히 담긴 것이 약 8천 매 분량의 『주해서』와 함께 묶여 '발리스 3부작'으로 지칭되는 『발리스』, 『성스러운 침입』, 『티모시 아처의 환생』이다.

이중에서도 『티모시 아처의 환생』은 성공회 주교이자 친구였던 제임스 파이크의 생애에서 힌트를 얻은 작품으로 알려져 있다. 제임스 파이크는 죽은 아들과 영적인 교감을 나누고 있다는 주장으로 1960년대에 잠깐 세간을 떠들썩하게 만들었고, 1969년에 사해 인근의 유대사막으로 탐사를 떠났다 객사했으니 과연 티모시 아처가 그린 궤적과 일맥상통하는 부분이 있다. 여기에서 티모시 아처가 이스라엘로 떠난 명목상의 이유는 고문서에 등장하는 '아노키'를 찾기 위해서였지만, 이를 통해 자신이 살아오면서 내린 결정들이 자살한 정부와 아들에게 어떤 영향을 미쳤는지 돌이켜보게 되었을 것이다. 어쩌면 필립 K. 딕은 친구를 떠나보내고 10여 년 뒤, 종교와 믿음이라는 신비로운 수수께끼를 파고든 이 작품을 통해 죽음에 수반되는 고통과 슬픔과 종교적인 희열을 이야기하고 싶었을지 모른다.

1982년, 필립 K. 딕이 뇌졸중과 심부전으로 사망한 직후에 출간된 『티모시 아처의 환생』은 그가 최후에 남긴 유작이기도 하다. 그가 사신과 거의 대면을 하고 쓴 작품이니 말년의 작품 세계를 이해하는 데 많은 도움이 될 것이다. 그는 그웬 리라는 기자와 나눈 대담에서 이 작품을 가리켜 SF가 아니라 순문학이고, 그렇기 때문에 가장 힘들고 보람을 못 느낀 작업이었다고 했다. 그 시간이면 SF를 다섯 편은 쓸 수 있었을 텐데, 이렇다할 성과를 거두지 못했다는 것이다. 하지만 작품에 등장시키는 여성마다 지나치게 평면적이고 전형적이라는 지적에 시달렸던 그가 전무후무하게 앤젤 아처라는 여성을 작중화자로 내세워 자신도 입체적이고 현실적인 여성을 창조할 수 있음을 막판에 보여주었으니 이렇다할 성과를 거두지 못한 것은 아니지 않을까. 그도 실제로 집필을 마쳤을 때 자기보다 훨씬 훌륭하고 똑똑하고 멋진 앤젤 아처와 헤어지려니 가까운 사람을 떠나보내는 심정이었다고 했으니 말이다.

이은선

1928   필립 킨드리드 딕. 12월 16일 일리노이 주 시카고의 자택에
        서 쌍둥이 누이인 제인 샬럿 딕과 함께 예정일보다 6주 일찍
        태어났다. 아버지 조셉 에드거 딕은 제1차 세계대전에 참전
        했다가 제대 후 농무부에서 일했다. 어머니 도로시 킨드리드
        딕은 공문서를 검열하는 비서였으며, 만성 신부전증을 앓고
        있어서 쌍둥이들에게 수유를 하기가 힘들었고 의사의 도움
        도 제대로 받지 못했다. 그래서 쌍둥이들은 둘 다 발육 상태
        가 좋지 않았다.

1929   1월 26일, 심각한 탈수 증세와 영양실조에 시달리던 갓난애
        들을 서둘러 병원으로 데려갔지만 누이는 병원으로 가던 중
        사망했다. 그는 체중 5파운드*가 될 때까지 인큐베이터 신세
        를 지게 된다(쌍둥이 누이의 죽음에 괴로워하던 그는 훗날
        이렇게 기술했다. "누이는 살기 위해, 나는 누이를 살리기 위
        해 발버둥을 친다, 영원히……. 그녀는 내게는 전부나 다름
        없다. 나는 늘 내 누이와 헤어지는 동시에 함께해야 하는 저
        주를 받았다"). 아버지에게 샌프란시스코로 전근해도 좋다
        는 농무부의 허락이 떨어졌다. 가족은 콜로라도 주 포트 모
        건으로 휴가를 떠났고, 그는 어머니 도로시와 함께 현지 친
        척의 집에 머물며 아버지의 전근 절차가 끝나기를 기다렸다.
        누이는 포트 모건 공동묘지에 묻혔다. 가족은 캘리포니아의
        베이지역에 있는 소살리토로 이사했고, 퍼닌슐러**로 옮겼

* 2.3킬로그램
** 샌프란시스코 반도.

355

다가 마지막에는 앨러미다에 자리를 잡았다.

1930   아버지가 네바다 주 리노에 위치한 국가부흥청(NRA) 서부
지부 국장으로 승진한다. 가족은 버클리에 정착했고, 아버지
는 주중에는 리노에 머물며 직장과 가정을 오갔다.

1931   캘리포니아 대학의 아동 복지 연구소가 운영하는 실험적인
탁아소에 다녔다. 기억력과 언어능력 및 손의 협응력 테스트
에서 높은 점수를 받았다. 음악적 재능이 뛰어나다는 칭찬도
듣게 되었다.

1933-34   어머니가 이혼을 요구하면서 부모가 별거에 들어간다. 그는
어머니와 외갓집에서 외조부모 및 매리언 이모와 함께 살게
되었다. 어머니가 정규직을 얻으면서 집에 남겨지게 된 그는
'미마Meemaw'라는 애칭으로 부르던 외할머니의 자상한 보
살핌을 받으며 진보적인 성격이 강한 브루스태틀록 스쿨 부
설 유치원을 다녔다. 매리언 이모는 신경쇠약으로 가끔 병원
에 입원하기도 했지만 그를 무척 귀여워했다.

1935-37   부모의 이혼 절차가 마무리되면서 어머니를 따라서 워싱턴
D. C.로 이사했다. 아버지는 재혼했다. 이 시기부터 천식과
심계 항진증을 앓기 시작했다. 기숙학교로 보내라는 의사의
권유를 받고 행동장애를 가진 아동들을 위한 컨트리데이 스
쿨로 보내졌다. 그곳에서 처음으로 구토 공포증을 경험하며,
사람들 앞에서는 음식을 삼키지도, 먹지도 못하게 되었다. 6
개월 뒤 귀가 조치를 받고 처음으로 심리치료사를 만난다.
프렌즈 퀘이커 데이 스쿨을 다니다가 2학년 때 공립학교로
전학했다. 학교에서는 소외감 때문에 힘들어했고 이것은 곧
잘 무단결석으로 이어졌다("그 후에는 내가 혐오하는 학교에

가는 일을 제외하면 딱히 하는 일이 없는 시기가 오래 계속 되었다. 기껏해야 수집한 우표들을 만지작거리거나…… 구슬치기, 딱지치기, 볼로배트bolo bats, 당시 갓 출판되기 시작한 코믹북 읽기 같은 남자아이들의 놀이를 하는 정도였다……"). 자연스럽게 우러나오는 마음의 평화와 감정 이입을 체험한 것도 이 시기였다. 그는 훗날 인터뷰에서 이 경험을 어린 시절의 '사토리'* 라고 표현했다. 어머니의 격려를 받고 처음으로 글쓰기를 시작한 것도 이 무렵이었다.

1938 어머니와 함께 버클리로 돌아갔다. 3년 동안 만나지 못했던 아버지를 찾아갔다. 새로 전학한 공립학교에서 자신을 '짐 딕' 이라고 소개하지만 곧 다시 필립이라는 이름을 사용했다. 지역 소식과 연재만화를 실은 개인 신문인《더 데일리 딕 The Daily Dick》을 만들었다.

1940–43 고전 음악과 오페라에 열중하기 시작했고, 평생 그 열정을 가슴에 품고 살았다. 『어린 왕자』와 『호빗』, 『곰돌이 푸』 및 『오즈』 시리즈를 읽었다.《어스타운딩》《어메이징》《언노운》 등의 SF 잡지를 발견하고 열심히 모으기 시작했다. 이 잡지들의 내용을 본떠 그림을 그리고 글을 썼다. 독학으로 타자 치는 법을 익혔고, 라디오 방송으로 접한 제2차 세계대전 소식을 들으며 친구들과 전황에 대해 곧잘 토론을 벌였다. 두 번째 개인 신문인《진실The Truth》을 만들면서 연재만화의 주인공으로 '미래 인간Future-Human' 을 등장시켰다("자신의 초超 과학기술을 인류의 복지를 위해 사용하고, 미래의 암흑가에 맞서는 인물"이었다). 지금은 소실된 첫 번째 소설 『소인국으로의 귀환Return to Liliput』을 완성했다.《버클리

---

* Satori. 일어로 '깨달음' 을 의미함.

가제트》지에 정기적으로 단편소설과 시를 기고했다. 가필드 공립 중학교와 오하이 시에 위치한 기숙사제 사립 고등학교인 캘리포니아 예비 학교를 다녔다. 정서장애를 극복하기는 여전히 어려웠지만, 급우들에게 정신의학과 심리 테스트에 관한 해박한 지식을 피력하기도 했다(1974년에 딸 로라에게 보낸 편지에서 그는 이렇게 쓰고 있다. "어떤 의미에서는, 학교에 적응을 잘하면 잘할수록 나중에 현실 세계에 적응할 수 있는 확률은 도리어 낮아진다고 할 수 있어. 그러니까 네가 학교에 제대로 적응을 못하면 못할수록, 나중에 학교에서 자유로워진 뒤에 마주치는 현실에 더 잘 대처할 확률이 높아진다고도 할 수 있겠지. 그런 날이 정말로 온다면 말이야. 아마 나는 군대에서 말하는 '안 좋은 태도'를 갖고 있는지도 모르겠구나. 제대로 하든지, 아니면 포기하든지 양자택일하라는 뜻인데, 나는 언제나 그만두는 쪽을 택했어"). 광장공포증과 공황장애로 인한 발작이 더 심해졌다.

1944-47 버클리 고등학교에 입학했다. 독일어를 배우고 칼 구스타프 융의 저서를 읽기 시작했다. 곧잘 현기증 발작을 일으켜 앓아 눕곤 했다. 샌프란시스코의 랭글리 포터 클리닉에서 매주 융학파의 심리분석가에게 치료를 받았지만 결국은 그 분석가를 철두철미하게 경멸하기에 이르렀다. 유니버시티 라디오에 판매원으로 취직했으나, 나중에 아트 뮤직으로 옮겼다. 두 곳 모두 음반, 악보, 전자기기 등을 판매하고 수리도 해주는 음악 상점이었다. 이 두 가게의 소유주인 허브 홀리스는 카리스마 넘치는 까다로운 인물이었는데, 딕에게는 멘토이자 아버지 같은 존재가 되었다(홀리스는 훗날 딕의 소설에 자주 등장하는 전제적이지만 따스한 마음을 가진 '보스'의 모델이 된다). 홀리스 밑에서 일하는 동안 딕의 불안장애는 많이 나아졌지만, 학교에만 가면 악화되는 통에 마지막 1년 과정은

집에서 개인 교습을 받으며 마쳐야 했다. 같은 해 가을이 되자 집에서 나와 로버트 던컨, 잭 스파이서, 필립 라만티어 같은 작가들과 함께 창고를 개조한 공동주택으로 이사를 갔다. 대부분 동성애자로, 작가 특유의 보헤미안적 삶을 즐기던 룸메이트들은 딕의 독자적인 지적 성장의 원천이 되었다. 딕은 버클리 대학에 잠시 다니며 철학을 전공했지만 의무적으로 참가해야 하는 ROTC 훈련을 혐오했다. 광장공포증은 더욱 악화되었고, 11월에는 결국 자퇴를 하고 말았다. 훗날 그는 ROTC 훈련 도중 소총 분해결합을 거부했다는 이유로 퇴학당했다고 주장했다.

1948-49 아트 뮤직의 매니저는 여성 경험이 전무하다는 것을 알고 가게의 지하방에서 젊은 여성과 잠자리를 함께 할 수 있는 기회를 마련해준다. 재닛 말린과 알게 되고, 서둘러 결혼해 버클리의 아파트로 이사한다. 갈등으로 점철되었던 6개월 동안의 서투른 결혼 생활은 연말이 되기 전에 이혼으로 끝이 난다. 아버지와 다시 재회하고, 지금은 소실된 장편 『어스셰이커The Earthshaker』를 간간이 집필하기 시작했다.

1950 6월에 두 번째 아내인 클리오 애퍼스털리디스와 결혼한다. 버클리의 프란시스코 거리에 작은 집을 장만했고, 마지막으로 아버지를 만났다. 작문 교사이자 범죄소설과 SF 분야에서 편집자와 평론가로 활동하던 앤서니 바우처(앤서니 화이트)와 조우했고 그의 영향을 받아 다수의 SF 단편을 쓰기 시작했다(훗날 딕은 바우처를 평하며 "성숙한 어른, 그것도 분별 있고 교육받은 어른도 SF를 즐길 수 있다는 사실을 깨닫게 해준 인물"이라고 회고하기도 했다). 당시 딕은 지독한 가난에 허덕였다(훗날 출간된 단편집 『골든 맨The Golden Man』의 1980년도 판 서문에서 딕은 이렇게 술회했다. "럭

키 도그 애완동물상점에서 파는 말고기는 동물 사료로 팔던 것이었다. 그러나 클리오와 나는 그걸 먹었다. 정말 궁핍했다……").

1951-52   《판타지 앤드 사이언스 픽션》지에 처음으로 팔린 단편「루그 Roog」로 데뷔한다. 홀리스에 대한 신의를 저버렸다는 이유로 아트 뮤직에서 해고당했다. 잡지 《플래닛 스토리즈》에 단편「워브가 저기 누워있다Beyond Lies the Wub」를 게재하고, 스콧 메러디스 출판 에이전시와 전속 계약을 맺는다. 최초의 사실주의적 소설인『거리에서 들리는 목소리Voices from the Street』(2007)와『메리와 거인Marry and the Giant』(1987)을 집필했지만 생전에는 출간되지 못했다(훗날 딕은 이렇게 술회했다. "나는 1951년 11월에 처음으로 단편을 팔았고, 이것들은 1952년에 처음으로 잡지에 실렸다. 고등학교를 졸업할 무렵에는 꾸준히 글을 쓰면서 잇달아 장편을 탈고했지만 물론 하나도 팔리지 않았다. 나는 버클리에 살고 있었고, 주위 환경은 문학을 하기에 안성맞춤이었다. 주류 문학을 하는 소설가들은 얼마든지 있었고, 베이지역에 사는 지극히 유망한 전위적 시인들과도 교류했다. 모두들 나더러 글을 쓰라고 권했지만, 꼭 그걸 팔아야 한다고 격려한 사람은 아무도 없었다. 그러나 나는 책을 팔고 싶었고, SF 소설도 쓰고 싶었다. 나의 궁극적인 꿈은 주류 문학적 소설과 SF **양쪽**을 쓰는 것이었다").

1953-54   최초의 SF 장편인『태양계 제비뽑기Solar Lottery』(1955)와『존스가 만든 세계The World Jones Made』(1956)를 판타지 소설『우주 꼭두각시The Cosmic Puppets』(1957) 및 리얼리즘 소설인『함께 모여라Gather Yourselves Together』(1994)와 함께 에이전시에 팔았다. 음반 가게인 '터퍼와 리드'에서

잠시 일하던 중 공황장애와 광장공포증이 재발했고, 폐소공포증까지 겪었다. 공포증과 우울증 치료제로 처방받은 암페타민을 복용하기 시작했다. 수십 편의 단편을 썼고 그중 대다수를 잡지에 파는 데 성공했다. 딕은 가장 다작을 하는 SF 작가 중 한 사람이 되었다(1953년 한 해 동안에만 무려 30편의 작품이 펄프 잡지*에 실렸다). FBI 수사관 두 명이 방문해서 점잖게 그를 심문한다. 이 사건을 계기로 그는 평생 동안 감시당하고 있다는 생각을 품게 되었다. SF 작가로 이름을 알리는 것에 대한 모호한 저항감과, 사람들 앞에 나서기를 두려워하는 광장공포증에 시달리면서도 난생 처음으로 SF 컨벤션에 참가해서 A. E. 밴 보그트를 만났다. 보그트의 소설은 딕의 초기 SF 소설들에 큰 영향을 미쳤다. 단편 고료와 아내가 이런저런 시간제 일을 해서 번 돈으로 주택 융자금을 갚고, 짧은 기간이나마 재정적인 안정을 누렸다. 매리언 이모가 세상을 떠나자 딕의 어머니는 매리언의 남편인 조 허드너와 결혼하고, 조카인 여덟 살배기 쌍둥이를 입양했다.

1955   장편 데뷔작인 『태양계 제비뽑기』가 에이스 북스에서 페이퍼백 단행본으로 출간되었다. 첫 번째 단편집 『한 줌의 암흑 A Handful of Darkness』도 리치 & 코원 출판사에 의해 영국에서 간행된다. 딕은 같은 해 『농담을 한 사내 The Man Who Japed』(1956)와 『하늘의 눈 Eye in the Sky』(1957)을 집필했다.

1956–57   주류 문단의 인정을 받기 위한 노력의 일환으로 일반 소설인 『조지 스타브로스의 시간 A Time for George Stavros』(소실됨) 『언덕 위의 순례자 Pilgrim on the Hill』(소실됨), 『시스비 홀트

---

* pulp magazine. 갱지를 사용한 선정적인 싸구려 잡지.

의 깨진 거품 The Broken Bubble of Thisbe Holt』(1988), 『좁은 땅에서 빈둥거리며Puttering About in a Small Land』(1985)를 집필했다. 클리오와 두 번의 자동차 여행을 하면서 동쪽으로는 아칸소 지방까지 둘러보았다. 『한 줌의 암흑』 증보판인 『변동 인간 외外The Variable Man and Other Stories』가 에이스 북스에서 페이퍼백 단행본으로 출간되었다. 스콧 메러디스 출판 에이전시와 잠시 결별했지만 곧 재계약했다.

1958 덕은 처음으로 자신의 사실주의적 모티프를 SF 소설에 접목했고, 그 결과물인 『어긋난 시간Time Out of Joint』이 리핀코트 출판사에서 출간되었다. 그의 소설 중에서는 최초의 하드커버였으며, SF 소설이 아니라 스릴러를 의미하는 '위협에 관한 소설Novel of Menace'로 홍보되었다. 일반 소설인 『밀튼 럼키의 구역에서In Milton Lumky Territory』(1985)와 『니콜라스와 히그Nicholas and the Higs』(소실됨)를 집필했다. 단편인 「포스터, 넌 죽었어Foster, You're Dead」가 소비에트 연방에서 무단으로 잡지에 실린 것을 알게 되었다. 이를 계기로 소련 과학자 알렉산드르 톱치예프와 편지로 아인슈타인의 상대성 이론에 관해 의견을 주고받았고, 이 편지들은 CIA에게 노출되었다(덕은 1970년대에 정보자유법에 의거해 공개 요청을 보낸 뒤에야 이 사실을 알았다). 9월에 클리오와 마린 카운티의 포인트 러예스 스테이션으로 이사했다. 10월에 앤 루빈스타인이라는 미망인을 만나 격정적인 사랑에 빠졌고, 12월에는 클리오에게 이혼을 요구했다.

1959 클리오는 이혼 후 포인트 러예스 스테이션을 떠나 버클리로 돌아갔다. 덕은 앤과 함께 살며 그녀의 세 딸(헤티, 제인, 텐디)의 의붓아버지가 되었다. 이들은 가금류와 양을 키우며 아이들의 양육비 명목으로 세인트루이스에 사는 앤의 전남

편 가족들이 보내준 돈으로 생계를 꾸려갔다. 앤의 정신과 의사에게서 상담을 받기 시작했는데, 이는 1971년까지 간헐적으로 이어졌다. 만우절에 멕시코의 엔세나다에서 앤과 결혼했다. 돈을 벌기 위해 초기 중편 중 2편을 장편 SF로 개작했다. 이것들은 1960년에 각각 『미래 의사Dr. Futurity』와 『불카누스의 망치Vulcan's Hammer』라는 제목으로 에이스 북스의 '더블 시리즈'*로 출간되었다. 일반 소설인 『허풍선이 과학자의 고백Confessions of a Crap Artist』(1975)을 집필했다. 이 소설은 클리오와의 이혼, 그리고 앤과의 연애에서 대부분의 소재를 얻었으며, 커노프사와 하코트사 양쪽에서 출간될 뻔했지만 결국 성사되지는 못했다. 그러나 그 과정에서 딕의 작가적 능력에 주목한 하코트 출판사는 차기 일반 소설의 선불금을 지불했다. 앤이 임신을 했고, 딕은 암페타민의 일종인 서모자이드린을 계속 복용했다.

1960 2월 25일에 첫아이인 로라 아처 딕이 태어났다. 하코트 출판사에서 일반 소설을 내고자 하는 희망은 결국 이루어지지 못했다. 편집자가 휴가를 간 사이에 출판사가 합병을 하면서, 딕이 쓴 『모두 똑같은 이를 가진 사내 The Man Whose Teeth Were All Exactly Alike』(1984)와 『조지 스타브로스의 시간』을 개작한 작품인 『오클랜드의 험프티 덤프티Humpty Dumpty in Oakland』(1986)의 출간을 제대로 추진하지 못했기 때문이었다. 가을이 되자 앤이 또 임신을 했지만 경제적으로 더 궁핍해지는 것을 두려워했던 앤은 딕의 반대에도 불구하고 아이를 낙태했다.

1961 앤의 수공예 보석상에서 잠깐 일을 했다. 변화를 다룬 중국

---

* Ace Double. 두 작가의 각기 다른 작품을 앞뒤로 뒤집어 묶은 페이퍼백 시리즈.

의 고전인 『역경I Ching』을 발견하고, 향후 20년 동안 그 점괘를 참고하며 살아갔다. 딕은 자신이 '움막'이라고 부르던 곳에 틀어박혔다. 타자기와 전축, 그리고 책들이 있는 이 오두막에서 그는 『높은 성의 사내The Man in the High Castle』의 집필에 착수했다. 플롯의 일부는 『역경』의 점괘를 참조했다.

1962 『높은 성의 사내』는 퍼트넘 출판사에서 스릴러물로 출간되었고 호평을 받았지만 판매는 부진했다. 그러자 퍼트넘 출판사는 사이언스 픽션 북클럽에 판권을 팔았다. 딕은 장편 『당신을 합성해드립니다We Can Build You』를 집필했는데, 이는 1969년에서 1970년 사이에 《어메이징》지에 「A. 링컨, 시뮬라크럼A. Lincoln, Simulacrum」이란 제목으로 연재되었다. 같은 해에 집필한 『화성의 타임슬립Martian Time-Slip』은 1963년 잡지 《월드 오브 투모로우》에 '우리는 모두 화성인All We Marsmen'이란 제목으로 연재되었다(훗날 딕은 이렇게 회고했다. "『높은 성의 사내』와 『화성의 타임슬립』을 통해 나는 실험적인 주류 소설과 SF 사이의 간극을 줄였다고 생각한다. 어느 날 갑자기 작가로서 하고 싶었던 일을 다 할수 있는 길을 찾은 기분이었다").

1963 7월에 스콧 메러디스 출판 에이전시에서 팔리지 않는다는 이유로 10여 편 이상의 주류 소설을 돌려보냈다. 돈이 궁해진 나머지 그는 앤의 집을 담보로 레코드 가게를 시작할 것을 고려했다. 9월에는 『높은 성의 사내』가 SF 문학상 중 최고의 권위를 자랑하는 휴고상 최우수 장편상을 받았다. 그러나 결혼 생활은 악화일로를 걸었다. 딕은 친구들에게 아내가 자기를 죽이려 한다고 주장했다. 오랫동안 부부 싸움을 하다가 앤을 로스 정신병원으로 보냈고, 앤은 랭글리 포터 클리닉에서 2

주간 치료를 받는 데 동의했다. 결혼이 깨지는 것을 막기 위해 두 사람은 미국 성공회 예배에 참석하기 시작했다. 딕은 이곳에서 세례를 받았다. 딕의 팬이었던 매런 해킷은 친구의 주선으로 딕을 만났다. 그녀와 그녀의 의붓딸들도 성공회 신도였다. 딕은 암페타민을 연료 삼아 『닥터 블러드머니, 혹은 폭탄이 터진 뒤 우리는 어떻게 살아남았나Dr. Bloodmoney, or How We Got Along After the Bomb』(1965), 『타이탄의 게임 플레이어The Game-Players of the Titan』(1963년, 에이스 북스에서 출간), 『시뮬라크라The Simulacra』(1964), 『작년을 기다리며Now Wait for Last Year』(1966)를 탈고했고, 『알파성의 씨족들Clans of the Alphane Moon』(1964)과 『우주의 균열The Crack in Space』(1966)을 쓰기 시작했다. 집필실이 있는 오두막으로 걸어가면서 그는 하늘에서 기괴한 가면을 쓴 인간 얼굴의 환영幻影을 보았다. 훗날 그는 이 체험을 장편 『파머 엘드리치의 세 개의 성흔The Three Stigmata of Palmer Eldritch』(1965)에 녹여내었다.

1964   버클리를 방문하는 일이 잦아졌다. 『파머 엘드리치의 세 개의 성흔』을 탈고한 후 3월에 출판 에이전시에 넘겼다. 3월 9일 이혼 소송을 제기하고 잠시 어머니 집에서 살았다. 베이 지역의 활기찬 SF 팬덤에 합류해서 폴 앤더슨, 매리언 짐머 브래들리, 론 굴라트와 레이 넬슨 같은 작가들을 만났다. 『높은 성의 사내』의 속편을 쓰기 시작했다가 포기했다. 『우주의 균열The Crack In Space』, 『잽건The Zap Gun』(같은 해 『프로젝트 플로셰어Project Plowshare』라는 제목으로 잡지에 연재되었고 1967년에 출간됨), 『끝에서 두 번째의 진실The Penultimate Truth』을 탈고했으며, 『텔레포트 되지 않은 사내The Unteleported Man』(1966)를 쓰기 시작했다. SF 작가 아브람 데이비슨의 아내로 당시 그와 별거 중이었

던 그래니아 데이비슨(훗날 '그래니아 데이비스'로 소설 출간)과 연애편지를 교환했다. 7월에는 운전 도중 차가 전복되는 바람에 큰 부상을 입고 심각한 우울증을 겪으면서 집필 의욕을 상실했다. 오클랜드에서 열린 세계 SF 컨벤션에 참석했다. 마약이 횡행했던 집회였다. 친구인 잭과 마고 뉴컴 부부가 오클랜드에 있는 딕의 자택을 방문했다. 12월이 되자 그는 매런 해켓의 의붓딸인 21살의 낸시 해켓에게 구애를 시작했다("네가 나를 위해 우리 집으로 들어왔으면 좋겠어. 안 그런다면 나는 머리가 돌아버려서 점점 더 약을 찾게 될 거고…… 결국 아무런 글도 쓸 수 없을 거야. 나에겐 자극과 영감을 줄 수 있는 네가 필요해.")

1965   3월에 낸시 해켓과 함께 살기 시작했다. 가정 생활을 시작하며 다시 집필을 하기 시작했고 고질적인 광장공포증 역시 부활했다. 딕은 LSD를 두 번 복용하고 불편한 환영을 경험했다("나는 '그'를 맥동하고, 격렬하고, 마구 진동하는 존재로서 지각했다. 복수심에 불타는 위압적인 존재, 마치 형이상학적인 IRS*요원처럼 회계 감사를 요구하는 존재라고나 할까"). 팬진**인 《라이트하우스》에 실린 에세이 「마약, 환영 그리고 실체에 대한 탐색Drugs, Hallucinations, and the Quest for Reality」에서 그는 다음과 같이 술회했다. "사람들은 환각에 매달릴 필요가 없다. 착란으로 몸을 망치는 길은 하나만 있는 것이 아니므로."『텔레포트 되지 않은 사내』를 완성하고, 캘리포니아의 미국 성공회 주교인 제임스 파이크***와 돈독한 우정을 쌓았다. 파이크가 비서로 채용한 낸시의 의붓어머니인 매런 해켓은 파이크의 숨겨진 정부情婦였다. 딕은 파

---

* Internal Revenue Service. 미 국세청.
** fanzine. 팬이 발행하는 잡지.
*** James A. Pike(1913~1969).

이크와의 대화를 통해 신학적 고찰과 초기 크리스트교의 기원에 관한 연구에 심취하기 시작했다. 낸시와 함께 산 라파엘로 이사했다. 레이 넬슨과 공동으로 『가니메데 혁명The Ganymede Takeover』(1967)을 썼고, 『거꾸로 도는 세계 Counter-Clock World』(1967)의 집필을 시작했다.

1966 『거꾸로 도는 세계』를 탈고하고 『안드로이드는 전기 양의 꿈을 꾸는가?Do Androids Dream of Electric Sheep?』(1968)와 『유빅Ubik』(1969), 아동 SF인 『농부 행성의 글리멍The Glimmung of Plowman's Planet』(1988년에 영국에서 『닉과 글리멍Nick and the Glimmung』이라는 제목으로 출간됨)을 썼다. 7월에 낸시와 결혼했다. 딕은 회의적이었지만, 파이크 주교와 매런 해킷, 낸시와 함께 영매가 주최하는 세앙스*에 참석했다. 이 모임의 목적은 자살한 파이크의 아들인 짐과 접촉하기 위한 것이었다. 『작년을 기다리며』와 『텔레포트 되지 않은 사내』, 『우주의 균열』이 출간되었다.

1967 3월 15일에 둘째 딸 이솔더(이사) 프레이어 딕이 태어났다. 텔레비전 드라마 〈침략자The Invaders〉의 구성 원고를 썼지만 팔리지 않았다. 『거꾸로 도는 세계』, 『잽건』, 『가니메데 혁명』이 페이퍼백으로 출간되었다. 6월에 낸시의 의붓어머니 매런 해킷이 자살했다. IRS가 딕에게 체납된 세금과 벌금 및 이자의 납부를 요구하면서 이미 심각했던 가계 재정난이 한층 더 악화되었다. 단편 「부조父祖의 신앙Faith of Our Fathers」이 할런 엘리슨이 편집한 SF 앤솔러지 『위험한 비전 Dangeros Visions』에 실렸다. 서문에서 엘리슨은 딕이 LSD에 의한 환각 상태에서 이 단편을 썼다고 주장했지만, 이것은

---

* séance. 교령회. 죽은 사람들의 영혼과 통교하려는 사람을 중심으로 한 모임.

딕의 고의적인 오도誤導에 의한 것이었다.

1968 잡지《램파츠》2월호에 실린 '작가와 편집자에 의한 전쟁세 반대운동' 청원서에 서명하면서 IRS와의 갈등이 심화되었다. 낸시와 함께 '마약 SF 컨벤션Drug Con'이라는 이명異名을 얻은 베이컨*에 참가했다. 그곳에서 로저 젤라즈니를 처음으로 만났다. 젤라즈니와는 훗날 장편『분노의 신Deus Irae』(1976)을 공동 집필하게 된다.『안드로이드는 전기 양의 꿈을 꾸는가?』의 초판이 하드커버로 출간되었다. 이 작품의 영화 판권도 팔렸다.『은하의 도기 수리공Galactic Pot-Healer』(1969)과『죽음의 미로A Maze of Death』(1970)를 집필했다. 딕의 오랜 멘토였던 앤서니 바우처가 사망한다. 활자화되지는 않았지만 다음과 같은 자기소개 글을 썼다. "······기혼자이며, 두 딸과 젊고 신경질적인 아내와 함께 살고 있다······. 처음에는 스카를라티**, 다음에는 제퍼슨 에어플레인***, 그다음에는〈신들의 황혼Götterdämmerung〉에 귀를 기울이며 대부분의 시간을 보내며, 이것들을 어떻게든 한데 엮어보려고 시도하고 있다. 각종 공포증에 시달리고 있다······. 채권자들에게 엄청난 빚을 지고 있지만 갚을 돈이 없다. 경고. 이 작자에게 돈을 빌려주지 말 것. 돈뿐만 아니라 당신의 약까지 훔치려 들 것이다."

1969 『프로릭스 8에서 온 친구들Our Friends from Frolix 8』(1970)을 썼다.『은하의 도기 수리공』이 페이퍼백으로,『유빅』이 하드커버로 출간되었다. 몬트리올의 한 호텔에서 거행된 존 레논과 요코 오노의 평화를 위한 '침대 시위bed-in'에 참석한

---

* BayCon. 샌프란시스코 베이지역에서 개최되는 SF, 판타지 컨벤션.
** Giuseppe Domenico Scarlatti(1685~1757). 이탈리아 작곡가.
*** Jefferson Airplane. 1965년 결성된 미국의 사이케델릭 록 그룹.

티모시 리어리*의 전화를 받았다. 리어리는 레논과 오노에게 수화기를 넘겼고, 이들은 『파머 엘드리치의 세 개의 성흔』에 감탄했다고 말하며 영화화하고 싶다는 희망을 전했다. 저널리스트인 폴 윌리엄스의 방문을 받았다. 처방받은 약물, 특히 리탈린의 복용량이 크게 늘면서 결혼 생활에도 금이 가기 시작했다. 암페타민을 강박적으로 섭취한 나머지, 췌장염과 초기 신부전증 증세로 응급실 신세를 진다. 예수가 역사 인물로서 존재했다는 증거를 찾기 위해 이스라엘로 탐사 여행을 떠났던 파이크 주교가 9월에 유대 사막에서 사망했다.

1970 『흘러라 내 눈물, 하고 경관은 말했다Flow My Tears, the Policeman Said』(1974)를 쓰기 시작했다. 평소의 집필 습관과는 달리 3월과 8월 사이에 여러 번 고쳐 썼다. 낸시의 동생 마이클 해켓이 아내와의 이혼 소송 중에 딕의 집으로 와서 눌러앉았다. 딕은 환각제인 메스칼린을 복용한 후 찬란한 사랑의 비전(幻影)을 체험했고, 『흘러라 내 눈물, 경관은 말했다』에 이를 투영했다. 7월에는 당국에 푸드 스탬프**를 신청했다. 중단편집 『보존 기계 The Preserving Machine』가 출간되었고, 『프로릭스 8에서 온 친구들』이 페이퍼백 단행본으로, 『죽음의 미로』가 하드커버로 출간되었다. 9월에 낸시가 딸인 이사를 데리고 집을 떠나면서 다량의 약물―거리에서 구입한 불법 마약까지 포함한―과 암페타민의 기운을 빌린 밤샘 토론, 편집증, 보헤미안적 너저분함으로 점철된 친구들과의 공동 생활 시대를 시작했다. 글은 거의 쓰지 않았고, 『흘러라 내 눈물, 하고 경관은 말했다』를 가끔 개고하는 정도였다. 10월에는 톰 슈미트가 합류했다(11월에 쓴 편지에

---

* Timothy Leary(1920~1996) 미국의 심리학자. LSD와 카운터컬처 옹호자로 유명하다.
** food stamp. 저소득자용 식량 배급권.

서 딕은 이렇게 술회하고 있다. "다들 각성제를 복용하고 있고, 다들 죽을 거야……. 하지만 앞으로 몇 년은 더 살겠지. 사는 동안은 지금 모습 그대로 살 거야. 어리석게, 맹목적으로. 토론하고, 함께 시간을 보내고, 농담을 나누고, 서로 의지하면서 말이야").

1971 『흘러라 내 눈물, 하고 경관은 말했다』의 미완성 원고를 엉망진창이 된 일상으로부터 지키기 위해서 변호사에게 맡겼다. 젊은 히피와 폭주족, 중독자들이 딕의 집에 드나들자 마이클 해킷이 떠났다. 5월에 한 친구가 딕을 스탠포드 대학병원의 정신과 병동에 입원시켰다. 8월이 되자 마린 제너럴 정신병원과 로스 정신과 클리닉 양쪽에서 치료를 받았다. 자신이 FBI나 CIA의 감시를 받고 있다고 주장하고, 총을 구입한 것도 이 시기의 일이었다. 11월에는 도둑이 들어 집이 크게 부서졌다. 서류 캐비닛은 누군가에 의해 폭파되었고, 창문과 문은 박살이 났으며, 개인 서신 및 재정 관련 서류들이 도난당했다(침입자의 정체에 관해 딕은 오랫동안 숱한 추측을 했다. 정부 요원, 종교 광신도, 블랙 팬서*, 심지어는 자기 자신까지 의심했다). 딕은 결국 이 집을 포기했다.

1972 2월에 캐나다 밴쿠버에서 열린 SF 컨벤션의 주빈으로 참가했다. 그곳에서 연설한 「안드로이드와 인간」은 호평을 받았고, 딕은 캐나다에 머무르겠다는 의사를 밝혔다. 그러나 얼마 지나지 않아 밴쿠버에 환멸을 느끼고 또 다른 장소를 물색했다. 오레곤 주 포틀랜드에 있는 어슐러 K. 르 귄에게 편지를 써서 방문해도 될지 타진했다. 캘리포니아 주립대학 풀러턴 캠퍼스의 윌리스 맥넬리 교수에게 풀러턴이 살 만한 곳

---

* Black Panther. 흑인 해방을 주장하는 미국의 극좌 과격파 조직.

인지 문의했다(이 시점부터 편지를 쓰는 일이 급격하게 늘어났으며, 이 경향은 죽을 때까지 계속되었다. 르 귄 외에도 제임스 팁트리 주니어, 스타니스와프 렘, 존 브루너, 노먼 스핀래드, 토마스 디시, 브라이언 올디스, 로버트 실버버그, 시어도어 스터전과 필립 호세 파머 등의 동료 작가들과 정기적으로 편지를 주고받았다). 3월에 처음으로 자살 시도를 했다. 주로 헤로인 중독자들을 위한 시설인 X-컬레이 재활센터에 입원해서 공격적 집단 요법*에 참여했다. 몇 십 년 동안이나 처방을 받아 남용해오던 암페타민을 끊었다. 맥넬리 교수와 학생들이 오렌지 카운티로 그를 초청하는 편지를 보내왔다. 딕은 풀러턴에 정착해서 일련의 룸메이트들과 함께 살았다. 젊은 친구들이 많이 생겼는데, 그중에는 작가 지망생인 팀 파워스도 있었다. 맥넬리는 딕에게 객원 강사 자리를 알선하고 풀러턴 캠퍼스의 도서관에 다량의 딕 관련 서류를 보관했다. 개인 서신과 꿈에 관련된 글들을 모아『검은 머리의 소녀 The Dark-Haired Girl』작업을 했다(1988년에 증보판으로 출간되었다). 그해 출판된『필립 K. 딕 걸작선The Best of Philip K. Dick』의 작품 선정을 도왔다. 7월에는 18세의 레슬리(테사) 버스비를 만나 곧 동거에 들어갔다. 9월에는 로스앤젤레스 SF 컨벤션에 참가했다. 10월이 되자 낸시 해켓과의 이혼 소송을 마무리 짓기 위해 테사와 함께 마린 카운티로 여행을 떠났다. 낸시는 이사의 단독 양육권을 획득했다. 스타니스와프 렘과 편지를 주고받았고, 렘은『유빅』의 폴란드어 번역을 주선했다.『흘러라 내 눈물, 하고 경관은 말했다』를 완성하고, 단편「시간비행사들을 위한 조촐한 선물A Little Something for Us Tempunauts」을 썼다.

---

* confrontational group therapy. 매우 공격적인 분위기를 통해 고의적으로 환자들을 압박하는 정신 요법의 일종. 주로 약물 중독자들의 치료에 쓰인다.

1973	다시 꾸준히 글을 쓰기 시작했다. 2월에서 4월까지 『어둠 속의 스캐너A Scanner Darkly』(1977)를 썼다. BBC와 프랑스의 다큐멘터리 작가들과 인터뷰를 가졌다. 4월에 테사와 결혼했고, 7월 25일에 아들 크리스토퍼 케니스 딕이 태어났다. 당시 박사 과정을 밟고 있었던 장 피에르 고랭이 그를 방문해 프랑스 평론가들이 텔레비전에서 그를 노벨상 수상자로 추천했다는 사실을 알렸다. 런던의 《데일리 텔레그래프》지와 인터뷰를 했다. 돈 문제와 건강 문제에 계속 시달렸다. 유나이트 아티스트 영화사에서 『안드로이드는 전기 양의 꿈을 꾸는가?』의 영화 판권을 매입했다.

1974	2월에 하드커버로 출간된 『흘러라 내 눈물, 하고 경관은 말했다』는 『높은 성의 사내』 이래 가장 좋은 평을 받으며 휴고상과 네뷸러상 후보에 올랐고, 1975년의 존 W. 캠벨 기념상을 수상했다. 《램파츠》 청원서에 서명했던 딕은 혹시 당국으로부터 불이익을 받지는 않을지 우려하며 4월의 납세 기간이 오는 것을 두려워했다. 2월에 사랑니 발치 수술을 받으며 소듐 펜토탈*을 투여받았는데, 이때 일련의 강렬한 환영을 경험했다. 이 환영은 3월 내내 계속되면서 한층 강도를 더해갔고, 4월이 되자 간헐적으로 나타나다가 점점 약해졌다. 이때 받은 여러 계시는 각양각색의 선하고 악한 종교적, 정치적 영향―신, 그노시스파 기독교도들, 로마 제국, 파이크 주교, KGB 등을 포함하지만 이것이 전부는 아니었다―의 산물로 치부되었지만, 딕은 남은 생애 동안 그 의미를 해석하는 데 골몰하며 많은 시간을 보낸다. "내가 『성스러운 침입 The Divine Invasion』(1981)을 쓴 뒤로는 단 한 마디도 하지 않았다. 내게 들리는 계시는 구약성서에서 '신의 영혼'을 의

---

* sodium pentothal. 전신 및 국소 마취제의 상품명.

미하는 루아Ruah의 목소리였다. 그것은 여성의 목소리로 말했고, 메시아 예언에 관련된 얘기를 늘어놓는 경향이 있었다. 한동안은 그것의 인도를 받았다. 고등학교 시절부터 가끔 그 목소리를 듣곤 했다. 위기가 닥치면 뭔가 다시 내게 말해줄 것이다······." 딕은 '2-3-74'라고 부르게 된 것에 관한 사변적인 해설을 쓰기 시작했다. 대부분 손으로 쓴 이 난삽한 원고는 8천여 장에 달했다. 훗날 딕은 이 원고에 『주해서 Exegesis』라는 제목을 붙였다(전체 원고는 미출간 상태이며 읽으려는 사람도 거의 없지만, 사후에 발췌본이 출간되었다). 메러디스 출판 에이전시와 결별했다가 일주일도 되지 않아 다시 계약을 맺고 『흘러라 내 눈물, 하고 경관은 말했다』의 출판 계약을 더블데이에서 DAW로 이전하는 데 동의했다. 심각한 고혈압과 경미한 뇌졸중으로 의심되는 증세로 5일 동안 입원했다. 프랑스 영화감독인 장 피에르 고랭이 다시 찾아와서 그가 각본을 쓰는 조건으로 『유빅』의 영화화 판권을 일괄 지급하는 계약을 맺었다. 딕은 한 달 만에 『유빅』의 각본을 썼다(영화화는 되지 않았지만, 각본은 1985년에 출간되었다). 〈블레이드 러너〉라는 제목으로 영화화된 『안드로이드는 전기 양의 꿈을 꾸는가?』를 각색하던 시나리오 작가들의 방문을 받았다. 《롤링스톤스》지의 폴 윌리엄스와 인터뷰를 했다. 1971년에 겪었던 주거 침입 사건에 관한 상세한 회고와 분석이 주된 내용을 이뤘다.

1975 어깨 부상으로 수술을 받은 후 진행 중이던 장편 『발리시스템A Valisystem A』에 관한 메모를 휴대용 녹음기로 녹음했지만 2주 만에 다시 타이프라이터로 집필하기 시작했다(이 소설은 결국 사후 출간된 『앨버무스 자유 방송Radio Free Albemuth』(1985)과 1981년에 출간된 『발리스VALIS』 두 소설로 분할되었다). 《뉴요커》지는 1월호와 2월호의 「토크 오

브 더 타운Talk of the Town」란에 연속 인터뷰 기사를 싣고 딕을 "우리가 가장 좋아하는 SF 작가"라 칭했다. 1월과 2월에 마지막으로 타오르는 듯한 비전(啓示)을 체험했다. 그노시스주의, 조로아스터교, 불교에 관한 책들을 열독하고 밤마다 『주해서』를 집필했다. 장편 『허풍선이 과학자의 고백』을 출간했다. 이것은 딕이 쓴 초기의 사실주의적 작품 중에서 유일하게 생전에 출간된 것이다. 만화가인 아트 슈피겔만의 방문을 받았다. 딕은 옛 친구이자 영국 성공회의 사제 훈련을 받고 있던 도리스 소우터에게 점점 사랑을 느꼈다. 5월에 도리스가 암이라는 진단을 받았다. 할런 엘리슨과 사이가 틀어졌다. 공동 저자인 로저 젤라즈니와 함께 『분노의 신Deus Irae』을 완성했다. 외국어 판의 출간으로 생겨난 인세 수입이 비교적 많아졌다. 외국에서 들어온 인세 덕에 잠시 풍족한 삶을 누리며 중고 스포츠카와 브리태니커 백과사전을 구입했지만, 몇 달 지나지 않아 그의 우상이자 멘토인 로버트 하인라인에게 돈을 빌리는 신세가 되었다. 『어둠 속의 스캐너』의 수정 작업을 끝냈다. 11월에 《롤링스톤즈》에 실린 특집 기사에서 로큰롤 평론가인 폴 윌리엄스가 딕을 "우주 최고의 SF 마인드를 가진 인물"로 평했다.

1976   도리스 소우터에게 청혼했지만 거절당했다. 그녀는 딕의 집안과 얽히고 싶어하지 않았다. 2월에 크리스토퍼가 탈장으로 입원했다. 2월 말 딕과 테사는 별거했다. 그러고 나서 몇 시간도 지나지 않아 딕은 여러 방법을 동시에 동원해 자살을 시도했다. 오렌지 카운티 메디컬 센터에 수용되었다가 곧 정신병동으로 보내져 14일 동안 감시를 받으며 격리되었다. 테사가 잠시 집으로 돌아왔지만 딕은 곧 그녀와의 관계를 청산하고 도리스와 함께 산타아나의 아파트로 이사를 갔다. 그곳에서 그는 남은 인생을 보냈다(도리스와는 플라토닉한 관계

를 유지했다). 5월에 밴텀 출판사에서 복간을 목적으로『파머 엘드리치의 세 개의 성흔』,『유빅』,『죽음의 미로』판권을 매입했고, '2-3-74'를 토대로 집필 중인 소설『발리시스템 A』의 선금을 지불했다. 9월에 도리스는 그의 옆집으로 이사하기로 결정했다. 다시 우울증이 도지면서 자살 충동에 대한 두려움 때문에 딕은 10월에 세인트 조셉 병원의 정신 병동에 입원했다. 연말에는 밴텀의 편집장이『발리시스템 A』를 조금 수정해줄 것을 요구했지만 딕이 원본 전체를 대폭 수정하는 바람에『발리스』라는 다른 소설이 탄생했다(1976년에 그가 출판사에 보낸『발리시스템 A』는 1985년에『앨버무스 자유 방송』으로 출간되었다).『분노의 신』이 출간되었다.

1977 처음으로 혼자 사는 것에 적응하기 시작했다. 테사와 크리스토퍼는 정기적으로 딕을 찾아왔다. 2월에 테사와의 이혼이 마무리되었다.『어둠 속의 스캐너』가 출간되었고, 팀 파워스와의 우정은 절정에 달했다. 훗날 SF 작가로 입신하게 될 파워스와 K. W. 지터, 제임스 블레이록과 정기적으로 저녁을 함께 보냈다. 파워스와 지터에게 그가 본 '2-3-74' 비전에 관해 자세히 얘기하고 토론을 벌였다. 이 두 친구는 딕이 구상 중이던 자서전적 색채가 짙은 장편『발리스』의 등장인물들의 모델이 된다.『유빅』,『파머 엘드리치의 세 개의 성흔』과『죽음의 미로』가 복간되면서《롤링스톤스》지의 격찬을 받았고, 딕은 동시대인들에 의해 매우 중요한 미국 작가로 인정받는다. 4월에 32세의 사회사업가인 조안 심슨을 만나서 오렌지 카운티에서 3주 동안 함께 지낸다. 그 후 심슨을 따라 소노마로 가서 여름 동안 잠시 머물렀다. 딕은 우울증으로 인한 격렬한 발작에 시달렸다. 프랑스의 메스Metz 문학 축제에 주빈으로 초빙받아 출국했다. 해외여행을 감행한 것은 공포증에 대한 승리를 의미했다. 그곳에서 강연한「만약 이 세상이 끔찍하다고

생각하면, 다른 세상들로 가보라」는 종교적 색채가 짙었던 데다가 동시통역 문제가 겹쳐서 청중을 당혹케 했다. 귀국한 뒤에는 캘리포니아 북부에 뿌리를 내리고 사는 것을 거부한 탓에 심슨과 헤어졌다. 『주해서』의 집필을 계속했다. 단편 「도매가로 기억을 팝니다We Can Remember It For You Wholesale」의 영화 판권을 팔았다(이 작품은 훗날 〈토탈 리콜 Total Recall〉(1990)이라는 제목으로 개봉되었다).

1978   밴텀에서 나올 『발리스』의 수정 작업이 늦어졌다. 대신 『주해서』를 집필했다. 8월에 어머니가 세상을 떴다. 배다른 딸들인 로라와 이사가 처음으로 만났고 딕은 이 만남에 감격했다. 9월이 되자 '2-3-74' 체험을 담을 적절한 소설적 구조를 모색하면서 『주해서』에 이렇게 썼다. "나의 장편—및 단편들—은 지적—개념적—인 미로이다. 그리고 나는 우리가 놓인 상황을 파악하기 위해 지적인 미로에서 헤매고 있다……. 왜냐하면 현 상황 자체가 출구를 찾을 수 없는 미로이기 때문이다……." 메러디스 출판 에이전시의 새 담당자 러셀 갤런이 딕이 낸 장편들의 재간을 적극적으로 추진하고, 논픽션을 한 편 써보라고 권유한 덕분에 상당히 고무되었다. 이 권유가 계기가 되어 『발리스』를 위한 효율적인 접근 방법이 떠올랐다. 11월이 되자 2주에 걸쳐 『발리스』를 썼고, 갤런에게 이 책을 헌정했다.

1979   딸 로라와 이사가 여러 번 방문했다. 『어둠 속의 스캐너』가 프랑스의 메스 문학 축제에서 대상을 수상했다. 『주해서』 집필에 심혈을 기울였고, 자신의 가장 중요한 작품이 될지도 모른다는 언급을 했다. 러셀 갤런은 딕의 신작 단편들을 잡지 《플레이보이》나 《옴니》 같은 높은 고료를 주는 시장에 내놓았다. 갤런이 오렌지 카운티를 방문했을 때 마침내 두 사

람은 직접 만났다. 그러나 딕이 평소 버릇대로 밤새도록 얘기를 나누자 갤런은 녹초가 되었다. 임대 아파트 건물이 조합주택으로 개조되면서 딕은 자기가 살던 아파트를 매입했지만 옆집의 도리스 소우터는 자금을 마련하지 못하고 부득이 다른 곳으로 이사했다. 도리스가 떠나가자 딕은 크게 고뇌했다. 도리스에 대한 자신의 애착을 투영한 「공기의 사슬, 에테르의 그물Chains of Air, Webs of Aether」이라는 단편을 썼다. 단편 「두 번째 변종Second Variety」의 영화 판권이 팔렸다(1995년에 〈스크리머스Screamers〉라는 제목으로 개봉되었다).

1980   「공기의 사슬, 에테르의 그물」을 포함해 『발리스』의 속편으로 간주되는 『성스러운 침입』을 3월 말에 탈고했다. 『주해서』의 집필은 계속했지만 연말까지는 별다른 저술 활동을 하지 않았다. 몇몇 장편소설의 아우트라인을 구상했지만 결국 쓰지는 못했다. 더 이상 환영을 통해 영감을 받지 못할지도 모른다는 불안에 시달리다가 11월 말에 급작스러운 계시를 받았다. 이 계시를 통해 그는 『주해서』의 집필을 중단해야 한다는 결론을 내렸다. 5페이지에 달하는 결말부의 우화를 완성했고, 12월 2일에 '엔드End'라는 단어를 타이프로 친 다음 표제 페이지를 작성했다(이 페이지에는 『변증법: 신과 사탄, 그리고 예고되고 제시된 신의 최후의 승리/필립 K. 딕/주해서/Apologia Pro Mia Vita*』라고 쓰여있다). 열흘 뒤에 참지 못하고 강박적으로 『주해서』의 집필을 재개한다.

1981   2월에 『발리스』가 출간되었다. 깊은 우정을 쌓았던 르 권과 크게 다투었지만 금세 화해했다. 에너지가 고갈되었다는 생

---

* 라틴어로 '나의 삶을 위한 변론'을 의미한다.

각에 다이어트를 시작하고 체중을 많이 줄였다. 리들리 스콧 감독이 『안드로이드는 전기 양의 꿈을 꾸는가』를 햄프턴 팬 처와 데이비드 피플스의 각본으로 영화화한 〈블레이드 러너〉 의 제작에 착수했다. 영화화에 대한 딕의 반응은 환호와 경 멸 사이를 오락가락했다. 투자자 측에서는 영화 대본을 소설 화하기를 원했지만, 러셀 갤런은 딕이 쓴 원작 쪽이 영화와 함께 출간되어야 한다고 주장했다(결국 『안드로이드는 전기 양의 꿈을 꾸는가』는 영화와 같은 제목으로 1982년에 재간 되었다). 사이먼 & 슈스터 출판사의 편집장이었던 데이비 드 하트웰이 일반 소설과 SF 소설을 한 권씩 써달라는 제안 을 했고, 딕은 이 제안을 받아들여 4월과 5월에 『티모시 아 처의 환생The Transmigration of Timothy Archer』을 썼다. 이 책은 제임스 파이크 주교의 죽음을 둘러싸고 일어난 사건 들을 소설화한 것으로, 1963년에 메러디스 에이전시에서 그 가 쓴 주류 소설을 거부한 이래 처음으로 쓴 비非 SF였다. 딕 은 6월에 갤런에게 보낸 편지에서 자신의 비 장르 작품들이 빛을 보지 못했던 것은 "나의 작가 인생에서는 비극―그것 도 너무나도 오랫동안 계속된 비극―이었네"라고 술회했다. 두 달 후 SF 차기작인 『한낮의 올빼미The Owl in Daylight』 를 구상하면서 그는 이렇게 썼다. "SF를 계속 쓸 작정이야. 그건 내 천직이니까……." 그러나 딕은 기력이 고갈되어 글 을 쓸 수 없다는 사실을 알게 되었다. 9월 17일 밤에는 '타고 르Tagore'라고 불리는 구세주의 환영을 보았다. 딕은 이 사 람이 실존 인물이며 실론*에 살고 있다고 확신했고, 그에게 서 지시를 받고 있다고 느꼈다. 다시 가정을 꾸릴 수 있을까 하는 희망에서 테사와의 재결합을 고려했다. 11월에는 〈블 레이드 러너〉 초기 편집본의 특수 효과 영상 시사회에 초대

---

* Ceylon. 현 스리랑카.

받았다. 메스 문학 축제에도 재차 초빙을 받고 여행 계획을 세우기 시작했다. 그렉 릭맨과 일련의 인터뷰를 하기 시작했고, 릭맨에게 자신의 공식 전기작가가 되어달라고 부탁했다. 『한낮의 올빼미』에 관한 (완전히 상이한) 두 개의 아우트라인을 작성했다.

1982 미래의 부처인 마이트레야*의 세상이 도래한다는 영국의 신비주의자 벤자민 크림의 예언에 심취한다. 릭맨의 인터뷰는 계속되었고, 딕은 영적인 문제에 대해 불안감과 피로감을 느끼고 있다고 토로했다. 도리스 소우터의 친구인 그웬 리가 대학 리포트를 쓰기 위해 딕을 인터뷰했다. 아마 그의 생애 마지막이었을 이 인터뷰에서 딕은 『한낮의 올빼미』의 세부적인 사항들에 대해 밝혔지만, 결국 쓰지 못했다. 2월 18일에 자신의 아파트에 홀로 있던 딕은 뇌졸중으로 쓰러져 의식을 잃었다. 이웃 사람들에 의해 발견되어 병원에서 의식을 되찾았지만 말을 할 수 없었고, 몸의 왼쪽이 마비되었다. 3월 2일 딕은 뇌졸중 발작 재발과 심부전으로 인해 병원에서 숨을 거뒀고, 콜로라도 주 포트 모건의 공동묘지에 잠들어있는 쌍둥이 누이 제인 곁에 나란히 묻혔다. 『티모시 아처의 환생』은 그의 사후에 출간되었으며, 5월에 개봉된 〈블레이드 러너〉는 딕에게 헌정되었다. '필립 K. 딕 상'이 제정되었다. 이는 미국에서 처음부터 페이퍼백 단행본 형태로 출간되는 뛰어난 SF 장편을 선정해서 매년 수여하는 상이다.

---

* 미륵보살. 불교의 보살.

■ 장편소설

1955 『Solar Lottery』

1956 『The World Jones Made』
『The Man Who Japed』

1957 『Eye in the Sky』
『The Cosmic Puppets』

1959 『Time Out of Joint』

1960 『Dr. Futurity』(에이스 더블판)
『Vulcan's Hammer』(에이스 더블판)

1962 『The Man in the High Castle』(휴고상 수상)

1963 『The Game-Players of Titan』

1964 『The Penultimate Truth』
『Martian Time-Slip』
『The Simulacra』
『Clans of the Alphane Moon』

1965 『The Three Stigmata of Palmer Eldritch』
『Dr. Bloodmoney, or How We Got Along After the Bomb』

1966 『Now Wait for Last Year』
『The Crack in Space』
『The Unteleported Man』(에이스 더블판)

1967 『The Zap Gun』
『Counter-Clock World』
『The Ganymede Takeover』(레이 넬슨 공저)

1968 『Do Androids Dream of Electric Sheep?』

1969	『Galactic Pot-Healer』
	『Ubik』
1970	『A Maze of Death』
	『Our Friends from Frolix 8』
1972	『We Can Build You』
1974	『Flow My Tears, the Policeman Said』(존 W. 캠벨 기념상 수상)
1975	『Confessions of a Crap Artist』(일반소설)
1976	『Deus Irae』(로저 젤라즈니 공저)
1977	『A Scanner Darkly』(영국 SF협회상 수상)
1981	『VALIS』
	『The Divine Invasion』(『VALIS』의 속편)
1982	『The Transmigration of Timothy Archer』
1984	『The Man Whose Teeth Were All Exactly Alike』
1985	『Radio Free Albemuth』
	『Puttering About in a Small Land』(일반소설)
	『In Milton Lumky Territory』(일반소설)
1986	『Humpty Dumpty in Oakland』(일반소설)
1987	『Mary and the Giant』(일반소설)
1988	『The Broken Bubble』(일반소설)
	『Nick and the Glimmung』(아동 SF)
1994	『Gather Yourselves Together』(일반소설)
2004	『Lies, Inc.』(『The Unteleported Man』의 개정증보판)
2007	『Voices From the Street』(일반소설)

■ 단편집

1955	『A Handful of Darkness』(영국판)
1957	『The Variable Man』
1969	『The Preserving Machine』
1973	『The Book of Philip K Dick』

1977	『The Best of Philip K. Dick』
1980	『The Golden Man』
1984	『Robots, Androids, and Mechanical Oddities』
1985	『I Hope I Shall Arrive Soon』
1987	『The Collected Stories of Philip K. Dick, 1, Beyond Lies the Wub』
	『The Collected Stories of Philip K. Dick, 2, Second Variety』
	『The Collected Stories of Philip K. Dick, 3, The Father-Thing』
	『The Collected Stories of Philip K. Dick, 4, The Days of Perky Pat』
	『The Collected Stories of Philip K. Dick, 5, The Little Black Box』
1988	『Beyond Lies the Wub』(영국 Gollancz판. 『The Collected Stories of Philip K. Dick, 1, Beyond Lies the Wub』과 동일)
1989	『Second Variety』(영국 Gollancz판. 『The Collected Stories of Philip K. Dick, 2, Second Variety』와 동일)
	『The Father-Thing』(영국 Gollancz판. 『The Collected Stories of Philip K. Dick, 3, The Father-Thing』과 동일)
1990	『The Days of Perky Pat』(영국 Gollancz판. 『The Collected Stories of Philip K. Dick, 4, The Days of Perky Pat』과 동일)
	『The Little Black Box』(영국 Gollancz판. 『The Collected Stories of Philip K. Dick, 5, The Little Black Box』와 동일)
	『The Short Happy Life of the Brown Oxford』(Citadel Twilight판. 『The Collected Stories of Philip K. Dick, 1, Beyond Lies the Wub』과 동일)
	『We Can Remember It for You Wholesale』(Citadel Twilight판. 『The Collected Stories of Philip K. Dick, 2, Second Variety』에서 단편 「Second Variety」를 「We Can Remember It for You Wholesale」로 대체)

1991	『The Minority Report』 (Citadel Twilight판. 『The Collected Stories of Philip K. Dick, 4, The Days of Perky Pat』 과 동일) 『Second Variety』 (Citadel Twilight판. 『The Collected Stories of Philip K. Dick, 3, The Father-Thing』 에 단편 「Second Variety」 추가)
1992	『The Eye of the Sibyl』 (Citadel Twilight판. 『The Collected Stories of Philip K. Dick, 5, The Little Black Box』 에서 단편 「We Can Remember It for You Wholesale」 을 제외)
1997	『The Philip K. Dick Reader』 (『Second Variety』 의 단편 3편을 영화화된 단편 3편으로 대체)
2002	『Minority Report』 (영국 Gollancz판) 『Selected Stories of Philip K. Dick』
2003	『Paycheck』 (2004년 출간. 영국 Gollancz판) 『Paycheck and 24 Other Classic Stories by Philip K. Dick』 (Citadel Twilight판. 『The Short Happy Life of the Brown Oxford』 와 동일)
2006	『Vintage PKD』 (장편 발췌. 단편, 에세이, 서간 포함)
2009	『The Early Work of Philip K. Dick, I: The Variable Man & Other Stories』 『The Early Work of Philip K. Dick, II: Breakfast at Twilight & Other Stories』

■ 논픽션, 서간집

1988	『The Dark Haired Girl』 (에세이, 시, 편지 모음)
1991	『The Selected Letters of Philip K. Dick』, 1974
1993	『The Selected Letters of Philip K. Dick』, 1975~1976 『The Selected Letters of Philip K. Dick』, 1977~1979
1994	『The Selected Letters of Philip K. Dick』, 1972~1973
1996	『The Selected Letters of Philip K. Dick』, 1938~1971
2009	『The Selected Letters of Philip K. Dick』, 1980~1982

티모시 아처의 환생

초판 1쇄 펴낸날 2012년 4월 25일
초판 3쇄 펴낸날 2014년 7월 11일

지은이 필립 K. 딕
옮긴이 이은선
펴낸이 양숙진

펴낸곳 폴라북스
등록번호 제22-3044호
주소 137-905 서울시 서초구 신반포로 321 (잠원동)
전화 02-2017-0280
팩스 02-516-5433
홈페이지 www.hdmh.co.kr

ISBN 978-89-93094-39-8 04840
ISBN 978-89-93094-31-2 (세트)

* 폴라북스는 (주)현대문학의 새로운 종합출판 브랜드입니다.
* 책값은 뒤표지에 있습니다.